陶渊明的遗产

张炜 著

人民文学出版社

图书在版编目（CIP）数据

陶渊明的遗产／张炜著．—北京：人民文学出版社，2023
ISBN 978－7－02－018109－4

Ⅰ.①陶… Ⅱ.①张… Ⅲ.①随笔—作品集—中国—当代 Ⅳ.①I267.1

中国国家版本馆CIP数据核字（2023）第122026号

策划编辑	胡玉萍
责任编辑	黄彦博
装帧设计	刘　远
责任印制	张　娜

出版发行	人民文学出版社
社　　址	北京市朝内大街166号
邮政编码	100705
印　　刷	三河市鑫金马印装有限公司
经　　销	全国新华书店等
字　　数	258千字
开　　本	890毫米×1290毫米　1/32
印　　张	11.75　插页7
版　　次	2023年8月北京第1版
印　　次	2023年8月第1次印刷
书　　号	978-7-02-018109-4
定　　价	50.00元

如有印装质量问题，请与本社图书销售中心调换。电话：010－65233595

《陶渊明诗意图册》（节选）
[清]石涛　北京故宫博物院　藏

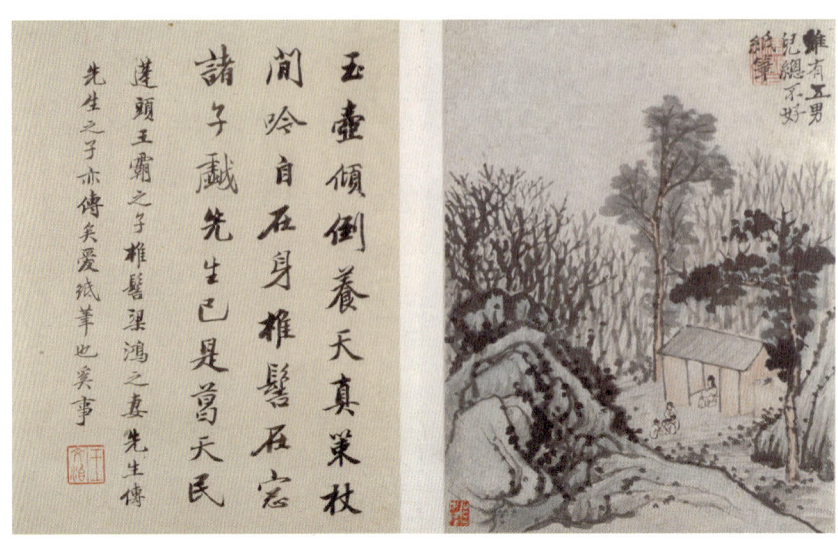

《陶渊明诗意图册》（节选）
[清]石涛　北京故宫博物院　藏

《归去来兮图》

[南宋]李唐　美国克利夫兰艺术博物馆　藏

《归去来兮图》（局部）

[南宋]李唐　美国克利夫兰艺术博物馆　藏

《归去来辞书画卷》

[南宋]佚名　美国波士顿美术馆　藏

《归去来辞书画卷》（局部）

[南宋]佚名　美国波士顿美术馆　藏

《归去来辞卷》

[元] 赵孟頫　湖州博物馆　藏

《归去来辞卷》(局部)

[元] 赵孟頫　湖州博物馆　藏

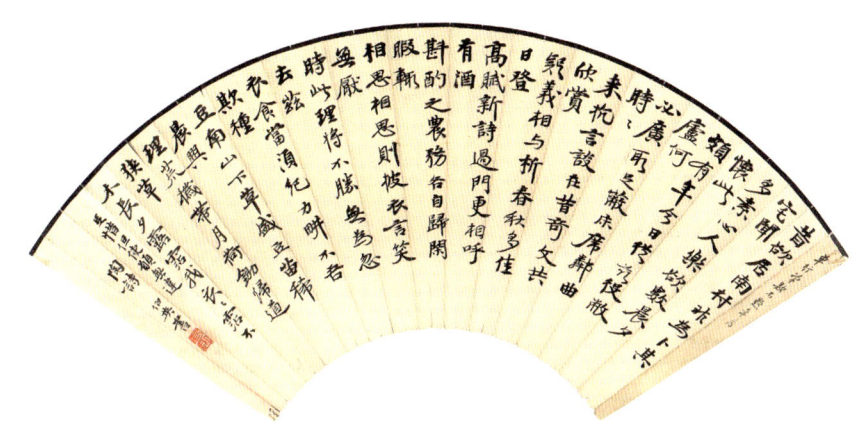

《山色如黛陶渊明诗》
溥儒绘、张伯英书

《桃花源图》

[明]仇英　美国波士顿美术馆　藏

《桃花源图》(局部)

[明]仇英　美国波士顿美术馆　藏

目 录

第一讲　魏晋这片丛林　　　　　　　　　　　　1
魏晋这片丛林 / 乱世的挣扎 / 不"入伙" / 弯曲的激烈 / 愤怒和恐惧 / 在逃离中完成 / 个人空间 / 同与不同 / 完整的人 / 发明个人生活 / 大自然的抚慰 / 最大一笔遗产 / 创作的四个时期 / 为梦想命名的人 / 挺住 / 种子依旧活着 / 何为风度

第二讲　无眠的尊严　　　　　　　　　　　　53
无眠的尊严 / 精神洁癖 / 不是同一个圆心 / 自己的远方 / 表达方式 / 纯粹理性 / 何为尊严 / 饮酒与食散 / 豪气大发 / 一杆老枪 / 人是目的 / 与古人比尊严 / 与生俱来之物 / 不顺从 / 女田园 / 蔑视和轻淡

第三讲　徘徊在边缘　　　　　　　　　　　　105
徘徊在边缘 / 选择的全部后果 / 显赫的曾祖 / 两个榜样 / 雅人趣事 / 人生的品级 / 地平线 / 浑身并不静穆 / 强烈的诱惑 / 壮士惊 / 性本爱丘山 / 终归是虚构 / 缓慢而致命的磨损 / 没有猫狗 / 丈夫志四海 / 心之一角 / 两杯酒 / "隐"和"显"

第四讲　农事与健康　　　　　　　　　　　　159
农事与健康 / 明亮感 / 止酒 / 草盛豆苗稀 / 孤云 / 田园与悯农 / "劳心"和"劳力" / 身与心 / 这三个人 / 固定的根性 / 孤独和

1

闲暇 / 所谓和谐 / 遥远的时空 / 桃源之梦 / 大地的厚礼 / 自然天成 / 巨大的引力

第五讲　切近之终点　　　　　　　　　　207

切近之终点 / 人生掩体 / 形影神 / 攒眉而去 / 感叹和抚摸 / 得益于"民间" / 身后名 / 大化中 / 比邻而居 / 升到高处的灵魂 / "高旻"和"大块" / 练习死亡 / 物质大于精神 / 为当下负责 / 个人的悲苦 / 亘古不变的元素 / 积极的生命 / 万能的启示 / 生命的标本 / 最大的后事

第六讲　双重简朴　　　　　　　　　　　259

双重简朴 / 不遇 / 平易简单 / 对潮流的偏离 / 伸手可及的邻居 / 一枝野菊 / 不可复制 / 屈陶之别 / 赞赏 / 对等的生命 / 日常蔬粮 / 海拔高度 / 合榫配套 / 微妙不言中 / 一味药 / 用减法生活 / 知者纷来 / 大节 / 自然之花

第七讲　最近和最远　　　　　　　　　　315

最近和最远 / "大隐"和"小隐" / 偏僻难觅 / 失败之美 / 人生的伟业 / 合流当中 / 第三主题 / 理性之弦 / 徐徐打开 / 苦乐 / 诗人的恒心 / 放大的闲适 / 精神单间 / 物质的腐蚀力 / 如芒在背 / 墙内的生命 / 一个人的大多数 / 天文台 / 物理角度和地理方位 / 菊花从不教条

听课附记　　　　　　　　　　　　　　　367
后　　记　　　　　　　　　　　　　　　371

第一讲 魏晋这片丛林

- 魏晋这片丛林

　　魏晋是一片弱肉强食的"丛林"。"丛林法则"在人类历史长河中的每个阶段都是存在的，自古至今并没有多少本质的改变。社会文明就在与这种法则的艰难对抗中一点点成长，非常缓慢。在现实生活中，小到人际关系的钩心斗角，大到战争，皆为这个"法则"直接或间接的体现。而战争是这种"法则"的极致。人类的"文明法则"可以限制"丛林法则"，古今中外所有社会的演变史与发展史，不过是两个"法则"的斗争史。只要人类还想生存下去，也就必须强化自己的文明，这是一个存在的基础。

　　中华历史上，将"丛林法则"演绎得这样淋漓尽致的，超过魏晋时期的还不太多，大概只有春秋战国时代可以作比。它基本上是野蛮和血腥的较量，没有太多的正义可言。无论是民族之间，权势集团之间，朝野之间，大都是一种搏杀和吞噬的状态。游牧民族对中原的入侵屡试不爽，根本原因就是他们更强悍也更野蛮。

中原统治集团是农耕文明的产物,这种文明相对成熟稳定以至于衰老下去。一种文化、一种制度和一种政治设计,它一旦苍老就会百病丛生,变得羸弱无力,然后一天天烂下去。它的内部一定是奢侈腐败的,而且无可救药。这样一种文明,一旦面对外族的铁蹄践踏便毫无抵抗之力。所以一个统治集团往往"其兴也勃焉,其亡也忽焉",瞬间崩塌。农耕民族以田间生活为基础,人性特质本来就与原野纵横、大漠驰骋的那种强悍和生蛮有巨大反差,遇到后者的挑战往往要处于弱势。那时的中原帝国表面上壁垒森严,等级有序,文治武功,很像一个"大国",实际上早就衰萎不堪,已经快崩塌了。

从历史记载中可以发现一种相当普遍的现象:外族善骑射,彪悍骁勇,攻城略地,战无不胜。他们进入中原抢夺财富和女人,运往荒漠;有时佯装败北,诱导中原大军跟进,把对方引入一个陌生的环境,然后就开始狩猎般恣意折磨和屠杀。汉民族几乎所有大战役的失败都不在中原境内,而在荒漠深处。这种战斗形式无数次地重复,直到大炮等火器发明之后才多少改变了这个局面。

魏晋的知识分子们就是在这样的一片"丛林"里生活。他们陷入内忧外患之中,恐惧,痛苦,挣扎,摆在面前的首要问题就是如何保存个人的生命,因为失去了生命,一切便无从谈起了。他们有呻吟,有呼告,在这个时期留下的思想痕迹必然深重。比如"建安七子""竹林七贤",都不是偶然出现的。在这样一个不可抵御的"丛林法则"面前,知识分子犹豫的时间已经不多了,他们必须尽快和果断地做出自己的选择。

也就在这样的时代格局中,我们看到了陶渊明。

• 乱世的挣扎

从历史上看，国家处于分裂混乱的状态，一定是最悲惨最痛苦的时期。但在思想和艺术方面，又往往会出现一些奇葩。这是因为"个体"一旦分散在角落里，他们的思想力会是非常强大的。当一个人被逼到了某个角落的时候，往往会以思想和艺术去回应社会和群体，焕发出惊人的能量。这就是一种创造力，是人运用内心的力量，在思想与艺术的表达上呈现出罕至的深度，而且千姿百态。

战乱、苦难，的确会把"个体"逼到一些相对封闭的角落。相反，所谓的大一统的"盛世"，更容易唤起"个体"对"群体"的向往，以至于纷纷跟从和汇入。这种汇入不仅表现在身体方面、行为方面，更表现在思想方面。思想方面的汇入将形成大面积的覆盖，"个体"的声音与表达也就隐在其中了。作为"集体"中的一员，他的思想与艺术呈现常常会是一个"平均数"，一个"最大公约数"。因丧失个性而变得平庸和浅表，是最常见不过的现象。"群体"的力量从物理的实体的意义上看是累积和叠加的，从精神如思想和艺术方面看却并不一定如此。当然个中情形又是相当复杂的，还不能一言以蔽之。

有些著名的西方学者如汤因比的观点，今天看不无商榷之处，但似乎仍可参考：大一统的国家这种世俗组织不过是社会衰败时的副产品，是一种消极组织，关于这类社会永存与不朽的念头，不过是一种严重的幻觉，而且还是对大自然规律的侵犯。他和休谟甚至都认为，一个处于政治分立下的政权对文化是有好处的，个人在小型社会里产生的作用要远远大于在大型社会里产生的作用。

可能汤因比和休谟在这里忽略的是极为复杂的诸多元素，如民族与尊严、分裂与沦陷、和平与统一、精神创造的局部与总体、艺术相对于物质的滞后等等一系列重大问题。这些还需要更综合更深入的讨论。在这方面，任何武断和片面都是很危险的。

春秋战国是乱世，所谓的"春秋无义战"，人民痛苦不堪。可是那时候出现了许多的大思想者，艺术上也是一个了不起的时代。不过思想与艺术仍然是不尽相同的，有时候国家的统一，社会层面的安定与繁荣，会使艺术保持一个相对强有力的创造状态，但是在思想方面则不同。思想和艺术紧密相连，但又有区别，它们怎样相互发生作用并不是直接的和直观的。思想是个人的创见与发现，这种发现和创见要从覆盖的主流见识中挣脱出来，大概也是相当不容易的。

历史上的盛唐，经济那么繁荣，社会也比较安定，但是在思想领域就缺乏春秋战国时期那种杰出和灿烂的气象。"百家争鸣"是春秋战国时期特有的思想与学术现象。盛唐缺少伟大的思想者，但是在艺术上却产生了伟大的唐诗，可见思想与艺术还是不同的，至少不是同步的。一般来说，思想的萎缩有时候会强烈地波及艺术，而且接下来还会影响到下一个朝代的继承与发展。

就某些方面、就局部看，魏晋时期比春秋战国还要乱，人民的生活还要艰难困苦。在普遍的社会磨难中，知识分子从来无以幸免，他们的苦难更甚。那个时期不仅有汉民族的内斗，战乱频仍，更可怕的是由于汉民族统治集团内部腐败引起的外族入侵。像北方那些异族政权频繁地更迭、毁灭，造成了历史上罕见的残酷景象。特别是匈奴、鲜卑、羯、羌、氐等少数民族的南侵，先后在北方建立了政权，出现了一些耸人听闻的残酷人物，发生了一些令人发指的历史事件。这对于一片农业文明悠久的土地，对于汉族统治集团以及广大民众来说，都是极其可怕的剧变。

游牧民族长期生活在荒凉地带，还没有形成农耕文明，这种异族文化进入中原时，二者的抗争摩擦非常剧烈。外族的残暴和野蛮，对中原文明造成了巨大的破坏。历史上记录了一些极其残酷的人物，像刘聪、苻生、石虎、赫连勃勃等，他们的残忍和荒淫无耻到了匪夷所思的极数。像北魏北齐期间的高欢、高洋父子，历史记录中的一些内容令人触目惊心，简直难以置信。

在那样一个社会政治和文化格局里面，知识分子的悲绝痛苦已到极点。那时的所谓艺术人士和读书人与今天的知识分子还不一样，他们和官的身份往往是合而为一的。这一部分人在流离逃避中，更是加剧了内心世界的挣扎和反抗。这个过程收获的精神成果，就是我们今天所看到的那些思想和艺术。对一个卓越的知识人来说，外部世界越是混乱，越是激烈，内心世界的反抗和创造就越是盛大，越是具有不可遏止的生发力，因此就社会与人生的关系来看，二者常常会表现出这样的复杂关系。

把春秋战国和魏晋时期拿来对比盛唐，研究它们思想与艺术的不同或许很重要。我们可能还会想到，春秋战国思想艺术的繁荣，除了其他因素之外，还有很重要的一点，是没有发生秦代"焚书坑儒"的事件,因为这个事件开创了文字狱和以言定罪的先河,是中国历史上最屈辱最黑暗的一页,可以说是一场噩梦。

· 不"入伙"

要研究"丛林法则",就必须弄清它的"食物链"。在丛林中,"食物链"的顶层是狮子虎豹,再往下是豺狼鬣狗,最后一级就是兔子鼹鼠这类吞食草虫的小动物了。在陶渊明生活的那个时期,位于"食物链"最顶端的嗜血动物,就是桓玄和刘裕之类的大军阀。夹在食物链中间的各种"动物"要自保只有两个办法:一是入伙,进入嗜血的强势集团,一起狩猎,共享猎物;另一个办法就是结伙,像野狼和鬣狗那样。在这片丛林里狩猎,最好是成群结伙,因为个体的力量是弱小的。

无论过去还是今天,凡弱小的个体都要入伙,这是在"丛林法则"里求得生存的一个铁律,一个基本门道。知识人当然不会有什么例外,无论是为文还是从政,都要"入伙"。而就精神的道德的成长来说,知识人的"入伙"却是致命的,是非常可怕的行为。

魏晋的"丛林法则"表现在武力和物质层面是容易理解的,表现在文化和精神层面则有些隐晦。一种恶劣的思想文化的压抑和专制气氛,就是这一法则的体现,这当中同样是野蛮的剪除和吞噬。"丛林法则"充斥于社会生活的每一个角落,只有正视才会清醒,才有文明的进步。

东晋有文化思想和艺术的"圈子",这是文化人求得自保和相互慰藉的方式，有时也是依循了求生的"法则"。而陶渊明与同时期的那些文人、知识分子比较起来，我们会觉得他是一个独立的、突出于群体之外的孤零零的身影。他实在有些游离。当然他也有交往，有应酬："提壶接宾侣，引满更献酬。"（《游斜川》）"闻多素心人，乐与数晨夕。"（《移居二首·其一》）但总体上看他还是自己待在一个地方，自吟自唱，自己咀嚼，寻找一些生活下去的乐趣。他像当时苦闷的知识人一样，寄情于其他，比如喝了太多的酒："汎此忘忧物，远我遗世情。"（《饮酒二十首·其七》）将酒当成了那个痛苦时世中最好的安慰剂和麻醉品。

不过他习惯的是独饮，而不是群酗。"静寄东轩，春醪独抚。"（《停云》）"一觞虽独尽，杯尽壶自倾。"（《饮酒·其七》）纵观陶渊明的处世和交往，他更多的时候给人形单影只的感觉；再就是跟弱者在一起，比如那片田园四周的农民。他不寻强势，不入伙，这是最突出的一个特征。

陶渊明是一个弱者吗？比起最强者，他是；比起最弱者，他又有一定的地位，因为族上出过高官，他自己也多次进出官场。不过他的一生受尽了坎坷磨难，好在极耐折腾地活着，活下来了。与他同时期的一些人一度也算强者，却因为不慎或其他种种原因，一怒之下撞碎了自己。陶渊明或者因为柔弱谨慎，或者由于特别的生存方法，显得更持久也更耐磨损，竟然在独往独来的状态下活了下去，还留下了一百多篇诗文。

陶渊明的出现与当时的社会形态密不可分。同样是逃避，同样是保存自己，同样是表达自己的思想和艺术，陶渊明与"建安七子"不同，与"竹林七贤"也不同。这也许是性格的原因，也许是社会地位及声名不彰，反倒容易隐蔽：他不扎堆，在喧声四起的魏晋知识分子当中近似于无迹无声地消逝了，走开了。他没有和任何一群知识朋友长期待在一起。从处世方法即形式上看，他能够突破当时知识分子和艺术家的平均数，选择了一份很平实也很自我的生活。

大概是这个原因，他最终赢得了喘息的空间，于是有了更多的机会表达自己。

陶渊明生活的东晋社会，清谈、任诞、饮酒、食散等盛行一时，"养生论""逍遥论""纵欲论"，还有"无为论"和"安命论"，都有很大的影响。陶渊明处在这些思潮之中，自然会受到多种浸染并且留下了深重的痕迹。但是他好像并没有专注于一端，多方尝试过也吸纳过，最后还是无法完全认可，没有跟随任何一派走下去。这种种"论"也并非空穴来风，而是有着深刻的时代依据和现实背景，所以它们对陶渊明的心身有过强烈的摇动，对他的思想和艺术也不完全是负面的作用。以至于他的离开与归去，也可以说是在一定程度上受到了诸"论"的影响。总之他的思想、艺术和个人生活不可能完全独立于一个时期的传统和风气。他是风气的产儿，是风气的一部分，而不是一个完全独立天外的创造者和反抗者。

所以今天看，无论"养生论""逍遥论"还是"纵欲论"，都对他有或多或少的吸引力。有的深刻启发了他，比如让他更加疏离社会，将他多少引向形而上的思考；也有的使他渐渐产生了怀疑和反感。比如"纵欲论"，既在陶渊明身上有一定的体现，又与他的处世之道有些冲突。他可以像"竹林七贤"那样饮酒，但饮法不同，其中蕴含的意义也不同。他比"竹林七贤"更积极一些，与酒的关系也不仅是借以发泄，而是更亲和一些。陶渊明有更多的反思，更多的哀伤，还有更多的自省，所以在自保的过程中大多采取自我安慰的方法。他不谈玄也不入佛；不佯狂，不愤怒冲撞，不过于颓废，不食散不闹怪，尤其是不"入伙"。这一切是非常难能可贵的。

在那个时期要做到这些并不容易，像阮籍一样大醉几个月避祸，做出这样大幅度反世俗的动作，在陶渊明这儿并没有发生。他所做的不过是离开不喜欢的官场去种地，日复一日地耕作劳动，过一种最平静也最"平庸"的生活。但这就像一条河流，表面"静"，底部还是很汹涌的。他仍然需要在这个过程中把难以抵御的人生苦难一点点磨碎，需要更大的韧性。

· 弯曲的激烈

"竹林七贤"中一些人反抗世俗、反抗社会的动作很大，对当时的统治集团做出了决绝的姿态。这当然需要勇气。但有时候这种激烈对抗又是一个相对短暂的时段，很难化为漫长的坚持。每个时代都有自己的慷慨悲歌之士，他们的价值是永存的。除此之外，一个时代里也有一些沉默者，有陶渊明式的隐忍和持守者，这需要一种更长久的力量。这种绵长的力量看起来非常自然甚至有些平淡，但它会长期存在着。

在这片"魏晋丛林"里生活是何等残酷与危险，稍不小心就有性命之忧。所以嵇康那些人的惨烈结局，不完全是因为不谨慎，也不是因为没有能力和不够机灵，更不是因为愚钝，而实在是因为这片"丛林"里的追逐太剧烈了，嗜血动物太多了。

谈到魏晋就不得不从东汉说起，因为它承接了东汉的社会、政治和文化遗产。东汉末年在黄巾起义、董卓专政等大乱之后，还经历了宦官之乱。当时宦官杀人如麻，成百上千地屠杀知识分子，是极其残酷的。曹操时代，连孔融这样一个有才华有情趣的人都杀掉了。到了司马氏时期还是杀人，被杀者如嵇康，既有强烈的性格，能写出《与山巨源绝交书》这样刚烈的文字，同时又是一个谨小慎微的人。同为"竹林七贤"之一的王戎说："与嵇康居二十年，未尝见其喜愠之色"。(《世说新语》)和嵇康在一起共处二十年，都没有见过他的喜怒之色，这种修养功夫、度量和隐藏力，可以说达到了极致。然而就是这样一个才华卓著处事周备的人，最后还是断送了性命。

在那个时代，知识人死于刀下的例子比比皆是，如曹魏"建安七子"中的孔融，还有杨修和丁仪等。死于晋时最有名的人物就是嵇康、张华、陆云、陆机、潘岳等。像人们谈得最多的嵇康，并非是一个不懂得如何运用智慧保存自己的人。后人更多地看他《与山巨源绝交书》这样言辞锋利、愤世嫉俗的文字，而忘了其他。在这一千八百多字的篇幅中，与其说嵇康在羞辱山巨源，不如说是在羞辱司马氏集团残暴虚伪的统治。可是嵇康的另一面却被我们忽略了，这就是他规避的决心和愿望。

嵇康在写给儿子的文字《家诫》中，尽是小心到不能再小心的叮嘱："凡行事先审其可。""若于意不善了，而本意欲言，则当惧有不了之失,且权忍之。""所居长吏,但宜敬之而已矣,不当极亲密,不宜数往,往当有时。""若有烦辱,欲人之尽命,托人之请求,则当谦言辞谢。"

可见他仍然是反对直接冲撞的。可也就是这样小心翼翼不敢惹事的一个人,最后还是死于司马集团的屠刀之下,留下了旷世绝响《广陵散》。

所以那个时期的人并不如想象中的那么孟浪,他们和现在的人一样,懂得规避,都害怕失去生命。但是为什么这样一些绝顶聪明的人,结局却如此惨烈?这让人联想到清代的文字狱,还有另一些思想与文化的专制时期。知识分子不是不明白,不是没有智慧,不是不懂得回避,甚至不得不有所妥协甚至近乎苟且,如向司马集团做出让步等。但即便是这样,也只能在一定程度上有所缓解,而不能完全解除死亡的威胁。

所以一个知识人要保全性命,在当时并不是一件很容易的事情,还确实需要规划一种人生策略。也就在这种情势之下,许多人才走入佛道,走入谈玄。谈玄既是形而上之思,是远离尘嚣的清谈,又达到了晦涩避世的目的。为求周全,知识上层入佛修道,形成谈玄的风气,是完全可以理解的。

陶渊明内心的清晰、明澈、激烈,也许会多少接近于"竹林七贤",但是一旦化为外部的动作,却并不激烈,而是以一种世俗层面上更容易理解的方式,自然地度过了个人的危机。当然他们各自所处的位置、他们的具体语境还是极为不同的,因此还不能直接地简单地去作比较。陶渊明不是士族门阀之后,在权力场上地位卑微,构不成对峙,可能并不为统治集团所注意。

陶渊明受益于中国农耕文化，受益于儒和道的文化，在性格构成里面有儒和道的因子。"竹林七贤"又何尝不是如此，问题是在一种特别的际遇与人生关头，不一定由哪种血脉基因主导了生命。

陶渊明人微位卑，却始终处于魏晋时期混乱的政治文化格局中，而不是置身潮流之外。他也算一个集大成者，能够把养生、逍遥、佛道诸说的精华部分一并纳入胸间。想象中，这是一个总结者，一个在内心强烈地追逐各种各样的文化思潮、尝试各种可能性，同时又是一个在行动上谨小慎微的人。他几次入仕又几次辞官，后来上边又有几次征召，他都没有回应，一直待在了田园里。

陶诗里直接描写当时社会现状和重大冲突的不是太多，除了《述酒》可以让人联想到刘裕鸩杀晋恭帝之外，其他诗里很少涉及社会现实。但是透过表层去看，陶渊明的诗仍然是那个时期社会冲突的一种表述，有些弯曲的激烈和遮掩的冲撞。像《咏荆轲》《读〈山海经〉十三首》中的一些篇目，隐去的是睚眦欲裂的愤怒。《停云》这首诗反复咏叹"八表同昏"，一方面是来自《诗经》反复咏唱的传统，另一方面也是在强调现实的可怕与昏聩。

的确，陶渊明所处的时代，用"八表同昏"四个字即可以概括。

· 愤怒和恐惧

陶渊明生活在佛教和"清谈"极盛的时期，却基本上不信也不采纳这些。但佛和玄对他都有潜在的影响，比如说他对生命意义的思考,他生活的超脱性,都能够看出佛教的影响。东汉时期佛教传入中国,后来与道教合流。释道合流的端倪就出现在汉与魏晋时代。从陶渊明的日常状态和诗歌里面,可以看到大量"清静无为"的实践。"野外罕人事,穷巷寡轮鞅。白日掩荆扉,虚室绝尘想。"(《归园田居五首·其二》)但他又并没有走向极端,没有完全"绝尘想",这与他的儒家情怀密切相关:出世的同时尚不能放下入世的牵挂。他不停地在这种矛盾状态中纠缠:"脂我名车,策我名骥。千里虽遥,孰敢不至!"(《荣木》)还是无法忘记读书人的作为。

但最终他还得待下去,安于田园生活,觉得这样的逃避于自己更为相宜。陶渊明的这种选择远离了是非之地,但并没有一躲了之无所事事,而是要打理一片田园,这是一种体力活,对一个读书人也很不容易。这与那些专门的"隐士"是完全不同的。

当时对陶渊明来讲有两只"丛林"里的大动物是必须提到的:一个是桓玄,一个是刘裕。这两个人对当时的社会生活搅动得非常严重,对陶渊明的命运也起到了决定性的作用。他们之间相互厮杀,先后称帝,对晋室都有过跟随与背叛。刘裕残酷地杀害了晋恭帝:先是把恭帝贬为零陵王,让人杀死晋恭帝妃妾生下的所有男孩;后又派张伟携毒酒前去鸩杀晋恭帝,张伟不忍害主,饮毒酒自尽;刘裕又派人用被子闷死了晋恭帝。人为了攫取权力可以变得这样残忍,令人发指。

整个事件对陶渊明构成了极大的刺激。因为诗人的曾祖毕竟是为晋室服务的重臣,而背叛晋室的军阀就这样结束了晋室,这必然会引起他心底的强烈震动。

陶渊明从小深受儒家传统的熏陶，年轻时抱有建功立业的雄心，具有强烈的入世情怀。当他面对这样一片"丛林"时，心里有愤怒更有恐惧，还有重重矛盾。他写出了《述酒》这样的诗，曲折地对刘裕给了鞭挞："诸梁董师旅，芊胜丧其身。山阳归下国，成名犹不勤。"鲁迅先生就谈过《述酒》，说它具有强烈的揭露性。类似的意绪在《感士不遇赋》里表达得更为深重："密网裁而鱼骇，宏罗制而鸟惊。"《咏荆轲》里则写道："君子死知己，提剑出燕京。素骥鸣广陌，慷慨送我行。"

诗人将无比的愤怒与勇气留在了诗中，而且借古喻今，小心暗喻，是足够谨慎了。这当然是必要的，是在一种特殊时势下的特殊表达。当时风行的玄与佛，清谈与任诞，不过是一个严厉时代酿出的另一杯酒而已，对一个具有深刻责任感的诗人，真是苦到了无法下咽。在这样的时刻，诗人可能感到自己无论如何都没法"养生"，没法"逍遥"也没法"安命"。

鲁迅先生谈到了陶渊明的"金刚怒目"，因为听到了诗人午夜里的另一种吟唱。这种声音压抑在夜色里，在偏远的野外显出了更大的张力。我们平时不会将"勇士"的形象扯到田园主人身上，可是这里真的生活着这样的一个人：渴望"提剑"，默念"死知己"。

如果不是遥望着远城烽火，满是刺鼻的硝烟和血腥味，一个躺在树荫下的人怎么会有这样的激烈思绪。田野清风的另一边就是火焰，就是哀号和痛不欲生。诗人太熟悉这些悲惨的场景了，所以无法安稳地一个人度过长夜。

不过他的恐惧和愤怒也许一样大。他实在是一个书生，一个弱者。他的柔弱和强悍交织一身，只能躲在一角吟哦，在纸上记录。

· 在逃离中完成

自古至今，只要人类未能达到高度文明的程度，"丛林法则"就会是社会生活的"潜规则"，只不过在魏晋等乱世表现得更强烈更外露而已。社会生活里存在这样的"法则"，究其原因，即因为人是"不完全"的，人性是掺进了许多杂质的。有人说人性中有三分之一的动物性，在某个时段某个空间，人性里所包含的动物性可能还要更多一些，所占比重还要更大一些。

在战争中，在一些特别的事件中，关于人的兽性记录多到了不忍复述的地步。每逢这样的时刻，我们就会绝望、彻底悲观起来，甚至相信人类已经处于万劫不复的绝境。人类在许多时候已经没有理由向上苍索要幸福，只得认命：等待我们的只有一片黑颜色。

从历史上看，在魏晋这样的混乱时期，对人性更是一个巨大的考验。其实每个人自诞生之日起，即开始面临着怎样运用"文明法则"，去抵抗无所不在的"丛林法则"的残酷现实，领受了极其艰巨的任务。可悲的是每个人几乎都没有什么胜利可言。这种抵抗既是对外又是对内，就是说还要与自身的动物性对抗一生。抵抗的决心与方法不同，每个人都有自己的具体表现，选择不同，效果和结局也就不同。

陶渊明尽可能地运用文明这个柔弱而持久的武器来进行斗争，是他身上最了不起的部分，也是人之为人最了不起的部分。当生命在混沌中形成的时候，就带着良知和良能，它并非完全由后天赋予。文明就在这种先天的基础上得以滋生、衔接和强化，这种顽强成长的力量不容小觑。也正因为有了这种力量，人类才有了延续下去的理由、可能和希望。人类的历史就是运用这种文明来抵抗"丛林法则"、由失败到胜利或由胜利到失败的循环往复的过程。

如果说这是一场战争，那么从古到今，每一个人都不能逃离这个战场。这场战争就个体来讲会纠缠一生，对群体来讲则会呈现出一种普遍的、无所不在的状态。陶渊明洞若观火，他熟悉人性的秘密。整个魏晋时期乃至这之前的春秋战国、原始社会等等，人类历史上"丛林法则"演绎的悲喜剧、苦难史和流血史，对诗人来讲都不陌生，甚至并不遥远。切近的"法则"活生生地强加到一些人身上，那种痛苦是不难设想的，陶渊明旁观近看，体会一定是极深的。

我们当然明白，无论是陶渊明还是其他人，都是"丛林"选择了他们，而不是他们选择了"丛林"。他们降生到世界上不是出于自愿和自觉，而全都是被迫和被动的，这并不是一次自我抉择。这个道理对所有人都是一样。所以今天人们常常说的"体制内外"，以及由此衍生出的各式各样的争论，其实要说透彻是很难的。严格讲一个人自降生到人世间的那一天，也就被"丛林"选择了，而不是他选择了"丛林"。他一定是被自己所生活的这个时代体制所涵盖、笼罩和规定的，没有一个人能够例外，没有一个人能够置身于"丛林"之外。从这个意义上讲，个体的选择也是有限的。

人虽然被规定于自己生存的这个时空，但可以运用自由意志来超越被动进入的这个苦境，运用一个人所拥有的理性以及全部文明所给予的力量、用各种方式无数次地挣扎下去搏斗下去。他可以运用自己的艺术表达、思想表达和生活方式的选择，倔强地存在下去。

也就是在这个意义上，陶渊明之于魏晋，成了一个活生生的标本。陶渊明身上的一些特异色彩，陶渊明式的日常生存，就表现了这种个体选择的超越性和坚毅性。这其中实在具有深刻的思想和哲学意蕴。

陶渊明在逃离中完成了自己，秉持了文明的力量。他既不认可那个"法则"，又不愿做一个颓废之士，最终算是取得了个人主义的胜利。尽管后来陶渊明穷困潦倒，在饥饿中死去，但作为一个生命来讲，他在自觉选择和对抗的意义上还是完整的，仍然是一个胜利者。他在精神与艺术层面上就更是如此。他既没有像孔融、嵇康那样死于尖牙利爪之下，也没有像某些加入统治集团的尾随者那样可悲与可卑。他个人生活着，耕作着、思考着，不停地自吟和记录，从事一种健康的体力和脑力劳动。他侍奉的那片土地，他的整个艺术，就是实际生存的注解和证明。一个人在当时能够这样，已经是足够卓越了。

陶渊明流传下来的作品虽然数量不多，只是李白杜甫的十分之一左右，但力量却同样巨大。这些文字极耐咀嚼，意味深长，力量持久，打动了一代又一代人。如果陶渊明是一个谜，谜底又在哪里？它可能就存在于个体与集体、弱者与强者这两个关系之中，存在于一种特异的生命之中。他无时无刻不在"法则"的笼罩下做出个人的思索、个人的判断；他的幽思，他的行为，他的动作幅度，都显得朴素天然。用现在的话讲，他所做的一切似乎都是"可操作的"。他的行为不给我们一种突兀感和莽撞感。在大家都能理解和接受的前提下,他表现了生命的不屈、强悍以及抵抗到底的强韧精神。这非常了不起。

在血腥的对手面前,他逃离了;在韧忍的坚持中,他完成了。

·个人空间

陶渊明生活前后的那个时期,既是中国也是人类历史上最残酷的时期之一。我们不妨把同时期的中国与西方做个比较。那时的西方正处于"黑暗的"中世纪。中世纪一直被我们定义为"黑暗的",实际上也不尽然,起码不是我们习惯上所理解的那样一个世纪。稍稍深入到西方文化的内部,会发现这个"黑暗"时期的科学仍在前进,并由贵族们建立起一些了不起的传统。这也是一个创造和发展的、深奥而不浅薄的时期。中世纪是一个复杂漫长的历史阶段,不是一般人口中的概念化简单化的理解。一谈到后来的文艺复兴,就说它是反对上帝,把人性从神性下解放出来等等,这未免太简单了。文艺复兴实际上并不反对上帝,而是在承认上帝的基础上,复兴古希腊古罗马的人文精神。

西方中世纪有一千多年,而中国魏晋只相当于西方中世纪刚刚开始的那个小小时段,不能与之合榫对应。但有些地方,比如说宗教势力的强大、士族势力的强大却是相似的。在这个时段里,中国的魏晋更为可怕和残酷,大概已经不是"黑暗"两个字就能概括的。用"嗜血"两个字来概括,可能更合适一点。

从遥远处回望,魏晋就是一个不堪忍受的、剧烈动荡的时期。

这是对时代社会政治生活的全面总括。但是如果具体生活在那个时代，就像任何时代一样，它还有很多的空间，可以分解出不同的生活板块和文化板块。人总是在局部，在某一个板块里生活，不是在混沌一片的概念里生存，不是在想象中的那样一种无所不在的毒氛和血泊里生活。相反，由于当年的信息、交通、科技等水准的局限，它尚可保存一些相互隔绝的角落。这种封闭的角落不仅是地理和自然意义上的，而且还是精神思想乃至于艺术意义上的。

我们发现，人一旦进入这个相对独立的空间，还有安全生存的可能，有思索的可能，徘徊的可能，孤独的可能，寂寞的可能。问题是要能够进入这样的空间，才会得到暂时的喘息，得以从事创造性的劳动。问题是中国古代知识分子一定会受到儒家正统思想的培育，一旦逃避就惴惴不安。所以他仍然还会思念"丛林"向往"丛林"，既畏惧这片"丛林"又企图改造这片"丛林"，尝试一搏。所以要真正能够寻到一片个人的空间，并不容易，这里面除了客观的原因，也还有主观的原因。

像当年的孔融、阮籍、张华、陆机等人，都冲出了那个相对独立的空间，进入了"丛林"的核心地带。结果是非常可怕的。曹操杀了孔融，有人会觉得有点出乎预料，认为像曹操这样一个了不起的历史人物不会如此残酷，而且写下了那么好的四言、五言诗，是"建安风骨"的代表人物，对于整个魏晋乃至于后来的文学都产生了巨大影响。曹操留下的作品不多，但在文学史上的印记是不可磨灭的。他写下的《蒿里行》《苦寒行》等，都是反映当时社会状况的好作品，催人泪下。他对底层，对当时人民生活的困苦情状是何等了解，也不乏同情心。

就是这样一个人,由于要夺取政权和巩固政权,必有许多文化和政治的设计,必要施行实用主义。曹操与后来的曹丕不一样,他是一个体制的开创者和奠基者,需要强化和构筑自己的政治基础,实行思想的专制。所以在这样一个人物面前,他人切不可忘记对方处于"食物链"的顶端。而孔融这些人与之相处日久,或许就会忽略"食物链"这个铁律,就会麻痹和放松。他们只看到了大动物们可爱的毛皮,温顺和慵懒的眼神,甚至是打盹的片刻、呼噜的鼾声,有时就会忘记他们有利爪,有尖牙,有嗜血的本性。

于是,有时孔融等人动作和玩笑的幅度稍微大一点,就会出问题。一个嗜血的动物睡醒了以后,如果心情不好,或许并没有那么多的幽默感,恼怒中轻轻一拍,力量就会很大。孔融们如果再有一些挑逗的言辞,一些恶作剧,一些刺挠,一些冷幽默,就很危险。一个大动物并非是时时都能够理解和会意的。这样讲不是说处于"食物链"顶端的动物愚钝不敏,而是它们的本性如此。因此,所有跟这些大动物走近的、更次一级的、"食物链"下端的小动物,都要引以为戒。在这一点上,陶渊明心里非常清楚,所以他能够及时地离开桓玄集团、刘裕集团,连当时的一些刺史和太守们也很少接近,偶有过往也要浅尝辄止。他不存侥幸地及时摆脱了"大动物",不失为一个明智的选择。

陶渊明在诗章里常常表露出这方面的清醒意识。正是这种规避和自我提醒,使他待在了远处,获得了更多的个人空间。"行行失故路,任道或能通。"(《饮酒二十首·其十七》)一方面他远离"丛林",放弃了建功立业的机会,另一方面又规避了最大的危险。他和所有知识分子一样,回到这个空间时也难免有过犹疑和痛苦,总试图冲出去。这个时候他的心情是晦暗的、顾虑重重的。而当他安静下来,就立刻觉得心情明朗,也富有创造力,个人生活也变得愉悦、幸福和谐。"采菊东篱下,悠然见南山。"(《饮酒二十首·其五》)这是多么好的个人生活。

· 同与不同

陶渊明的回归田园,被当时和后来的人视为隐遁的行为。关于他,人们牢牢记住的一个概念就是"隐士"。古代关于"隐士"的一些列传一定要收陶渊明。"隐士"渐渐多起来,大概魏晋是一个重要的时期。这个时期强化了"隐"的文化,因为有这样的现实土壤。但"隐"又不是一般人所要做和所能做的事情,而是有身份有地位的人才需要做出的动作,比如生存计谋,比如逃离和躲避。平平常常的人没有必要"隐",因为他们的生存本来就不突出不显著。一个无足轻重的人谋"隐",不仅毫无必要而且颇有滑稽感。"隐士"在中国又被视为"高士",是指那些出世的、修养个人内心的人,他们远远不同于社会生活中的常人。这些人通常在一个时期的文化或政治生活中占有相当的分量,一举手一投足都会影响到社会。

说陶渊明是"隐士",仔细看一下会发现事情多少有些错位,因为陶渊明跟另一些"隐士"大为不同。"隐士"往往有社会地位,有资本和名声,由这些构成了一个"隐"的基础,而后才是避世。也就是说,要具备"隐"的条件。陶渊明却没有这样的条件。

陶渊明出身于没落的仕宦家庭，父亲早逝，家境贫寒，终其一生都不曾富有。鲁迅先生曾经讲过，一个人要"隐"，哪怕像陶渊明这样一个不算富有的"隐士"，也要有基本的条件，比如房子和童仆，还要喝得上酒。鲁迅先生在这里是极而言之的幽默。史料上记载的陶渊明，大部分时间是极其孤独和贫苦的：妻子早亡，养育了好几个孩子。他的上层朋友不多，一度连住的地方都没有。房子失火后，全家不得不住到船上。常常没有合乎季节的衣服穿，吃了上顿没下顿："自余为人，逢运之贫，箪瓢屡罄，绤绤冬陈。"（《自祭文》）"夏日长抱饥，寒夜无被眠；造夕思鸡鸣，及晨愿乌迁。"（《怨诗楚调示庞主簿邓治中》）甚至是乞讨："饥来驱我去，不知竟何之。"（《乞食》）像诗中描写这些极端困苦的场景可能不多，但毕竟在陶渊明身上发生过。

陶渊明在"隐"之前无地位无名声，在"隐"之后也相当窘迫。所以怎么看怎么不像一个通常意义上的"隐士"。他在"隐"之前没有那样的动机，"隐"之后也没有那样的生活内容。这个名号实际上是后人依据他的诗名追加的，认为既然能写出这样的一些诗文而不出来做官，安于农耕，也就必是"隐士"无疑。他们觉得送给陶渊明这样一个雅号，也算是提高了他抬举了他。

陶渊明这一生虽然不是孤苦伶仃，但很长时段里差不多也算得上穷困潦倒。他刚回到田园时心情是开朗明媚的："舟遥遥以轻飏，风飘飘而吹衣。"（《归去来兮辞》）但那种欣悦的状态大概在三年之后就消失了，童仆不在了，房子烧掉了。"正夏长风急，林室顿烧燔。一宅无遗宇，舫舟荫门前"（《戊申岁六月中遇火》），索性住到了船上。可以跟他对话的知识分子也很少，一方面他本能地规避，另一方面与他情趣相投的人肯定也不多。就是在这种寂寞与贫困中，他时而吟哦和记叙，聊以度日。几乎所有诗人都有过这种寂寞，但是在物质上陷入这种绝望状态的，大概只有唐代安史之乱时的那些大诗人可以和他相比。

陶渊明在两个方面是很想得开的：一个是不闯杀身之祸，不冒杀身之险。这对于所有避世的知识分子来讲是第一要务。二是宁可穷困，不丢尊严。对于"弱肉"，"强食"的代表从来都是官场。官场是很可怕的，陶渊明在龌龊的官场里常常不可忍受，这种不可忍受已经在几次辞官的行为中表现出来。他的一些诗章文赋里表达得更是清楚："雷同毁异，物恶其上，妙算者谓迷，直道者云妄。"（《感士不遇赋》）"如何绝世下，六籍无一亲。终日驰车走，不见所问津。"（《饮酒二十首·其二十》）

陶渊明与写《与山巨源绝交书》的嵇康相比，看起来远没有那么决绝和锐利的对撞。嵇文表示了与压抑个性的封建礼教绝交，与毫无自由可言的官僚体制绝交，充满了鞭挞、讽刺，表现了对司马集团的极度藐视，对后世影响很大。后代人一遍遍展读这篇奇文，觉得是那样痛快，对一部分心性特别的人来说，可以称为一篇千古代言书。文章中一个关键词就是"绝交"，不是与山巨源一个人绝交，而是与龌龊嗜血的"丛林"绝交，与丑陋的官场绝交，与败坏的集团绝交，与堕落的人性绝交，与动物性绝交。

给予嵇康等知识分子内心以巨大勇气和力量的，肯定是朴素天然的理性，是人之为人的良知良能和文明教化在内心积淀而成的一股合力，这些足以让一个人变得勇敢，有时候甚至是不计后果冒死一搏。这在任何一个政治和文化专制环境里都屡有发生，人们将这种人称为"仁人志士",从来都是极其尊敬的。

陶渊明没有写出那样的一篇绝交书,但他以整整的一生,表达了同样的决绝、背离和反抗,他的藐视不是写在一篇文章中,而是表达在全部的行迹中,在他具体的生活记录和生活细节里,在他全部自吟自唱的诗文字句中。就此来看,他和嵇康又是相同的。

· 完整的人

陶渊明散淡出世的形象差不多已成定格,这是因为他大多数时间或者给人印象最深的一段岁月,都是在平淡安静的乡间度过的。魏晋是一个剧烈冲突的时代,他的生活却是"一团和气"。如果一定要在各种学说中找到最能与陶渊明投和的一个流派,那么大家一定会指向"道家",认为诗人受道家思想影响一定很重。从他背离官场的行为上看似乎是这样,但往往忽略了他在本质上更是一个儒生。为官只是"入世"的重要方式,但不是唯一的方式。一个人的社会责任会因为角色的改变而有所改变,但他的信念与文化心理结构不会发生根本的变化。就后者来说,陶渊明是济世心特别重的人,也正是他的"入世"反衬着那片平静的田园,才使得后者显得更突出、更显赫和更清晰。

陶渊明内心里有一个强大的主旋律,那就是儒家的入世思想。儒家从人的角度进入社会、分析人间万象,而道家则从自然的角度进入。这里重要的是角度的区别,而不仅仅是高度的区别。把儒家和道家跟西方的基督教思想相比,道家就离基督教更近一点。

道家和基督教一样从高处俯视万象，这就同时具有了角度和高度问题。儒家从人这个角度入手，却又不是简单的个人主义和人本主义，最后还是进入了一种混沌的、对全局的把握力和理解力，是另一种理性。因而不能简单地把儒家与道、佛、基督教做以区别，而要更多地从高度和角度上加以区别。

从这个意义上讲，陶渊明是一个吸收了老庄和佛教思想的人，同时在内心里，在生命质地里最坚硬的那个部分，仍然是儒家的。这就使他从人的角度，从社会的角度去观察事物。他的确没有看到哪个人成了佛，哪个人长生不老。他是一个极其朴素的观察者和思想者。他对佛道的最终结论是不相信。他没有采取释道的那些路径去逃避"丛林"；他觉得那是不积极也是不真实的，他觉得一个人无论有多少理由，还是应该从现实出发并有所作为。

他作为一个人更加接近了大自然，并且有着喜爱自然的天性，但却很少从自然的角度解释复杂的魏晋政治。就他已有的直接或间接涉及当时社会现实的文字来看，他对当时黑暗的社会与激烈的政治纷争是十分清醒的。他身在田园，眼睛却并没有完全离开时政。他对一切保持着足够的明晰与警觉，只是为了缓解绝望和悲苦，他才不停地用眼前的绿色和土色来安慰自己。

在回归田园这样一种人生现实里，他的作为又在哪里？这是他十分痛苦的地方，也是他用力探究的地方。最后他大约做出了一个解答：人的作为不仅仅是在官场，也不仅仅是投身"丛林"的生命冲荡，还有许多其他的方式。一个生命要存在下去并且获得自己的意义，也就算是有了作为。他寻找到的这种方式就是最基本的农耕生活，是劳动。他觉得劳动和收获就是生命的意义，同时也是厚待了生命。这其实也是入世的一种方式，是度过生命危机的一种方式，是安顿灵魂的一种方式。用那些遥远的、看不见的、不能够说服自己的道佛思想来安慰自己，他最终觉得不太可行。

释和道说灵魂是不死的，一个人可以转生，但是谁看到了？所以陶渊明在诗里一直否定这个。他认为起码是自己没有看到。"彭祖寿永年，欲留不得住。老少同一死，贤愚无复数。"（《形影神·神释》）"一生复能几？倏如流电惊。"（《饮酒二十首·其三》）死亡是必然的，人生是短暂的，所以要对生命珍惜。老庄和佛教的那种超脱飘逸，与极具搏杀争斗的社会人间样态保持了距离，这种思想和生活态度，陶渊明又是认可的。

道家的超脱、闲适，佛教的虚无、空寂，在陶渊明的思想里都能找到痕迹，然而他最终却并不太用以实践。陶渊明既不炼丹也不服散，最终还弃绝了与慧远一起到庐山修道。

据史料记载，慧远的白莲教在庐山的那个阶层，大部分是社会地位很高的知识分子，他们与陶渊明不同。当时的谈佛谈玄做隐士，是需要物质条件的，而陶渊明既无条件，也不愿受这些不切实际、没有结果、难以践行的学问的约束。在这一点上他是极清晰和理性的。陶渊明也常常谈论生命的虚无，比如那一大组《饮酒》诗，把光阴、坎坷、世俗名利和生死都一起泡在了酒里，在回归自我的同时，也将生命消解成了虚无。但尽管有这些感慨，毕竟还能够几十年如一日地劳作，伺候土地上的生长，伴随它们的生长与收获而喜悦。就一个生命来说，这是真正的健康和积极。就此而论他是理性的、务实的、不颓废的，也是向上的和清醒的。他不停地在这种劳动中获得愉悦，还有自我反思和自我批判的能力。

在最有名的那篇《归去来兮辞》里他写道："悟已往之不谏，知来者之可追；实迷途其未远，觉今是而昨非。"这就是自我批判和总结。他深深后悔以往，觉得那些看别人脸色、小心翼翼的入仕岁月既危险又不值，简直就是浪费光阴。

在这些反思和总结中，他必然要设问自己投身的这个体制的性质，它的前因后果、它的演变和未来的前途，它究竟属于谁？即便是自己在情感上一直不愿背弃的晋室，又意味着什么？如果否定它存在的意义和价值，那么曾祖父和外祖父的恩荣也要一块儿否定了。这在他是困难的事情。但"昨非"这两个字包含的太多了，既有自己过去的事业，也有过去为之服务的那个体制。

自己作为一个人的价值要依附在一个体制上，是多么虚幻不实的事业。这差不多等于说离开人本身去评价人，成为无凭无据的虚构和幻想。诗人在一个体制机构里服务，并且有辉煌的曾祖父等人，不可能不知道这个体制对于小到个人、大到民生到底意味着什么。盘剥和欺骗，压迫和蹂躏，是这样一种弱肉强食的关系，是维持"丛林法则"得以存在的方式而已。

他要寻找一种评判人的存在价值的真正依据。如果能够觉悟，那么一切都还不晚，因为"来者"可追，"迷途"未远。

比较种种，他认定了在这种情势下做一个庄稼人的可行性，这种人生的价值所在。比较起来，一个人在这里活下去不需要多少相互残杀的动物性，只是播种和收获，是酿造和饮用，是自古以来就有的一种活法，很健康很实在。在这里他可以和动植物们唇齿相依亲同手足，一句话，活得更像一个人。

他等于是不停地叮嘱自己,要成为一个比较"完整"的人。作为一个知识分子、艺术家乃至于一个人来讲,他的残缺的确更少一点。说到人生的遗憾,表面上看,他是很大的:贫困潦倒,最后差不多是饿死的;但从一个人的生命本质来讲,从人的意义上来讲,陶渊明却是一个挣脱了锁链之苦又免除了残杀之危的人,一个用文明和理性战胜人性残缺、到最后一直不肯妥协的人。就此来说,他是一个完整的、较少遗憾的人。

· 发明个人生活

魏晋时期是知识分子发明个人生活的空前了不起的时期,这既与佛教的传入、思想的活跃有很大关系,还与东汉以来残酷、复杂、混乱的社会格局有关系。这个时期必然要多方寻找生活出路和生活方式。这批勇敢探索和实践的人大多是读书人,他们家境殷实,物质生活比较优渥,有较高的社会地位,有条件拿出大量时间和金钱去尝试一番,比如说去过闲适的生活。一般的劳动人士是不可能的。这些读书人具备前后左右的关照能力,可以借助别人的记录和回忆来判断眼前的生活,具备脱颖而出的条件。比如何晏他们服"五石散",这之后还有人服,到了唐宋时期的李白杜甫苏东坡等人也仍然在服。即便是今天的网络时代,变相的"五石散"依然盛行,这都不足为怪。

魏晋时期特别引人注目的是一些怪诞之人:大肆饮酒的阮籍和刘伶,食"五石散"的何晏,打铁弹琴的嵇康。阮籍狂诞惊人,他居母丧期间，竟然对着行礼数的人施以"白眼"，见了携酒操琴的人立刻大悦。刘伶喝酒没有节制，赤身裸体，还说自己"以天地为栋宇，屋室为裈衣"。可见他们都是非常古怪之人。这些人其实是在苦闷的魏晋时代以各种方法挣扎下去，是在寻找活的方式。

这些人当中，提倡养生论者不难理解，如物我同心、天人合一，与外物达成一致，与万物相通以平衡自己，不让过分激烈不平的心态来影响生命。纵欲论者则认为生命无论怎样保养都有个限度，所以生活的最大意义就是享受，除此之外都是荒唐的。在那种混乱的、朝不保夕的社会威迫面前，人难免要得过且过，恣意享乐。这就走向了颓废。当年的一些大商人奢华惊人，像西晋的石崇，史料记载其所居房屋装修宏伟华丽，姬妾数百。纵欲是多方面的，只在酒色美食方面，魏晋也做到了极致。

陶渊明回归田园之后，虽与纵欲者的狂饮不同，但同样嗜酒。陶渊明与养生论者许多地方也是一样的，讲物我两忘、物我齐平、交融一体，强调和追求人在天地之间的和谐。陶渊明与那些人的最大不同，是能够真正退避到一个角落里劳动，自食其力。这看起来是最简单最基本的选择，实际上却是最有难度的。因为当年的知识阶层没有多少人这样去做，起码记载中不多，所以出现一个陶渊明也就被视为特异，以至于后来人用"隐士"为他命名。这充分说明了陶渊明在魏晋的道路，看起来简便易行，实际上却是一种"发明"。

如果不是为了谋"隐"，一个真实为农的知识人的确给人耳目一新的感觉。这既不是姿态，就必得包含具体的生活细节，是与劳累忧烦以及各种各样的困苦连在一起的,是一个遥无尽头的劳作过程。而陶渊明从这其中汲取了欢乐和安慰,同时也付出了很多艰辛。正是这种看似平易的漫漫无尽的劳作,让古往今来的许多知识分子都感到了畏惧。

一个知识分子的"归去",和一个土生土长的劳民相比,区别是太大了。对于陶渊明来讲,它是走出"丛林"的一个创造;而对于一个土里刨食的农民而言,它就是自然而然的乡间岁月。同样是做,谁来做和怎样做,内容差别很大。一个生于斯长于斯的农民不可能在这个过程中不停地进行一些"入世""出世"的权衡和反思,更没有那么多的批判和内省,也不会有那么多的牢骚和痛苦。陶渊明知道得太多,需要总结得太多,他要面对官场、朋友、文人、祖上,包括未来,进行各种各样的思索,并让这些心情伴随着创造新生活、开始新人生的全部过程。

陶渊明不是一般的读书人,他虽然不是门阀士族的后代,祖上却出过陶侃这样权倾朝野的大官,除了父亲没有为官的明确记录,爷爷及外祖父都是做官的,他自己最后是从县令的位置上退下来。他拥有祖上的三处田产,起码近三四代是靠其他人来耕种的。陶渊明能够在这样的家世中弃官为农,亲自捐上锄头做田里营生,脚踏实地干活,在陶氏家族内部看也是一个大胆的选择。

知识分子选择饮酒不难,谈玄不难,入佛不难,修道也不难。这些事项似乎都具有很高的"知识"或"雅士"含量,从一种走入另一种,只是一次转换和调试,看起来动作很大,实际上内质却是比较接近的。而陶渊明走向一种貌似平易简单的务农生活,真正操作起来却是极困难的。他切近地接触了土地和生长,变成了一个"庄稼人"。

·大自然的抚慰

魏晋时期那些入佛修道者,那些以各种方式出世的人,几乎都与大自然离得更近了。他们寄情山水,从中寻找心灵的寄托,有的还写下了大量文字。这是一个特殊时期的突出现象,是在残酷社会现实中的一次转向观望。

其实不仅仅是魏晋时期的文人发现了大自然。先秦文学对于大自然的那种深刻关怀和认识,个人心灵与之共鸣,在《诗经》中就很丰沛,这种元素在中国古代诗歌脉流里从来都不缺少,只是从先秦文学到现在逐步弱化。在网络数字时代的今天,大自然已经以虚拟化的方式"被消失"了,特别令人称奇的是,作为生命最大背景的自然界,许多人是视而不见的,他们在很大程度上是生活在人造空间里,这是一个数字与化纤交缠一体的、没有重量与质感的迷宫。

魏晋时期不是发现了自然,而是继承了先秦以来人和大自然强化交流、脉搏共振的传统。当然魏晋艺术有自己的特质。如东晋有了陶渊明和谢灵运,尽管他们两个的自然观也不尽相同,人和自然的关系还有许多区别,但有一点是肯定的,他们二人都是陶醉于大自然,享受大自然,都是在这其中汲取了快乐、力量和希望的。

回望《诗经》和先秦诸子，那些关于大自然的篇章是何等动人，这其中甚至包括了诸子的政论，如极其入世的孔子，他从人的角度去揣测大自然，阐发社会哲思，把人在大自然里得到的启示、获得的快乐，表达得十分生动和充分。

老子和庄子直接从大自然的角度切入问题并求得答案。效法自然，依存自然，所谓的"上善若水"。将自然化的人生视为生活的最高境界、思想的最高境界，也是艺术的最高境界。

魏晋进一步靠近了中国文化的自然传统，中国哲学的自然传统，这也是魏晋的文人士大夫们在极其恐怖惨烈的社会环境中不得不更多地依赖佛教和老庄思想的结果。释道汇流是东晋知识分子主要的价值取向，但这其中的一些著名人物，在这个过程中的具体表现还需要加以辨析。

陶渊明貌似走了一条简易的道路，实际上却是一次艰难的践行。这不仅要求他在短时间内有一种决绝之力，需要冲破思想牢笼的勇气，接下来还必须有漫长的坚持。陶渊明从总体上来讲，是一个在人生判断上较为清晰的人，没有陷入很大的迷途，一旦做出了决定，就再也没有改变。

陶渊明自己很谦虚，自鉴为"性刚才拙"。"性刚"是他对自己的观察和鉴定，也是一种自我省察，但是从外部看来，他的性格缓慢松弛，甚至过分地超然和达观了，并没有什么"刚"和"烈"。因为从世俗意义上看，他并没有什么莽撞冲撞的行为，也没有惊人的语言冒犯。他知道自己是什么人、能走多远、怎样做才切实可行。有些事他想做也不能化为行动，这既是他的痛苦又是他的优长。在当时的"丛林"里，他总算做到了知己知彼。

如果把他放到一个与权势集团正面对决的位置上，不知道他会采取怎样的方式。一切都不能假设。我们更多地想象他会是一个明哲保身主义者，因为在规避危险方面，起码在已有的记载中他是做得恰到好处、适可而止的。许多事情他做不来也不能做；有些是他不屑于做，有些则是他极为藐视的。正如他在所有诗中都小心翼翼地触及时事，即便是愤怒至极谴责刘裕时，也使用了隐晦的方法，只影射提到毒杀晋帝的那杯鸩酒。他在描写时局的时候也不会得罪某一具体的强势人物或集团，只用"八表同昏"或"鸟尽废良弓"之类的言辞。这说明他做人是极其小心谨慎的，是一个懂得保护自己的人。

这样一个人，大自然对他的抚慰之力就成为至关重要的了。

·最大一笔遗产

我们常常谈到性格与命运的关系，这在陶渊明身上尤其能够得到印证。从文章和诗句里看，诗人是一个简朴、收敛、躲避和小心的人。这种性格保护了他也长期局限了他，像一个牢笼一样约束着他。他几欲冲破，甚至独自写下"刑天舞干戚""丈夫志四海"这样的句子。这是怯懦的反面，是内心里生成的另一极，是对于现实生活和人生处境的一种心理补偿，而不在于展露雄心壮志、勇猛驰骋的豪情和抱负。当"性刚"与拘谨的行为形成极大反差的时候，也就产生了张力，这种张力必然加剧他的痛苦，强化他的反思。表达在诗章里，常常是感叹自己时运不济，说自己"有志不获骋"，不能够把纵横驰骋的心愿化为行动。在这方面，陶渊明的态度并不暧昧，是很清晰很直接的。

在《命子》一诗里，他一再罗列曾祖父陶侃的丰功伟绩。实际上离陶渊明最近，伸手可及的一个实在人物就是这位曾祖父。陶侃的文治武功，在"丛林"里获得大胜，最后功成身退，使整个家族为之自豪。"功遂辞归，临宠不忒。孰谓斯心，而近可得。"陶侃显然是整个家族中最明亮最显赫的一个徽章，诗人愿意把这枚徽章高悬在家族的门楣上，经常指点给后人看，形成文字，做出记录。有了这样一个标志、一个传统，再做陶氏的后人就十分困难了。后一代只能感叹自己没出息，没勇气没才能，发出类似的孱弱的感叹。

《命子》诗实际上隐含了更多的元素，绝非只是一种自豪感。这里面甚至还有不难察觉的沮丧和自遣：自己既是归隐的，逃避的，无所作为的，是内心倔强而外表软弱的一个人，那还有什么话可说？

再有一点让我们不能忘记的，是陶渊明虽然在诗歌艺术上取得了辉煌成就，赢得了越来越大的赞誉，但对于当年的诗人来讲，这些文字却远不是留给别人欣赏和炫耀的"作品"，而只是他个人的一种排遣、自慰、总结和反省的方式，是这个过程中自然形成的文字。他的写作就像饮酒一样，能够安慰个人的灵魂，帮助自己度过艰难的人生。

可见在诗人自己的总结和判断中，无论是文章还是当世事功，业绩都几近为零。就像他干干净净的文风一样，就像他个人贫穷潦倒、家中没有多余的财物一样，诗人真的认为自己是那样苍白和单调,什么都不会留下来。他的精神和整个行为所焕发出的思想意义、标本意义、榜样力量、感召后人的所有元素,都是后来者总结和分析出来的,陶渊明在当年是无法体察也无法想象的。他个人既不能感受自己创造的光荣和伟大,也不会在意全部行为的后世意义,而只是享受和忍受着具体生活细节的欢乐、烦琐和痛苦。

苦难对于陶渊明是无边的,这无边苦难所放射出的精神的光辉,都是后人站在遥远之地才能看到的。对于我们来讲,这既是一笔了不起的遗产,也是一个深刻的警示和感动。这是诗人必将付出的人生代价,也是他用整个生命做出的贡献。陶渊明被一种文明培植,这使他不得冲入"丛林",没有以自己的动物性展开一场生死对决。动物性无论是过去还是进入二十一世纪的今天,都常常是生存或制胜的不二法门。我们渴望文明战胜野蛮,而且希望这种结果不只是一个局部、一个小小的时段。但最后我们常常还要承认:人类不仅离完胜还有难以勘测的、无法度量的漫漫距离,就是眼前的乐观也常常要化为失望。

无论是文治还是武功,无论是社会层面还是其他,"丛林法则"近乎一个永恒的人类法则。即便是可以预见和想象的未来,我们也仍然看不到这个法则消亡、人性中动物性大部泯灭的那一天。这极有可能是伴随天地万物一起演化,以至于走到终点的一个"法则"。也就是在这种悲观和绝望的判断之下,我们才更加看到了人性的光辉,人的全部伟大以及可能性。

无论古人还是今人,那种"知其不可为而为之"的恒心和意志,都是壮烈和伟大的。我们正是从这个意义上遥望陶渊明,感受陶渊明,理解他的艰难和卓越。

在魏晋时期,无论是"竹林七贤"还是其他一批知识分子,都继承以往并进一步创造了个人生活。既有创造,也就伴随了一系列价值判断。陶渊明比起他们多了什么又少了什么,有何不同,这也是我们的题中应有之义。

许多时候我们一谈到陶渊明就会将其简化为回归自然、悠然闲适。鲁迅先生曾批评说,陶渊明也不尽是那样,正因为他"并非浑身是静穆,所以他伟大"。鲁迅很欣赏陶渊明摆脱社会黑暗之后所获得的精神自由,从个人自由意志的角度,他是喜欢陶渊明的。鲁迅同时又对于陶渊明所获取自由的这种归隐的方式、从个人之于社会的角度,并不十分赞同,才特别将陶渊明豪放大胆的一面指示出来。

我们不能因为个人的趣味和愿望,只把诗人身上的某一部分抽出和剥离。把他化为一个单纯的符号是再容易不过了,但这实在不能囊括全部的陶渊明。我们必须把他放到魏晋这片"丛林"里面去考察,放到当时知识分子的千姿百态中去研究。这样做的结果,就不会只是"悠然见南山",不会面对这位田园诗人最后饥饿而死的悲惨命运感到惊讶和不解了。

我们将直面一个结果,即"丛林法则"和人类的"文明法则"不可调和的深刻矛盾。这个不可调和,在陶渊明全部的人生里得到了细致而充分的诠释。这正是他留下的最大一笔遗产。陶渊明在"丛林"之中、在"丛林"边缘所不得不回答的尊严问题,入世出世问题,如何生存、怎样战胜自己的懒惰和懦弱等等一系列大问题时,留下了宝贵的"遗言"。从这个角度去看诗人的全部文字,是最具价值和意义的。

· 创作的四个时期

根据陶渊明的诗歌创作，大致可分为四个时期：青年时期的代表作是《闲情赋》；中年时期的代表作是《归去来兮辞》；近晚年是《感士不遇赋》《饮酒二十首》《咏三良》《咏荆轲》；最后是晚年时期。尽管"近晚年"和"晚年"只差五六年，但却要把它们划为不同的时期。

他的晚年作品是《桃花源记》《扇上画赞》《读史述九章》《拟挽歌辞三首》《自祭文》这一类。学界一般将陶渊明的创作只分为三个时期：青年、中年和晚年。这里要专门划出一个"近晚年"，是因为它与"晚年"实在有很大不同。

陶渊明的青年时期像所有人一样耽于幻想，对青春有一种特别的敏感，有爱恋和狂热。这时他不仅写下了《闲情赋》这样缠绵、对异性充满想象爱慕、烂漫夸张和充满比喻的文字，而且这种状态直到后来很大年纪的时候，还常常被忆想和怀念。他后来的诗歌里记录了一些年轻时的幻想："少时壮且厉，抚剑独行游。"(《拟古九首·其八》)"忆我少壮时，无乐自欣豫。"(《杂诗十二首·其五》)这都是后来的追忆，是对年轻时代的回顾。《闲情赋》是有争议的作品，比如萧统不喜欢，认为它淫；苏东坡喜欢，认为它不淫；鲁迅喜欢，认为它有趣。

陶渊明在青年时期要入仕，要力求有所作为，也就难以安定下来。文章的存留既是必然的又是偶然的，《闲情赋》留下来了，类似的诗文还有没有？另外，诗人在同一个时段里并非只表达同一种情绪，其他的作品又是怎样的，如今我们都不得而知了。

他的中年作品最让人喜欢，也是被人们引用最多的，成为他一生的代表作。那种对欣欣田园的描摹、记叙，是最有魅力最迷人、最能对他人产生吸引力的。这一时段的诗文拨动了一代代人的心弦，以至于所有厌烦了人与人之间的烦琐缠斗、怀有相同的痛感和敏感的人，都会反复玩味这部分陶诗，爱不释手。诗人的这条归乡之路，这片田园，尤其在今天后工业时代的读者眼中，可以说承载了全人类的乡愁。这正是陶渊明思想与艺术的核心部分，面对它无可比拟的绚丽想象，大家都会发出与诗人相同的喟叹："胡不归"！

"胡不归"？归向哪里？最有吸引力的一个去处，就是人到中年的陶渊明所描绘的那片光明烂漫的田园。这样的场与境和情与态已被陶渊明写尽，后人不必再写，因为实在难以超越。而后出现的所有关于回归乡野的情思与美好，都鲜有溢出陶诗为我们所描述的范围。

陶渊明的"近晚年"则有点特别。尽管在他诗文写作时间的判断上有些小的出入，不同的人有不同的认定，如有的说《感士不遇赋》等诗文不是近晚年的作品，但更多的认为像《感士不遇赋》《读〈山海经〉十三首》等满怀悲愤，应该归于近晚年这个时段。在陶渊明五十四五岁的时候，生命来到了一个特殊的阶段。这时的诗人对命运有一种新的悟想，其诗赋则出现了一种悲愤的色彩，一反中青年时期的明丽和恬淡，在诗句的亮度、节奏、气氛、情绪上都有诸多变化。陶渊明这一时期强化了屈原的某些东西，这就是愤怒。

到了晚年，六十岁左右的时候，他又稍稍舒缓平静下来：偶有悲愤，但像《扇上画赞》《读史述九章》，特别是有代表性的《桃花源记》，却有了另一种寄情，展开了另一个向度的想象。这种想象客观上也是对"丛林"的极度否定和厌恶，仍旧是一种抗争的方式。他设计和创造了另一个世界，当然也需要具备构筑这样一个明朗世界的心情，这就是闲适、超脱和平静。他晚年时走入了这样的一种状态，与"近晚年"的陶渊明相比真是迥乎不同的一个人。"近晚年"的诗人多有激愤不平之气，"晚年"则走入了一种通达和畅快。

· 为梦想命名的人

我们常常会想，与西方那个"乌托邦"相对应的，也只有东方这片"桃花源"了。这个令人着迷的地方无论是实际存在，还是由诗人杜撰，都已经在精神和艺术史上化为了永恒。有人一直认为它在当年是真实存在的，只不过由诗人发现了而已，理由是这篇文字太有"实感"了。通常看生活与创作的关系好像如此，因为如果不是亲身经历的实境，怎么会写得这么生动逼真、这么多翔实的细节。而且文字中的色泽光亮气息，还有风物等等，都历历在目楚楚如新。

为了证明这篇文字是一篇实录，从古到今，不知有多少人尝试着寻找过。有人考证，有人发掘，有人自豪地说终于找到了，还有人直接说某地就是"桃花源"。在旅游经济时代，只要能牵强附会一下的地方就尽可能地打扮起来，植一片桃树，开一条水道，拴上几叶扁舟。外地游人一批批坐上小船，在窄窄的水道里往前摸索，曲曲折折地挨近，然后就是桃花灿烂，就是"芳草鲜美，落英缤纷"。桃林走穿了就是一座小山，"山有小口，仿佛若有光"，小心地让小船钻进去，于是马上"豁然开朗"。

接下来看到的无一不与诗人记载相同，什么屋舍、良田、美池和桑竹，一条条光洁的小路，一声声鸡鸣。有穿古衣的人，有"怡然自乐"的人。当然游客很快就明白这些劳作的人、这些屋舍都是后来加上去的，只为了观光的需要。但他们还是不由得要信三分，因为这种地形地貌不是随便就能造出来的，从大的方面讲这分明不是人工而是天然。所以不少人就在心里认定：自己终于来过那片世外桃源了。

不过尽管如此，仔细看就会发现诸多破绽。从进入水道开始，再到钻进小山里面，无论费了多少努力，这个环境也还是缺少隐蔽性和神秘感。总之这里还不像"世外"，一切看上去都太容易，太显露了。大自然并没有在这里与我们捉迷藏。

有人会辩解说，这是因为经历了漫长的时间，人类对大自然早就过度开发了，世界上再也没有一片未开垦的处女地了，信息时代，所有秘境都将对人敞开。话是这样讲，但这里要注意的是，从大的自然环境上看，比如山地屏障等基本要素并没有破坏开凿的痕迹。诗人是这样记载的：为了再次寻到这片秘境，发现它的人沿途都是小心做了记号的，但即便如此，事后也没有任何人能够返回原地。可见这是真正的秘境了。

到目前为止，还没有一处现有的自然环境能够与诗人的描述相符。

人们出于猎奇心理，更有商业目的，最希望"桃花源"实有其地。但这种期望是不切实际的，而且这样做不是推高了诗人这篇奇文的价值，相反，却是在降低。因为说到底这是诗人的杰出创作，是最值得人们沉湎的一次幻想，而不会是对自然界的一种真实造访。这种完美的情与境不会是人间实有，而只能是一个梦想，是虚构出来的奇异之地。这是真正的想象，是用心灵活泉浇灌出来的一片桃花和一个世界。

诗人处处勾勒仔细，煞有介事，逼真到不能再逼真，那正是创造者的完美技术，也是引人向往的需要。想想看，如果读者恍惚痴迷到四处寻觅的地步，那才是最成功的一次虚构，艺术与思想的力道也就加倍生成了。

有人认为陶渊明创造出这样完美逼真的一个世界，绝不能凭空想象，这就是他们坚持"桃花源"实有其地的重要理由。但我们不可忘记的是，诗人有过半生田园经历，而且是一个沉迷于山水自然的人，他享受过山水田园也遭受过诸多磨难，有无数揪心的痛楚与遗憾。特别是那片最大田产的烧毁，给他留下了巨大的痛苦。长期以来，诗人心里的田园梦比一般人要更盛大更深刻，而且会一再地做下去，重重叠叠不能终止。他要在梦中将烧毁的田园恢复起来，并且还要创造出一个更完美的。

诗人写作这篇文字的时间已近晚年。这时他走向了新的平静期，正是从头总结和展开想象的日子。一生的重要关节都要在这个时期汇集，一生的经验和理想也都要在这个时期整理。这篇文字也许是最集中最充沛的一次倾诉，尽管这里使用了平缓的口吻，运用了讲故事的方式。

对应这个传奇故事的是什么？是诗人一生的不幸，是可怕的魏晋"丛林"。血流成河民不聊生的现实，与那片梦想中的和平安谧两相对照，愈加显出了现实的黑暗，显出了"丛林"这个非人世界的狰狞。那片"桃花源"内无体制无压迫甚至无时间纪年，唯指出了它的起因："避秦时乱"。这是浓重的一笔，却不一定引人注意。

"秦时乱"即专制的恐怖，如焚书坑儒。

由"秦时乱"对应明媚安静的"桃花源"，这其中蕴含和表达了诗人多少控诉与愤怒之情。其实诗人没有说出的一句话，就是这场"秦乱"还远没有过去，它就在当下继续着，它就是魏晋的现实。诗人选择的农耕生活本来就是为了避乱，可惜一切都未如人意，现实就是这样可叹可悲。

也就在这样的心身处境之下，陶渊明给梦想命名："桃花源"。

·挺　住

陶渊明未必不想"养生"，也实在想"逍遥"，想让一次性的生命得到最好的照料和保存。他在这方面的愿望与魏晋时期的知识人都是一样的。他已经尽了最大的努力，比如远离喧嚣与纷争，沉迷于自然风光之中，比如一次次酿造美酒。可是生活像一块沉沉的铅坨那样系在身上，让他越来越举步维艰，最后几次跌倒在地，再也不能爬起来。

可是他无论如何还是不想返回那片"丛林"。每到午夜里睡不着，诗人一定能够听到远处传过来的嘶鸣和呼号。那里正在进行着永无休止的狩猎，不过不是人和动物之间，而是人与人之间。人与人互为猎物的时代还没有过去，只要这种惨象一天不能结束，他也就一天不能返回。

他在自己的田园中慢慢地让生命燃烧、磨损，还有抗争，咀嚼其中的喜乐和痛苦。他这一生耳闻目睹的杀戮与翦灭简直太多了，总是小心翼翼地嘱咐别人，嘱咐孩子："非穷达不可妄求……汝其慎哉！"（《与子俨等疏》）

诗人的谨慎不是多余的，也就在回到田园之后，诗人曾经跟从的建威将军刘敬宣，即被其部下王猛子杀害。生活可以说如履薄冰。尽管如此，陶渊明仍不敢说自己当下的选择是唯一正确的，所以他又不断写出那些质疑的文字。

生活方式，人的性格，接受的教育，人生理想，都是多种多样的，所以人的榜样也可以是多种多样的。我们会一次次想到魏晋时期那些撞碎自己的知识人，感到震惊和痛惋。我们不能用陶渊明式的生活道路来否定孔融和嵇康等人。他们的壮烈以及悲惨结局、短促人生，或许都是命运使然，不可以摆脱。生活中总有一些过节、一些局部是不能超脱和避免的。一个人一生小心，可能在很大程度上摆脱那些不可规避的毁灭瞬间，也可能并非如此。

陶渊明之魅力，越是到了乱世、到了痛苦不可解脱之时，越是增强。随着时间的推延，人们对陶渊明将越加怀念、品味和欣赏，因为诗人的结局比起那些更惨烈的人生，当是一个舒缓的、可忍受的、可操作与可效仿的榜样。人们有时候想起陶渊明，只记住了菊花和篱笆，记住了远望南山的悠闲，记住了饮酒带来的快乐，记住了醉眠恍惚的欣慰，而不愿去想他的贫穷潦倒、四处乞讨的困境。

人们尤其很难相信：就在诗人饥饿难忍，吃了上顿没下顿时，竟然拒绝了刺史檀道济送来的救命粱肉。

这样的弃绝让人有些不好理解，也超出了常人理解的范围。不过这也让我们多少明白了陶渊明的最后心情，知道了一个似乎温文的老人还有难以想象的顽鲠。原来他的内心真是刚烈决绝的，他对残酷的人类命运、对"丛林法则"有多么悲愤和绝望。他以一种极端的方式表达了复杂的内容，其中有抗议和不屑、与体制再次厘清的宣示。这可不是"破罐子破摔"之类俗语所能概括的，而是极度悲绝之下的一次撞击。他竟然也回到了"撞击"的状态，在来日无多的时刻撞碎自己，一了百了。

尽管这可能只是一念之下做出的决定，但必定与诗人长期的焦愤忧思有关。这次拒绝也许真的意味着死亡，而非一般不近人情的推拒。他要把自己送上末路，不再犹豫，是一次残酷的选择。

人们往往忽略了陶渊明最后的岁月，特别是那个结局。人的不如意十之八九，痛苦才是常态。里尔克曾有一句名言："其实毫无胜利可言，挺住便意味着一切。"当所有人身陷现实的重重矛盾之中，无论是乱世还是盛世，都将面临不可解脱的痛苦，在这种境况之下，谁又会胜利？于是才有"挺住便意味着一切"。不过怎样才算"挺住"？谁又能"挺住"？这是颇难回答的。每个人"挺住"的方式不同，垮塌和失败的方式也不同。我们常常看到一些突兀结束自己生命的人，走向极度荒唐的人，颓丧或自残的人，他们都没有"挺住"。

"挺住便意味着一切"，何等深刻、朴实与确切。

陶渊明就是一个在万般痛苦和艰难的窘境和险境里"挺住"的人。至于他为什么能够做到，则是我们面临的一个大问号。我们从诗人身上寻找这个问号的过程，就是发现其魅力的过程，也是频频触动我们痛点的过程。陶渊明几乎比其他所有魏晋时期的知识人更能够打动我们、激发我们，让我们据此反思和总结许多。在这个无比烦琐纠缠又险象环生的数字时代，人类来到了一个新的十字路口。自然环境之灾难，人文环境之沦丧，许多时候人类经受的折磨多于欣喜，几乎无计可施。以前哀叹世纪末，现在又悲观世纪初。人往哪里去？人从哪里来？也就在这样的时刻，我们的目光又一次转向了诗人陶渊明，因为我们不仅向往他的那片"桃花源"，我们更期待自己像他一样直面人生，并且也能够"挺住"。

陶渊明最后可以饿死，可以穷困而死，但其思想信念和精神却没有溃散。他始终是一个"挺住"的灵魂。在激荡的时代横流里，他是一座没有冲毁的个人岛屿，而不是一摊溃散的泥土。他没有在时代的水流里面变为一汪浑水的源头，而成为一块使周边水浪清澈流过的岩石。

我们后人要做一个坚实的岛屿，还是做一堆冲泡即散的泥土？这个问题摆在了所有人的面前。人人都在"丛林"里，人人都要做出自己的回答，接受它的挑战。这就包含了整个人生的艰巨性，包含了或伟大或渺小或可怜或值得纪念或不堪回首，等等一切的深刻区别。

· 种子依旧活着

魏晋出现了那样一些知识人，如极度的享乐主义、出世修道、谈玄食散、千方百计实行养生的人物。他们当中的思想主流就是逃避，就是将保存生命提高到最紧迫最重要的位置上来。这是完全可以理解的。每逢到了朝不保夕的大乱之期，人们也就纷纷思考首要的和根本的大事：怎样保全。与这个方向相一致的就是养生学的发达，就是与此有关的哲学思想的开展。当现实的一切令人悲观无望，人们也就不再尝试改造这个现实，不再为它投入任何的努力，而是转向自身生存的需要，特别是对肉体小心翼翼地呵护。这个时期各种神秘的莫名其妙的养生秘籍、深奥的理论学说都会出世，而且呈现出方兴未艾的趋势。

道家与佛家开始合流，并且在很大程度上改造得更加适宜于时代的需求，更加世俗和通俗。这样的社会状态往往是两极化的，一方面是剧烈的利益搏杀，是无所不用其极的拼抢和争夺，是生命的大面积伤害，生民涂炭；另一方面又是千方百计的逃离和躲避，是少数人最大限度地享用物质，生活走向耸人听闻的奢华和糜烂。这些倾向在魏晋时期都得到了最充分的展露，无论是流血的残酷还是物质的奢侈，都能随手拈来地找到大批例证。

这就是"丛林法则"盛行的基本特征，而且鲜有例外。这样的时期在思想主流方面,几乎是儒家精神的全面退出。如果从中国文化里选取两大互补或互换的思想体系,那么就一定是"儒"和"道"。乱世一定是"道"的天下,是通通想得开,是无为,是怎样都行,是求生的智慧,是各种各样的隐,是圆融和透彻,是对生死的超越。

没有这样的学说支撑,人将活得更苦,精神上的出路就被彻底堵塞了。

汉末以来的生活实在太可怕了,这从蔡文姬《悲愤诗》中的描绘可见一斑:"卓众来东下,金甲耀日光。平土人脆弱,来兵皆胡羌。猎野围城邑,所向悉破亡。斩截无孑遗,尸骸相撑拒。马边悬男头,马后载妇女。"在这种残暴和淫威之下,稍微有点理性和智慧的人怎能不速速逃避?幸亏那时候还有一些偏远闭塞的角落,可以去躲避和修行。

儒学在汉末已经崩溃。当时的儒学研究走向了晦涩不解,背离了儒学原旨。另一方面,残酷的现实也让人无法入世,只有恐惧。现世主义者大批涌现,整个知识阶层都看透了人生。实际上每一次社会动荡所带来的最大后果,就是使人纷纷走向享乐主义,理想会被压缩到最小的空间里。

在这种情况下,陶渊明作为一个理想的儒生,其入世精神就会被压进内心小小的一个角落。他不得不把最珍爱的东西封存其中。但是这粒种子并没有死亡,它埋在了心灵的土壤之中,埋在深处。人到中年,他经常追怀青年时期所持有的这些理想,也时常对后人提起。到了晚年,他念念不忘的还是这些。这粒种子依旧活着。

陶渊明直到最后也是一个入世心很重的人。人们只看到他的逃离和回归，并当作他理想的全部，其实远远不是。这种归去只是不得已而为之，只是理想的变型与转型。他的从事劳动，不纵欲不颓唐，就是种子不死的最好说明。值得特别肯定的是诗人回归之后获得的健康的生命力量，是由此而成就的另一种积极的人生。就他个人来说，他自己认为人生的绝大部分是失败了，只有某一部分是成功了，这就是未能同流合污，敢于说"不"。但无论如何不能为世所用，施展抱负，大丈夫气概得不到展现，这让诗人觉得最终还是一个失败者。

我们对诗人如何判断？我们最欣赏的当然还是他敢于对"丛林法则"说"不"。无论遇到多大的诱惑，面临多少不可解脱的痛苦，即便饿死，也仍旧要说出这个"不"字。

这就是"挺住"，这就"意味着一切"。他靠什么挺住？既非对神的信仰，那就一定是对生命本身的留恋，是生存的本能。最重要的，还有对大自然的热爱，有业已形成的自然观和文明恪守力。他是一个直到最后都未能放弃原则、未能丢失尊严的人。他可以失去生命，但他没有被打败。如此，我们可以把陶渊明看成一个拥有了"一切"的人。

· 何为风度

有人认为陶渊明是"魏晋风度"的最后一片风景，这样讲虽然有点夸张了，但却不可以否认诗人的"风度"，不可以否认他是这其中的杰出代表和象征。

魏晋在陶渊明之后还延续了很长时间，仍有大量得到记录和未能得到记录的事迹与抉择。"魏晋风度"的"风度"两个字可做何解？首先，"风度"当是一种尊严，没有尊严何来"风度"？所以尊严问题从来都是人生的至大问题。人可以选择不同的途径获得尊严，但前提是它最终不可丧失。在一个缺乏公正的生存环境里，所谓人生就是尊严不停地被践踏，却要不停地在各种机缘中唤起和保护的一个过程，这其中包含了所有幸与不幸、所有的悲剧喜剧、不可调和的矛盾以及与命运有关的一切。

"魏晋风度"实际上就是讲在嗜血、弱肉强食的"丛林法则"面前，如何保持尊严的一个命题。陶渊明所体现的"风度"，最突出的就是他直到饿死，仍然还是保持了自己的底线，没有失掉尊严。社会政治的黑暗促使一些魏晋人物发生了内在觉醒，他们从对外部世界的向往转向了对生命本身的珍惜、对自我价值的发现与肯定，如有人试图以清谈玄学饮酒炼丹这样具体的率真、放诞、飘逸的生活态度，来超越现实和悲哀。无论如何，这比起与强势集团的合作要高出许多。这直接是对食物链顶端动物的一种藐视和鄙视，是头颅高昂的人生姿态。在随时围笼的死亡恶境下，一个人能纵酒能高谈阔论，真是潇洒得可以。这种令人讶异的现象是魏晋所独有的。

在权威与恐惧面前崩溃而扔掉尊严的人比比皆是。从原始社会到现在，人的尊严每时每刻都在践踏中苏醒或沉睡。被践踏时我们感到无可奈何，悲愤难抑。深夜痛哭，无眠以待东方之既白，都因为有个尊严的存在。没有尊严则没有痛苦；没有尊严即彻底臣服于"丛林法则"。不幸的是人之为人的那一刻，从混沌到实在的那一刻，也就是人被赋予生命的那一刻，即作为一个容器被注入了良知和良能，这就是所谓的人性。人性追求美好与完整的特质是不会完全失去的。有时候看起来失去了，但实际上仍旧顽强地存在于生命之中，不过它隐藏得更深一点而已。

陶渊明用归去和劳作的方式来保持尊严，这当是一个向度，一个方法，很基本也很有效。他的更大的不同或者说价值，是与这种身体力行相一致的精神探求，是完美精致和深邃悠远的思想表达，是他用全部生命实践所找到的那片"桃花源"。这是他的作为，他貌似"出世"的入世成果。

需要指出的是，诗人的方法不是唯一的方法，也不是最后的方法。世界上存在各种各样的方法，如为了保护尊严即刻完结自己的生命，如隐忍坚持。丢掉尊严的机会和方式也很多，人几乎每时每刻都在丢掉尊严，也在每时每刻捡起尊严。永远把尊严握在手中，不让其滑脱，以至于精疲力竭难以坚持的时候，人们便会想起陶渊明。陶渊明就是一个直到死亡降临也要紧紧握住尊严的人。因此他才强烈地感染我们打动我们，有如此的感召力。他给我们指出了一条希望之路：人在最困难无望的绝境尚可以保持尊严。

人可以如此。人不过如此。人能够如此。

第二讲

无眠的尊严

· 无眠的尊严

人与人的区别是很大的，有的人为了一点施舍可以舍弃一切去追逐，不管不顾。苟且，乖巧，机会主义，背叛出卖，这都是人们所熟悉的。而有的人为了恪守，为了维护尊严，可以放弃生命。世上确有伟大的殉道者，如布鲁诺被烧死在鲜花广场，如许许多多为人类尊严而殊死一搏的人。这种情况屡有发生，而且被作为一种不可企及的人格高度得到推崇。这在大多数时候是可以理解的。生命一旦诞生，就要面临各种各样难以预测的复杂状况，有时候的确被逼到了绝境，因为不可承受而孤注一掷。我们对这种决绝给予了充分的谅解，并深深为之痛惜。我们不能将牺牲者的瞬间心情完全还原，只能凭个人的生活实践和人生经验来体味和领悟。

但是另一方面，对这种激烈的生命反抗也会产生各种各样认识的盲角和误区。反抗的方式将因为不同的境遇而不同，因当事者的不同而变得千差万别。比如说陶渊明厌恶时世，不与当时的强势集团合作，却并没有像伯夷叔齐那样饿死在首阳山，而是转向了人人可为的耕作生活，并从中找到了自己的乐趣，获得了个人的满足。陶渊明将一种冲撞的激烈缓释开来，让生命变得丰盈和可爱。这种尊严的表达不是采用了瞬间撞击的方式，而是化为绵长徐缓的坚持力。他在强暴面前没有非此即彼，没有在合作或对决中执其一端。

有人希望他是一个维护晋室正统、不与强权合作的典型，很乐于强化诗人的对抗性。在一些人的愿望里，特别是作为一个旁观者，其实是很愿意看到"硬币"的另一面的，仿佛只有那样才算完美，才令人有满足和痛快感。然而陶渊明并没有满足这样的期待，不但没有做"另一面"，而且他的言与行也不处处对应着强权与时政，更多的倒像是受兴趣支配，是由着本性的一次职业变更。他直接做了"另一枚硬币"，即回到他自己最喜欢最能够接受的生活方式当中去。

实事求是地讲，陶渊明离开官场的行为既有不合作的元素，也有其他，这里面本来就非常复杂，比如他习惯了自由散淡，比如喜欢农家生活，比如打理祖产的愿望和责任，还有田野和酒的吸引，等等。这一类事情是最不能依照我们的心愿加以"提炼"的，一旦"提炼"出一个主题，就会说来说去没完，看上去也很像那么回事，很痛快很有条理，但就是与实情不符。纵观关于古人今人的一些描述，一些分析和概括，总觉得有什么不对劲，因为但凡成熟的、有阅历的人都知道，人这一辈子不会那么简单，不会那么逻辑化，这里面实在有太多的即兴、太多的不可思议，更有太多的偶然性。

后人为了做文章这点私事和小事，常常不惜改变基本的事实，这种情形并不少见。比如抓住一点不及其余，比如任意拔高或贬低，比如把极简单的事情说得特别复杂或正好相反。像陶渊明，他即便在刚刚离开官场时火气很大，日子长了这火气也总要撤下来，因为他需要面对的东西还有很多，一切都要从头开始。这也是一个渐行渐远的过程，是一种很现实的、多重的选择。

我们也不能以诗人的道路去否定其他。陶渊明不应成为唯一的榜样，推动人类文明的方式也不止这一种。尊严的表达是自由的，它发自人性的本源。同样是不合作的愤怒，有时候也并不一定是出自心底的自由意志，倒极有可能是服从和跟随于周边的、群体的冲动，是一种不知不觉中的迁就。对强势的不妥协，除了直接的反抗与冲撞之外还有什么？这就是我们一开始就提出过的。

陶渊明背过身去过自己的生活，不仅没有做出那种激烈的、大幅度的动作，而且很可能在许多时候并不认为这是一种"反抗"，平时大概也不会把这种事放在心上。但客观上看这样一种状态却一定包含了反抗力，只是这反抗的目标既大又远：不仅仅是篡夺和背叛晋室的阶层和士族，而且还有违背个人天性和自由的诸多因素。

诗人自觉不自觉中做出的反抗，目标既巨大又分散，所以就需要更长时间的韧性坚持，仅靠一时的愤怒和决绝是完成不了的。他的行为既包含了理性的推动、判断和鉴别，更是出于性情的偏爱。长久地做一件事，坚持下去，需要的支持力就要十分韧长。他要不断地回答一些问题，不断地犹豫和怀疑。也许就是这些反省和质询，才没有让自己在最艰难的时候放弃，没有重新折返到旧路上。因为他不会昏昏睡去，所有的总结和自叮，都会一次又一次将沉睡的尊严给拍醒。

・精神洁癖

我们通常会在更多地道德化、社会化地认识所谓"反抗"的时候，把解决那些切近的现实目标，作为最大和最艰巨的任务来对待。其实一个人争取自由的反抗，最艰难最沉重的任务也许要分散得多、遥远得多和广大得多。一些危害个人自由的因素有时要来自特殊的、不为所察的一些方向和角落，它们更隐蔽也更无迹，所以就更容易失去警惕，更难以捕捉和瞄准。

我们在阅读陶渊明的时候，总觉得他丰腴饱满的个人生活里面，蕴含着对那些未知的、邈远而分散的外力的警醒和反抗。这种反抗更多地出于本能，是无时不在的。所以陶渊明在用一种模糊的、全部的生活，对抗压抑自己生命的那些未知的或不可命名的元素。我们越是从这个角度和层面理解陶渊明的所谓"反抗"，越是有可能接近于一个生命的原态和真实。

当我们越来越感到陶渊明对后世知识人、普通人产生的巨大感召力时，常常不由得设问：这其中的奥秘到底来自哪里？经过不断地追索，会发现其中最重要的一条，就是人人生来都要面对的尊严（自由），是对这个至大问题的处理方式。每个人面对客观世界受到委屈、压抑和巨大不适的时候，都要寻找一个反抗的榜样，或寻找一个逃匿和隐遁的方向。也就在这样的时刻，我们不约而同地找到了陶渊明，找到了这位晋代的兄长。

但是作为一种生活方法或榜样的背后，当事人到底付出了什么又找到了什么，一般人或许是难以细究的。大多数人或没有这样的能力，或没有这样的专注心。大家普遍愿意服从一些成说，比如后代知识人对陶渊明一次又一次的诠析和论证，服从那些对诗人最表层最浅显的概括和鉴定，而不愿自己迈步往前，一直走到真实当中。对往昔的人与事，总是苦恼于没有更多的现场记录，所以服从一种社会化的、简单化的诠释常常是便捷和容易的，也会渐渐成为习惯。

陶渊明能够深深撩拨我们的，是全部文字中透出的那种精神洁癖。人一旦有了这种素质和特性，就有了强大的人性力量，这种力量表现在原则与恪守方面，对"尊严"的要求非常强烈也非常敏感。这种"尊严"感时刻存在，不过并非时时具体表现出来，而是藏在了生命皱褶的深处。我们没有能力抻开这些皱褶，只是被吸引，很难准确地说出。

陶渊明是一个对生活很挑剔的人，同时又是一个很韧忍的人。这样的人内心世界里波澜很多，却不会经常形成外在的激烈。他已经习惯了自语和自叮，习惯了独自处理内心里的问题。从诗文中看，诗人总的来说是一个很谨慎的人。

感知这样一个敏感自尊的人是比较困难的，这不光因为他的内向少言，还有他内心世界的丰富。这样一个人到底是怎样的，在过去了许久许久以后，也只有任人评说了。我们对他这样的人感到好奇，却又觉得抓不到要害。尤其作为一个网络时代和物质主义时代的人，常常处于一种空前被侵犯被骚扰的状态，也就对陶渊明这种恬淡的田园生活，对他拂袖而去的干净利落，对这样一个生活标本倍加向往。这种向往一定是伴随着我们的匆匆忙忙不求甚解、我们不同程度的误解。时至今日，我们这些"现代人"尤其难以理解一个纠缠、自足、丰腴、活泼，同时又是痛楚、犹豫的陶渊明。我们不是把他推到了反抗者的风口浪尖上，就是把他推下了个人闲适的田园洼地里去。

我们最愿意把他推到那片"桃花源"里，极不愿把他拽出桃花掩映的那个出口，只想让他一直待在里面，而完全忘记了这只是诗人的一种假设、一种幻想和向往。这是诗人内心深处的一片灿烂，而不是现实生活中的一个居所。我们现代人羡慕陶渊明，是羡慕那种富足、自由和清闲的生活，却从不愿正视和面对他的万般焦虑和饥肠辘辘。

实际上过一种既富足而又没有羁绊的生活，二者常常不能兼得。面对实际生活中的陶渊明，面对他在贫困中的挣扎，我们就会觉得他是那样的不自由，那样的没尊严。于是我们也会忘记陶渊明在官场里的那些狼狈，四进四出的艰涩和犹豫。这些犹豫正表现出挣脱之难，因为诗人还抱有现实的希望：试图缓解经济上的拮据，能够活得"体面"。以前官场上的"体面生活"却给他带来了更大的痛苦，这种痛苦比较后来的乞讨哪个更大？究竟是陶渊明自愿走到了一种苦境中难以回返，还是他实在觉得后者的痛苦比较起来更能够忍受？我们需要对此做出回答。

诗人到了特别困难的时候，还有好几次应召的机会，但他都拒绝了。这一切显然是关乎自由和尊严，关系到生命深层的痛苦记忆。没有这些记忆作为参照,在物质极其匮乏的生活中,陶渊明是不可能打定主意坚持下去的。那种痛苦到底有多深,一个永远在功名利禄中混迹或从未混迹过的人,大概是无法理解的。

尊严感越强,精神的洁癖越重,越是意味着他在总结自己的时候,将发现更多的瑕疵和污迹。因为他对自己的标准很高。古人这方面最有名的例子就是"颍水洗耳"的故事了,它讲的是上古尧帝派使者来箕山见许由,想把帝位让给他,许由听后觉得自己受到了玷污,就跑到颍水里洗耳朵。巢父正巧牵牛过来饮水,得知缘由后,就怪许由招摇惹事,把水弄脏了,脏了他的牛嘴。如果把标准提到类似的高度,陶渊明会是很苦的,他在回顾总结自己的时候,一定会发现自己的瑕疵实在是太多了。

陶渊明并不是回来种地就割断了以往,没有那么简单。当他深夜无眠的时候,肯定会想起许多令自己愧疚的关节:很多让自己惊讶不已的事情,为何要忍受那么久那么多?他会后悔没有更早地离开那里,这从《归去来兮辞》和其他诗篇中都能看到。

陶渊明的那些田园诗把个人生活审美化了,这一点特别了不起。这样的一个人,把歉收与劳累,甚至是其他一些坎坷,都能够审美化。一般农民是不会用那种口气谈论"草盛豆苗稀"的,可就因为陶渊明是非同一般的农耕者,也才拥有了这样的审美力与特别心。"晨兴理荒秽,戴月荷锄归。"(《归园田居五首·其三》)田间劳作的辛苦在诗中尽是一种恬美、自傲和满足。

把苦难或平凡的生活审美化,主要还不是一种高超的写作能力,而更多是表现了一种人生的境界,也表现出一种人格的尊严。一个人如果在生活中常作戚戚,又怨又怒,无法超越苦难,就会丧失全部审美的趣味。这样的人终究是物质和世俗之人，一旦有了机会就会不停地诉说和渲染自己的苦难，甚至当成莫大的资本去夸耀，断然不会有新鲜的创造力滋生出来。

陶渊明这样一个灵魂和一般人是不一样的，他大多数时候不以世俗利益的得失成败来判断事物，也就不会把官场的成功与否、把物质收获的多寡作为自己的唯一指标。他的内心深处，精神方面的需求更为强烈。当他觉得心中不可忍受，那种懊悔和委屈一旦满胀起来，其他的世俗利益也就无从谈起了。

对比那些腰缠万贯、权高位重的得意扬扬之人，陶渊明的尊严感极强也极真实。他无奢望，流汗水，不折腰，躲开危险，心怀藐视。我们会在这种参照下发现，那种物质和世俗层面上的所谓"成功"者，一生要折损多少个人尊严、埋没多少精神觉醒。无数的委屈接受下来，渐渐就让一个人精神麻木起来，让他的尊严长期地睡去，怕是再也拍打不醒。

有的人只是浅睡，所以总有一天还会醒来。醒来的频率和时间也就决定了生命的品质。陶渊明的可贵之处，在于他的尊严常常是醒着的。

· 不是同一个圆心

陶渊明整个下半生做了一个农民，但因为他是读书人，所以有了一份晴耕雨读的生活。中国的士阶层一直有"耕读传家"的传统，就这一点来看陶渊明并没有离开传统。这种文化中有极好的一面，正是这一面维系了中国的文化流脉；同时也显出这种文化的顽固性和守旧的根性，要改造这种文化中坏的一面，也将是非常困难的。

诗人离开了官场，却没有离开中国的士文化，并且对这种生活方式很入迷。他不是一般的农民，因为一般的农民只耕不读。他的这种"诗意生活"是各种尝试中费时最长的一个阶段。他从此伴随着一地稼禾的生长，过起了喜忧参半的日子。这段岁月由于比较漫长，里面堆积了各种细节，充满了丰实的内容。但是后人谈论最多的还是他毅然辞去县令的那个关节，最常引用的一句话就是"不为五斗米折腰"。这转身的一幕已成定格，变为一个鲜明的徽章和标记，永远挂在了陶渊明的身上。那句著名的话也被视为诗人一生行为的诠释，最集中最有力，包含了一个人命运大转折的直接动因和契机。

冷静下来看，也许会发觉人们或多或少地放大了这句话。实际上凡是语意鲜明、较有戏剧性的言与行，都会因为其通俗性，因为具有足够的外向辐射力，而变得极容易在大众中传播和引申，造成比预料中大得多的影响。其实任何事物的突然变化，瞬间发生的转折，都是内部诸多事件和因素长期积聚的结果，这一切都不可省略和忽视。这件事情的发生怎么会是突兀的？作为当事人的陶渊明自己明白，他的心底早有一个声音在时时提醒，就像时钟一样嘀嗒作响，令其无法安眠。最后这声音终要汇成一阵巨响，达到一个忍受的临界点，于是人就付诸了行动。

其实他以前也离开了几次，这对他已经不是什么新鲜事了。不同的是这次下了较大的决心，而且再也没有回返。

长期以来我们习惯于从社会和道德伦理层面、从统治与被统治阶级对抗的意义上来分析陶渊明的离开，这起码是不全面的，因为这极有可能只是诸多原因中的一种。紧紧抓住某一点而不再顾及其他，既不贴切也不准确。我们总是希望一个人在某个关节上做出一种足够戏剧性的激烈表达，这样看着才痛快，才好理解，也才可以有许多话要说。

陶渊明归去的起因无论怎样突出和显明，皆不能用这个起因覆盖一切，尤其不能作为抵挡一切的说辞。我们还应该从他作为人的生命底色说起，这有点像颜色学中的"色谱分析"。这样一来我们就会靠近诗人的性格，他的心理和行为特征。内向，自尊，敏感，不适于在众声喧哗中安身，较喜欢沉默和安静，向往大自然，用他自己的话说就是"性本爱丘山"。比起"不为五斗米折腰向乡里小儿"这句话，这里的"性本"也许更能反映生命的实质。

有时候人的选择是很难条理分明地讲出来的，深刻缘由也许只藏在非常隐秘的心之一角，就在那里，有一些元素一直在发酵。这些元素积聚累加，形成的推动力也就绵长不息，到了最后就会促使他做出一个大胆的选择，化为行动。这个时刻是最能突显个人心性自由的：它在许多时候甚至不受外在因素的影响、改造和制约，任由生命的品质做出决定。这种自由表达是更深刻的，体现了生命的尊严。

我们常常看到一个人在某种历史关头和大家采取了一样的行为，比如说了差不多的话，做了差不多的事之类。这种选择和表现显然汇入了群体的"意志"。这种"意志"看上去是显赫的强大的，足以笼罩和裹卷单个的人。但反过来看，如果一个人背向了集体的"意志"，去做自己最想做的、与大家有所不同的事情，这时候作为一个生命的自由感其实是更强烈也更深刻的。这种选择所凸显出来的生命尊严，当然也是最高的。

陶渊明生活在魏晋时期，那个时期有良知的知识分子大致能够恪守，不与血腥的强权和势力集团为伍，属于通常所说的"清流"，是不合作者。人们或许很容易把陶渊明同这些人视为一群，并当成最高的肯定。大家经常提起的就是他与桓玄和刘裕的不合作。普遍的看法是陶渊明忠于晋室，因为这都是显而易见的、自然而然的，不会有什么争执。这些因素当然存在，但实际上却不一定是最主要的部分。因为陶渊明天性中就反感那种官场生活，不能适应工于心计和激烈角逐。他身上没有那么多那么强烈的社会性，而更具有一种自然性，只想回到个人兴趣，找到一种自己更能够接受的方式生存下来，尽可能过得快活一点，这才是根本原因之所在。

有时候人的"尊严"是扭曲的畸形的，比如被名声、被社会观感所左右，这时候的"尊严"会是虚妄甚至虚拟的。真正的尊严应该是回应个人生命的呼唤，即要看自己到底想要什么，不能被外部和内部的欲望所控制。一个人在鉴定自我价值时，真正做到不管不顾是很难的。真正的尊严与社会性的评价、观感和概论，常常没有什么必然的关系。从这个意义上讲，过多地讨论陶渊明对晋室的忠诚与否是不必要的。因为那是一种外在的认知和规定，是一种集体意向，起码是一部分忠于晋室的知识人共同的选择和愿望。仅仅在这种意向之下观察陶渊明的"尊严"与"自由"，虽然也有一定的意义，但有可能不是什么最根本的意义。他越是能够挣脱那些貌似激烈、伟岸的群体意志，就越是能够显示个人的非凡和卓尔不群。一个人对集体意识的挣脱、背弃和疏离从来都是最难的。

晋室真的有那么好，值得冒死维护终生不渝？看看晋室统治的历史，它的来路与去路，再来回答这个问题也就不难了。陶渊明是一个洞察世事与历史的人，他不会那么迂腐顽笨。他痛恨那些篡权背叛者的残酷和血腥，却不至于将晋室视为自己的一方。

当一个潮流涌来，无论好坏与否，一定是泥沙俱下的。在这种潮流涌荡的遮蔽之下，会有各种各样的个体差异和具体盘算。个体对集体服从与求同，就一定要委屈自己。陶渊明曾经有过求同存异，有过服从集体的选择，所以最后背离官场时就必然被许多当代人和后代人看成是时代潮流中的一滴水。

当我们回到他的全部文字中，回到他的个人生活路径上，就会发现一切远没有那样简明。陶渊明的行为不仅仅是或主要不是为了忠于晋室，他表现出的全部复杂性和朴素性，这里应该特别地予以正视和面对。我们只有把陶渊明多少抽离出集体，才能还原到个体。

一个人能凭心尽性地活着不是更难吗？恰巧他选择的向度与范围，在某个边缘上跟当时的知识群体重叠或相切，但这只是一点点交集而已，以一个"圆"作比，他与他们不是同一个"圆心"。

说陶渊明"隐逸"是容易的，说他是一个"田园诗人"也很容易，说他是一个对晋室忠贞的"义士"更容易；但回到本真的生命判断，就很不容易了。

• 自己的远方

从诗文中看，陶渊明在从事农耕作业的时候，一点也没有觉得自己多么伟大和崇高，只是高兴和愉快而已。他这样做，妻子儿女和朋友或许还会感到惋惜，因为他们并不一定理解和赞同。在一般人看来，一个人从官的位置上转向平民生活肯定有些难言的苦恼，这必然是被动而不会是主动的。而陶渊明在记载中明明白白是主动辞官的。但是人们会认为他有说不出的苦闷，也就是说仍然是一种被动。这样说也可以，不过"苦闷"这个词包含的东西太多了，有点不分青红皂白。厌烦和轻视，还有对更高理想的追求，这算不算"苦闷"？

在中国社会，什么都可以丢弃，唯有官职不可以。这是珍宝中的珍宝，前提中的前提，标准中的标准，失去了它也就意味着失去了全部，再也无从谈起。这种文化就这一点来说是一种中蛊的魔怔的文化，既无法理喻也无可救药，是整个民族背负的沉疴。人们认为像陶渊明这样一定会很失落，他自己一时昏聩，也害了全家。

是的，一个人要服从个人理念，完成个人的信念和追求，常常要牺牲与他共同生活的一大拨人的利益，甚至让人觉得有点不近情理、自私。做出这种决定的人自己也是痛苦的，其痛苦并不亚于一场蜕变的挣扎。

陶渊明的许多诗，给孩子留下的文字，也在不停地表达歉意和自责,这也是人之常情。但是对于一个特异的生命,即便在这种境况下,他的坚持仍旧非常执拗和强大,外在的制约终究没有改变他。生命有本色,就有一个必然的趋向,无论遭遇怎样的坎坷、曲折和阻拦,都要蜿蜒前行,最后抵达那个目标。这是一种天性,一种冥冥之中的规定力,谁也不可改变。最后的日子里,不让陶渊明死在饥寒交迫的田园里是不可能的,因为生命有这样的归宿。这一切都来自命运的深处,它超越外力和集体意志。说到底,无论是亲情还是体制的强力,都很难改变一个人的命数。

或许生命在形成之初被植入了不同的、特别的密码。正因为这密码的不同,生命之间才有了各种区别。有了区别才有道路的不同,有了道路的不同,我们也就看到了形形色色、千千万万的人,他们在社会层面和精神层面呈现出奇异的发展轨迹,有迥然不同的表达和表演,最终走进自己的结局。

陶渊明和平常人一样,不得不面对社会的动荡和物质的极度匮乏,陷入难以自拔的痛苦。这时候的关键问题是怎样解决当下,即最基本的温饱之需。"悠悠待秋稼,寥落将赊迟。逸想不可淹,猖狂独长悲。"(《和胡西曹示顾贼曹》)但即便如此,他并没有因为忙碌和窘迫而遗忘,并没有扔下最大的不安。

他的尊严并没有被压抑,更没有在生命的角落里沉睡。它每一次醒来,都准备萌发和长大。任何一个人,只要不能将尊严的种子闷死在心房里,或让它沉沉睡去,"麻烦"也就来了。尊严是人与庸俗世界发生冲突的总根源。当然这种冲突是有代价的,我们在经验里知道,人一定要为尊严付出代价。但是对于一部分人来说,无论这个代价有多大,强大的尊严最后还是要驱使他向前，去完成一个任务。这一点对于每个人来说，往往都是很致命的。

陶渊明"不为五斗米折腰"这句话被后人强调得太多，所以也就放大了。因为这句话说得那么坚毅、解气，算是掷地有声。我们后来人在陶渊明这次痛快的发泄面前，会有同样的快感。但是我们却忘记了，一个人做出如此酣畅淋漓、斩钉截铁的社会宣示，背后肯定隐藏了很多不为人知的东西。他一定长时间竭尽全力，用生命一点点构筑起强大的底部支撑力，最后才完成了这个具有经典意义的转身。

陶渊明经历了许多曲折，二十九岁踏上仕途，时间很短便返回，然后再接再厉尝试到中年。这种经历前后重复了五次，显现出曲折和蜿蜒的痕迹。最后一次的末尾才有那句痛快的宣示，但下半句的"向乡里小儿"常常被人省略了。人们说得最多的只是前半句，因为这样讲就更简单更直观，更通俗好解也更有力。但是"向乡里小儿"该怎么解释？这里大概仍然不是指平民百姓，如果将这句话作前后统一观，可知这里的"乡里小儿"是指那些简陋粗鄙的人，是没有基本文明和道德水准的官场人物，比如当时来彭泽巡视的那位督邮。就为了"五斗米"与这些"小儿"为伍，太不值了。

陶渊明内心深处有知识分子的清高、细腻和洁净，他在文明和文化方面见过大世面，尽管忙碌在日常生活中，纠缠周旋于那些粗鄙的功利主义者当中，但生命底色与素质与他们差异太大了。完整地理解那句宣示，弄清它的起因与后果，是非常重要的。在诗人的心中，必要拿来时时对比日常庸俗、烦琐纠缠的官场的，就是记忆中不能泯灭的那片灿烂的原野、那份流连其中的自由与舒畅了。他对大自然，对"丘山"的爱是源于骨子里的，这些既有儿时记忆，也有生命诞生之初就已经存在的一些元素。只要这些元素还在血液里流动，他羁绊于官场就永远不会安宁，永远要被一个自由的声音隐隐地呼唤，最后也必定要迎着这声音走去，走向自己的远方。

· 表达方式

在一般人眼中，陶渊明的乐趣主要取决于物质层面特别是社会层面的满足与否。比如物质丰饶，他一定是快乐的；物质匮乏，他一定是痛苦的。食不果腹是难以忍受的，在底层的挣扎是极其辛酸的。这些当然很容易理解。说到社会层面，当然是得意或失意，是有志不能伸展之类老旧而永恒的说辞。一个人有抱负并施展这些抱负，用以治理世道民生，好像是生命里最大的满足。但有时世人会过于看重物质和治世这个层面，忘记和忽略了纯粹的精神层面。

精神是难以言说的，其需求也与现世生存经验不尽相同，有一些甚至是超验的。精神世界的开阔度，比物质世界、也比现世生活的抱负与志向所有这一切相加还要多得多。雨果说比海洋更开阔的是天空，而比天空还要开阔的是人的心灵，这心灵就是精神。它的痛苦有时是清晰的，有时是莫名的。因为现世生活的抱负有可能是后来的文化，比如说传统知识分子的责任所影响和施加的，而天性却是更为原来的因素。这种原初植入的力量有可能是更为巨大的。尤其是对一个醒着的灵魂，纯粹的精神痛苦难以忍受，它非常折磨人。

有人认为物质方面和社会志向等等痛苦或欢愉一定要回到精神层面，不然便无从感知也不能成立。诚然如此，可是这两者之间实在还有区别。比如我们可以设问，有没有独立于物质层面和社会层面的纯粹的精神世界？回答当然是肯定的。

我们看到那些在物质上极其富有的人士，或是有相当社会地位的人士，他们却并不一定愉快，有的还十分痛苦。可见一个人精神上的满足需要更复杂的条件，并非只这两个。反过来讲一个人在相对贫困，甚至是难以为继的生活当中，精神状态有时还好，还能够得到很多慰藉，这一点在陶渊明的文中就会看到："环堵萧然，不蔽风日。短褐穿结，箪瓢屡空，晏如也。"（《五柳先生传》）他对自己这种清贫的生活，并不觉得有多么不可忍受，反而描叙自己北窗下坐卧之得意："尝言五六月中，北窗下卧，遇凉风暂至，自谓是羲皇上人。"（《与子俨等疏》）那种悠游快慰溢于言表。

陶渊明的内心世界，不能够用简单的物质尺度和社会功利尺度去检测。虽然我们不能够完全丢弃和忽略这两把尺子，但一般来说它们用得实在是太过频密了。我们明明看到物质的匮乏给他带来了很多痛苦、自责，甚至还有颓丧，明明看到了民不聊生的魏晋时代让诗人深忧难耐，但我们同时也看到，陶渊明于这二者之外，需求的东西还有更多。他在田野间获得了很多心理上的满足，在耕读中也觉得颇有成就。在他看来，哪怕是不得不忍受的极其贫寒困苦的窘境，有时也比另一条道路更好。

另一条道路给予他的是什么？是不得自在的烦恼，这太折磨他了。而烦恼的根源就是没有摆脱奴役。不能摆脱，也就难以满足做人的尊严。大自然让他的生命放松下来，也只有这时候，才可以让其显露出本真的要求，突出其真正的兴趣。"兴"与"趣"丧失了，其他功利所得相加一起，也还是失败的人生。"既自以心为形役，奚惆怅而独悲。"（《归去来兮辞》）"伊余何为者，勉励从兹役？"（《乙巳岁三月为建威参军使都经钱溪》）诗人一再说到这个"役"字。

伯夷和叔齐作为两个维护传统、维护尊严的典型，被人们一再引用，成为两个极端化的表达符号。这种表达激烈而凸显，且十分通俗，作为他人的谈资是足够了。所谓"不食周粟"，表明了自己对某种正统的忠贞不贰和坚毅决心。这种类似的做法及表明的精神倾向，在历代都是大受推崇的。比如说离我们近一点的朱自清，书上说他宁可饿死也不食外国人的面粉。这些英雄主义的行为表现了一个人的气节，可歌可泣。但这气节是怎么形成的？既有个性的执拗和倔强，有立场和原则的坚守，更有外在知识与体制的教育和影响。当它被作为一种正义和崇高的行为加以注解的时候，更包含了对一种集体立场的趋同和无条件服从。这种强烈的行为并没有超出民众的理解范围，因为它理所当然地蕴含了集体意志。

一旦回到极其个人化的方式与方法上，有些行为或许就不那么容易理解了，它将变得晦涩不明。如果化为没有显性特征的日常行为，那就会更快地被遗忘和淹没。因为大众很难理解，很难给出逻辑清晰的归纳，也没有什么生动的故事得以流传。比如说陶渊明，我们很容易过分强化他的维护晋室以及不与嗜血的强权阶层合作，因为这种赋予社会意义的做法极易达成一致。我们说到他的拂袖而去是很痛快很传神的，因为这里是有故事的。但是这样，我们就把他回到土地之后的自由感、解放感，把这种日常的快慰和欢乐，把人性深处最为需要的大诱惑，它们之于诗人的深刻意义，给全部淡化和改写了。

这种淡化和改写，在解读陶渊明的尊严和生命自由方面，会造成很大的盲区和误读。某种知识体系及社会的外部影响，当然会影响个人的自由抉择。有时候一个人不得不为某种欲望付出很多，无力顺从生命本真的需要，这时候一个人同样失去了自由，仍然被奴役着。

当一个人的尊严被侵犯时，有可能做出非常激烈的反抗，比如说奋不顾身拼力一搏，忘记了危险。这样的人物很多。可是这种行为有时也可能是受某种概念的牵引，因为概念与意念的力量是强大的。同样是反抗，离开通常的方式，离开一般的概念与意志，就变得不那么通俗了。比如当这种反抗化为一种日常的持久的、自己更擅长也更愿意的方式，有可能是很费解的。把一种剧烈的、浓度很高的反抗一点点分解和释放出来，这并不容易。这种生命延续的持守和忍耐的榜样，同样能找到大量的例子。比如说苏武，他可以在绝境中啮雪吞毡活下去，就因为心中有一个信念支撑着，他要维护一个汉族使者的尊严。这样的"苟活"，也需要一种人格力量。

由那样的现实信念所支撑的尊严和坚毅固然了不起，可是它显然更单纯也更直接。人在尊严的维护与表达方面，一旦回到纯粹精神的方向上，也就变得复杂难解了。这是一个更为关乎生命本质的命题。

比如让诗人引为榜样的伯夷叔齐，他与他们的相似之处是不与新政权合作，这时候该政权姓司马还是姓刘并非是无所谓的，因为儒家思想在陶渊明身上还是有相当痕迹的，所以退隐之中的确有对现政权的消极抵抗心理，但这并不是出于他人格尊严的全部，只是一部分；他对"久居樊笼"不得自由的厌倦，似乎要高于前面那个原因。伯夷叔齐作为"隐士"，当然更纯粹也更理想化，而陶渊明这个非专业的"隐士"则更实际更现实主义一些，更有点人间烟火气息。诗人要种地，要让自己好好活下去。由此可见陶渊明的"尊严"的表达至少包含了两个层面：一个是社会，另一个是个人生命，后者比前者更为重要。

· 纯粹理性

当面对选择和判断的时候，一个人要有理性，这种理性不为外界的知识、欲望、社会要求等等因素制约和强迫，而是出于生命的原初和固有，独立于一切经验，可以被称为"纯粹理性"。在"纯粹理性"引导下做出的决定，往往体现出人的最大自由。纯粹理性属于唯理论，是与经验论相对的。纯粹理性是属于认识论范畴，不是实践和伦理范畴。"纯粹理性"以先验理性来感知经验，并提出问题：以人的先天能力进行综合判断和认识普遍真理，能够抵达何种程度？在这方面，人类当然是有局限性的。

陶渊明的行为，可以说朦胧地、模糊地、部分地运用了"纯粹理性"。我们谈到伯夷和叔齐,就会想:他们心中的那种正统观念,那种强烈的社会责任感,那种立场的宣示和表达,究竟有多少是出于自己的"纯粹理性"?社会思潮对个人心理的塑造力,远比我们想象的要大得多,它时常演化为真理的面目来感召我们,比如"正统"和"正义"之类。这与"理性"之间是有距离的,因为这时人的行为是处于被役使,特别是精神奴役的状态下做出的,并非来自自由的生命本源。

陶渊明的选择与这类被体制化、社会化、政治化思维所规定的向度是有区别的。他当然不能跟那些强权人物合作,因此他既坚持了一般的社会正义立场,又在一定程度上回归到了个人的"理性",即任性而为,由着性子来了。这个"天性"来得更自然也更合理。他沿着这个方向继续往前,反而不为更多人所理解了,因为他进入了"纯粹理性"的、生命的幽深部分。这幽深部分是比较偏僻和遥远的,很难被人洞悉,然而对于一个人追求生命的宽容、放达以及真正意义上的心灵的幸福,却是必不可少的一个条件。这是一种被解放了的幸福感,陶诗里表达这种情绪的诗句是非常多的:"虽无昔侣,众声每谐。日夕气清,悠然其怀。"(《归鸟》)"天岂去此哉,任真无所先。云鹤有奇翼,八表须臾还。"(《连雨独饮》)"任真"二字说得多么透彻。

"真"是人的本真,是天性,抚去后天赘加的一些东西才能显露出来。一个人往前走去,赘物将越来越多,步子也就越来越沉,想要轻松下来是不可能了。但是后天的知识也是一种附加,所有的知识并不能等量齐观,有的是虚妄的,有的却能与本真对接。这种能够对接的知识使人变得更加强大,知识本身也活了起来,有了源头。

陶渊明在土地上获得的许多知识，相信与亲昵自然依偎自然的"性本"融为一体了。从此后所有的绿色，泥土上的生长，还有活跃其间的万千生命，都被他视为最值得亲近的事物。与庄稼争夺生存空间的杂草当然要除去，可是许多时候他也是带着欣悦的眼神去看它们的，这时候大概是一律视为平等的绿色吧。

诗人身上有两个方面非常突出，一是入世的忧心，二是出世的愿望。这二者是矛盾的，不能够协调的。入世不用说了，他在诗中多次表达了不为世用、不能一展抱负的痛苦；他出世的愿望也是明显的，并且由衷地追求和喜欢恬淡的生活。这两个方面都是真实的，但其中的一个却更为本真，那就是从人的世界回到自然的世界。大自然给他的欢愉是无可比拟的，只有在这里，他才能活得像个"羲皇上人"。

· 何为尊严

外在的知识、社会的改造，都是一种强大的制约力。受这种制约力的束缚是难免的，受各种欲望的束缚也是一个道理。生命固有的理性因素需要与客观真理的认知相衔接，铸为一体，从而变得更加强大，少受或不受其他之"役"，才有自由与尊严可言。生命内部所固有的那种向往，本来如此的追求和取向，会与种种制约力发生冲突。一个生命面对残暴的屠杀、对肉体瞬间的不可逆转的侵犯，坦然处之是不可能的。尊严是对自由的维护，而自由即是对各种束缚的摆脱。无自由也就无尊严，而自由来自天性。不被虚妄的知识以及其他外力所左右和改造的那一部分，并且与自然法则相通的部分，恰是真正自由的天地。"驱役无停息，轩裳逝东崖。""遥遥从羁役，一心处两端。"（《杂诗十二首》）诗人总要说到这个"役"字。

我们直接面对生命本身，直接面对不可剥夺的人的权利，去与陶渊明沟通。这样或许能够与他的诗章共振，听到他的心声，回到诗人的身边。我们可以思索：倔强和执拗不一定是表达了尊严，因为要看其是否来自"性本"。离开了这个基础，我们将不会理解何为尊严。诗人在日常生活的忙碌中，在无比厌烦的人事角逐中，都不能遗忘和忽视一种声音，它在角落里。有时候这声音尽管遥远但是持久，尽管弱小但是不绝。正是这种角落里传出的不能平息的呼唤，把他从世俗生活、群体生活、官场生活里拖离了，并引导他继续往前，最后将他牵引到了那著名的五棵柳树之下，让其成为"五柳先生"。

我们曾经在街市口、衙门内和雅士们聚会的地方寻找诗人，他的身影只一闪就不见了。最后我们在五棵柳树下找到了陶渊明，也找到了快乐的本源。这五棵柳树过去是隐蔽的，不为外人所知晓的，现在则因为诗人而成为一个显豁的存在。诗人在这里之所以愉快，是因为他在这里寻到了"真意"。

由此可见，尊严可以是为一种信念与社会势力激烈对抗，也可以是陶渊明这样的拒绝合作，更可以是任由本性地回到五棵柳树下。

还值得注意的是陶渊明以柳树为自己命名。他在诗文中写到的植物有许多种,而柳树和菊花似乎显得最突出,被后人提及的频率也最高。这两个意象或许更能够显示诗人的精神气质和个人追求。柳树这个意象,在中国古代文化尤其是诗歌里面,自《诗经》开始大都用以表达"离别"。而陶渊明在这里以柳自况,似乎使这个意象发生了某种偏离。或许诗人在这里自觉不自觉地表达了自己的一种人生志趣:刚柔相济、顺势自然、质朴平易、存活率高。但愿这不是一种过度诠释。

菊和柳作为花和树都是比较平凡的、普通的。它们都有旺盛的生命力,更属于田野而不是厅堂和庭院,算不得奇花异树。它们非常自由,浪迹自然,活得很是随意。像陶渊明这样一个人,如果真要为他找一种花和树做伴的话,没有什么能比菊和柳更贴切。

有人以为居于堂皇之所,比如庙堂之上就算有了尊严,还有人以为拥有巨大资产就肯定有了尊严。为了获取类似的满足和得意,那些终生不渝的追逐者数不胜数,在一个势利和物欲的时期就更是不可更易的"公理"。其实这种认识和感受不仅有着相当的虚拟性,而且由于远远脱离了生命本体而显出了十足的荒谬。说它虚拟,是指所有这些外在之物,都需要依赖他人而存在和形成,具有很大的临时性和即时性,几乎完全不由自己主宰和决定。人在庙堂上的存与废,主要取决于集团意志,不具有生命创造力实现的客观存在性,是一种虚拟或指代的性质。财富是人类生活所需的物质积累,一旦超越了个体或某个群体的基本需求,对于人也只剩下了符号的作用。而且财富因为其不可长期保存的特征,使之成为相对价值而不是绝对价值,就个体而言只能是一过性的。

尊严是属于生命本体即精神和心灵层面的。这个层面产生和滋长的一切才与尊严密切有关。心灵的创造物如思想和艺术、具体而积极的劳动成果，都具有客观的永恒价值，是不依赖外力而独自存在的东西，它们的主要构成不带有虚拟性或指代性。

比如陶渊明留下的艺术与思想遗产，他的那片"桃花源"，可以一直存在于时间里，其本身价值是不变的，因为这是一个生命创造力的客观实现。

· 饮酒与食散

古代的那些大诗人，从李白杜甫算起，还有我们现在讨论的陶渊明，在他们的诗文和日常生活中，酒都是不可或缺之物，他们真的太能喝了。这或许也需要引起我们的重视。直到今天，酒也是人类生活中不可缺少的东西。它甚至不是一种点缀和色彩，而是生命里一个顽固的、不肯退场的陪伴物，成了一种元素和必需品。它甚至不仅仅是一种物质，一种含有乙醇的液体，而直接就是一种精神，是形而上的一部分。

无论是不通文墨的粗人还是才高八斗的骚客，他们当中的许多人跟酒纠缠了一生。这每每让人好奇，有时甚至不解。酒会那么重要吗？酒难道真的要与人类一直共存下去？戒酒的呼声此起彼伏，可惜收效甚微。

由中国文人的饮酒，联想到西方的"酒神精神"。两者的相同点是都在贬损理性同时肯定本能，中国文人通过酒来获得暂时脱离仕途经济和伦理桎梏的自由感，同时也是获得艺术创造力的途径，带着淡淡的消极色彩。而西方的"酒神精神"在尼采的定义下，应该比中国文人的醉酒更积极更肯定人生，也更直面人生，具有超越悲剧的强力意志和英雄主义精神。

古人的"食散"也很有意思。像三国时期的何晏，他是"养生论"的忠实信徒，能吃得起"五石散"，吃完后再出门去"散发"。但一般人是吃不起这种散的，如杜甫当年所说，那需要"大药资"。鲁迅先生曾嘲笑过这种情况：魏晋那时候因为食散成风，有的人吃不起还装着吃过了，要躺在一个地方发药，然后到处走，叫"行散"。

无论是喝酒还是食散，有时候都可以成为保存自己的一种方式。从肉体上保存自己，从精神上保存自己，说白了就是逃避的一个方法。如果认为"食散"更积极，那往往是来自养生论的信徒。其实喝酒也有保护自己的效果，比如从记载上看，阮籍就用喝酒保护了自己，刘伶也是这样。由于一个人处于恍惚沉醉的状态，他人就会觉得不必与之较真。在酒精的作用下，生命的社会性和政治性也就降低了，而这"二性"的降低，通常会受到统治者的欢迎，会让他们感到放心。另一方面，在个人的精神构成上，饮酒与食散又给人掺进了新的因素，一种飘逸的、出世的、恍惚的、幻想的，甚至是更奇异的感受，一种特别状态下的夸张和浪漫情状，也是进入新奇境界的尝试，是忘记眼前痛苦的一种逃避方式。

所以二者加起来理解，可以将饮酒和食散看成一件奇妙的事情，它既是人生逃脱与保存的一个策略，又是一种沉醉于某种状态与快感的生命机缘。更有人认为食散和饮酒有长生养护的功能。李白杜甫是酒徒，陶渊明是酒徒，这都是可以理解的。再就是在古代社会，人的娱乐方式是比较少的，酒在这些功能方面比起今人来，所占比重也就更大。酒可以解除很多寂寞，它是自娱自乐的一个组成部分，这比在现代生活中所起的作用还要大。

古人不上网，不看电影，没有那么多的音乐和戏剧，饮酒就变得很重要，酒场也就成为人的一个重要去处。这可能是古代文人嗜酒的原因之一。食散除了自己一个人，也可能是许多人同时，比如一起尝试和交流，一块儿散步"行散"之类。

陶渊明的喝酒，与阮籍、刘伶等人不一样，至少在记录上没有那么凶，但同样也是有酒瘾的。从他的诗文中能够看出，他有时不吃饭也要喝酒。他真的特别需要酒。在他诗文的记录里，诗人因为缺酒而常常感到痛苦："民生鲜长在，矧伊愁苦缠。屡阙清酤至，无以乐当年。"（《岁暮和张常侍》）"于今甚可爱，奈何当复衰。感物愿及时，每恨靡所挥。"（《和胡西曹示顾贼曹》）最有意思的是，他九月九日那天坐在菊花旁，感叹有菊无酒的那种痛苦和失败感："酒能祛百虑，菊解制颓龄。如何蓬庐士，空视时运倾。"（《九日闲居》）当一个叫王弘的官人派人送酒来时，他甚至等不及回家，坐在地上当场就喝醉了。这说明陶渊明已经严重地依赖酒了。

有酒瘾的人，从陶渊明到李白杜甫乃至更多的人，更不要说刘伶和阮籍这样的著名酒徒了，酒是何等重要。不过陶渊明尽管依赖酒，与其他人还是不一样。这正像谢灵运等人，同样是陶醉于山水，欣赏山水，在山水面前感动，与陶渊明之于山水的态度仍然有所区别一样。陶渊明与酒的关系是有些不同的，他对酒的品咂、亲和、依赖，让人觉得是浑然一体的。他的生活充满了酒的芬芳，酒在很大程度上使他的田园生活变得更加有滋有味了。他品咂的能力好像更细腻也更强，给人的感觉不是一个狂饮的酒徒，而是一个品味的雅士。

酒成全了李白，也成全了陶渊明。陶与李不同，他好像没有食散的记录。李白一度对炼丹之事很投入，十分相信药石的长生不老功能。李白在酒后豪情万丈，极为冲动、浪漫、充满幻想；陶渊明则更为安静、悠然、享受、沉湎，乃至于暂时摆脱了忧郁。所以酒的饮法不同，作用也就不同。同样是饮酒诗，李白和陶渊明的差异就很大。我们可以把这种不同看成是生命质地的不同所造成的，另一方面也可以看成对酒的态度和饮酒方式的差异所决定的。从诗中看，李白更多的是与友人一起豪饮，而陶渊明则是面对大自然的窗口独自慢品。我们几乎可以就陶渊明的饮酒作一篇专门的文章。

人们经常谈到苦闷才喝酒，或高兴要喝酒。这说明酒与人的精神相挨至近，关系密切。这种醇香且辛辣的古怪液体驯服了人类，而不是被人类所驯服。当一个人接受了它的作用时，神态与心情就发生了或大或小的变化。人生束缚太多，光明与黑暗，伦理与制度，一切都要限制、改变人的意志。而一个人要时不时地伸展一下精神的四肢，于是就求助于酒。

· 豪气大发

陶渊明的饮酒诗极多，占整个诗作的比重非常大，但内容色调各异。有时他以饮酒为乐："或有数斗酒，闲饮自欢然。"（《答庞参军》)"春秋作美酒,酒熟吾自斟。"(《和郭主簿二首》)"我唱尔言得,酒中适何多。"(《腊日》)有时饮酒是为了遗忘,表现了得过且过的心绪:"中觞纵遥情,忘彼千载忧。且极今朝乐,明日非所求。"(《游斜川》)"天运苟如此,且进杯中物。"(《责子》)最动人的是将饮酒与时下的田园生活融为一体,表现出一种异样的欢乐:"漉我新熟酒,只鸡招近局。"(《归园田居·其五》)"过门更相呼,有酒斟酌之。"(《移居二首》)他的"新熟酒"和"只鸡",读来让人有些垂涎心动。

在他全部的诗里,饮酒之乐与田园之乐紧密相连,不可剥离,同时很多忧伤与惆怅也掺在了酒中。

陶渊明的饮酒诗数量之多,同古代的一些大诗人如李白杜甫等不相上下。这让我们现代人感到奇怪,难道一些天才人物特别是诗人,更容易成为酒徒?或者说非酒徒而不能成为这类人物?难道他们天生是一些"酒体"?实际上除了生命的特别需要之外,这大多与他们的精神之苦,以及当时的生活单调有关。当他们进入一种醉酒恍惚状态之后,也的确体验到了某种特别的自在,这时被日常状态所覆盖的那个隐秘的灵魂得以释放,长久的压抑和禁锢感顿时减弱,产生了前所未有的畅快。一个辗转尘世的脆弱生命,暂时处于无畏甚至是狂野的情状,以至于成为一种特殊的体验,它所能达到的某种强度和深度,还有许多其他的感受和领悟,大概是很难替代也很难忘怀的。

一个人在生活中遭受了不幸,压抑,痛苦,往往就要借酒浇愁。何为愁?就是现实生活所强加的有形无形的束缚,是时时都有的外力压迫,更有恐惧。这种种后果想要挣脱,借助于酒虽然不能从根本上改变，却可以给人以即刻的缓解和援助。酒给人放松感和幻觉，给人一种所谓的麻醉，而此时麻醉掉的主要是那根社会的神经。沉淀在生命底层的自由元素被解放，这个过程是极其痛快和畅达的。陶渊明有一些情绪的表达，有一些境界的体味，似乎很需要求助于酒。

酒使他们豪气大发，丢弃胆怯，生命中的原色也就被突出和放大了。

酒让人忘形，暂时摆脱现实之"役"，换来身心自由，虽然只是在幻觉里，但毕竟也是珍贵的。

漫长的人生是由一些片段组成的，饮酒只构成了极小的片段。但这些片段因为十分特异而显得不可多得。对于陶渊明这样一个相对谨慎内向的人，他的饮酒独酌好像更为重要。行为外向的豪迈之士在平日里就可以释放自己，而拘谨的人则要借助于想象和幻想。一些沉醉时才有的孟浪，诗人是需要的。同时这些小小的人生片段也并非一闪而过，而是要或深或浅地存贮于记忆之中。关于生命的作用，哪怕只是一次小小的体验和提醒，都是非常珍贵和难忘的。

· 一杆老枪

陶渊明辞官前因为要守住这"五斗米"，付出的代价到底有多大，只有他自己心里清楚。委屈个人的天性和兴趣去做事，先是令人沮丧，进而就是愤怒。这种扭曲感和压抑感不只是陶渊明，所有人都可能程度不同地体验过，都不愿忍受。但我们每个人忍受的时间、愤怒的强度，以及最终怎样去应对，会是千差万别的。

放弃这"五斗米"的结局会怎样，大概诗人当时也无法预料。因为他的祖上毕竟有不算太薄的遗产，出过晋室屈指可数的权势人物曾祖父，名士外祖父以及做过太守的祖父，这样一个家族虽不能说是死而不僵的"百足之虫"，但总还算乡间的富裕之家。他到了晚年竟然要去乞食要饭，相信这连诗人自己都没有想到。一切的后果比原来预料的要严重许多倍，这就是人生的严酷本色。

不过陶渊明乞食时并没有悔意，可见他觉得要饭也还不是最坏的，总比忍受官场的屈辱要好许多。因为他讨要食物，却并不需要听命于施舍者去做违心的事，甚至不需要去回报施舍者，不需要按照对方的要求去完成一系列极不情愿或讨厌的动作，既不受其差遣，也就不受其"役"。从这里对比一下，讨来的糊口之物比官场分配的俸禄使人更有尊严一些。要维持个人的生命就要吃饭，但是向谁讨要食物却是一个关键问题：是向野蛮武力维持强权的官府，还是向普通老百姓，这难道不是最大的差别吗？陶渊明显然是明白这一点的。

王弘、檀道济都给陶渊明送过酒，他们都是官场人物，不同的是前一个他接受了，后一个他拒绝了。想象中可能王弘在气息上让陶渊明更能接受。此外还有一个接受的时间、地点和现场气氛问题。如果刺史檀道济送他"粱肉"是在一个不合适的时间、说了不得当的话，或者恰巧碰上陶渊明正在非常激烈的心理状态之下，比如发着脾气，那么拒绝就是可以理解的了。同样是食物，要看谁给、怎么给、在什么时候给。这要看陶渊明的尊严所能够承受的范围。

需要我们注意的是，檀道济送"粱肉"之时已届"新朝"，对方已经是一个摧毁了晋朝之后的宋朝的高官，从这种政治身份去分析陶渊明的接受与拒绝，似乎也就更加不难理解了。我们由此可以推论出一些政治的理由，但这仍旧有可能并不是什么根本的理由。陶渊明不会在饥饿的时候，把这个具体到糊口活命的最重要的事情和那些社会问题直接地对应起来。我们也许可以更多地相信，与他交接的具体人的气息令其不能接受；还有，就是他当时的心理状态不允许自己接受。他的晚年是极其绝望、悲伤和愤怒的，所以这种来自官方的施舍可能会极大地刺激他。

从"久在樊笼里"的苦闷到"采菊东篱下"的闲适，这中间经过了多少挣脱和张望，包含了一次次决心，直到最后的冲决。这是走向自由、找回个人尊严的过程。两种生活方式反差太大了，在这里，对一种理想境遇的向往和对另一种压抑的厌恶是成正比的，越是爱这闲适和自由，越是不能忍受折腰的屈辱。而当他晚年讨要、蜷曲在没有被子盖的床头，正处于安顿身心的最危险最陡峭的时刻，身为宋朝权贵的刺史檀道济却来赠他"粱肉"了，这无疑是很"及时"的，既"及时"救命，又"及时"唤醒了他关于尊严的记忆。而此刻，诗人在自救的道路上已经走得太远了，真的比当年更有勇气了；加之多年农耕生活磨炼了耐力和心智，使之更加坚毅愤勇。这种拒绝与其说是冲着檀道济赠予的"粱肉"，还不如说是冲着整个的阴暗世道。

如果"粱肉"和尊严不可兼得，也只有舍粱肉而取尊严了。

这时候的陶渊明当然是相当冲动的，所谓的不够理智。但这样的时刻也许只有这样了，因为人总有"不理智"的时候，因为人一般来说总是太"理智"了。让我们理解诗人的"不理智"，痛惜他同时也宽容他吧。

陶渊明的田园生活看起来平淡恬然，实际上大部分时间可能并不如此。这只是我们从他留给后人的最明亮动人的那些文字中感受的，以至于永难忘怀。他的最杰出的创造，当然是这一类篇章。但是只要深入理解诗人本身，弄清一些生活细节，也就改变了许多既成的看法。我们切不能仅凭一些难忘的诗章印象去论断，而需要阅读他留下的所有文字。这样做下来，就常常会产生一种讶异的感觉。

我们甚至会觉得诗人不仅不是完全淡然的人，而直接就像是一杆老枪。这杆老枪随着岁月的增加，无数事件的积累和叠加，正在一点一点充填火药。而到了檀道济赠他"粱肉"的时候，这杆老枪的火药也填完了，于是他就扣响了扳机。

有时候一个人内心充满了矛盾冲突，会让人感受到这其中的不可调和。我们津津乐道的这个"采菊"人，这个双腿叠放卧于北窗下的"羲皇上人"，是绝对不会激烈如此、危险如此的，他该是一个笑吟吟的、最好接近的人，怎么可以像一个即将爆炸的火药筒一样？

这一切也只有回到文本中去感受了。如果我们像诗人一样挣扎了六十年，如果我们也躺在那儿忍受和等待，如果我们也忍饥受冻，睁大一双午夜不眠的焦干的眼睛，那么就相信他真的有可能变成一杆老枪的。

· 人是目的

有时候我们讲自由，更多的是讲"有所为"。比如说我们要去做什么，是"有所为"；但有时候不想做什么，"有所不为"，却更能反映出人的自由：不想做就不做，这样的拒绝才更能保持尊严与勇气。陶渊明很多时候只是不想做，做不来，于是也就不做了。要问理由，或者不多，或者因为太复杂而一言难尽。这种不想做、回绝和放弃，其实在世俗生活中是很难的。说"不"从来不易。

人不能过多地将自己当成"工具"来使用，不能总是驱使自己去实现一个"目的"而忙碌，哪怕这"目的"十分崇高。因为那个"目的"也许是永存的、永远难以接近的，而自己作为一个"工具"却很快被磨损一空，完结了。那个"目的"不仅就此与自己无关，而且还因为与许许多多人无关而变得令人生疑。如果不把自己当成一个"工具"，而是当成一个活泼的有心的生命，一个人就会十分在乎自己的心情与愿望，在乎自己是否快乐和满意。总是依顺某种理念去做，将其当成了高于心灵的指示，并告诉自己这个理念很重要很伟岸，甚至不可质疑，于是就理所当然地把个人当成了不必珍惜也不必重视的"工具"。

"工具"只是一种物器，世界上比"工具"重要一万倍的"目的"与"目标"太多了，所以牺牲"工具"没有什么不对。但问题是，人是只能生存一次的、以心灵为中心的活的生命，根本就不是什么"工具"。

一个人压抑了自己的天性和真趣，将精神和肉体的健康甚至存废都置于次要地位，只为了追逐一种"目标"，却实在是一种本末倒置。

诚如哲学家康德的观点：人本身不是工具，而是目的。

比如我们经常讲的一句话就是：一定要把身体维护好，这样才能干好工作和事业。通常这已经成为再正常不过的道理，没有谁产生过质疑。但是我们如果反过来说一下又会怎样？比如我们是否可以这样说：做好一种事业和工作，是为了使自己更健康和更愉快。

事实就是如此。如果不是有利而是有害于精神和身体，我们为什么还要去干这些工作和事业？有人可能说，这些事业和工作对具体的人不利，而对于更多的人比如人类，一定是有益的，所以其伟大的意义就在这里。这种推论由于总是不介意具体的"人"而只在乎抽象的"人类"，也就变得倍加可疑。事实上我们从来找不到这样的"事业"，相反，却能找到大量的欺骗和唆使。

这一反一正的质询不得了。或是将自己当成了"工具"，或是将自己当成了"目的"。不让自己的生命感到欣悦的工作和事业，一般来说都是不值得做的。一个人小心翼翼地养护生命，爱护这个用来工作与事业的"工具"，这种养护的价值就很成问题。人不是"目的"而仅仅是"工具"，也就永远没有什么自由和尊严可言，也就等于从根本上放弃了尊严。

或者有人会用伟大的"目的"来鼓励他人做出牺牲，但分析和观察下来我们往往会发现，那些鼓励者无一例外地把自己当成了"目的"。

陶渊明在诗里流露了深深的矛盾的痛苦，这其实主要是来源于"目的"和"工具"的关系。他一方面因为个体不能成为"工具",不能得到合理和重要的使用感到委屈和不安:"检索不获展,厌厌竟良月。"(《和郭主簿二首》)"栖迟固多娱,淹留岂无成。"(《九日闲居》)另一方面却正好表达了相反的情绪:"形骸久已化,心在复何言。"(《连雨独饮》)"虽无挥金事,浊酒聊可恃。"(《饮酒二十首·其十九》)在意的是身与心的感觉,是安顿好自己这个人。

在陶渊明全部的诗文中,占绝对篇幅的还是把人当成"目的",是这之后所获得的快慰。那些舒畅的表达既多又美,恰是最好的诗篇。"花药分列,林竹翳如。清琴横床,浊酒半壶。"(《时运》)"开荒南野际,守拙归园田。方宅十余亩,草屋八九间。"(《归园田居·其一》)"蔼蔼堂前林,中夏贮清阴。凯风因时来,回飙开我襟。"(《和郭主簿二首·其一》)享受生活,珍爱光阴,人的身心都快乐起来,这比什么都重要。

陶渊明从酒里面,从劳动里面,从四周的绿色中,从日复一日的耕作里,找到了无比的欢乐。原来他的生命底色本也如此。为世所用这种儒家观念,常常是把人作为"工具"使用的。但即便是儒家学说的创始人孔子,当他松弛和通达的时候,回到个体生命的本源需求时,也知道在沂河里面洗个澡,在高处吹吹风,唱唱歌更好,认为这才是自己最高的理想:"暮春者,春服既成,冠者五六人,童子六七人,浴乎沂,风乎舞雩,咏而归。"(《论语》)这个理想就回到了人是"目的"这一层面上来了。

人一定要实现功名、建功立业等儒家入世精神的感召,对于中国知识分子来得太强烈也太持久了。很多人把官场得意当成了全部的前途和光明,把官场失意当成了最终的末路和痛苦,甚至当成了人生最大的、无与伦比的挫败，真是荒谬愚钝到极点。

陶渊明总的人生道路恰恰是反其道而行之。我们现在面对的是这样的个案，研究的也是这样的个案。

陶渊明自己的文字记载里，较少李白杜甫那一类关于官场的感叹，较少写到官场的黑暗、不公、排挤和挣扎，只说一声"不能"，就离开了。因为这时候他更在意的，还是自己究竟喜悦什么，将自己当成了"目的"。

关于自由意志的选择，纯粹理性，在康德那里得到了很多分析。陶渊明跟康德没有可能对话，但是他的这些行为跟康德的那种赞许和分析却是一致的。康德所分析的是人所固有的命运，陶渊明则解开了很多命运的密码。康德和陶渊明在不同时空不同文化背景之下，解释了共同的人的主题：自由。关于人本身即"目的"，陶渊明似乎是晓悟的。

· 与古人比尊严

由历史事件和历史人物历数下来，我们不免会想这样一个问题：随着时光的推移，人类在追求自由与尊严方面，到底是进步了还是后退了？这种追求的愿望，是强烈了还是淡弱了？

这个问题回答起来特别复杂，因为不能一时一地笼统而论。人类在探究自然世界方面取得了越来越大的进步，对于揭示客观世界和宇宙的奥秘来讲，我们的能力肯定是在一些方面加强了，似乎获得了更多的自由。我们在自然面前的选择好像更多也更主动了，似乎变得更有尊严了。然而从另一方面看，我们在人文领域，在精神范畴内的进取，却谈不上多么明显。即便就自然科学的进步而论，在获得许多新知识的同时，往往又被这些知识框束和制约。我们不能让思想在"已知"之外全面地延展，所以有时候发现也是一种遮蔽，感悟力和选择力都被限定起来。

新发现催生了新技术与新科技，又会带来意想不到的负面伤害。比如说医药、互联网传媒技术的发展，就使世界陷入诸多难以解决的困境，我们的生活正处在前所未有的现代科技造成的巨大危难之中。抗生素滥用，数字时代的个人隐私频频被侵犯，诸如此类。可见即便是从探索自然世界的方面看，人类也不完全是向着自由和尊严的单一方向前进：我们的尊严和自由在不断扩大的同时，又在一定程度上被限定被瓦解。

如果从文化方面、精神方面，从人的天性需求这些维度来看，人的尊严常常要表现出一些更加复杂的退步倾向。比如说我们变得越来越不能使自己纵情于大自然，只满足于虚拟的空间，身与心变得更加无暇舒展，天性难以焕发。所谓的科技进步所形成的这种现代文明，带给我们一些诸如机械与数字的强力约束。我们匆忙且狼狈尴尬地处理至为宝贵的时间，更加不能从容地度过每一天。我们的精神被关进了琐碎无聊的数字牢笼里，再也不能回到朴实和真实里面去。我们增加了科技时代特有的规避心理，常常处于提防和忌惮之中。

可以想象，一个人在没有任何现代通讯工具的情况下，像陶渊明一样生活在田园里，那种天然舒缓的生命状态，对于身心健康来说，显然比我们现在更好。我们在斗室里要时刻接受被交流、被召唤和被沟通的命运。陶渊明当年如果有一部手机，全部的陶式生活就会彻底崩溃，更不要说再加上电视、网络之类了。仅有一部有线电话也会摧毁陶渊明的田园生活，他个人面对的那种自省和孤独就会被悉数打破。从这个意义上讲，当代人受制于现代科技所形成的一种古怪的生活范式，生命深处的尊严和自由品质是降低了。

在东晋，陶渊明想在一瞬间和千万里之外的人交流是绝无可能的，那种"奇文共欣赏"的欲望会受到时空的限制。我们现代人轻轻点触屏幕便可以得到满足，可是这一点点满足却让我们付出了巨大的代价。我们丧失掉的是更为广阔的山川自然，是安卧北窗下的那种"羲皇上人"的感受。"弱湍驰文鲂，闲谷矫鸣鸥。迥泽散游目，缅然睇曾丘。虽微九重秀，顾瞻无匹俦。"（《游斜川》）"引壶觞以自酌，眄庭柯以怡颜。"（《归去来兮辞》）一个人看到外面的大树唤起的那种美好心情，看到远处的山川唤醒的那种豪迈感，是越来越没有可能了。然而这一切是多么了不起又是多么"基本"，它原本就该来自生命深处，来自日常。

伴随永恒感滋生的尊严，常常是大自然才能够给予我们的，比如那些不被人工外力所改造的山川大地、植物及其他生命给予的启示和呼唤。所以人类最大的尊严的丧失，莫过于地平线的消失，莫过于生活在水泥丛林里那种局促和暗无天日，更不要说雾霾重重给人造成的窒息了。

现代人忍受的委屈更多，现代科技、物质社会强加给我们一种无处逃脱的扭曲生活。如果说陶渊明面对着混战、厮杀、嗜血的门阀士族，还能够逃到一片田园里，那么现代人所面临的这种无法忍受的大气污染和噪声污染，还有拥挤不堪交织网罗的劣质传播，已经无孔不入，充斥了每一个角落，人再往哪里逃离？正在广泛展开的所谓"城市化"浪潮，可以让最后一片乡村消失，最后一棵老树拔根。从现在到不久的将来，谁还会拥有一片"田园"？

人类生活呈现出越来越不可回避的城市化、电子化、单调化和精神劣质化。人人都要陷入现代传媒的喧嚣之下，处于通讯网络的覆盖下，再也没有个人的独立空间。所以这是一个悖论：人类在向自然世界索取更多自由、展示更大自由的时候，却将自己牢牢地锁闭在现代生活不自由的樊笼里面。

我们想象陶渊明宽袍广袖，放怀畅饮，这样一幅自由浪漫的自然画面，当代人该是如何地羡慕和向往。但这早已是许久以前的事情了，今天的人类已经难以回返那个场景了，因为它压根就不复存在。陶渊明的"桃花源"即便是在当年也无从寻觅，更何况是在环境污染严重、交通四通八达、现代科技无所不在的当今。陶渊明那条阡陌小路，那片触手可及的绿色田垄已经消失了。从这个意义上讲，现代人正在陷入一个丧失尊严、丧失自由、丧失天性的空前窘迫的境地，由此而带来的苦难，很可能是深重无边的。

因此，这也正是陶渊明作为一个榜样，对我们产生强大感召力的原因之一。

陶渊明给我们留下了一笔丰厚的遗产，这就是关于尊严、自由、田园，关于生命本质必要强烈追求的天性，是这些至大问题的一些思索。他是一个可资参照的显著标本，这个标本有可能伴随人类走到最后，因为人类直到未来也仍然需要他的生活所昭示的那份自由，需要他醒着的尊严，需要追问尊严的本质是什么，需要追问尊严与个体、个体与集体之间的关系是怎样的。如果我们承认一个人不能没有尊严，不能没有选择，那么我们仍然还要时不时地想到陶渊明这个人。

现代人的厄运是，无论有没有一种强烈的与世隔绝的信念，恐怕都很难从根本上改变个人的生活。面对东晋的混乱，陶渊明成功地找到一个不受干扰、相对闭塞和空旷的角落，能够毁掉这个角落的只有一场自然界的大火，而且毁掉了还可以搬到别处，住到船上。今天的人哪怕决心再大，哪怕真的有那样一个角落，遁到一个人迹罕至的深山或广漠里，而且决意切断所有的现代通讯工具、放弃所有的现代交通工具，也仍然是止于童话般的假设中。

因为我们生活在现代科技完全普及并对其高度依赖的状态下，就像毒瘾入髓一样，一旦离开就难以自持；另一方面尽可以确信，如今连风中都吹拂着一串串数字，它早已无可回避。可见现代人貌似获取了自由，付出的代价却是大到不堪忍受，它正像大山一样把人压垮。

我们会发现，在个人虚拟的田园里，每一寸土地都已经被数字化，这块土壤上的所有植物，甚至连茎叶的毛细管，都与周边这个飞速发达的数字世界息息相关，血脉交流。任何人的隔绝于世都只能是一个梦想，无论是心理上还是现实中都做不到了。如果想恢复那种我行我素、完全松弛的个人生活，将是不太可能的事情。而"我行我素"却是自由的基本样态，是基础。

现代人只好满足于眼前的一些物质欲望，一些即时冲动。因为自由生命的基座被抽掉了。个人的独立空间取消了，想要假设和制造这样一个空间既不可能也不持久，只会是彻头彻尾的一次数字化的杜撰。这种杜撰将给人类带来双倍的伤感和沮丧，进一步打击人类的自尊心。

陶渊明当年置身于一个原始的空间，这个空间里存在另一些问题：自然的伤害，歉收的痛楚，寂寞和哀伤，偶尔对自己不为世用的自责和愧疚，等等。他需要做出的反抗和应对，就精神层面来说，与现代人相比，要"挺住"则容易得多。而当代人所面对的一切远比陶渊明要复杂得多，细致得多也艰难得多，"挺住"简直是一个不可能完成的任务。

陶渊明勉为其难地完成了一个人的独守。直到最后，他对自己还是基本认可的。

· 与生俱来之物

人之需要自由和尊严，是一种天性。无论作为个体能否意识到，它都是一种客观存在，是人之为人的要素。人人都有尊严，只是这种尊严的表达方式，醒着还是睡着，有许多不同而已。它常常醒来还是常常睡去，正是人的区别。由于常常休眠而带来的麻木、浑然不知，一朝醒来惊恐万状，是这样的区别。所以我们不相信，在一种极其野蛮的权力和淫威之下，唯唯诺诺安心侍奉的顺从者就一定没有尊严。它仍然是存在的，它也许会在夜色遮掩的某个时刻，比如凌晨两点醒来。

对一个人来说，如果尊严感来袭的强度不够，也就不足以摧毁正在进行的惯性生活，最后也还是承受和忍耐下来，就像陶渊明曾经试过的那样：几次走开又几次返回。不过他后来还是彻底走开了。如果诗人的尊严一直处于休眠状态，也就不会发出一连串的自语和质疑，还有拷问："平津苟不由，栖迟讵为拙！寄意一言外，兹契谁能别？"（《癸卯岁十二月中作与从弟敬远》）"积善云有报，夷叔在西山。善恶苟不应，何事空立言？"（饮酒二十首·其二）"斯滥岂攸志？固穷夙所归。"（《有会而作》）"知音苟不存，已矣何所悲。"（《咏贫士七首·其一》）诗人让自己醒着。

不仅是人人都有尊严，甚至可以判定尊严不是人所独有的，而是能够推论到一切活着的生命之中。按照神学家的理论，动物是没有良知的，只有所谓的"人性"里面才包含这一切。但是依据我们的生活经验看来，动物好像也有尊严。因为我们有时候会发现与之长期厮守的动物，比如猫和狗也是有尊严的，它们甚至会羞愧，会因为被折伤尊严而愤愤不平。有时候我们从一个相处很久的小鸟身上都会感到尊严的存在。由此来说，尊严有可能是所有生命的共有之物。

如果说所有的生命都喜欢自由，那么所有的生命必然具有尊严。自由是尊严的基础，作为一个生命，喜欢自由不喜欢羁绊，也就是通向尊严之路。一只飞鸟被强迫关在笼子里，失去了自由，那么它所有的痛苦和愤怒也要来自这里。比如经验中的麻雀是很难豢养的，它甚至能在一瞬间气绝而死，这需要多么强烈的尊严。一只野兔也不可能被养活，它可以不吃不喝，拒绝这种失去自由的生活直到死去。"无自由，毋宁死"，这不仅是人类的口号，也是动物用生命宣示过的。从这个意义上讲，自由和尊严在所有生命中都打下了很深的烙印，它的确是与生俱来之物。

在所有生命中，倒是人类这样一种接受后天文明深刻培育的生命，才会把自由和尊严埋得深深的，可以让其长时间地休眠。从历史与人生的某些关头，从人类当中那些下作苟且的标本里，人们已经看过了太多淋漓尽致的表达。人丛里既有伯夷和叔齐，有陶渊明，也有另一些相反的例子。

我们于是相信所谓的"文明"的总和，就像"人性"的总和一样，是十分芜杂浑浊的。这其中有一些极坏的东西，而且经过了装饰和改变，在浸染人类。人性中的动物性释放出来的同时，还有一些比动物性更加不如的东西也在滋生。动物性中也有可爱的、需要人类学习的部分，如我们十分熟悉的猫的温柔、狗的忠诚。动物往往有十分可爱的单纯性格。

芜杂的人类文明其实是一口染缸，它足够大足够深，是人类需要永远警惕的。

· 不顺从

陶渊明强烈的自尊，还有简便随意的性格，显然对诗文起到了决定性的影响，确立了其风貌、质地和品级。他所有的诗章都是这种态度的表露，是追求自由自在、不愿屈就的日记。陶渊明是一个业余写作者，很自然地随手记下一些东西，表达出自己的内心，就这一点来讲，他的诗显得更亲近、更淳朴也更感人。这些诗没有专业写作才有的规矩和范式，也没有表演性，毫无炫示的外表和夸张的气质。他只是耕作之余饮酒之余有感而发，在极想写一写的情况下才持笔。这些诗既用来自娱，也可以留给后人，是用以明志的一部分。陶渊明如果没有这些书写，就等于没有酒，生活会变得更艰难。他的诗文等于生活中的酒，他依赖于它，陶醉于它，很需要用它来抚慰自己。这是对心灵的回应。

如果是专业写作，特别是现代这样一种职业意义上的写作，是绝不可能产生陶渊明这种精神品貌的，这种作品质地将不复存在。专业书写，字里行间必会散发出某种功利气息，有技术主义的倾向。强烈的著作心，同样也会留下类似的痕迹。在陶渊明的内心深处，他自然而然地认同了更自由更随意的表述方式，就像平时过日子一样。自然天成地写来，才有真切自如的表述。这一类记述，体现出一种完全依从个人趣味和意志的尊严感，想怎么写就怎么写，什么时代风气文人习气，全都免除。职业匠气在他这里几乎是没有的。因此陶诗能够在质朴当中，透露出一个人的亲和与纯粹。

这种写作与服从市场化的现代写作来讲，有着本质的区别。服从于时尚，服从于他人趣味的写作，就是不自由的写作，也是没有尊严的写作。陶渊明连留下来的愿望都不强烈，更何况发放到市场上。那时候固然没有文学市场，但仍然有圈子和口碑。只要有一点虚荣心，也就足以将诗人给搞坏。自娱自叮自存自赏，实在是太好了。一个人始终能够用文字回答自己，做出心灵的表露，是一件多么爽快的事。这一点现代人几乎没有可能做到，因为点击率、发行量以及所谓的文坛赞誉、得奖之类鄙小无聊的虚荣滋扰，造成的损害无人可以幸免。

从记载中看，即便在陶渊明那个时代，这种简朴天然的性情在诗坛上也是不被认可的。因为在任何时候诗文都有交流、表演和炫示的功能，这个功能之于文学而言尽管是较为低等的，但完全脱离这个功能的也许没有。到了东晋，魏晋风骨不再，纷纷转向巧饰与绮丽，而陶渊明就敢于不罗列辞藻，不顺从潮流，以至于被深深地误解为简单和粗陋。

那些与之无关的人、轻视他的人可以用"简陋"二字贬损他或忽视他，但如果连他的好友如颜延之也有类似的看法，就很能说明时代趣味是怎样了。

一个人自主自为的独立性格是无处不在的，这既表现在他的社会选择、政治选择和日常生活方式的选择上，更会深深渗透在诗文写作之中。它有时候是不自觉的，已经成为灵魂的标记与刻度，在不经意间显示了生命的性质。陶渊明无论是作为一个人还是他的作品，正因为真实性与个人化，反而备受寂寞，疏离于自己的时代。就这样，真正的个人化所蕴含的全部晦涩、与时尚的隔膜，都自然而然地出现了。今天看，这正是陶渊明的光荣与价值。一方面陶渊明的诗是极其简易的，像是脱口而出，最易理解也最易亲近；另一方面却因此而变得很难理解，因为用潮流和时尚的眼光已经无法读懂。

陶诗之于东晋诗坛是相对独立的。当年它处于边角，而今它居于中心。

这成了一个悖论：极简单的写作反而成为理解和诠释的障碍，只有等到潮流的眼障层层蜕去，人们得以遥望的时候，陶诗才慢慢显露出本来的面目：通俗晓畅，自然浑朴，有内在的富丽与绚烂。它不归属当时的艺术潮流，不属于主流气质。它只表露了诗人自己的志趣与心绪，这就是他所遵循的自由自在、尽情尽意。

这里实际上涉及一个诗学问题：有人将诗歌的晦涩雕琢等同于深刻，质朴自然等同于浅稚，是多大的误区。

有人会说，陶诗的真正价值还是来自他优越超群的先天才华，说别的都白搭。因为任何的主义、正确、品格，它们这一切相加的分量也无法弥补艺术才华的缺失。当然是这样，不过这里谁也不能把那一切与才华截然分开。它们往往是连在一起的，是一个整体。

· 女田园

在西方，有一部分艺术家生活难以为继，就投到一些有钱人的麾下，甚至还有人宁可被贵夫人"包养"，住在她们的城堡里，做她们的友伴和侍读，像卢梭和里尔克，这些了不起的人物就有过类似的经历。这些人好像过着一种没有尊严的生活，却由此找到了自己的自由。他们肯定在某一点上，跟所投靠的对象气息相通，即平常说的"有许多共同语言"。而且更重要的是，他们就此获得了更多的闲暇和个人空间，更有闲情和时间做自己爱做的事情，留下个人化的表述。

陶渊明投靠在田园里，与土地找到了共同语言，与四野气息相通。

对于里尔克和卢梭们，那些贵夫人的居地可以算是一片"女田园"，是一个值得亲近的对象。像俄国大作曲家柴可夫斯基等，在与那些贵夫人相处的过程中,也遇到一些坷坎,最后也有分手的时候。而陶渊明在他的田园里,也有好多苦恼,尽管还没有弄到分手的地步。

总而言之,鱼和熊掌不可兼得,他们在寻找自由保持尊严的同时,总要触碰到另一些阻碍,这时候他们一定会权衡孰轻孰重,判断自己的取舍,满足天性的需求。任何人都不会一入"田园"就万事皆好,从此摆脱桎梏,走向了无边的自由。即便是最成功的抉择,也是尽可能地选择更大的自由,选择可以忍受的屈辱,而不是彻底告别屈辱。人活着就是一场屈辱,人活着也是一场抗争,人活着总是在抗争和屈辱中挣扎,在权衡和选择中确立。这样做的结果不同,也就有了生命质量的不同,有了高下与卑劣、崇高与低俗之间的区别。

当然"女田园"之说不过是趣谈。陶渊明的田园是为了避世,而西方贵妇人的沙龙则是一个社交和艺术展示的平台,艺术家在这里不仅没有避世,反而接触了社会。这些贵妇人有社会地位,有闲有钱且爱艺术,才把志趣相投的艺术家聚集到了一起。她们对艺术家的资助是很容易的事情,二者实际上也是互为添彩。在那个传媒并不发达的时代,贵妇人的沙龙起到了传播艺术和推介艺术家的作用。她们要面对许多不同的艺术家,这其中发生的爱情故事只是很偶然的。

但"田园"似乎是有性别的,给人的感觉是母性。陶渊明像依赖母亲和爱人一样依偎在土地上,这里给他一切供养和安慰,从物质到精神一应俱全。这是一片神奇的地方,这里有最丰腴的生长。

艺术的生长需要这样的基础，即一种母性气质。我们似乎可以设想陶渊明当年投入的是一片母亲般的田园。遍体鳞伤的诗人在这里疗伤，在这里吸吮，度过了最艰难的人生岁月。

如果走向"丛林"地带，也就是走向了阳刚之地。那里有许多厮打和呼号，流血和牺牲，那里不适合生长，只适合追逐。如果诗人想在那里写一部"英雄史诗"，也不会找到相应的时间和空间。奄奄一息的战士逃到战火纷飞之外，安息到绿荫下，才会有翔实生动的记录。

一切好诗都要诞生在母亲般的田园里。

· 蔑视和轻淡

一种文化，一种文明，会形成很多生硬顽固的概念。这些概念对于人类的行为，对于整个民族的行为，会变成一种强大的约束力。在这些约束下面，个体的意义会被压缩到最小。这时候个人的表述就一定要服从于这些概念，真正个人的声音将要隐去和收起，很难发出来。面对一些重要的历史事件，一些重大的社会选项，个人是很难做出抉择的。人要臣服于群体的强制力。

在当年，陶渊明的不入伙，他的一次次走开，他的独自生存，不过是想做自己要做的事情。陶渊明的表述无论复杂还是简单，都是集体不能够替代和涵盖的。读陶渊明全部的诗文，给人的感觉是说自己的话，是记录和表达自己的喜怒哀乐，是平易而顽强地守护着个人的表述方式和表述内容。这除了文字还有行为：在后人看来有一部分值得赞许，有一部分则非常"愚蠢"，比如说他在饥肠辘辘之时竟然拒绝了别人馈赠的食物。甚至有人觉得他连父母官都不做了，这该多么傻。有人认为做了父母官同样不会丧失田园之乐，甚至条件还要更好。比如他说自己做彭泽令的时候，公田里的收入可以有更多的酒喝，直到他写《拟挽歌辞三首》时，还说死了也就死了，唯一的遗憾是不能把酒喝足。"但恨在世时，饮酒不得足。"看了以后，会觉得很怪异：诗人竟然把酒看得这么重要。

一个人一旦有了酒瘾和嗜好，就很难摆脱，可若是把这个酒瘾和世俗功名比较一下，一般人是不会选择酒的。陶渊明在对官场去留的判断上，竟把酒作为一个重要的衡量标准，可见是多么有趣。酒在这里代表了什么？或许代表了自由选择的象征和指代，成了世俗功利的对立物。饮酒等于饮用自由，等于投入尊严的怀抱，所以陶渊明才一而再、再而三地谈到饮酒。"达人解其会，逝将不复疑。忽与一觞酒，日夕欢相持。"（《饮酒二十首·其一》）"道丧向千载，人人惜其情。有酒不肯饮，但顾世间名。"（《饮酒二十首·其三》）"悠悠迷所留，酒中有深味。"（《饮酒二十首·其十四》）他甚至在谈论与慧远到庐山修道时，还不忘提出一个要求：允许他喝酒。

陶渊明将酒远置于仕途经济之上，其实是很值得咀嚼的事情，这是极端的也是象征的。万般皆下品，唯有饮酒高，酒在这里像一个媒介或桥梁，可以引渡诗人去往自由和尊严的彼岸。这种对酒的偏执，不能简单看成是一种精神疾病、一种对酒精的强迫依赖。用酒来解构社会、消解人生，其实是在表达对通行的社会价值观的蔑视和轻淡。

陶渊明宁可选择一杯酒，也不选择当年的一个官。尽管那是很小的县令，但毕竟是"父母官"。陶渊明恰恰是在这样一个县令的位置上，跟官场就此别过。

这一别就是永远，直到终点。

第三讲　徘徊在边缘

· 徘徊在边缘

陶渊明说到底是一个回归田园的儒生。他因归去而幸福，也因归去而痛苦，心系两端，顾虑重重，并非是回到田园就彻底轻松了。人是在这儿了，但心并不能完全收在篱笆墙内。他仍然要不断地说服自己，让田园生活变得单纯快乐起来。

他的这种矛盾和徘徊常常要反映在诗文中。"翼翼归鸟，载翔载飞。虽不怀游，见林情依。"（《归鸟》）这里写鸟的徘徊和往返，也是见景生情。他在《归去来兮辞》中写道："尝从人事，皆口腹自役。"那种"役"的生活简直太糟糕了，让他"怅然慷慨，深愧平生之志"。

诗人心里想得明白，却并不意味着一定能放得下。他仍然还有家族自豪感，很难忘掉曾祖父所代表的那种建功立业的伟大传统。这成为一种精神流脉，灌注在陶渊明身上，仅这一点也使他的田园生活很难变得和谐起来。

但诗人对那片"丛林"实在是太惧怕和太厌恶了。他写下了

《咏三良》，这是对残暴的"丛林法则"提出的最强烈的抗议。诗中写了秦穆公死的时候让三个最喜欢的良士谋臣陪葬，而且是生前的遗愿。"出则陪文舆，入必侍丹帷……一朝长逝后，愿言同此归。"看起来这个君王喜爱他们至极，到了另一个世界也希望这三个人的陪伴，但实际上君王未必不知道死亡意味着什么，那是最后的完结。什么"生共此乐，死共此哀"，多么残酷虚伪。秦穆公是衰老而死，"三良"则要被活活埋葬。陶渊明在歌颂"三良"忠贞的笔墨之下，掩埋了怎样的悲愤和哀怜。他这里实际上对强权、对嗜血的"大动物"施以最大的诅咒，也表现出对人性黑暗、对帝王残酷的恐怖感。

类似屈原式的牢骚在陶渊明的诗里也有一些。一些很清楚的道理在诗中被一再地阐明，有时让人觉得絮叨，但是面对漫长而具体的痛苦与辛劳，还有孤独，这些反复吟味似乎也可以理解。这是一个出仕不得、志向不伸、抱负难展的人，也是一个忧愤与压抑的人，他的文字中不会没有控诉和悲伤。

陶渊明在《与子俨等疏》中写道："吾年过五十，少而穷苦，每以家弊，东西游走……汝辈稚小家贫，每役柴水之劳，何时可免，念之在心，若何可言。"谈到自己没有积累财富，一生贫困，官场不济，没能做一个体面的父辈，害得孩子们不得不忍受清贫，流露出深深的歉意。

纵观他的一生，进还是退，显还是隐，富还是贫，尝试还是决绝，种种两极之难一直伴随着他，不得解脱，苦味充斥在心头。不过越是到后来，越是只剩下田园这一条路，只剩下酒和大自然这两大慰藉了。离开这些他的生存就更艰难了。如果以六十三岁计，在当时诗人也算度过了比较漫长的人生。他遭逢乱世，经历很多，只是一直没有实现自己的心愿，到最后也没有满足心灵的期待。

陶渊明娶过两个妻子，育有五子，这中间是否有夭折的不得而知。穷人孩子多，富贵之家倒时常有少子的痛苦。陶渊明要养育这么多孩子实在不易。贫困让他常常无计可施，徒有感叹。他只好寻找各种各样的例子，以不同的榜样来说服自己，以增添支撑下去的力量。"历览千载书，时时见遗烈。"(《癸卯岁十二月中作与从弟敬远》)"何以慰吾怀？赖古多此贤。"(《咏贫士七首·其二》)从这些自勉自励的诗章中，我们还是能隐约听到难忍的悲绝之声。

陶渊明总共四次（也有"五次"说）入仕，相加时间也不足两年。第一次大概是十天半月，第二次是一年左右，第三次半年多一点，第四次才两个多月。这种频繁出入是很少见的情况，比如当年的李白和杜甫也感慨自己命运不济，不能够显达于世，但李白在朝廷里待了一两年，杜甫几次做官的时间也没有这么短促。陶渊明尝试的次数之多时间之短，给人的感觉是极其缺乏耐心，极难适应那个环境。这一方面反映出东晋时期的官场黑暗，世道不宁，另一方面也反映出陶渊明内心深处的孤傲与焦躁，他心中的确蕴藏着一股"刚烈"之气。

陶渊明前后或同时期的那些历史人物，其中有一些知识人是相当折腾的，言辞锐异，铤而走险。比起他们，陶渊明还算"安稳"。但是让他安心做一个循规蹈矩的小吏，这样做一辈子，可能也是非常困难的。

陶渊明在困厄中一定会回顾童年，想念自由开阔、无边无际的田野。对比眼前狭窄昏暗的官衙，便觉得自己进入了"樊笼"，而自己原本是一只可以盘旋在高空的"飞鸟"。

这只飞鸟后来逃离樊笼，飞向了"丛林"的边缘，却频频回望，好像不忍飞得更远。

· 选择的全部后果

他对田园生活的倾慕是深入骨髓的，原野对他有着无可比拟的魅力："商歌非吾事，依依在耦耕。"（《辛丑岁七月赴假还江陵夜行涂口》）"但愿长如此，躬耕非所叹。"（《庚戌岁九月中于西田获早稻》）他可能觉得自己本来就是属于土地上的生命，或许就该生活在这里，应该早些归来。

他在许多诗中歌颂那些"隐士"，觉得这些远遁山野的人才是高明的。这与晋代出现的释道合流、谈玄派、养生派、逍遥派的诸多影响有关，起码这种规避的风气促进了他的心志与理想。无论怎么说，那些人的选择实在是靠近和融入了大自然，就这一点讲他和他们是接近的。他越来越怀疑功名利禄的意义，越来越觉得一个人要长生，要保全，融身心于大自然是最好不过的。这一点与魏晋时期许多知识分子的价值取向是相同的，他们的行为对陶渊明也是一个支持和鼓励。但尽管如此，与中国士人漫长的入世传统对比，后者的力量则显得更为强韧。这在历代知识分子那里都是相似的，入世的抱负，更好像是人生的一条"硬道理"。

无论如何，魏晋时期避世思想之盛，缘于一个混乱无序的特殊时段，是中国历史上最为动荡和苦难的时期之一。所以许多人的逃避和归隐是不得已而为之。但走开了是一回事，让这种疏离的状态持续下去又是一回事，这可能需要寻找更多的精神支撑、更多的人生理由才行。一个人长期在"边缘"忍受冷落，这通常是非常困难的。陶渊明在这方面应该算是一个例外，他不但忍受下来，似乎还有些欣悦，这是颇让人惊讶的。

陶渊明在当年渴望摆脱官场中的束缚，可从诗中经常使用的"役"字说起。"怀役不遑寐，中宵尚孤征。"（《辛丑岁七月赴假还江陵夜行涂口》）"自古叹行役，我今始知之。"（《庚子岁五月中从都还阻风于规林二首》）"风波未静，心惮远役。"（《归去来兮辞》）"役"是不得不接受下来的公家差遣，他一边做一边想着挣脱，心里很是不安。诗人更乐于享受大自然的空旷寥远，胸怀天高任鸟飞的豪情和境界。这样一个人，"役"一旦加到身上是极不耐烦的。

可是不难设想，所有"入世"的成功者首先要能够忍受这个"役"字，而后才谈得上显达，也才能"济世"。即便是一个正直的官吏，如果不能受此一"役"，那就必定要夭折于启步，连半途都走不到。混世者不需讨论，只说那些忠正凛然的政治人物，他们的济世之功也要在巨大的忍受之苦后面。几乎所有人的官场生涯都要受"役"，都要在一种体制的强力约束之下。

这里的"役"就是为官场事务驱使，是不得选择的，当然是不自由也不独立。一个人从肉体到精神都被捆绑起来，丧失了生命的快乐和创造，有人会视为一种折磨，很难忍受。而陶渊明自从有了"飞翔"之心、有了"脱役"之念，万般痛苦也就接踵而至。无论如何，为自由而奋斗都要付出代价。离开了，并且让自己不再向往那片"丛林"，永远待在"边缘"或更为遥远的地方，还必须做出更充分的准备，而且要承担起这种选择的全部后果，不能反悔。

· 显赫的曾祖

陶渊明在《命子》这首诗里或未能免俗，依照传统追述了祖上的赫赫武功，强调了自己家族跟东晋朝廷的亲密关系。陶氏家祖最显赫也是离得最近的一个大人物，就是曾祖父陶侃。陶侃留下的文学作品为数不多，在《相风赋》残篇中，可以看出他对自己军事才能的肯定："象建木于都广，邈不群而独荣。朴虽小而不巨，何物鲜而功大。"这是一个武功方面的功勋人物。

陶侃官至侍中、太尉、荆江二州刺史，都督八州诸军事，封长沙郡公，可以说是保护国体、一度掌握了整个统治集团生死存亡之命运的大人物。《晋书》上记载陶侃"媵妾数十，家童千余，珍奇宝货富于天府。"如果基本属实，那么这些不可想象的巨大财富积累、这种骄奢的程度，也太惊人了。陶渊明引以自豪的这位伟大先人，显然是走向了生活的另一端，是物质堆积的一个"巨无霸"。除了这些文字之外，还有记载说他倨功不傲，几次上《逊位表》，对晋朝耿耿忠心。这也是可能的，因为他这样一个人要享受非同一般的优渥生活，仅仅是有功于朝廷也还不够，最重要的还是"忠贞"，只有如此才能分得一杯羹，俸禄久长。

一个有大功于统治集团的人，如果能够自保富贵于久远，恩被子孙，就必须是一个极为谨慎小心的人。陶侃想必是深谙此道，一方面放手奢侈，尽可以腐化堕落，另一方面一定要战战兢兢如履薄冰，因为一不小心就会掉到那个冰洞里，那是利益集团的核心挖下的窟窿。

陶侃出身寒微，但处于东晋统治集团"食物链"顶层的那些"大动物"之列，仍可看成第一等的人物。统治集团虽然将他视为群落中的一员，但还是有所不同的，因为他身上还有贫贱的斑纹。这种皮毛上的印记是来自遗传基因的，所以十分麻烦，即便经历了许多代的物种育化，也还是不难辨认。这是作为一个"大动物"最痛苦的事情。这一点陶侃当然是很清楚的，所以他一生大概足够谨慎。

时代对人的塑造和培植，其力量是巨大的。像陶侃这样的一个强势人物，控制局面的能力有可能是非同一般的。他对外威力无比，一言九鼎，对内比如妻小后人，有时可能是毫无治力的。他对后代的教育显然是失败的。记载中他有多达十七子，其中却鲜有上得台面的人，大部分很是不堪，有的竟然颓唐下流到兄弟相残的地步。陶侃没能成功地把一种庄严正大的家族传统留下，原因既复杂又简单，后人只能依据一些基本元素去加以推测。

整个陶氏家族内部无论如何"秩序严整"，终归还是处于魏晋这片"丛林"之中，这是一个不可逾越的大环境。魏晋的基础社会状态就是剧烈争夺，就是以强凌弱，就是弱肉强食。这种世相对人的培育力怎么估计都不过分，它的因素一定会渗透到生活的每一个角落。这个时代做出的社会宣示就是：不做一个嗜血者、尾随者，不像动物一样生活，也就没有未来。

陶侃生活在数十媵妾和千余家童之中，显然是一种糜烂的生活。由于这种生活的存在，无论有多少关于人生的正面训示，什么家族传统伟大荣耀之类，一切全都无效。淫靡的日子就是硫酸，将毫不留情地把一切腐蚀净尽。就此来说，威武的陶侃大将军也必然无力阻止。

在那个时期和那样的家境中能够洁身自好，长成一个有志量的好人，恐怕是难而又难的。就这一点而言，陶氏家族真是太不幸了。从传统的家族运势来讲，陶侃这一代做得太过了，他将整整一门氏族几代人的物质用度全耗光了，也许后代也就只得贫穷潦倒，难以再有好的命运了。从这个迷信的角度来看问题，不仅陶侃儿子们的坎坷是理所当然的，就连陶渊明的常常食不果腹、最后饿死，也多少要由这个曾祖父来负责，因为他吃得太多了。

最了不起的是，陶渊明作为陶氏后人，恰恰在简朴方面，是非常突出的一例。

· **两个榜样**

在陶渊明的内心，先祖既是不能忘怀的一个榜样，有时可能又很遥远。特别是对曾祖父，他在向往的同时大概也会有些费解。诗人没有提到这位伟大先人的负面，但却并不意味着自己对此一概无察无知。这样一个极为注重追究祖上业绩的心弦纤细之人，怎么可能对陶侃的日常生活状态一无所知？他面对这个最值得夸耀的先人，会有一些复杂的心情，但这心情全要隐伏下来。即便是外祖父孟嘉，也会让其多多少少产生疑惑：作为一个"名士"，既在官场里生活，又没有被捆绑得不能挪动、仍然可以保持自己那份超然的个性，简直像是一个美好的梦幻。外祖父官职不大，比起陶侃简直微不足道，但对诗人却产生了超级魅力。

陶渊明为外祖父作传，倾注一片深情和羡慕之心。如果陶渊明没有在诗文中按照自己的志趣加以夸张的话，那么孟嘉这样一个人在魏晋时期确是存在的奇迹。这对陶渊明当然要构成巨大的吸引力，以至于成为最值得参照的人生坐标。

陶渊明入仕做官的心念其实不是四十一岁之后就中断了，而是直到生命的最后都或多或少地存在着。不过对于厮混官场，他是越来越厌恶了。他一直牵念的不过是入世的理想，是这个儒家的传统信念在激励他，让他在田园里不能安生。他在年轻的时候关于入仕的看法就有些特别，因为他心中一直装了两个不同的榜样，这可能使他处于一种矛盾交织、难于选择的心情。这种情形几乎贯穿了他的一生。

曾祖父陶侃和外祖父孟嘉预示了不尽相同的两种人生向度。尽管陶侃才是家族的最大目标，但外祖父孟嘉却是最令人着迷的人物。对于曾祖父，他小心翼翼地维护和表述其盛隆、其威仪，却没有像对外祖父那样深情的、有声有色的描述。他的关于孟嘉老人的记述，是最生动最传神的人物传记，不可多得。这种充满异趣的文字背后，就隐下了对另一种荣耀的疑惑与质询：在人与人之间的争夺、在血流成河的污泊中求得进取和自保，是何等可怕的冒险，人一旦投入其中，将是对生命的最大磨损，更是一次虚掷。可是这里面竟然有一个例外：外祖父孟嘉。

陶渊明家族中的这两个人都是成功者,但分别代表了两条不同的道路,从不同的方面影响了他。曾祖父陶侃是一个平民出身的成功者,在"丛林"里厮杀较量,最后能够脱颖而出。陶渊明用他来教育和激励后代,昭示后人。陶渊明对这位祖先抱有一种钦佩、敬仰、向往乃至于实践效法的心情,当然是可以理解的。学习这种入世的成功者,与他从小所受的主流文化即儒家思想的熏陶非常合拍。儒家让人心怀天下,"忧道不忧贫"。"道"在这里指个人的品德修养,治理社会的人生理想,也指对社会状态的评估,是人的伦理道德标准。我们可以想象,陶渊明既是出于现实生存的需要,也是在曾祖父这个入世的榜样感召下才几次出入官场的,从二十九岁到四十一岁,十三年的时间里四进四出。二十九岁做了江州祭酒,三十四岁第二次出仕,进了桓玄幕府,但第二年就回家了。到了四十岁的时候又第三次出仕,做了刘裕幕府的参军,这一次时间更短。四十一岁的时候做了刘敬宣幕府的参军,后改任彭泽县令。

仅仅是四十至四十一岁这一年的时间里,陶渊明就两进两出。可见随着年龄的增长,他进出官场的频率更高,时间也更短,说明仕途愈加不顺,内心愈加痛苦。

这就使他更加怀念心中的另一个榜样:外祖父孟嘉。孟嘉在仕途上似乎一般,却有着令人钦羡的意义,陶渊明在传记中给予他极为崇高的评价,而且崇敬大于钦佩。他字里行间带着浓浓的情感。

孟嘉其人在《晋故征西大将军长史孟府君传》里面得到了生动的描述。这是一个富有幽默感的、通达的高士,一个大有"名士"

风范的人物。他虽然身处官场,却与一般的官宦人物不同,清雅、圆融、诙谐、了无用心又才华出众。今天看,孟嘉简直就是官场中的一个特例。

陶渊明几乎跃出纸面的一句话就是:我最高的理想,莫过于做一个外祖父孟嘉式的人。

陶侃、孟嘉和陶渊明,三个人可谓三种状态,三个层次。在这三个层次中,居于中间的孟嘉则表现了一种折中的道路。因为首先孟嘉不像陶侃那么激烈地入世,没有在南征北战中取得非凡的功业;其次孟嘉也没有彻底告别官场,不是一个安于平民生活的默默无闻者,而是介于二者之间的人物。

作为一个传统的知识分子,陶渊明在退出仕途后还是有些不忍,即不甘心彻底地做个逸人弄酒守园。背离儒学的教导,做一个逃离者和遁世者,在他来说实在是迫不得已。他真正想做一个什么人? 就性情来说,可能并不是像曾祖父那样的威武之士,而是衣食无忧、生活安定、比较体面地度过了一生的外祖父孟嘉。这样的一个人既受到社会的广泛尊重,也对得起自己的儿孙。陶渊明在写给儿子的信中有一些愧疚,认为自己混得不好,后代没有财产可以继承,跟着受穷等等。直到晚年,他心里还有一个打不开的结,即因为没有像样的积累而让后代过上衣食无忧的生活。用今天的话讲,身后的孩子们至少应该过上"小康"生活。这样一种生活应该并不过分,也是陶渊明的理想。有时间读书,有饭吃,有酒喝,有钱花,但绝不可以当一个无德无才、道德沦丧的下流人物。这是他的底线。孟嘉这个榜样,恰好符合了这样的理想和愿望。

· 雅人趣事

陶渊明写外祖父的文字贵在多趣。这趣味性与生动性当然反映了诗人自己的情怀,也就是说他真正喜欢什么。此文无论是艺术性,还是从中所反映的诗人的政治理想,都是十分重要的。在这篇传记中有许多过目难忘的细节描写,简直像小说一般。作为一个诗人,陶渊明的诗文歌赋艺术之所以充满魅力,其中很重要的一条就是长于细节描写,能够囊括蕴含许多极小的、动感很强的局部。这作为一个诗人和散文家是较难做到的,因为这往往不是他们的本领,而是小说家的擅长。

小说家的叙述多半要依赖动人的细节,而陶渊明用诗赋这种形式,也能够将一些令人难忘的细节包容其中。最突出的就是写孟嘉的这篇传记,寥寥数语即写尽孟嘉的通达有趣和清高飘逸:"下郡还,亮引见问风俗得失,对曰:'嘉不知,还传,当问从吏。'亮以麈尾掩口而笑。"当年孟嘉正在桓温大将军手下做事,有一次帽子被风吹掉了竟浑然不觉:"时佐吏并著戎服,有风吹君帽堕落,温目左右及宾客勿言,以观其举止。君初不自觉,良久如厕。温命取以还之。"一篇赋却有如此具体的细节,读来生动传神,令人难忘。

类似的妙处于陶渊明诗文中比比皆是,往往是几笔素淡,惟妙惟肖,如在眼前。

孟嘉是一个在官场上罕见地保持了自尊的名士,既有性格,又有派头，同时还拥有丰裕的生活，是一个成功的官场人物。"温尝问君：'酒有何好，而卿嗜之？'君笑而答曰：'明公但不得酒中趣尔。'又问：'听妓，丝不如竹，竹不如肉？'答曰：'渐近自然。'"这是一段极有名的对答。

陶渊明试图走外祖父那样的道路，三番五次踏入仕途，大概想看一下能否像这位先人一样，既能够为官，还能够读书喝酒，始终保持自己的嗜好。可惜试了四次，都没有成功。

既然折中的选择没有如愿，诗人也只能取其"下策"，走上一条迫不得已的道路，那就是像世代农民一样，拿起锄头回家种地，踏上田埂撩开荆棘，披星戴月地劳作了。假如能过上丰衣足食的生活，也算是一个不错的结局。但不管怎么说，这实在还是退而求其次，在诗人这里，当年绝对算不上是最高理想。

陶渊明在《命子》这首诗里不仅谈了他的曾祖父，还有许多笔墨谈到了做过太守的祖父陶茂，以及父亲陶逸。有人说陶逸也做过太守，但无根据。从《命子》这首诗的叙述方式上看，如果其父有过做太守的经历，那就一定不会遗漏。陶渊明只把父亲定位在一个"隐士"的位置上，并没有为父亲感到不平和沮丧。从诗中看，父亲那一代的家境还过得去，至少比自己要好得多。

归来的欣喜，尤其是构成强烈吸引的那片田园，都说明了陶渊明当时并非一个贫穷的自耕农，可以说家底不薄。如果一开始就是那样一种可怕的苦境，大概陶渊明返回的欣悦感就要大打折扣了。准确点说，他当时还算一个富裕的庄园主。在这样的一种环境里生活，最可以学习的一个人就是外祖父了，他想象和向往外祖父那样富足而闲适的生活。

曾祖父陶侃、外祖父孟嘉和归隐田园的陶渊明，可谓三种状态三个层次：陶侃代表的是"中心"，孟嘉代表的是"边缘"，而陶渊明代表的则是步出边缘：由此出发走向更为辽远的地方。

陶侃和孟嘉的选择，表现出来的大都是自主和自觉，而陶渊明所选择的状态中除了自主和自觉之外，还有一些迷茫的徘徊、反复和被动，无奈与自愿相互掺杂一体。

·人生的品级

外公孟嘉在世时的名声和地位都要远高于陶渊明，当年很有些名士派头。陶渊明就不行了，他从江州祭酒做起，地位卑微，没有资本和本钱，一切都要从基层起步。他每天要处理一些繁杂的事务，大概也很难得到像孟嘉那样的尊重，而要改变这一状况，没有士族背景的子弟是很难的。像陶渊明这样出身寒门的人，即便是官场顺利，要显达也须经历漫长的奋斗期。他为了救穷才第一次出仕，"亲老家贫，起为州祭酒。"（《宋书·隐逸传·陶潜》）古人三十岁左右的时候，即所谓的而立之年，已经颇有沧桑感了。到了这个年纪再从底层做起，对于一个心气很高的人来说，恐怕是难免沮丧的。况且在东晋官场，他当时所遇到的同僚怎样尚不得而知，比较普遍的情形是少不了庸常和倾轧之类。

陶渊明的离开肯定是不得已而为之。官场里各种各样的制约、牵拉，对他来说当是一次次磨损和挫伤，而且好像还没有尽头。不只陶渊明这样，从古到今中国所有正直有为的文人，在官场上都有一肚子苦水,所以这其中的一些杰出人物常常考虑规避,或用其他方式做出自己的反抗。但也总有一些人能够压抑自己,忍受所谓的"胯下之辱",最后抵达那个"目标",做了所谓的"人上人"。

中国有句俗语:"吃得苦中苦,方为人上人。""吃苦"的目的不是为了拥有更多的学问,增加更多的阅历,修养个人的品格,在人世间做出更大的贡献,而只为了做个"人上人"。这是从民间到上层的某种"共识",堂皇到并不忌讳说破。千般辛苦熬过,最后就为了能够踏在别人头上作威作福。这种"理想"多么可怕,这种人生轨迹普遍而残酷,发散到社会上即形成一种极为恐怖的人文环境和社会环境,就个人来说则是一种劣质人生。一个人之隐忍,最后即为了实现那个目标,倘人人如此,整个人类社会就只剩下败坏与黑暗一途了。

中国这样一个"吃得苦中苦"的奋斗方式,包含了忍受各种各样的屈辱和磨难,最初是苦读,即"头悬梁,锥刺股",接着就是仕途上的忍耐,韬光养晦。而韬晦背后的潜台词就是:到了拥有实力的那一天,条件具备的那一天,即可以为所欲为不受约束,把这一路上吃的所有苦头再还回别人、还回社会。一个人竟要从别人的痛苦中、从他人的苦难中来补偿自己,多么可怕,这才是人类社会的最大悲剧,是人性的一个深渊,也是为人的一大耻辱。

厮混官场的人物,从古到今,有相当大的一部分是没有理想的,人们对这种低劣卑微之人的一个评价,用中国民间常说的一句话就是"又馋又懒"。这种通俗的说法其实是再准确不过。没有勇气吃苦，做不得辛苦的体力和脑力劳动，所以就要选择最下贱的方式：出卖良知，不择手段爬往一个位置，投机人生。这正如与陶渊明同时代的诗人谢灵运在诗中感叹的那样："进德智所拙，退耕力不任。"(《登池上楼》)意思就是：想增进德业大脑智慧不够用，去做一个土里刨食养活自己的人则更不能胜任。谢灵运在这里写的是他自己的经历与感受，表达的也是失落的情绪，当然属于调侃和自嘲。抛开谢灵运的自我调侃，用这句诗来描述某些官场人物却是恰如其分的。这种人只能选择看起来体面，实际上却是最下贱的、下而又下的工作：欺压弱小，不劳而获，攫取个人利益，过一种寄生虫的生活。

这种人生从道德上来讲，是品级最低的。

陶渊明对如上道理当然是非常明晰的。他做了短时间的祭酒，就回到了田里。田垄上有他美好的童年记忆，因为出生时父亲有几处田园，他的少年时代有跟土地、跟鸟兽虫鱼打交道的经历。一个人的少年嬉戏与劳作，那种健康的气息，是永远也不能忘怀的。正是这片田野里新鲜的朝露，把一个到了而立之年、在官场上几经折腾的人给召唤回去了。

这条路径对陶渊明来讲是很自然的，所以他踏上它一直往前，到最终还是没有偏离。我们可以相信，从他第一次入仕到最后一次归去，田园生活对陶渊明的吸引是越来越强烈的。

儒家讲"穷则独善其身，达则兼济天下"，这对身为书生的陶渊明影响至深，所以在他这里只要一有机会就会想到"兼济天下"，而不仅仅是为了糊口。糊口对他来说当然重要，他曾经讲过，自己是为了生计才去做官的："畴昔苦长饥，投耒去学仕。"(《饮酒二十首·其十九》）人活着起码不要挨饿。越是到了后来，他好像越是要为生计而奔波操劳：为生计入仕，也为生计打理园子，而且任务十分繁重。

据史料记载，桓玄是一个残暴无道、品格低下的政客和武士，其先人桓温则是一个有赫赫战功的大将。桓玄没有像先人那样忠于晋朝，而是处心积虑地争夺权力，走了不义和残暴的篡位之路。陶渊明进入桓玄幕府的时候，桓玄对维持东晋的天下还起到了一些良性的作用，曾给诗人留下一丝希望和一线光明。在这个时候，陶渊明作为当时社会政治的参与者是可以理解的。这一时期的桓玄与后来的桓玄不能同日而语。到后来陶渊明要面对一个残忍无道的家伙，于是就再也无法做下去了。

和第一次离开的缘由大致一样，就是自己在这里无法苟且，那种"役"的生活让他无比痛苦，再也忍不下去了。

刘裕和陶渊明的关系也需要好好分析。陶渊明最初投奔到刘裕麾下时，刘裕正生气勃勃地为东晋收复失地，这可不是后来陶渊明写《述酒》前后的那个刘裕。陶渊明与许多知识分子一样，心里常有"尽忠"的情结。他可能不太追究晋朝建立之初的那段历史，不会联系当年司马父子的残暴无道，只认为应该忠于当下的东晋政权。

那时北方少数民族侵犯中原，在北方建立起更为野蛮残酷的王朝，五胡乱华，中原涂炭。在陶渊明看来，北方的这些外族政权都是"异类"，而东晋才是汉民族的正宗。所以在当时一切试图篡权者，像桓玄这一类人物，在一般正直的士人眼里都是趁火打劫者，是背叛，是黑暗险恶的势力。

也正因此，当时的刘裕消灭了桓玄，才有可能使晋朝复兴，走向正轨。从这个意义上讲陶渊明仍旧向往着光明和正义，向往着一种健康的时代力量。他后来退出刘裕集团，当然也是同理。因为刘裕越来越流露出篡位的野心，流露出无道的本质，与桓玄并没有什么不同。按照陶渊明的人格理想来说，这种情势之下也只有离开，继续合作是不可能的。

陶渊明离开刘裕之后即转入刘敬宣的幕府，在时间上是连续的，不必当成第二次进入官场，延续的时间也不长。

第四次入仕就是做"彭泽令"了，几乎与第三次是连在一起的，也是四十一岁这一年。这次时间更短，不到三个月就走开了。不同的是这次诗人下了最大的决心，可能也是屡次挫折彻底教育了他。四十一岁的人正是不惑之年，他就此做出了最终的选择，从此再也没有离开过土地。

陶渊明的《归去来兮辞》表达了一个不可更改的决意：从此不仕。

他当时可能觉得这种土地营生会维持下去，过上一种自食其力、不失体面的生活，大概没有想到后来会有那么多的变故和不测。原来农事并非等闲，田野上的焦虑令人措手不及，如一场大火就让田园走向了颓败。"敝庐交悲风，荒草没前庭。披褐守长夜，晨鸡不肯鸣。"（《饮酒二十首·其十六》）诗人竟然到了这样的困境，晚年甚至不得不去讨要，没有被子盖，没有衣服穿，吃了上顿没下顿，虽仍旧嗜酒却无一滴可饮。这样的一种结局，大概是出乎陶渊明预期的。

对于不同的人生品级，陶渊明当然是非常清楚的。无论如何，他都不可能允许自己跌入最低贱的品级。他与另一些人不同，那些人苦苦地摆脱"边缘"，只为了进入"中心"，并要想尽办法长久地待在那里。在他看来这是一种多么可怕的人生。

· 地平线

陶渊明归去之前，内心的痛楚和犹豫是明显的，这些都充分地反映在诗中。"江山岂不险？归子念前途。"（《庚子岁五月中从都还阻风于规林二首·其一》）"园田日梦想，安得久离析？"（《乙巳岁三月为建威参军使都经钱溪》）诗人就这样自吟自嘱，在四十多岁的时候终于冲破了樊篱，一走了之。

但是他埋在深处的心念，仍然还是不能摆脱这片"丛林"，于是要久久地在边缘踟蹰。如果以当时的政治权力为中心画出一个个同心圆，那么诗人在回归田园之前，也一直处在稍远一点的弧线上。他在这里勉为其难地移动，每当懊恼袭来，记忆中的那片欣欣向荣的原野便会放射出璀璨的光辉，引得他最终向着那片蓬勃之地走去。

鲁迅先生说陶渊明最初的田园生活还算体面，不能把一般的农民生活特别是不能把后期那种窘迫与刚刚回返时的日月等同观之。诗人心里可能一直存留着一个美好的憧憬，就是像外祖父那样活得从容、有尊严。但想象是一回事，实际生存又是另一回事。生活可能比诗人所能料想的困苦还要严重许多倍，除了上京的一场大火，还有后来的战乱灾荒，更有长期乡间岁月造成的隔膜与寂寥。单纯的农耕生活带来了快乐，同时也给他带来文墨荒疏的寂寞，后者也会引起一种特殊的饥饿感。

这所有的一切，陶渊明都需要适应，需要自己咀嚼。这是一个艰难的过程。诗人渴望田园之乐，但田园里却不尽是"乐"。即便是最为顺遂的初期，也要把荒芜的园子从头整理，或者还要处理一些很棘手的事情。不难想象，一束菊花可以入诗，但它的芬芳还不足以笼罩整个日子，还不能完全满足诗人的心灵需求。

陶渊明在诗中有些牵强地把遥远的所谓始祖的光荣，全都纳入了家族谱系，这是古人激励后人的一种例行做法。"悠悠我祖，爰自陶唐。"（《命子》）与屈原《离骚》开头的"帝高阳之苗裔兮，朕皇考曰伯庸"的写法都是一样的。历代才华卓著的一些人物在追溯自己远祖的时候，必要把最光辉的一页记录笔下。

李白和杜甫也有过类似的描叙。李白将"汉边将"李广认为先祖，杜甫则把祖先追到了周室。这都是可以通融的。这个习惯的做法透露出一个信息：大丈夫一定要建功立业，万不可辱没先人。男儿的作为不在五尺庭院，而是要到更广大的世界上去。诗人同样拥有这种志向，这是不言而喻的。

这些志向既与"丛林"思维有关，也就是说以"丛林"胜负作为人生坐标，但又不可以一概而论。因为中国古人的"达则兼济天下"，并非只可以用竞争和胜负来表达，这当中总有些不顾个人得失的人，他们牺牲自己以救社稷苍生：哪怕这社稷不值得他救，哪怕这苍生根本就救不了。他们知其不可为而为之，虽败犹荣，诚如鲁迅所讲，中国自古以来就有拼命硬干埋头苦干为民请命舍身求法的人，他将这些人称为"中国的脊梁"。

陶渊明的内心其实是很高傲的,用他自己的话来说就是"刚烈"。从所有诗赋里透露的气息可以看出,他心灵深处贮备了足够的矜持、足够的勇气,但行为上也还是一个收敛、谨慎、平和的人。这样的一个人常常要掩盖自己的内心,但总会有一个限度,那种真性情还是要时不时地流露出来。

他期望自己拥有荆轲那种决绝之力,像"图穷匕首见"的古代义士,现实生活中却是一个只拿锄头的贫士。在满卷诗章背后,还掩藏着诗人的另一双眼睛。

陶渊明闲适淡然的自然人生,其实包含了强烈的悲剧性。他是一个贫穷的志士,处于我们平常所说的那种不得兼济天下的"穷"的状态。而且我们不得不多少同意:在世俗事功方面,他差不多算是一事无成的人。他有一些文字质疑过自己,但也用大量的诗章来肯定个人的选择,这种肯定不仅是对自己的鉴定和总结,还用来说服和安慰自己。

陶渊明一再地讲自己的少年志向,这与近晚年诗中写到的"猛志"是一致的。作为一个知识分子一生纠结如此,很像曹操有名的诗句:"老骥伏枥,志在千里。"陶渊明也有这种曹氏气魄,虽然已经是一个自耕农了。"凌厉越万里,逶迤过千城。"(《咏荆轲》)"刑天舞干戚,猛志固常在。"(《读〈山海经〉十三首·其十》)豪气不可谓不大。

他血脉里流淌着一个大将军的血液,同时又有外祖父那种超脱、闲适的名士作范。这两种气血在身上交织奔流,于是造就了陶渊明这样一个顾虑重重、终有不甘的性格。我们相信他直到最后仍有深刻的不平之气,是在这样的状态下离开人世的。许多人讲陶渊明最后安于一种恬淡的生活，在一种平静的心境下结束了自己的一生，好像并不如实。他最终也没有与自己的命运达成全面妥协，内心里还是翻腾着许多炽热的期望，目光仍然要投向遥远的"丛林"深处。

陶渊明的个人生活越来越孤独，越来越脱离群体，越来越淡漠，与这之前的心灵期待反差很大。这也形成了生命中的一种张力。我们阅读中会发觉一些不甘和怜惜，同时也想象出这样一个志向高远的人，胸中时不时荡起的一些波澜。许多时候他所能做的也只是饮酒，是披星戴月的劳作。他自己酿酒，自己畅饮，并在这个过程中把各种思绪记下来。

这种农居生活顺利的时候，带给诗人的欢乐也是真实的，但即便如此，欢乐的背后也还有一双遥望的眼睛。他的目光并没有仅仅停留在南山，而是越过南山，一直望到了更远处。他的人生地平线是非常遥远的。与常人不同的是，他具有开敞的视野。一般人把自己的眼界框束和限止在方圆十里或几十里的范围之内，而诗人则超越了现实的地理阻障。就这一点而言，陶渊明实在是于平凡中显出了卓越。

诗人的"地平线"既然不是地理意义的，那就一定是精神上的。那可能是一种朦胧的永恒和不朽。现存时空中的一切都消逝之后，会有什么留存下来，这在他的诗文中已经有过表达和显示。正因为有了这"地平线"的意义，也就使得诗人"中心"与"边缘"的纠结相对减弱了。远方是超越它们的更辽阔的存在，也正是那里吸引和安慰了诗人的心灵。

我们曾多次关注诗人的《读〈山海经〉》。这部组诗一般被认为是以象征手法，在上古神话的掩盖下，来表达诗人对于时政的看法、情绪及个人志向。这是不错的。但我们通过这组诗，还可以看出诗人身上的另一些特质，比如与儒家正统非常不同的一些元素。"子不语怪力乱神"，而诗人在这里却瞩目神异，并且兴趣盎然。这与魏晋风气有关，也跟他长期处于"边缘"的身份和处境有关。只有非"中心"的氛围才能使他拥有这样的解读能力，才能这样神往。这让我们看出，诗人比那些处于"中心"的正统人物在生命经验上更丰盈。

陶渊明虽然很少仰望天空，绝大多数时间只是面朝土地，但他毕竟还有一条遥远的地平线。

我们说过了陶渊明的悲剧性，还要看到他的喜剧性：相对于他不幸的现世人生来说，在时间的长河里，在后人眼里，他竟然成为一个怡然快乐的代表。

· **浑身并不静穆**

鲁迅先生说陶渊明"对于人生，既惮扰攘，又怕离去，懒于求生，又不乐死，实有太板，寂绝又太空，疲倦得要休息，而休息又太凄凉，所以又必须有一种抚慰"，"浑身并不静穆"（《"题未定"草》）。这样论述陶渊明确为切中实际之言，因为更能贴近人性、人的本质。他并没有轻易地相信某一端，不愿把一个活生生的人给简单化。人就是如此，不要说佛的"寂绝"了，即便太热闹的时候也希望得到清静，而清静太久了又想热闹一点。人无论从孤独中获取多大的益处，也毕竟需要群居，而不太乐于长期在个人孤寂里存在下去。总之正常的生活状态是适度，是不同情形的交替变换，这才比较理想。

陶渊明的身心回到单一的个人空间时，时间长了也就难以忍受，这时候就需要一些精神交流。所以他独处日久，诗文中也会出现一些唱和、应颂、游玩的记录。这都是正常的。这另一种生活状态有可能引发诗人的诸多回忆，那都是很早以前的事情了。可能也就是这些回忆，让他更加不能"静穆"。

淡然的陶诗中，最为触目者就是那种不平之气。这与我们通常形成的概念并不统一。表现离开官场走进田园的欢欣，在《归去来兮辞》里已达到极致。这种在一定时间内的情绪是可以理解的，因为换了一种人生场景，获得解脱之后的巨大快感也是很自然的。但是时间一长，日复一日过下来也就不尽是这样了。一颗心不能总是沉浸于一情一境，各种各样的情绪会交错起伏，这本来就是人生常态。一片光明的心境还有阴郁袭来，不安和困惑总是常伴。不能建功立业的遗憾，归来的庆幸，疾病纠缠的叹息，各种复杂的思绪涌来荡去，都是可以想象的。因为他是一个活生生的人，身处思潮汹涌的魏晋时代，一味地悠然恬淡不仅绝无可能，而且也不会是一种常态。

如果我们按照一个虚拟的理想，单方面地概括和构筑出一个陶渊明，那就相当无趣了。这种工作其实在长达数百年的陶渊明研究中已经完成得差不多了。可是真正的陶渊明离我们不是越来越近了，而是愈加遥远了。他的诗文非但不是色调单一的恬淡，而且呈现出相当斑驳的质地。

从诗人自己的记叙和有关记录里,我们会感到当初选择归去的道路是艰难的,但最终抵达这条道路的尽头就更难。我们不能说陶渊明是一个彻底的人,说他的思想有过人的清晰与高度,以至于完成了一种哲思。事实上无论是诗人的人生实践还是艺术成就,都留下了很多探讨和辨析的空间。一方面他是一个朴素自然、喜欢耕读、有些懒散、真性真情的诗人,另一方面也是一个受传统文化影响深刻的儒生,因为自己缺少作为而感到终生痛苦。诗人并非一个坚定的自然主义者,尤其不完全是一个欣然自乐的避世者。他常常为了肯定自己的道路,一遍遍引述古代的那些榜样,如名流、志士、隐士等,以此来取得自我安慰。这同时也曲折地表达了难以驱除的不安和彷徨。他的一生都在徘徊。

好在他终究没有迈出自己的土地,没有拆毁田园的篱笆。孤寂和哀伤也没有淹掉全部的生活,人生的指针还没有紊乱。

可见陶渊明的"静穆"是暂时的和表面的,内心隐含的壮怀激烈与追求闲适在许多时候都是势均力敌的。事实上陶渊明全部的诗章构成了一份精神履历,它深镌细刻,只须从头展读。在生活中,任何人都会有一些现场的和即时的冲动,所以我们既不可过分拘泥于局部的记录,也不能放弃对诗人总体情怀与思路的考察。从这些具体和繁复之中,我们或可一窥真实,看到一个时而回望、不平和惆怅的艰难旅人。他内心里是时时不安的:对不起后人,也愧对先祖的荣光,更辜负了自己的少年壮志。

由此可见陶渊明是多重的,而不是单向的;是复杂的,而不是单一的。一个最容易被概念化标签化的人物,一旦打开全部的精神储藏,也就让我们看到了无限的堆积。

我们将无一例外地看到，中国历代知识分子受儒家正统思想的影响是多么深。即便像魏晋时期的这一拨知识人，他们纷纷创造和发明自己的生活，表现出为世人称道的所谓"魏晋风度"，呈现了一个极其特异的文化版图，这其中的许多人也仍旧强烈地渴望入世和济世。这是中国知识分子最显著的心理特征，也是很少有人能够超越的心志指向。

正因为陶渊明一生都谈不上"达"，所以做到最好也只能"独善"。他的"独善"方式为农耕："代耕本非望，所业在田桑。"（《杂诗十二首·其八》）陶渊明有时觉得这种生活很好，田园之乐令其陶醉："此事真复乐，聊用忘华簪。"（《和郭主簿二首》）有时又发出声声悲叹："总角闻道，白首无成。"（《荣木》）诗人直到晚年，诗章里仍然出现"猛士"和"荆轲"这样的形象。

· 强烈的诱惑

从诗中看，陶渊明常常专注于一个个生活细节，感受非常细微。如果说他品咂生活就像那杯酒一样，味蕾当是极发达的。他对于生活中的那些辛苦，还有其他一些复杂难言的滋味，比常人品味得更深入。值得注意的是，陶渊明还有一个与众不同的地方，就是他用生活中滤出的那些欢乐和甘味，来补偿和抵消同样多的辛酸和困苦。"谈谐终日夕，觞至辄倾杯。"（《乞食》）"日入相与归，壶浆劳近邻。"（《癸卯岁始春怀古田舍二首·其二》）这种日月透着辛苦和清贫，但自有魅力。

陶渊明因此足以应对一般人所难以承受的艰辛。但是另一方面，由于他经常用这种审美的态度来对待日常生活，久而久之也会造成世俗生活的某些疏失。所以我们不由得要以一个旁观者的身份试问：陶渊明有三处田亩，还有童仆，这样一个十分殷实富裕的家境，最后怎么弄到了入不敷出的窘困境地？蝗灾、大火、干旱，这些都不足以解释全部，因为不会几十年里一直干旱，有歉收也会有丰收。仅仅是因为一介书生不善管理？或是懒惰和不切实际？从诗文中我们找不出类似的凭据。如果说是战乱造成的，也没有文字记载战火烧进了家门。从所有文字当中，我们看到的这片田园还是相对安静的，并没有遭遇兵刀之祸。

这是否也算一个过分超脱、不太挂记物质收获、过分强化个人精神生活的诗人容易导致的结局？还有，想象中诗人也许太过懒散和随意了，这与他的性格与出身或许有关。这样的一个人是不善经营的，更有可能是一个长于思短于做的人，多少有些落魄少爷的脾气也说不定。类似的判断我们不能全部推翻，但也仍然难以作出这样的假设。

因为实际情况肯定还要复杂得多，如果我们作出进一步的推测：陶渊明既是一个能够吟哦"豆苗稀"的诗人，也像一般农民那样孜孜以求，期待着田亩的收获，他不苛求于世俗功名，对于粮食的收获一定会投入最大的牵挂。不过让他像世代辗转于田垄的劳民那样精细于农事也是不太现实的。在记载里，人们知道他作为一个"五斗米"的小官折腰的痛苦，但同时也明白：所有的高官往往都是由小官做起的，一个人在仕途上也需要忍耐和奋斗。陶渊明不可能没有思索过奋斗的问题，只不过在这个方向上努力很少，思考很少，设计很少，所以也就不可能拥有世俗物益、功名利禄方面的收获了。他更多的当然是不能忍耐，因为这与性格心志全都不合。

也正是这样的一种人生态度，才使他当年受到了生命当中另一部分的强烈呼唤，结果是应声而去，走开了。他离开的是官场和功名？不，他离开的是物质。他回到的是田园和农耕？不，他回到的是精神。这片心灵的田园里有绿荫，有自由和尊严，有他向往的许多东西。正是这些使他抵御了另一些诱惑。当一边的诱惑强于另一边的时候，这诱惑才会成功地牵引一个人。所以虽然陶渊明频频回头，最终还是沿着那个田园的方向一路走去，直到终了。

陶渊明很多时候只是天性使然，他天生懒散、恬淡、率性、自在。这样的一个人将自己的实务搞得很好，甚至骄傲于乡邻，倒是不可想象的。一个人被外在事物吸引需要一个心灵基础，这个基础就好比土壤一样，要看天生适合种植什么。陶渊明的心灵土壤当然更适合种植自然之物，而不是烦琐刻板的人事。在这样的基础或者说土壤之上，才有了他的这片田园。

· 壮士惊

陶渊明在许多诗中，皆流露出对魏晋这片"丛林"的恐惧和厌恶，还有观望与进出不定的两难心绪。纵观其全部诗文，占很大比重的文字都在自我叮嘱，提醒和说服自己"远离"那片"丛林"。

他的诗主要不是写给别人看的，而是自吟，是随记，更是自我持守所需要的自勉。之所以要这样一遍又一遍自语，是因为"挺住"实在太难了。后人看到的是他留下的心声，而不是一般的创作，不是对外的一种文学语言艺术展示。这些文字的大部分在诗人那儿可能并不看重，比起生计实务而言都是可有可无的纸上东西。但这并不等于说对我们也是有无皆可的，因为我们只能透过这文字的栅栏去遥望诗人的身影。正是这样的形成过程，就使这些文字更真实更质朴，有了更大的认识价值。

陶渊明无论入仕还是归去，最终都处在"边缘"或更远一点的地方，因为他从来没有在社会舞台的"中心"站立过，虽然他对那里也有过时断时续的向往和注视。他的犹豫徘徊，既可以看成是在"丛林"边缘上挪动的轨迹，又可以看成一个边缘人的踌躇。

陶渊明在魏晋时代从来不是世俗意义上的"大人物"，因为他既不是"名士"也不是士族门阀的后代。尽管曾祖父陶侃身居高位，但后人仍旧是不得世袭的寒门弟子，被当时的门阀所排斥。如果是靠一己奋斗取得高位的寒士，在门阀的眼中仍然没有多少分量。陶氏家族在显赫的时期尚且如此，到了陶渊明这一代会是怎样也就可想而知了。

边缘人的徘徊，会有多少不甘和痛苦，这对于诗人的个人志向、才华和敏感之心，又会造成多大的戕害。

他四次出仕做的都是卑微的小官。彭泽是不大的一个地方，彭泽令也不算要职。即便后来官家有过几次征召，也不是让他出来做什么大官，只是一般的文吏，不属于高阶层。

当然一般来讲所有尊贵的士族都有个发展和形成的过程，地位都是由低到高一路攀登上来。士族门阀需要积累，积累家族的尊荣和地位，这通常需要很漫长的时间。但是人一旦被命运置于最低处，其奋斗的艰难也就可想而知了。就社会地位来说，陶渊明和谢灵运、嵇康等人差异是很大的，但即便是谢灵运和嵇康这样的士族之后，一旦任性还是被杀掉了。官场险恶，人事恐惧，这在那个时代表现得尤为突出。对陶渊明这个边缘人而言，他的规避就来得更迫切，规避之后带来的痛苦也就更深重。

陶渊明到了四十四岁的时候，也就是回归田园第三年写下了《读〈山海经〉十三首》。我们从这里发现，他刚刚回归不久，崭新的田园气象和生活转折带来的那种喜悦，正慢慢转向了另一种怀念和幻想，甚至发出了"猛志固常在"这样的悍声。心里奔突着一个"猛士"，也就很难与恬淡宁静的田园氛围融为一体了。这说明他在貌似安定的农居生活中，内心正泛起阵阵波澜，再次进入那种好男儿立于天地之间、要有一番作为的传统思路上去了。

类似的诗还有很多。《咏荆轲》是陶渊明五十岁的作品，何等刚烈。越是随着田园生活的持久，他的内心越是趋向激烈。到了近晚年时期他变得尤其暮士壮怀，悲愤难抑。就是这时的陶渊明写出了"商音更流涕，羽奏壮士惊"，这样悲绝慷慨之声竟然同样出自"采菊东篱下"的诗人之手。在今天看来，这是多大的不谐之音。由此可见诗人内心里的波涛，直到最后还在汹涌不息。

"壮士惊"是陶渊明，"悠然"也是陶渊明。它们共存于同一个人身上也并不奇怪，人性就是这样复杂。这截然不同的两面也并非在人性深处没有联系，也许正因为有"壮士惊"，那种"悠然"才更有必要，大自然和日常生活之美才更加让人流连，也才显得难能可贵；同时也正因为有了"悠然"，"壮士惊"才能来源于有温度的生命和血肉，而不至于单调干瘪和中空。

• 性本爱丘山

陶渊明与当时社会上的庸俗处世者格格不入，在官场上也就会常常压抑自己。幕僚班子里的日常工作非常具体，既要完成一些公家事务，又要与烦琐的人事打交道，要在难以穷尽的势利小人之间周旋，这当然是一种折磨。陶渊明没有将那些具体的细节记载下来，我们只可以做些想象。

他渴望无拘无束地飞翔，诗里一再出现飘来飘去、游荡无止的"孤云"和"孤鸟"。飞是飞了，只是有了另一种痛苦：漂泊不定、孤傲无援。"飘飘西来风，悠悠东去云。"（《与殷晋安别》）"栖栖失群鸟，日暮犹独飞。"（《饮酒二十首·其四》）这里隐含着离去的渴念和深深的孤苦。

陶渊明的诗写酒很多，写孤独很多，写死亡很多。他有许多时候被这些低沉阴郁的情绪所左右，不能解脱。好在诗人受惠于山野流水之间，情绪最好的时候能够与自然同心一体，把大自然当成了一杯酒：这杯酒不完全是甘甜的，却能让人于沉醉中忘记一些痛苦。

陶渊明既有"爱丘山"的本性，那么这样的一个人总体上会是温柔的。他有纤细的心弦，轻轻弹拨即可激越起来。他把"刚烈"掩在深处，只有特别的时刻才会显露出来。一般来说生活中那些温柔的勇者，在某种时候一旦"刚烈"暴发，其力量会是很巨大很猛烈的。

对这样的一个人，官场上错综复杂的人事纠纷和尔虞我诈会构成不可想象的压力，使之生出深深的厌恶。他尽管知道一个五尺男儿应该做些什么，建功立业的思想再加上先祖的榜样会迫使他一度迁就，但"爱丘山"的本性却始终不能改变的。

他回到田垄之后，最初的欢乐是事实，后来需要面对的一些具体艰辛也是事实。从诗章中看诗人不是一个懒惰之人："夙晨装吾驾，启涂情已缅。"（《癸卯岁始春怀古田舍二首·其一》）"晨出肆微勤，日入负耒还。"（《庚戌岁九月中于西田获早稻》）可见他当时喜爱劳动，且热情高涨。他看到春天来了以后，良苗张开翅膀在风里起伏，心里多么喜悦："有风自南，翼彼新苗。"（《时运》）"平畴交远风，良苗亦怀新。"（《癸卯岁始春怀古田舍二首·其二》）这些描述，只有一个常年侍弄稼禾亲近泥土的人，只有一个对土地蕴含着饱满情感的人，才能写得出。他爱这种生活，而且大有经营田园的条件与空间。

最后诗人沦落到了这样的窘困："劲气侵襟袖，箪瓢谢屡设。"（《癸卯岁十二月中作与从弟敬远》）这对于我们多少是一个谜团。陶渊明不可能把所有的粮食都用来酿酒，常醉不醒以至于弄到歉收和饥饿的地步。

陶渊明记录了劳动的愉快，与朋友一起饮酒的欢乐。他自己亲手造酒，新酒泛出那种颜色，让我们读来感到陶醉："罇湛新醪，园列初荣。"（《停云》）"清歌散新声，绿酒开芳颜。"（《诸人共游周家墓柏下》）这样的一种生活竟变成了后来那样的难堪，难道官场和田园对于陶渊明是同样不适、同样残酷和难以为继？这其中是否另有隐情？这方面留下的文字不多，供我们想象和探讨的余地不大。但有一点可以肯定：陶渊明不幸到了极点，曾祖父和外祖父都学不得，各种价值取向在他身上最后都是一样失败和无效。

他爱田园，田园没有爱他；他从土地上一度汲取了欢乐，最后却未得善终。他的整个人生是积极还是消极？如果从维持了一份健康的劳动并从中获得了强大的精神支援来讲，是积极的；可是从他经常流露出的颓丧、得过且过、来日无多和自虐的倾向，我们又觉得他是消极的。"拨置且莫念，一觞聊可挥。"（《还旧居》）"千载非所知，聊以永今朝。"（《己酉岁九月九日》）"得欢当作乐，斗酒聚比邻。"（《杂诗十二首·其一》）陶渊明是一个多重的矛盾体，他的一生是徘徊的一生，不安定的一生，也是隐藏着危机的一生。

当然这一切猜度和判断仅来自诗文，而诗人又是很情绪化的，所以我们也不可以对某些文字过于较真。诗心常常要凌驾于现实之上，仅仅根据诗句做出判断也会拘泥刻板。尽管如此，我们对于诗人的理解也还是不能浅尝辄止，不能将一切建立在表象和概念之上，仍然要设法从文本中还原其真实。这是两难。

只说陶渊明的离开，其中原因可能既是具体的又是复杂的。有人指出他主要是不能跟颠覆篡位的人合作，比如刘裕。之前的桓玄尽管是把晋帝挟持到一个地方，把他当作傀儡，但总还保持了晋的正统地位。而到了刘裕这里干脆是直接废掉了晋帝，建立了刘宋王朝。陶渊明绝不可能与刘裕合作，这涉及知识分子的名节问题。尽管我们不能说腐败的司马集团，也包括后来那些更加不如的传承者一定要好于桓玄和刘裕,但是作为一个知识分子总会有正统思想,有当时的政治伦理和社会逻辑。但陶渊明的不合作,更主要的可能还是对人事的龌龊、残酷的权争以及倾轧排挤、对人性的黑暗感到厌恶。再就是,他对刻板无聊的公务束缚不能忍受。

在这种情形之下,诗人的离去也就十分可以理解了。所以把诗人的行为和缘由全部归结于社会政治层面,会是有些牵强的。任何一个正常的人回归大自然,面对青山绿水的时候都会由衷地欣悦,心情都会得到滋养和焕发,生活的诗意也就洋溢起来。可以说陶渊明的回归源于他的"性本"之爱,是被自然之美的最终征服。

当然东晋时期的"自然"与今天有所不同,这里还不能简单地采取现代工业文明的立场去判断:当时的"大自然"并非稀有,应该到处都是青山绿水,所谓的"官场"离"大自然"也并不遥远。那时候还缺少真正的大都市,所以陶渊明的"田园"与"官场"仅从地理意义上看,或许并没有我们今天理解的那么对立,没有那么大的反差。诗人的"边缘"感受主要不是来自自然环境,而更多是体现在心灵的归属上。

· 终归是虚构

在陶渊明一百多篇诗文当中,最有影响的无疑是《归去来兮辞》和《桃花源记》。这些抒写美好田园生活的文字,塑造了中国文学传统中最和谐最完美的诗人形象。诗人的道路指向明确,甜美诱人。只有实际深入到陶诗内部,我们才会感到除此之外的另一些情愫，比如那些时时袭来的不安和痛苦。

他的闲适与超然，往往是被夸大了的，而另一些生活内容却被省略或大大简化了。诗人活得并不容易，虽然最终算是"挺住"了，但也付出了巨大代价；他完成了自己，却经历了致命的挣扎。"挺住"并不意味着善终，更不意味着一个光明的未来。他的许多幻想只是寄托在文字中，实现在纸页上。

陶渊明期望生活在那片"桃花源"里，可是既没有亲手筑起，也没有真的遇到。它终归只是一次虚构。美好的虚构有时要来自极度的渴望，来自痛苦，这只是一种想象中的弥补和满足。我们有时候或许会把那个明媚之地当成诗人生活的实在，因为我们太习惯于依从自己的心愿了。梦幻终归是梦幻，陶渊明完成了虚构，我们最后却止于虚构，这当然是很不够的。

那个美好的场景在现实中无法追求，陶渊明心里固然清楚这一点。这种想象对他是一种安慰，冷静下来却并不能解除身处"边缘"的痛苦，这是很让人沮丧的。这种沮丧和痛苦直到最后还存在，也因此给了我们很多不安和遗憾。我们自己在现实生活中，在对待"静"与"寂"、"边缘"与"中心"的问题上也常常如此，同样没有任何办法，这其中充满了人生的悖论。我们概无例外地着迷于诗人的虚构，因为同样恐惧那片"丛林"。可惜"丛林法则"常常是无所不在的，这是人类社会的一个痼疾。

由于虚构的美好梦幻无法实现，带来的还是遗憾和痛苦。其实人类的虚构是一种本能，人往往要活在虚构之中。当年的"桃花源"是一种虚构，那个与"边缘"对立的、让诗人充满矛盾的"中心"也未必不是另一种虚构。冷静想来，所谓的"中心"在很大程度上也存在于人的幻觉之中。因为人类囿于自身的认识，无法超越到更高一级的感知上来，常常把一个时期的人事纠集和权力结构视为"核心"。其实这只是一种生存的表象，是极其脆弱的，从根本上讲就是一次"虚拟"。生命存在的本质意义不在这里，人的自由属性才始终居于"中心"。人们平时谈论"中心"这个概念时，总是以"虚拟"为前提，于是也就等于从荒谬到荒谬了。

人受制于畸形的价值观，或由于恐惧而趋向虚拟的"中心"，也就否定了"人"这个真正的"中心"。背离和偏离人这个"中心"常常是不自觉的，当人的价值被践踏的时候还感到了快乐和幸福，误认为靠近了真正的、实在的"中心"。其实这只是一种幻觉，是接受了一种并无实际内容的"口头期许"。这种"期许"丝毫不能反映出人的实在价值，仅仅是临时性的，失去它也只是瞬间的事情，因为这并不涉及本质上劳动与创造的实绩。比如就东晋时期来说，任何一种"口头期许"的改变，都无法改变陶渊明收获的那一堆豆子，也无法撤销他的一百多篇诗文，就因为这豆子和诗文都属于、都具有"实在"的性质。

陶渊明一生的犹豫与彷徨、快乐与欣悦，很大程度上是对东晋时期那个"中心"虚拟性的认识过程。有时候他似乎想得明白，而这时他一定是愉悦和安宁的；有时候他又是惶惑的，这时候他就会再次陷入痛苦不安。

中国传统文化中好的部分，强调了治理社会的理想就是安顿民众的生活，这包括了精神与物质两个方面；而其中坏的部分，如忠君等思想，则会令人陷入权力的迷幻，也就更加离不开"中心"的虚拟性，将自己的人生与真正的社会理想对立起来。

· 缓慢而致命的磨损

关于陶渊明的一些文字，当时的人记载不多。同时代的著名诗人颜延之这样写道："有晋征士浔阳陶渊明，南岳之幽居者也。弱不好弄，长实素心；学非称师，文取指达。在众不失其寡，处言愈见其默……心好异书，性乐酒德，简弃烦促，就成省旷，殆所谓国爵屏贵、家人忘贫者与？有诏征为著作郎，称疾不到。"(《陶征士诔》)还有沈约、萧统等人的记述："潜弱年薄宦，不洁去就之迹，自以曾祖晋世宰辅，耻复屈身后代，自高祖王业渐隆，不复肯仕。"(沈约《宋书·隐逸传·陶潜》)"渊明少有高趣，博学，善属文，颖脱不群，任真自得。"(萧统《陶渊明传》)这些文字对诗人品格上的肯定是十分难得的，遗憾处是它们不仅大多滞后，也是相当概括化和想当然的，而且极为靠近渐渐形成的一种"隐士"的概念。

我们回到他个人留下的文字，回到文本的阅读，却会有极其细腻和复杂的感受，对他的容忍、宽容、欢乐、愤怒和不安，更有对待死亡的态度，产生一些逼真切近的实感。这或许会让我们想到，一些概括出来的"要言"和"名言"，许多时候是可以打些折扣的，它们往往自说自话，与真实的人物本身有不少距离。而一般人接受的影响，大致是跳到文本之外的感受，并且常常是依从一些重要人物的结论。

真的要走近诗人理解诗人，当然要有一场深深的沉浸，要能够在诗人自己的文字中游走。我们相信人心是相通的，只要真诚，就有可能沟通。因为时空的阻隔，这个过程少不得远观近看，以进行仔细的辨析和倾听。就在这种循环往复的感悟与阅读中，或许才有可能稍稍接近一点真谛。

诗人的"不复肯仕"一直备受赞扬。而中国历史上有大量的"成功人物"，能够忍受常人不可接受的侮辱，他们通常是最讲"韧忍"之道的，所谓"君子报仇十年不晚"之类。这样的例子不胜枚举，其故事称得上"国之精粹"。其实在许多时候，这不过是拿人的尊严换取世俗的成功罢了，哪有什么可标榜的？这种交换究竟意味着什么，值得后人深思。如果人之终极目的只是世俗的成功，那么交换也就无妨；如果不是，那就要另讲了。世俗的成功或许只会获取外在观感的"体面"，其内在的尊严反而被严重折损，有时甚至要被抛个一干二净。

一些"成功人士"比起陶渊明的不可忍受，在官场干了半年或几个月便拂袖而去的冲动，简直有天壤之别。有人可能会说陶渊明这种人没有韬光养晦之计，不足以成"大事"。可惜历史中这样的计策太多了，使用得太频繁了，它们十之八九都是恶人之计，因为这往往伴随着人与人之间最阴暗的计算。就此我们也可以说陶渊明成就了一生"最大的事"：实现了个人的生命快感，听从了生命本源的召唤。

陶渊明长期以来只作为一个隐士、一个逃避者而存在，在古代"隐士传"里面总能找到他的名字。魏晋是中国历史上最混乱的时期之一，是暴力发展到极致的一个时期，所以在暴力面前发生的逃避，也就成为最可理解的行为。他们认为，陶渊明的"隐"才是顺理成章的，再不需要任何解释。

那么我们作为现代人，如果远离了暴力，还需不需要"隐"、又如何去"隐"？这同样成了一个问题。

现在西方提出了一个观点：人类是能够进步的，一个根本论据就是，人类历史发展到今天，现代社会因暴力死亡的人数明显减少，并列举了大量的例子，特别是战争。战争是人类最大的暴力行为，他们统计一场战争中古代死了多少人，后来死了多少人，特别是今天，有时候竟提出了"零伤亡"这个概念。可见随着社会的发展、科技与文明程度的提高，因战争暴力死去的人真的是越来越少了。所以它作为一个强有力的依据被提出来，并且言之凿凿地结论：如果这还不算人类的进步，那就不知道什么才算人类的进步了。听起来好像很有道理。

这又让我们想到了中国的魏晋时期，想到那些残酷的内部厮杀、士族争斗、皇权更迭。像司马昭、司马炎、桓玄、刘裕等等，他们篡夺魏晋血流成河。还有外族入侵，何等野蛮，游牧民族对于中原的侵犯，每每造成耸人听闻的人类惨剧。

从古到今，暴力随着人类前进的脚步而逐渐减少，就这一点看似乎的确在"进步"，这是一个不争的事实。但是另一方面，冷静下来还会发现：社会和人类的进步，战争之暴力形式并不能成为唯一的、更不能成为最重要的衡量标尺；而且这个过程也不总是线性发展的。"进步"总是呈现出复杂的、循环往复的态势。比如说现代资本的膨胀，物质主义的盛大，它们所伴随的那种不择手段的财富积累方式，造成的环境污染和自然资源的过度开发，对人类生存的胁迫、付出的生命代价，又远非一场战争可比。

在现代市场主义和商业主义的侵犯下，某些地区的自然环境已经恶化到了一个极数，癌症人口急速增长，特别是肺癌的发病率令人瞠目。还有现代信息对人造成的精神压力，迫使大量的人抑郁自杀和早夭，这算不算一种暴力？依然存在的专制体制造成的饥饿、社会动荡，种族矛盾和政治迫害导致的死亡，这又算不算暴力？

暴力会以不同的形式呈现出来，但后果都是一样的，就是大面积伤害人的生存，剥夺人的生命。我们不能仅仅从战场暴力去谈论问题，因为这种暴力形式的减少还有更复杂的因素。比如随着城市化的普及，人越来越多地变为室内和街区动物，野外的粗犷性正在收敛和削弱。从性格及行为方式上看，现代人正普遍地变得懦弱；从劳动方式上看，甚至模糊了体力和脑力的界限。虽然有时候他们可以想出更多的办法，用以规避个人的肉体伤害，但是现代人在斗室里使用电子遥控的方式，动一下鼠标就可以杀死千里万里之外的一大群人。这种更为残酷也更为现代的暴力，其结果更多的不是表现在即时的战场上，甚至不在于某一次的行为上，而是充斥在一长串漫延的、滞后的、变形的暴力之中，实现了更大范围的暴力，这种伤害生命的后果却是更可怕的。所以简单地从战场暴力的减少上看人类的进步，是极不全面甚至是极荒谬的。

即便在当年，陶渊明因回避暴力而逃逸和隐遁的结论，也许并没有抓住问题的要害。他的逃离一定有比直接的暴力多得多的原因。许多人谈到的污浊的官场，它与诗人品格的冲突、更与个人情趣确相去甚远，这些导致了陶渊明极不愉快、苦闷甚至屈辱的生活。这所有的负面因素，更多的时候并不是以赤裸裸的暴力来呈现的，有时甚至可以是用相对体面与平和的、日常化的状态施加于人的。这种磨损缓慢而又致命。在这个时候，陶渊明身上那种自我的追求力，才显得更加强大和意味深长。

· 没有猫狗

陶渊明终究没有仅仅满足于耕作的喜悦，可见一片田园风光便可代替一切，让其获得所有的精神满足，这是不可能的。这里自有无法排解的寂寞和牵念。在他为我们描绘的这片田园画面中，似乎还应该有更多的动物才好，它们大概是这里最匹配的一种形象，是题中应有之义。人和动物之间的关系在他的诗里写得较少。本来此地就接近于"鸡犬之声相闻，老死不相往来"的生活，动物当然是最重要的元素。诗中写了"狗吠深巷中，鸡鸣桑树巅"（《归园田居五首·其一》）。鸡都跑到树梢上去鸣唱了，十个字尽绘原野气象。狗在深巷中吠叫，说明是远处的、并非自家的狗。整个田园灵动活泼，生机盎然，是一种生气勃勃、阳光明媚、氧气充足的田园生活。

一般来说享受这种生活的主人需要猫和狗的相伴，因为这两种生灵都是上天委派下来的，一个是忠诚的象征，一个是温柔的代表，很能善解人意。但它们在陶诗里并没怎么出场。猫狗的伴随或者是酒所不能替代的。田园的丰收，新酒的香醇，猫狗的安慰，有了这些相加在一起，陶渊明肯定会过得更好一点。有人或许认为是陶渊明忽略了记录，他的茅舍中肯定有猫有狗，乡居生活缺了它们才是不可思议的。他虽然写到了狗,但没有描述与之相处的具体情形,因为它远在"深巷"。当时的乡野生活真的不可以没有猫狗,即便从实用的角度看,至少也需要看家护院和杜绝鼠患。

诗中较少五畜的记录。这些动物既事关经济,又能给寂寞的乡间生活以莫大援助。这对于他的妻子儿女、他的家庭都是极其重要的。陶渊明从孩子身上汲取了欢乐,那种伦常之福都写到了。他从劳动中、从植物间获取的满足也写得很充裕,比较之下唯独缺少了动物。这至少是令人费解的事情。对他来说一端是黑暗的官场,一端是欣欣田园,后者就应该是动植物的世界。所以缺少了动物特别是猫和狗的陪伴,总令人觉得有些遗憾和不解。

如果考证一下狗和猫的豢养史,或许会找出一点缘故。根据某些资料显示,狗在中国古代人工驯化很早,但基本上不是日常陪伴人类的宠物,即便是用来看家护院也已经很晚了,大概是在清代以后。在陶渊明时代和更早的时候,狗主要用来狩猎或祭祀。总之狗在那时还没有成为人类形影不离的亲密朋友。至于猫,中国春秋战国时代才开始用来捕鼠,到了唐宋才大量入住家中,成为人类相依的伙伴。所以我们可以想象,如果陶渊明生活的年代再晚一些,猫和狗一定会成为他最好的陪伴,给予难得的慰藉。

陶渊明的身心尽可能地融入万千事物之中,在大自然里获取无尽的力量。这是一种任由心性的状态,让自己能够真正地松弛下来。因为这之前他的一颗心绷得太久了,这是他最不乐意的事情。放松下来才能靠近生命质地,于是我们看到,几乎所有平易恬淡自然天成的诗章,都是最流畅最优美、也是最能够打动人心的。他是一个散淡的人,并非事事刻意用力,即便是对自己十分重要的田间收获也不给人过分用力感，而且写作并不能算勤奋，只留下了一百多篇。

我们可以想象诗人有许多空闲时间，比如田垄事务较少的时候，比如冬季。他在这些闲暇里或有读写，但更多的时候是什么也不干，只遐想，出神。他还时常恍惚，这也表现在诸多诗文中，那是一种回望和前瞻，纠缠在矛盾重重的心绪之间。可见这些闲暇并非全是恬静和愉悦，还有未能完结的精神挣脱。这种情形几乎贯穿了诗人整个的田园生活。

如果那时候有猫和狗伴在身边，四目对望，那倒是一件大好的事情。他会从它们清澈的目光中读出另一个世界的讯息。那是完全不同于我们人类社会的、无功利无威权、单纯而永恒的神色。

· 丈夫志四海

由于出身、天性和诸多其他原因，陶渊明近乎一个内心炽热、外表淡漠拘谨的男人。内热外冷者，思想的空间很大，而行动的半径却往往较短。但这样的人一旦形成了内心里的主意，将是格外坚实义无反顾的。他可以说是一个很倔强的随和者：似乎一切都循规蹈矩，没有惊人的世俗动作；但内心张力很大，这张力在某一天终要撑破自己，显出不可思议的顽固可怕的棱角。

陶渊明直到最后仍在徘徊，但这已经是在自己田园内部的徘徊。

如果认为陶渊明辞官之后即中止了徘徊，新生活全面彻底地开始了，那是大错特错了。陶渊明形式上是离开了，但内心深处仍然在出世和入世、进退显隐二者之间犹豫，也许从来都没有真正停止过。到了近晚年的时候还能写出《感士不遇赋》这样的文字，怎么能说他轻易忘记了仕途、雄心、作为和进取？

陶渊明写《拟古九首》时已经到了晚年，这个时候他对自己人生的一些总结感慨就尤其值得注意。要看他对自己的命运、对社会做出了怎样的归结。《杂诗十二首》是他五十岁写下的，也是回归田园的第九个年头。此刻他的思想已经沉淀下来，也有过相当一段时间的农耕实践，所以更能够冷静地判断自己，把这三四十年来的官场、平民、耕作等等，做了一个综合的评价："昔闻长者言，掩耳每不喜。奈何五十年，忽已亲此事。"（《杂诗十二首·其六》）"日月掷人去，有志不获骋。念此怀悲凄，终晓不能静"。（《杂诗十二首·其二》）这是怎样的悲凄，从晚上到白天，一直等到天亮，仍然不能够平静。正因为"有志不获骋"，才使之"终晓不能静"。

他还写道："日月有环周，我去不再阳。眷眷往昔时，忆此断人肠。"（《杂诗十二首·其三》）日月周而复始，野草一茬一茬往上长，可是人，一旦死去就不可能重新生还，眷恋着以前的种种，想到这些，简直是令人心痛断肠！"丈夫志四海，我愿不知老。"（《杂诗十二首·其四》）这里包含着多少心酸。他还说自己不能像世上庸俗之士一样满怀得失利害，时时刻刻备受煎熬，人生百年终归坟墓，何必为空名自寻烦恼。陶渊明在思考这些终极问题的同时，将诸多颓丧夹裹其中。这些恶劣、空幻、虚无的情绪，显然不是一份田园生活所能悉数填补的。"人皆尽获宜，拙生失其方。理也可奈何，且为陶一觞。"（《杂诗十二首·其八》）他仍然寄托于酒，说别人都能够得其所益，而我自己却拙于谋生，缺少办法，就是这样的天理，谁也无可奈何，还是忘掉一切，好好地痛饮吧。

陶渊明当时的心理状态是这样的："遥遥从羁役，一心处两端。"(《杂诗十二首·其八》)听别人的差遣，要到很遥远的地方，可是在遥远的地方还挂念着家园，一颗心就在这两端之间往还。征途遥遥是指入仕、官场，而这距离他所热爱的田园是多么遥远。他的一颗心一会儿在那头，一会儿在这头，在两端之间犹豫不决。而这种状态是他回归近十年之后的事情。

"岁月有常御，我来淹已弥。慷慨忆绸缪，此情久已离。"(《杂诗十二首·其十》)这里说岁月都有自己运行的规律，我归来田园已经很长时间了，曾经慷慨激昂地要为国家考虑事情，这种心情如今长久地与我分离。"我行未云远，回顾惨风凉。"(《杂诗十二首·其十一》)这句诗似乎透露出一种后怕：幸亏我还没有走得很远，回头一看，真是"惨风凉"！"惨风凉"是什么？是坎坷黑暗的官场感受，是那令人心寒的一些经历。当他在田垄上回顾那一切的时候，还有一种后怕的感觉。

总之陶渊明一边耕作，一边在复杂的焦盼与牵扯的情绪里挣扎，并不是一了百了，更不是回到田园一切皆好，一片温馨，没有任何的牵扯、想往、矛盾和愧疚。这一切在内心深处全部都存在着。如果设身处地想一下陶渊明，他有那样一个显赫的曾祖，还有一个名士外祖，并有数次为官的经历，这样的一个人经营了一片土地，维持着一种农耕生活，内心里倒也很难平静如水。

陶渊明在关键时刻是决绝的，因为性格里有刚硬和勇猛的一面。但决绝之后有回响，有余音，昨与今并非是一刀切开的两个干干净净的横断面，它们总是丝丝缕缕牵扯在一起。

· 心之一角

比起败坏的官场，陶渊明的生活毕竟是健康多了，也正是这点自信安慰了他。在这二者之间他似乎别无选择，但实际上仍然可以尝试其他，因为不同的道路或许还是存在的。陶渊明的眼前并非只有"显"与"隐"这两条道路，他隐隐感到还有第三条、第四条道路。这条道路到底在哪里，我们今天的人很难替他设想。他惧怕"丛林"的互相残杀，又不愿醉生梦死，更不能修心为佛，一直待在田垄上又似乎有些不甘。

诗人的曾祖父陶侃，外祖父孟嘉，还有他自己的田园生活，算是各自不同的三重境界。这三重境界孰高孰低，我们难以做出判断，但诗人自己或许是明白一些的，只是没有直接说出而已。再说他对这一切的判断也会有局部的、阶段性的不同，于是也不容易说得清楚。他从来没有说服自己，将个人最终的选择看得有多么高明，相反，却担心自己辱没了先祖。这种辱没感不仅来自具体的先祖，还来自中国传统价值观的压力。

后来的一些知识分子常常按照自己的愿望去想象陶渊明，实际上也是在安慰自己，是一种排遣。尽管诗人只留下了一百多篇诗文，但这些文字已经将实际生活和心情表露得相当清晰。民间把陶渊明标签化、概念化也情有可原，但一些专门的研究者也如此，就值得反思了。也许我们的传统思维中有一种非此即彼、非黑即白的倾向。如果是中间的颜色，比如是过渡色，比如是更复杂一点的色谱，我们就嫌麻烦了。

陶渊明的隐退只是形式上的，心之一角还潜藏了许多时强时弱的欲念。这欲念一旦汇集起来爆发出来，我们也会惊愕的。

正是在诸多矛盾的交互映衬之下，他的田园才显得光彩熠熠；也正是由于这种反衬和对比，他的田园才更加和蔼可亲。

魏晋知识分子崇尚佛道，流行谈玄，这也诱使陶渊明一度听从慧远的召唤到庐山去修炼了。但实践中他很快发现慧远不是自己的同路，佛学关于来生的许诺是无法实证的，这时他宁可遵从经验：只要是生活中无法获得求证的，也就难以依从，只好割舍。所以从这里看，他的田园生活也算是一种求证的生活。这种生活的现实性、可操作性，毕竟能够使陶渊明安定一些。从"空"到"空"的玄思和清谈，纯粹的形而上之思，是不能够说服陶渊明这样一个朴素的实践主义者的。

今天来看，这样的实践主义者固然是好的，但务实而不务虚也算得失兼具。玄思和清谈以及修道，其中不可避免地包含了一些形而上的哲思，诗人将这些一块儿舍弃，视为畏途，也会造成思维的盲区，会有另一些局限。如果他更敞开一些，或许对自身的境遇产生更深刻的理解和把握，边缘的徘徊和迷茫也将减少许多。当然陶渊明并不完全拘泥于生活经验，他还求助于极富想象力的东西、一些"异质"。比如他读《山海经》时就记下了许多遐想："赤泉给我饮，员丘足我粮。方与三辰游，寿考岂渠央。"（《读〈山海经〉十三首·其八》）他这时候的兴趣竟然是接近于游仙的。

他在田园里辛劳形体，在诗章里抒写欢乐和倾吐愁肠，喝酒设局，如此消磨时光。后人可以超脱地欣赏他的诗章连同所有的劳苦，而身陷其中的诗人却未必如此。日复一日的劳作是需要付出和坚持的，之所以令知识分子代代畏惧，就在于这种生活无尽地烦琐和具体，是真正的辛苦。古往今来那么多人为逃离土地而费尽心机，肯定是有原因的。体力劳动看上去是很美的，但实际操作起来却是另一回事。诚如陶渊明所写："山中饶霜露，风气亦先寒。田家岂不苦？弗获辞此难！"（《庚戌岁九月中于西田获早稻》）

谢灵运所讲的"退耕力不任"，就是指自己身上缺少力气，这更是长久坚持之力，除了"身力"还有"心力"。有时候我们美化田园牧歌，就会忽视具体的操劳之苦。站在远处观望的感受是不一样的，因为不必亲自经受风霜四季。

· 两杯酒

显而易见，陶渊明从事的农业劳动，对他身体和精神的健康最终起到了良性作用。但诗人因为劳累及其他，也常常患病，要呻吟和卧床。陶渊明用来医治的这味药也是田园的酿造，是那杯"甜酒"。

在他微醺的时候，他的病得到了治疗和缓解。所以我们在接受和向往那片土地的时候，不可忘记诗人在这里一度走投无路，进退两难，策杖而行。诗人最初回到故园的那种新鲜之感，放松和快慰，的确大大地感染了我们，以至于完全覆盖了我们，使我们不太愿意正视诗人的其他文字。

刚刚回归的陶渊明才四十一岁，无论是以古代还是今天的标准来看，都可以说正值壮年。壮年人有进取心，有重新开始的勇气，也有力量打理面前这片荒芜。他的情绪相对旺盛、蓬勃，也会有许多闲情逸趣。这个时候我们看到了诗中所吟唱的那种心情："东园之树，枝条再荣。竞用新好，以怡余情。"（《停云》）"洋洋平津，乃漱乃濯。邈邈遐景，载欣载瞩。"（《时运》）他洋溢的快乐富有感染力，给我们焦虑困窘的现代人以安慰。这种安慰的滋味令人难忘，让人长久地咀嚼品咂。

陶渊明那时是何等快乐和有趣。他刚回家时还是盛年之期，竟然拄着拐杖行走于田垄，可能并不是一种实际需要。他那么欢乐，在诗章里表现的全是健朗的身体和蓬勃的精神，其实并不需要拐杖。荒芜的田园呼唤他，可能他需要手持拐杖去撩开小径上的藤蔓，以他的年龄和身体状况看，这根拐杖同样也是欢乐之余的附加物。"策扶老以流憩，时矫首而遐观。"（《归去来兮辞》）这好比一个快乐健康的人有时也要拄上一根手杖一样。

此时的拐杖和暮年乞讨拄的那根拐杖是大为不同的。我们看到陶渊明最初的那根多余和有趣的拐杖，会浮想联翩，想到他那份美好的憧憬。一些期待和想象，都包含在"策杖而行"之中了。有时候诗人一个不经意的细节和动作的记叙，也会透露出许多秘密。

东晋知识界复杂的思想元素对诗人都有一定的影响，不过传统儒家文化仍然左右了诗人的思绪，促成了他对自己当下生活的不断怀疑。他在劳作或劳作之余，对自己目前的情状感到愧疚。他对后一代这样表述："抱兹苦心，良独内愧。"（《与子俨等疏》）对自己身后事如此想象："人生实难，死如之何？"（《自祭文》）还有喝酒之后的那些自问:"日醉或能忘,将非促龄具?"(《形影神·神释》)都表现了一种不能止息的纠缠心理。

中国的知识分子一旦脱离了儒家的思维传统,离开了某种人生范式,将付出很大的精神代价,陷入长久的踌躇不宁。陶渊明的可贵之处是最终没被这些烦琐的疑虑和质询击溃,没有终止自己的耕作生活。他一度把归去当成了对儒家传统的一次告别,但这告别终究难以彻底,自己还是不能心安理得。好在这片土地终究使他获得了过日子的实感,两脚落到了真实的泥土上。如果说当年的一些知识分子常常找不到落脚之地,那么陶渊明至少有几处祖传的田产可以打理。

如何对待耕作,这在传统知识分子那里从来不是一件小事。

《论语》中记述了樊迟向孔子问稼的情景:"樊迟请学稼。子曰:'吾不如老农。'请学为圃。曰:'吾不如老圃。'樊迟出。子曰:'小人哉,樊须也!'"在陶渊明这里则有这样的认知:"人生归有道,衣食固其端。孰是都不营,而以求自安?"(《庚戌岁九月中于西田获早稻》)在陶渊明眼里,这种农耕生活不仅是君子可为,而且是最基本的生存之道,那个让身心赖以托放的最牢固的"大块",让自己在生活中实实在在地触摸到了。这种身和心的双重依托,对于人生不是最大的安慰吗?这才是无可比拟的依靠和归宿。大约也正是这一切,最终阻止了陶渊明的绝望和颓废。

想象中,陶渊明的颓废情绪有时候是急需疗救的。在日常劳作中,在田园中,入夜之后"颓废"这只野兽经常出没,啃咬和吸吮诗人,使他流血。陶渊明总是企盼黑夜快快过去,回到阳光和劳动中。在阳光和劳动的陪伴下,他才能酿造出另一杯甜酒。

陶渊明的身侧一直摆放了两杯酒：一杯苦涩之酒，一杯甜美之酒。甜美醇厚之酒离不开阳光和劳动，离不开绿色。如果说苦酒是他从纷繁污浊的人事官场里携来的，那么这杯新酒，粟米酿成的新酒，泛着"绿蚁"的新酒，才是他在自家田园中酿造出来的。新酒让他无比欢欣，常常与邻居共饮。这杯酒没有被冲淡，而是在新的粟米成熟之后，源源不断地流淌出来，这是陶渊明一生中最为幸运的方面。

当我们谈到"农事"这两个字的时候，会感到多么有魅力，多么吸引人，多么健康。这两个字背后所包含的内容，或忙碌或生气勃勃，唯独没有一个苍白孱弱的读书人形象。这两个字后面一定是隐藏着一个即将出场的、神气健朗的陶渊明，他肩扛锄头，皮肤黝黑，双眼炯炯有神。

陶渊明从那杯苦酒的啜饮中，透出了一些沮丧，而后就是麻醉自己。归入田园日久，随着这种具体的困苦、农耕生活的磨损，那杯苦酒的度数在增高，举杯的频率也在增加。

陶渊明没有在这杯苦酒中溃散，仍然还得感谢劳动。汗水的不断排解和冲刷，可以让他变得轻松一些。现代人把汗水看得很重要，从医学上讲它能排除重金属，从精神上讲它还能令人变得愉快。

- "隐"和"显"

"隐"和"显"都是相对的。鲁迅先生说得好，真正的"隐"是谁也不知道，于是一切也就无从谈起。我们谈到的所有"隐士"其实在当时也都是"显士"，不"显"则不知其"隐"，陶渊明也并非例外。这种"显"与"隐"的相对性，就如"边缘"和"中心"的道理相似：没有"中心"哪来"边缘"，没有对"中心"的向往、关注和遥望，哪有"边缘"的意识和徘徊？所以我们不能以"隐"的彻底性来要求陶渊明，因为陶渊明从来没有打谱做那样的一个"隐士"。

古时读书人都要做官，在春秋战国时代，一个能说会道的知识人如果种地反倒是不可思议的。孔子问路时，弟子遇到一个说话条理、见解高明的种田人，就回来报告给孔子，孔子很快做出推断："那是一个隐士啊。"古代的读书人、有知识的人几乎等同于官僚阶层，正如鲁迅所讲：中国的文人离官的确太近。

文化教育普及之后，比如说到了现代，大概谁也不会把一个知识人等同于官僚，更不会把一个离开官场的知识人视为"隐士"。陶渊明"隐士"的名号是后人安上去的，他们把他归入这个行列，主要是因为他有读书人的身份，还曾经是衙门里的人，尤其是官人之后。实际上在诗人来说一切都是自然而然的，他只是找到了一个营生而已。"隐士"们则不然，他们大多不需要什么营生，因为都有"隐"的本钱。"隐士"的主要工作是"隐"，而不是做事情。陶渊明一生都在辛苦劳作，在为一口吃食而奔波，所以他与通常所说的那种"隐士"是没有什么关系的。

那些隐在大山里面表明与世隔绝之志者，当是一些专门人士，他们才能称之为"隐士"。诗人归来之后，官场人物和文场朋友都是很自然地来往，过着一种比较正常的生活。而"隐士"则是一种刻意回避，是"专业性"很强的行为。陶渊明虽然从土地上讨生活，但由于出身不那么单纯，所以要安稳地耕作也不太可能。这种不安稳也是非常朴素的，因为他不是一个纯粹的农民，让他做一个心无旁骛的种地人，既不现实也不真实。

陶渊明需要各种榜样，他在诗中多次提到了"隐士"，意在鼓励自己，却不是想模仿他们。真正的同行者一旦出现，他立刻产生出很大的欣喜。曾任江州柴桑县令的刘遗民就是这样的一个人，同样做过县令，同样归于田园，所以陶渊明才与之唱和，有那么多话可说。"山泽久见招，胡事乃踌躇？ 直为亲旧故，未忍言索居。"（《和刘柴桑》）

陶渊明还有一首给本家"长沙公"的诗。长沙公陶延寿比他晚一辈，但职位却比他高，他在诗里的分寸感把握得很好，既有长辈人的叮嘱，又表明了对身份较高的官僚的敬重。诗序言："余于长沙公为族祖，同出大司马……遥遥三湘，滔滔九江。山川阻远，行李时通。"（《赠长沙公并序》）将这首诗结合《荣木》《命子》几首，可以从中窥见诗人复杂的心理。

陶渊明对自己的生活处境是明晰的。他钦敬某些"隐士"，但并不认为自己就是那样的"隐士"。专业"隐士"在刻意走向"边缘"的同时，也把那个"中心"给突出和强调了。这种"隐士"身在山林，却无时无刻不感到那个"中心"的对立和存在。而陶渊明越来越变为一个真实投入的种地人，从情感到实际生活方式莫不如此。他的栖身"边缘"至少于旁观者看来，是十分自然淳朴的。他对那个"中心"的思念藏在心之一角，只偶尔泛出。

他在田园中吹吹野风，心情就变得好起来。

第四讲　农事与健康

· 农事与健康

　　陶渊明前后娶了两个妻子，共育五子。他给自己的孩子留下了诗文，在这些文字中，我们所熟知的那种父子之情表达得十分充分。这五个孩子给陶渊明增添了许多乐趣，极大地安慰了他："名汝曰俨，字汝求思。温恭朝夕，念兹在兹。"（《命子》）"好味止园葵，大欢止稚子。"（《止酒》）"阿舒已二八，懒惰故无匹。阿宣行志学，而不爱文术。雍端年十三，不识六与七。通子垂九龄，但觅梨与栗。"（《责子》）

　　从这里我们会感受到家庭生活的温暖，全部世俗生活所享有的这一部分对他来说没有缺失，真是幸运。我们不禁想到，陶渊明忙于农事，同时还要抚养五个孩子，这种忙碌既耗费了许多精力，又让他感到充实。有了这样的忙碌，才更像一个打理园子的人。

　　那些膏粱厚味的士族大户常常有少子和无子的苦恼，而辛劳的陶渊明却有五个孩子。这些孩子既可以是田里的好帮手，又成为诗人精神上的一大慰藉。他为这五个孩子的未来忧虑，写下了

《与子俨等疏》，对他们细细叮嘱。这五个孩子在后人的文字记载中没有出现，大半可能没有什么功名。更细致的情况我们难以知晓，时间过去了这么久，我们也只能从诗人自己的文字里了解他们的信息。

陶渊明的家庭生活越发像一个依赖土地的农民，如果属于人丁稀薄之家，反而不够典型。拖家带口，才更像一个农耕者。"白发被两鬓，肌肤不复实。虽有五男儿，总不好纸笔。"（《责子》）"亲戚共一处，子孙还相保。"（《杂诗十二首·其四》）我们想象的田园农村就是这样扶老携幼，是一种稚童欢笑的氛围。他和他们一起逮田鸡捉知了，他的门前常常围了一群手拿青果的村童。

村童尾随着田埂上的一个男人，这个人叫陶渊明。想象儿童们在阳光下，脸上沾土，手脚裹泥，笑容顽皮，当陶渊明偶尔接待那些高人名士的时候，他们或羞涩地规避，或在一旁偷观。陶渊明与文人雅士唱和的时候，孩子们手拿瓜果站在一边，神态有趣。这一切跟陶渊明用粟米酿新酒、夜里披衣开门迎客的场景正好谐配，一切都那么贴切吻合。正是这些生活细节，这些场面的叠加，让我们感受了陶渊明的农事和他的健康。

陶渊明从一个有为官传统的家族里退出，从"耻于农事"的士大夫阶层退出，寻找到的是这样一种生活。这不仅使他的日常状态极大地区别于以前的仕途，也区别于当时那些以各种方式脱离权势集团的知识人。那些人纷纷发明个人的生活，有许多大胆的行事方式，除了狂饮和谈玄、食散与修道之外，如嵇康等人还聚在一起打铁。作为可以世袭官位的士族后人，这些人的行为举止可谓惊世骇俗。给我们的感觉是，他们所做的事情多多少少有一点表演性，缺乏日常性，不像是准备持续一生的本分劳动。

如果将这些知识人比作一粒粒种子，他们被魏晋的疾风从庙堂吹散到各个角落，却不见得全都扎下根来。陶渊明不仅落地，而且生根，结出了新的种子。

· 明亮感

在陶渊明所有的诗文里，给人印象最深、带来阅读快感最大的，就是回归田园之初写下的那些文字。比如说代表作《归园田居五首》《归去来兮辞》等，无不洋溢着一种明亮感、一种温情暖意："榆柳荫后檐，桃李罗堂前。暧暧远人村，依依墟里烟。"(《归园田居五首·其一》)"木欣欣以向荣，泉涓涓而始流。"(《归去来兮辞》)这种色调与感受在后期诗文中并不多见。这不是一般的欢愉和畅快，而是长舒一口气之后的放松与惬意。令人不可思议的是，创作者的这种心情与状态强烈地感染了我们，吸引了我们，以至于久久品咂而不能忘怀。这是诗人长期埋在心底的一根弦，掸去浮尘，频频拨动，最后终于奏响了连贯、饱满的快乐之声。

田园生活看来是人类置身客观世界中最基本最原始的生存方式，它的整个过程无非在重复这样一些动作：播种、看护、侍弄、培育。这其中较少包含复杂的技术性，只要不是遇到天灾，勤奋辛劳即可获得自己所需的一份口粮，最依赖的是雨露和阳光。这种简单而淳朴的劳动方式本身即蕴含着无可比拟的道德感。我们也许可以这样认为：不同的劳动所蕴含的道德伦理意义是不同的。

耕作活动既不同于手工业者，也不同于商业经营，更有别于所谓的科技发明，操持农事的过程较少或不会辐射、外溢出伤及周边的任何有害元素，而从事者的身心在这期间还会有许多良好的修持。

就耕作来说，这种最基础的劳作方式直接与维持生命所需相对应，而其他工作则需要依赖这种劳动所提供的收获物，将它当作一个前提。人类最早向外部世界索取生存所需的动作，就是这样简单直率和朴素。这种活动对人的观念培育，对心灵的安慰和润化，对人性的感召，因为它所具有的淳朴性和直接性，会更加强化诚实和淳厚的一面，就此而言，这又是其他活动无法比拟的。

一个人仰头是"高旻"，低头是"大块"，远望则是无边的原野，视力所及就是那些欣欣向荣的绿色植物，是活跃其间的一些大小生命，就环境来说，也与其他的劳动有了区别。田间劳动与自然界的这种亲和关系、融入关系，是其他工作所没有的。也正因为如此，诗人身与心的疲惫得到了休息，一些看得见或看不见的创伤得到了修复，也就产生了那个欣悦的、满脸阳光的陶渊明。

阳光洒向万物，也洒在陶渊明的身上，这对于诗人很重要，对于他的作品、他归来后所洋溢的那种健康温煦的气息是至关重要的。人也可以看成是一棵会移动的树，也需要光合作用。当一个人长期处于阴郁的角落，在遮蔽阳光、阻挡气流的地方生活日久，心情必然会受到影响，比如变得抑郁，变成灰暗的色调。当一个人身上洒满阳光，先不从医学角度说可以合成维生素等，对于维持这个生命的健康至关重要，更多的还有精神和心理上的潜移默化作用。后者也是生命健康不可缺少的条件。

陶渊明移居乡间以后，夜间可以看浩瀚的星空："遥遥万里辉，荡荡空中景。"(《杂诗十二首·其二》)白天可以看澄澈的苍穹:"露凝无游氛,天高肃景澈。"(《和郭主簿二首·其二》)放眼四野,无边无际,置身的空间较前更加开阔和辽远了。这不仅让我们想起了康德的一句话,那是说一直让他感到敬畏的两种事物:天上的星空和心中的道德律。他把这二者并列一起大有深意在。我们可以想到这二者是不可分离的。头顶这片幽深的星空实际上显示了一种莫名的、冥冥之中的巨大规定力。这种力量让人经常面对和感受,从而发生和建立起一种无所不在的联系,也就势必影响到心灵,让人产生一种敬畏感。而人类心中所固有的良知与道德法则,也来自那种无所不在的规定力,那是一种永恒的力量。可见这神秘莫测的两个部分其实是联系在一起的。

一个人如果隔绝星空,身上不再洒满星光,心中那个道德律也必然受到影响。从这个意义上讲,拥挤的城市生活会多多少少瓦解人类心中的神性。这种瓦解与消磨的程度在每个人身上是不同的,但一定会发生。随着时代高科技的发展,城市化的愈加深入,那种瓦解力就会变得更加强大。由此来想象陶渊明的日月,就要为诗人感到欣慰了。他回到那样一种人生图景中去,实在也是一种幸运。

如果不以现代眼光来考察,而仅仅是把魏晋南北朝放在中国古代历史中讨论,这个时期倒有可能是相当"城市化"的。当时政权分裂割据,城市破坏严重却又纷纷矗立,为防御和战备的需要建起许多军事要塞,它们又演变成一个个政治经济文化中心。当然,说它是一个城市化比较发达的时期,并不是从现代城市的概念和角度来说的。一个农业国家的早期,无论如何城市化肯定还是远远不够的,但诗人生活在这样的城市里,毕竟离真正的乡野还是远了许多。

陶渊明当年感到了生活的狭窄,心生不适以至于反感和厌恶,对田园生活的渴念也就产生了。他回归而带来的那种自由和畅达,那种欣欣向阳的情怀,对我们生活在闹市的日益窘迫的当代人,会产生很大的触动。

·止 酒

《止酒》这首诗十分有趣。与它对应的是诗人嗜饮的习惯,还有那些不断写饮酒之乐、饮酒之后各种心绪的诗文。在陶渊明的大部分文字里面,对酒大多都是肯定的和向往的。有时候我们会感觉他对酒比吃饭更迫切,酒甚至可以比得上劳动的重要。劳动和酒对陶渊明大致具有同等的意义,诗和酒的意义也差不多,因为这二者常常是不可分离的。"有酒有酒,闲饮东窗。"(《停云》)"何以称我情? 浊酒且自陶。"(《己酉岁九月九日》)"若复不快饮,空负头上巾!"(《饮酒二十首·其二十》)可能因为他太喜欢喝了,有一天竟然专门写下了这样的句子:

"居止次城邑,逍遥自闲止。坐止高荫下,步止荜门里。好味止园葵,大欢止稚子。平生不止酒,止酒情无喜。暮止不安寝,晨止不能起。日日欲止之,营卫止不理。徒知止不乐,未知止利己。始觉止为善,今朝真止矣。从此一止去,将止扶桑涘。清颜止宿容,奚止千万祀。"

这就是那首有趣的《止酒》诗。这里一连用了这么多"止"字，却不见得诗人真的有什么"止"意，反而让我们感到了浓浓的调侃意味。果然，他后来不但没有戒酒，反而喝得更多了。

我们觉得陶渊明不仅是一般意义上的"现实主义"诗人，一个写实诗人，而且还是一个畅达直接的诗人，是常常不会拐弯、脱口而出的直而简的诗人。但是当我们退远一些去感受，也许就不会觉得他是一个"现实主义"诗人、一个传统意义上的写实主义者了。我们恐怕要打一个大大的问号。我们或许会说他是一个真正意义上的"浪漫主义"诗人。

陶渊明的浪漫隐于简朴率真背后，所以我们需要从远处打量，以感知这样的品质。

当年他的简朴率真，也成为诗界对他不够推崇的原因，因为当年的诗坛风气已经走向绮丽堆砌，颇为费词，如在这方面较有代表性的"太康体"诗人，就远比陶氏更有名气。

对于诗人及其艺术，有时候离得太近反而容易误解。陶渊明与酒的关系并不单纯，他的酒不仅用来浇愁，也不光是有了酒瘾之后的依赖之物。他的酒和诗结合得实在太紧密了，整个诗篇都有一股酒气。这里有西方人所说的那种"酒神精神"，酒使之浑然融入，使之率性发挥。但陶渊明酒后既非李白那样的冲动豪放，也非杜甫那样的沉郁顿挫。他更多的是一种不露痕迹的陶醉，是微醺。酒对于陶渊明的这种醺化作用非常值得注意。

尽管《止酒》这首诗更多的是一种调侃，但诗人还是感到了饮酒可能误事，影响起居和耕作，带来的不完全是正面的作用。如果诗人真的有了这种理性克制，就会影响对酒的态度，更会作用于自己的生活态度和艺术品格。比如说当他感到身体不适的时候，醉卧的时候，可能真的有过自责，产生了少饮或不饮的念头。

其实写了这首诗之后的陶渊明，喝得越来越厉害了，所以这首诗真的算不得一首戒酒令。诗人只想拿戒酒这件事来自嘲罢了，等于用一种反语来表达对酒的热爱和难舍。为了与这种戏谑内容相辅相成，他竟然在每一句中都用上一个"止"字，已经像一种文字游戏了。由此可见诗人性情之活泼、对酒之喜爱。

真实的情况是，陶渊明一生都没有离开酒，一旦离开说不定会出大毛病。

我们细心一点，把他所有与酒有关的诗排列起来看，会发现酒对他的正面作用是很大的。开始是陶渊明离不开酒，渐渐连读者也离不开酒了。他在酒中思绪飞扬，走得很远，一路动作挥洒自如，越发可爱了。奇怪的是他酒后的诗并非一纵千里，而是变得愈加质朴和简洁明快，饮酒之后也并不影响他对日常生活的理性态度，比如时有自勉自励。

魏晋和唐代的其他诗人和知识分子酒后无德，酒后忘形，从言辞到行为，时常走入一种不可自控的放荡、癫狂的状态，史书上记载很多。陶渊明给人的感觉则是酒后的安乐，他有足够的收敛，闲静而平易，清醒且亲切。酒带来了更多的温暖直率，这让人觉得可爱且可贵。酒后吐真言，他的真言不带狂肆的色彩，而是更加纯稚，更加贴近泥土："放欢一遇，既醉还休。"（《酬丁柴桑》）"弱女虽非男，慰情良胜无。"（《和刘柴桑》）正如酒的源头是来自土地一样，他喝酒之后更贴近土地了，贴近土地上的万事万物。酒使他亲近田园，酒使他亲切乡邻，酒使他互通有无，酒使他情感交流。所以酒是真正的近邻,酒是真正的乡亲,酒是"桃花源",酒是爱人。他不可以离开酒。读者对于陶渊明的饮酒能够欣然接受。

• 草盛豆苗稀

越是到了后期,陶渊明生活之艰苦,人之寂寞,心理之冲突,越是加重。这里有大量诗章可以佐证。陶渊明的诗和归隐田园之后的生活细节似可互鉴。比如他的《九日闲居》《劝农》《移居二首》《和郭主簿二首》,乃至他的代表作《归去来兮辞》《五柳先生传》,读来会感到随着生存境况的逐渐变差,自我叮嘱的声音也变得更为频密,并且一点点提高了分贝。我们好像看到一个欣悦的陶渊明、心情灿烂的陶渊明,正一步步走向了不无忧虑的陶渊明,走向了不停地鼓励自己要"挺住"的陶渊明。这样的一个人最终虽然不可以叫做"胜利者",但却可以称之为"挺住者"。

作为一个人,无论是古代还是现代,无论是战争频仍的血腥混乱时期,还是在当今这个物质主义泛滥的数字时代,要"挺住"都太难了。

陶渊明始终能够挺住的奥秘在哪里?展读他的诗章,我们会感受土地的力量,他从农事中获得的至关重要的支持。他的身边有无数活泼的生命,它们欣欣向荣,不可细数。一个能够移动的生命,同那些不能够移动的生命长久相处,相濡以沫,这之间产生的情感,是足够无私和健康的。这份特别的情感在古人那里,其浓度和深度可能是超过现代人的。

陶渊明跟"豆苗"的关系,跟危害他的收获物即"草"的关系,跟一般农民好像有些不一样,跟我们现代人的情感也大异其趣。如果是一个有闲的诗人,他会欣赏崖畔上的青草、河流上的浮萍,但是作为一个耕种者,我们在陶渊明这里却读到了"种豆南山下,草盛豆苗稀"(《归园田居五首·其三》)这样的句子,似乎看到了诗人多少有些欣悦和顽皮的神色。

"草盛"并不会让一个作为农民的诗人愉悦,却会让一个作为诗人的农民不那么焦思如焚。这里固然是一种"写实",但语气里真的透出了一种欣赏和轻松感。

他这里把具体而辛苦的劳动上升到审美的层面,是十分难能可贵的。可见对于物质得失陶渊明并不像一般人那样敏感,更不会时刻处心积虑孜孜以求,不是两眼牢牢地盯住获取物,而是有相当的间离感。他有心情、能够观赏和玩味当下的操劳,生活也就多少被"诗化"了,被诗人从更高的意义上把握和收获了。

这其中的意义究竟是什么?他归来之后所要获得的到底又是什么?对此诗人心里大概既模糊又清晰,模糊是因为这种收获一时很难说得清,它或许就隐含在这无边的原野之上;清晰是他要耕作度日,做一个衣食无忧的农人,并从此摆脱那些狭隘和龌龊的人事,摆脱世俗琐碎和权势官场的紧逼、功名利禄的诱惑和败坏。

既然如此,欣欣向荣的豆苗和茂盛生长的青草之间,在许多时候可能是平等的,它们都是生机勃勃的绿色。这在一般农人看来倒是不可思议的。"草"在这个时候有了非用之大用,尽管诗人最后挥动锄头的时候还是要把它们除去。陶渊明拥有了更多的幸福,因为他多了另一层的生命觉悟。他通过农事劳动,通过交换新酒,通过共饮，通过共话桑麻，和周边土地上劳作的人、甚至是地上的万物都平等了。这种一致的共生从话题到穿着，再到脸上的神色，都可以表现出来。只不过我们仍然清楚地知道，他与邻人们的内在区别还是很大的。

欢乐之后，诗人还要常常回到寂寞的个人。他在乡间毕竟是孤独的，鲜有真正的知音，来往的知识分子很少。观其半生，只有住在南村的那个阶段才偶有过往的知识人，才会有"负杖肆游从，淹留忘宵晨"（《与殷晋安别》）的那种欢聚。除此之外大部分时间都是个人咀嚼，个人吟唱，个人消磨。这样的一个状态完全可以称之为孤独。他的"高蹈"隐藏了，他的"孤独"隐藏了。所以他的《归去来兮辞》里有一句话："园日涉以成趣，门虽设而常关。"为什么"常关"？ 就是不必开门迎客，从此独享门内的孤独。"寝迹衡门下，邈与世相绝。"（《癸卯岁十二月中作与从弟敬远》）这些都说明陶渊明在精神上是自给自足自娱自乐的，最平凡的农耕生活遮掩之下的，是一个不乏欣悦的寂寞灵魂。

这种孤独的效果和后果都是相似的。自我对话，个人吟味，更多地求助于酒，常常是这样的一种生活。这对一般人来说会是颓废的，但对陶渊明则不尽如此，所以这种孤寂的生活终究还是没有把他击败。这里还要再一次说到星空和大地，说到这片绿色里活跃着的万千生命。大到家畜小到鸟类，或是作物茎秆上蠕动的小虫，所有的一切都是他的友伴，都安慰了他的灵魂。这些生命无论会移动还是不会移动，无论是更遥远的天河还是脚下的泥土，对于陶渊明来说，在某一瞬间可能都融为了一体。

一个心上创伤累累的人，一旦回到了乡间，接受了土地的安慰，也就比较容易度过自己的苦难岁月。我们可以说，陶渊明的生命过程就是一次融入野地的过程。所谓"融入"，无论有多少高妙的解释，都似乎离开本义有点遥远了。"融入"就是忘我，通过忘我变得更能够忍受，更顽强更有力量。陶渊明对于我们的最大意义，就是启示一个人怎样度过坎坷的人生，给我们讲述了一个大地的故事。这个故事在说个体太渺小生命太短暂，需要化入无限的永恒之中，这样才能确保个人的存在。这就好比滴水入海一样，从此不再干涸，投入了大自然的无限循环当中。

我们不光要记住自己是一棵"豆苗"，还要化入大自然的"草盛"之中。

・孤　云

英国诗人华兹华斯有一首诗叫《我是一朵孤独的流云》，其中写道："我好似一朵孤独的流云，高高地飘游在山谷之上。"类似"云"的意象在陶渊明的诗里也有："寒气冒山泽，游云倏无依。"（《于王抚军座送客》）"万族各有托，孤云独无依。"（《咏贫士七首・其一》）陶渊明笔下的"游云"和"孤云"，在意象、内涵和外延上，与华兹华斯大致相似。他们的思维在这个地方趋向一致和重叠，二人都是孤独的、田园的和回避的，都觉得自己是一朵飘来荡去的"孤云"而且"无依"。

他们回避的是什么？难道仅仅是我们一再说到的所谓官场和人事纠纷？不仅如此，一些场所、一些人与事，许多时候可能并不是那么具体。有一些无言之物在不察中浸漫和侵袭，那种后果也是足够可怕的。他们被迫走向孤独，甚至还要回避"自己"，对此刻、当下的"自己"极不满意。这种自我厌烦有时是致命的、无以表述的。他们想更新自己改变自己，想有一场蜕变和从头开始，可惜这往往又无从下手。他们开始回避无法沟通、大致趋向世俗物利的芸芸众生，那些遮蔽自己心灵深处的、无限广大的"日复一日"，那个被世俗物利所牵引、被各种俗见所交织的人类社会。

这样的社会和世相，既无法满足那些高远深邃的灵魂，又妨碍了他们的更新与蜕变。

两位诗人都深陷对于死亡、人之局限、命运不可把握的偶然性和悲剧性的深思之中。一般来说，这些思悟与痛楚会导致社会性的回避，会引起心灵的长长吟味和回旋。这种状态之下的生命，大多数时间是独处的、孤立无援的。

表面看来，所有的人都在为眼前的物利而奔波，不同的是在这种表象之下，有一部分人实在有着更遥远的牵挂。这种牵挂有时候是莫名的，难以言表的，诸多内容甚至还属于"超验"的范围。但它的确存在，并时刻提醒生命所寄存的这个形体，推动这个形体向某个方向移动。因为他们的"心"不能为身所"役"。可大多数人是做不到这一点的，因为现实的物质参照是强大的，无所不在的，它们会时刻规范和限定人的身心。但是人之为人，正因为内心深处有一种无以名状的力量、由心灵需求所生发的牵引力和矫正力，终究有一部分人能够感受这些力量的滋生和成长，它让他们日益不安，最终也就行动起来。

无论是华兹华斯还是陶渊明，都流露出一种生命深处的孤独感，他们自况为一朵"孤独的游云"。这朵云是没有根的。一个生命被投放到这个世界上，从虚无变成了实在，变成了一个缺乏依托和依靠的存在物，在茫茫中游荡。他们需要寻找，需要追问来路和去路。冥冥之中他们觉得有一种巨大的规定力创造了自己，是生命的来路，那么这个规定力也一定可以让他们寄身、依托和信任。所以他们一生都在试图靠近这个规定力。

这个"力"是无形的，有点类似于老子所说的"道"，也有点类似于西方所说的"神"。"神"和"道"，它们的内涵所保有的原质意义或许有点相似。"道生一，一生二，二生三，三生万物"。这个"道"与西方那个"神"有许多地方是一致的。一个灵魂，一个具有大感悟力的卓越灵魂，虽然心里没有一个清楚的"道"或"神"的概念，但一定会有这个方向的思悟和想往。这种想往就形成了一种归宿感。从这个意义上讲，他们需要离开，或者一度离开密集的人流，离开那种最炽热的物质欲念。凡是人流和欲念交叉之地，一定不会是"游云"停留之地，也不是它的最终降落之地。

叫"陶渊明"的这朵"游云"在空中飘荡，在想象的无垠的宇宙中游走。孤独的云，试图扎下自己的根，最终就飘落在了一片田园里，因为这里有土。这片田园尽管也是暂时的栖身之所，但就在这里，"游云"可以变为润化土壤和植物的露水。有一天，当太阳升起的时候，还可以蒸发这些露珠，让它们再次升到空中，重新投入宇宙的循环。大概这也就是陶渊明在诗中一再说到的"委心""乘化""纵浪大化中"。

诗人关于"游云"的想象不仅是一种身心境况的自喻，而且还是一种生命的觉悟。

· 田园与悯农

陶渊明的大多数诗会让人联想到中国历史上的"悯农诗",从内容到色泽都有些相似。这不仅是因为它们都在书写田园,而且还常有类似的慨叹,大致相同的声气口吻。

诗人关于日常农耕生活的咏唱和吟味,实在是出自人类之手的最有魅力的文字,也就是这些文字,使陶渊明作为一个鲜明的符号,深深地根植于普通民众和知识分子的心中。现代人包括遥远的异域,他们知道陶渊明,熟稔陶渊明,主要就是因为他的这些田园吟咏。

这些吟咏的飘逸与恬淡被谈了太多,好像全是一些"出世之歌"。其实诗人的心理发源,与其说是接受了道家思想的影响,还不如说是深受儒家思想的熏陶。因为道家是超然忘我,人可以等同于万物,"天地与我并生,而万物与我为一"(《庄子·齐物论》),是一种把有形变为无形的思维取向。"桃花源"尽管来自幻想,但它是一个具体实在的构筑,形同一个理想国的社会组织实体。总体上它不是出世的,而是入世的。它的入世表现在作者创造这个世界的力度和强度,赋予它形态,让它深刻地反拨当下和现实,这正是一种入世精神。儒家的理想在诗人这里得到了曲折的落实,其动力仍然是治世的情怀。有时候我们会觉得,陶渊明每每从道家虚无的思维之地出发,抵达的恰恰是儒家的现实站点。

我们遥感一个事物和具体进入这个事物时,得出的结论将是不尽一致的。遥感使人产生长久的吸引力，但也会发生恍惚。由于距离的存在，我们对细节没有清晰认识的条件。深入探究陶渊明的世界，就要进入他的诗，进入文本。仅有遥感是不够的，非得具体进入才行。它还需要迈进和退出，这样不停地往返，由感性到理性，或反过来，从而接近陶氏的真实。我们要有能力正视细部，正视各种因素繁杂错列的交织，以形成某种综合。这种综合就包括了对于遥感和近观的统一。

遥感中的陶渊明是一个闲适、明媚的田园诗人；近观的时候，才发现他在思想和艺术上有那么多纠缠难言、纵横交叠的纹理，还有剧烈冲突的痕迹。这就在很大程度上防止了那个熟悉的"田园"概念将我们完全笼罩，以至于自觉不自觉地将自己的认识框束在这个概念当中。

陶渊明的田园是活泼的，生长的，这就足以让一个极度不安、心怀高远、时而欣悦时而沮丧的人物在这里安身，直至终老。可见这个地方绝不一般，最重要的是这里绝不单调。除了防止对这个田园概念的错用之外，我们还要防止用诸多时髦的思想，包括网络时代才能产生的一些怪异的理念来改造陶渊明，产生另一些误解，把一个饱满、真实、平易而又深邃难测的兄长给歪曲了。

我们常常谈到的"悯农诗"里写尽了耕作之苦，写尽了诗人的叹息，还有诸多的农事图景，这些都像陶渊明。可是细读下去，才知道这只是粗略的风貌，二者的差异太大了，有时可以说正好相反。那些"悯农诗"时而泛出一些观者的情趣，透出一种有闲之情，反而令人读出不太好的意味。"悯农"的矫情一旦让我们感受到，就会产生一些心理上的排斥。

"悯农诗"的作者大多是超脱和俯视的。同样写农事，陶渊明的诗中更多是与土地肌肤相亲的苦痛与愉悦，是劳动的快乐。这就与那些"悯农诗"大相径庭，甚至格格不入，完全是另一种风貌。"道狭草木长，夕露沾我衣。"(《归园田居五首·其三》)"衣食当须纪，力耕不吾欺。"(《移居二首·其二》)"不言春作苦，常恐负所怀。"(《丙辰岁八月中于下潠田舍获》)诗人给予我们的是一种健康的情绪，是劳动者的底气充盈。他那些耕作的艰辛，全在预料之内，而且不以此苦为不可抵御的沉重，是必要接受的一种劳碌。

"悯农"算得上是中国古代知识分子的一种人文关怀，是一种"民间"立场，是对天灾人祸造成的农民艰难生存境遇的关注和不平。有一些文人和官员在诗中流露出自责之情，当然也十分可贵。但是当"悯农"成为一种盛行的诗体，就需要警惕了。"悯农诗"这几个字最早使用者李绅，就是一个由困苦环境中奋斗出来的官吏，后来却变成一个生活极其奢侈、为官手段极其暴虐的人。

可见任何好的东西，只要流于姿态，也就难免结成空空的硬壳，无论在哪个时代都会沦落。陶渊明并没有那样去"悯农"，因为他自己就是农。

· "劳心"和"劳力"

传统的儒家观念，认为"劳心者治人，劳力者治于人"。而我们都熟悉的"劳心者"的形象，往都是孱弱苍白的。他们与"劳力者"分得太开，这既是一个特征也是一个弱点，而且严重影响了作为"劳心者"的人格健全和精神力量。鲁迅曾这样嘲弄古代文人的病态:"吐半口血,两个侍儿扶着,恹恹的到阶前去看秋海棠。"(《病后杂谈》)"苍白"与"劳心"几乎成了一回事。这同现代西方人的观念好像不太一样。西方知识分子往往以晒黑皮肤的野外活动为荣,至少现在我们看到的一些人士,他们是以追求野性和强悍为傲的。

在传统上,无论是国外还是国内,都有人把"劳心"和"劳力"划为不同的社会阶层。这两个不同的阶层有高下贵贱之别,"劳力者"往往被视为工具,"劳心者"则视为使用工具的一方。这种划分虽有巨大缺陷,但看上去仍有显在的道理,常常难以颠倒过来。问题是"劳力者"为什么不可以同时又是一个"劳心者",或者正好相反? 二者的身份一旦统一在一个人身上,那种传统见解立刻就显出了单薄性和荒谬性。特别是到了现代高科技时代,很多时候是脑体不分的。大量的工作很难区分脑力和体力。高科技的先进工具使体能消耗越来越少,而与此同时,精神抑郁的"劳心者"反而增多了。

比如耕作使用机器,日常的许多工作都要操弄电脑。这些事项都需要专业技能训练、运用复杂的智力,同时又要不停地磨炼身体。人处于这样的工作环境下,到底是一个体力劳动者还是脑力劳动者? 有时候真的不好区分。

当年哲学家维特根斯坦主张人要多做一些手工。他本人出身于大富贵之家,有很多钱,没有物质忧虑,立志去搞哲学。这个时候他反而要思索很多脱离物质的形而上的东西。从过去到现在,我们会看到一些大哲学家,他们当中虽有贫困者,但很有一些人出身于没有物质之忧的家族,成为所谓的"治人者",他们的确用思想影响了很多人。他们探索生死，探索人和宇宙间许多重要的原理和奥秘，在努力改造世界、认识世界这个方向上走得很远。从这个意义上讲，他们当然是"治人者"。他们这个"治"不是发出行政命令，而是影响和改造人的精神，启迪人的智力，甚至一般的"治人者"还要被他们所"治"，是这样一些高妙人物。

然而即便像维特根斯坦这种人，也主张让人接近具体的现实生活。仅仅在斗室里跟知识分子、跟同类不停地周旋和摩擦，让他很厌烦，认为这里是"缺乏氧气的地方"。的确如此，一个人自身制造"氧气"的能力是有限的，所以他提倡人要多做一些体力工作，一些具体的手工活计，与众人接近。于是在第一次世界大战的时候，维特根斯坦不是躲在后方，而是上了战场。他认为这种现实当中发生的重大事件，不可以摆脱和旁观，而需要亲历。他把战争视为现实生活中可以触摸的、来自形而下的具体启示，这一切对于人的高级精神活动、对于"治人者"的精神活动，是不可或缺的。

战争对人性有巨大的催化和提炼作用，这种作用能使一个"劳心者"变得更有高度，更有力量，从而更加走入偏僻、精微、奥妙的形而上的世界。战场说白了也是一种"自然"，不过它是一种残酷的"自然"；它也是一种现实，但它是一种特别的、可怕的现实。

相同的道理，陶渊明的田园即可视为"更有氧气"的地方，这里的具体"手工"，将使他原来所固有的那些诗的才能和文字表述力，包括他对社会治理所具有的理想和设计等，发生奇妙的对接，并产生一些矫正力。在这种现实当中，对于那种"心"的纯粹运动的反拨，都是极其重要的和微妙的。客观上，一个不能够使脑力劳动和体力劳动相结合的人，不仅身体是软弱的，思维也会走向软弱。

我们不得不说，在现代城市生活当中，那些奔波劳碌、晨昏颠倒、思维恍惚的所谓诗人和艺术家，他们所创造的怪异的艺术有一个逻辑依据，就是变异的畸形的现实生活本身。如果他们想从这种思维逻辑里解脱出来，回到工业革命之前那种更为健康的艺术，那么仍然还得依赖比较原始的、不受现代科技染指的环境。

那样的大地在当今是越来越少了，但在魏晋时期尚有一片又一片的原野。这些可以是陶渊明式的，也可以是其他形式的，但有一点是肯定的，它们是真正意义上的可耕作之地，没有被重金属污染，没有被雾霾笼罩，是相当淳朴和宜于植物生长的。这就更加容易培育和感染在这个环境里活动着的人，更适合人的生长。所以单单从这个角度看，在当年他们这些人又是何等幸运，他们的幸运表现在诗章里，甚至表现在全部的坎坷和痛苦中。他们的不幸全然不会表现为现代人那样的畸形和癫狂，仍然是在一种相对清晰可辨的范畴里，在"身"和"心"良性循环的路径上。

· 身与心

古代那些隐居山林的"隐士"，有的身隐心不隐；有的虽然身处荒山野外，口腹之欲并没有遏止；还有一些所谓的"隐士"不过是换了一个玩法而已。然而陶渊明绝没有那样的人生计谋，也丝毫没有什么玩的意思和心情。农民读书是为了挣脱土地，从过去到现在都是如此。所以从古到今，我们总会看到贫苦子弟拼命攻读，不惜代价。陶渊明则走了一条相反的道路，他心里装了很多书，最终却要带上它们回家种地了。

亚里士多德也讲过人的分工，讲过知识人和体力人工作的区别和意义，但他将二者分出了高下，对体力劳动者仍然存在偏见。而苏格拉底觉得"农事"似乎是最可重视的，也是一种科学。卢梭常常谈到自然的教育观，比如人在自然中、在体力劳动中才会变得健康和健全。一个健康的社会，必要由身体与心理全都健康的人组成，而这样的人是一定不会拒绝体力劳动的，他们不回避阳光，不回避风霜雨露，追求体魄的健壮。在拥挤的现代都市里，人们身居高楼、穿行在地铁和隧道里，患抑郁症的比例是很高的。有人甚至说，在那些极其拥挤的地方，知识人当中每十个就有一个较明显的抑郁症患者。

今天的耕作者尽管已经是非传统意义上的农民了，但他们中的抑郁症患者肯定要少得多，因为他们毕竟还有更多的机会见到阳光，与自然万物相处。土壤和绿色植物，开阔的天空，野外的风，这都是有助于心灵和肉体的基本元素。

将体力和智力对立的认识越来越有悖于现代社会，但实际上我们却依旧要把智力和体力作对立观。陶渊明的迷人之处，也在于智力和体力在他身上得到了统一，使得智力更加有益于身体，也使健康的身体促进了精神的发展。特别是古代，这样的统一者在知识人那里总是少数，因为当时的知识远没有普及，文化人知识人是极少数，这少数人或者正在"治人"，或者正在想法"治人"。直到现在，能够让二者统一起来，一个人需要的自身条件和外部条件仍然是很多的，大概并不那样简单。魏晋时期可以找到"竹林七贤"中打铁的嵇康，但是他的打铁生涯并没有持续多久，其他人好像也缺少这种扎扎实实维持日常生活的长期劳动记录。嵇康打铁可能更多的是出于一种爱好和消遣，算是一种行为艺术。陶渊明这种极其务实的日常耕作，是大大区别于魏晋时期那些"隐士"和反叛者的。"田园"不是主人用来把玩的盆景，更不是他的身外之物。他在园中是每日辛劳的、化入其中的。

人的劳作目的通常是大不一样的，有的人为了缓解脑部疲劳，有的人则是日常生活所需，不劳动不得食。陶渊明这种以耕作为生的日常生活既不是一种实验，也不是一阵冲动，所以也就有了持久性和实在性。如果一个知识分子为了缓解个人的劳心之苦而投入野外生活，那么这种生活就带有一定的虚拟性，而这虚拟性又会限制他的心灵收益。陶渊明在田园里是毫无侥幸心理的，他知道劳动意味着什么，知道这是打发自己后半生的事情。这一点他与农民的企图是相似的。他与农民不一样的地方，在于他能够把土地上的具体操劳以及万物生长上升到审美的层次，他的知识构成，他的情怀，与普通农民终究还是不太一样的。

他固有的诗人情怀和智识元素，会在这场漫长的劳动中一点一点得到修正。令人惊讶的是，直到最后，诗人的那种审美力不但没有丧失，而且还变得更加盛大。如果说人的审美力是在生命一开始就被注定了的，是一种先天能力，那么形而下的劳碌虽然不会将其磨损一空，却会将其扭曲和改变。如果这种劳碌是健康的，那种先天的审美力就会得到进一步的提炼和加强，使其变得更加飞扬有力。

陶渊明始终拥有一颗诗心。一般人处于诗人最后阶段的挣扎，差不多已经踏到了生死线上，是无法写下那些丰盈的文字的，正如一个极度饥困中的农民很难用心培植一盆兰花一样。可见诗人实在具备了不可思议的心灵力量，而这力量除了源于固有的生命特质之外，大概也是大地的赋予。

陶渊明能够在许多时刻摆脱无所不在的农事扰烦，可能因为这一点，才将他跟那些完全陷入实务的农民区别开来。他不是一个真正意义上的农民，所以他极有可能种不好地。他能够将生活艺术化，这既是一种了不起的能力，或又妨碍他更深入地进行土地的利益盘算和经营。他不能将现实生活给予充分物质化的把握，而会时常进入审美的把握。在一般农民身上，对于农事的审美把握同样是存在的，但大多数时候却不会是明显的和自觉的。陶渊明天性中具有的那种能力，使他更长于苦中作乐、自得其乐。

唐代大诗人杜甫也反复写到了个人生活之苦，写下自己最艰难的时候曾经像一个动物一样，捡拾地上的橡子吃。但是他与陶渊明的区别在于，后者诗中即便写到这样的内容和这样的苦境，也常常泛出浓浓的趣味与欢乐，哭丧着脸的时候较少。这表现了两种不同的生命质地，两种性格。

陶渊明获得了不受拘绊的自由感。作为一个自由的生命，他的思维四方翱翔。生存的艰难就像一条锁链，直到最后也没有捆住这样一个灵魂。

· 这三个人

说到和陶渊明比较接近的西方人，人们也许还会想起一个法国人,他就是后印象派画家高更。陶渊明和高更都是从市井生活中抽身离去,告别热闹回到乡野的人。当然他们的不同之处也很明显:高更回到大自然,是为了更好地画画,带着一种明确的艺术追求而去,而且是在物质比较充裕的境况下离开的,更像一个被城市文明娇纵和戕害的人;陶渊明却是在社会文明沦丧、物质相对窘迫、人事厌烦的状态下不得已而离开。

高更在他个人的物质生活中,在所谓的西方文明世界里,可以说是比较安逸的。这是一个在比较舒适的环境中感到厌烦的逃离者,一个在艺术追求上心生决意的寻觅者。陶渊明则身陷失意的官场,为了保持个人的自尊,"自免去职"而走。他之离开不是为了追求个人的艺术,不是为了写出好诗,而是为了清闲快意,比如有足够的酒喝,有自己支配的时间,其目的显然既单纯又邈远,有的能够说清,有的连他自己大概也说不太清。

陶渊明的走入大自然,涉及做人的尊严,更有关那个难言的"真意"。如果一辈子做个小官吏,低声下气,就好比置身于缺乏氧气的地方,让他感到窒息。这或许比高更的离去显得更为必要和紧迫,也更具有现实生存的意义。当然高更也并非仅仅是追求画技和风格的转变而去,这其中也有他的人生理想包含在内,也有生活志趣的吸引。只说一门艺术的变化,这当中包容的人生秘密也是很多的,只有改变人生才能改变艺术。尽管如此,高更和陶渊明回归自然的初衷与目的还是有很大的不同,这一点不可不加以辨析。

人们还要将陶渊明和美国的梭罗做比,因为梭罗属于自然主义者的代表。这个人是哈佛毕业生,受过良好的教育,但他没有长期居住在波士顿市，也没有住在离瓦尔登湖很近的康科德镇，而是跑到镇子西边不远的一片森林里面，在湖边亲手搭起了一座小木屋，独自过起了自给自足的实验性的生活。

梭罗做出这样惊世骇俗的动作，给出的全部理由就是不想做那些有违自己心愿的事情，而是要选择一种个人喜欢的工作，还要试验和创造一种新的人与物质、人与自然的关系。他在书中说自己要过一种简洁清淡的生活，认为一个人完全不需要向外部索取那么多的物质，也可以生活得很好。他要以这种养活自己的方式来证明现代物质主义的荒谬，以促使人类改正自身的错误。这种试验的目的是很单纯的，却足以启迪很多的人，梭罗当时意识到了这种探索的意义，这种行为的意义。

我们从梭罗全部的言行中，既感受到了他的自由和自尊，他崇高的目的性，又隐约感到了他那种游手好闲的性格。他有一种显而易见的、不愿为烦琐和劳累所框束的"懒惰性"。所以当年康科德镇的许多人都认为梭罗是一个懒汉，今天看也并非全是虚言。他的离别城市，的确是换来了个人大量的闲暇和清静。他有这种权利，别人也有谴责他不从事物质创造、不辛勤劳动的权利。难能可贵和饶有趣味的是，就是在这种闲逸和浪荡中，梭罗通过自己的文字，记录了另一种生活的意义，成为一个很大的思想与精神的收获。他不纳税，甚至为此坐牢，还写了一篇"强词夺理"的文章《论公民的不服从》。这些东西都是他"懒惰"和"怪异"的副产品。

梭罗的意义在于其罕见和独特，而不仅仅是深刻。他尝试的勇气，弥补了他的行为所泛出来的诸多"轻浮"意味。由他再回观陶渊明，就会看到后者几乎不存在类似的负面性。陶渊明是现实而朴素的，更有脚踏实地的可信性。当时陶渊明辞掉了公职，也的确需要如此才能糊口，而没有更多的办法。陶渊明回到了他喜爱的农事上来，其性格和全部人生阅历，让人感到实实在在找到了自己的归属，而绝不是一次实验，更不是为了记录自己以启迪别人怎样做才要如此。

诗人与梭罗的相同之处是从人流回到了僻地，从城郭回到了林野。他们都接近了林木、田园、河流、湖泊，还有鸟兽虫鱼，在个人的耕作中获取日常生存所需的物质、快乐和健康。但是他们两人之间又实在是大为不同的。比较起来，梭罗虽然不是从官位上离开的，但现实动作却要更大一些，成本也更高一些；而陶渊明的行为与梭罗相比，尽管转身的一瞬间戏剧化了一点，但总的看却显得更自然也更可理解。

陶渊明的生活不带有实验性，只不过是像大家一样到田里去种地，在后人看来没有什么模仿的难度。梭罗在瓦尔登湖的生活，就明显地带有一种试验和引领的意识。梭罗可以放下城里的工作去找瓦尔登湖，当时他还有游荡的资本，有爱默生这样一个名人做朋友，实在是有点奢侈。相比之下，陶渊明则要拮据和孤独得多。可见回到大自然和乡村中去可以有种种方式，然而其生活的内质，却是区别很大的。

陶渊明具有卓越的艺术才华，心气高远，同时又是一个非常内向的人，他本本分分地做了一个农民。他的所谓"归隐"，最终不仅有别于那些由于各种原因脱离世俗生活回到自然之中的"隐士"，而且还大大地区别了和他生活在同一片土地上的农民。陶渊明作为知识分子特别是诗人中的一个独立个体，实在是过于突出了；而从一般的农民的角度看，他也不会那么普通，不会那么简单地化入其中的。就是这样一个诗人，被后来的艺术家、知识人，包括社会研究者和诗学家，看出了极大的特殊性和非同一般的意义。

陶渊明的"土里刨食"从来都是一种最原始最基本的方法，在很长一段历史时期内，人们做的都是这种事情，所以实在是有点平淡无奇。陶渊明不是梭罗和高更，走的不是精英道路，也不可能关照现代社会人与自然这样的命题，攀不上这样的哲思高度。比较起来他更关心农事，更关心碗里的饭和杯中的酒。由于穷困潦倒的生活，他越来越惦念和牵挂身体的颓败和死亡的逼近。比起一般的人，陶渊明在同等的条件下，还是比较能够享受个人生活的，是一个能够满足自己趣味的人。特别在开始的几年，他尽管忙着解决养家糊口等当下问题，事实上已经实现了"诗意的栖居"，只是越是到后来，诗人越是无暇感受这种栖居的快乐了。

陶渊明与梭罗、高更的出发点不一样，在精神以及个人生活的最后结局上不一样，效果也不一样。我们不由得想到：人人都可以做陶渊明，但是人人都做不了；而梭罗和高更我们压根就不想做，因为我们不可能去做。他们的知识背景，用以实验的那种资本、兴趣以及能力，我们都很难具备。所以比起陶渊明来，梭罗和高更的行为似乎更有一点"高蹈"。

当然陶渊明在自己的田园里也可以懒散一些，这是个人生活应该享有的一份自由。人有一定的闲暇，时而慵懒，这并没有什么不好。过分的勤劳，不停地追求物质财富，倒有可能活得没头没脑，也会将世界置于危险之中。对世界的一些重大贡献，有时恰好是"懒人"做出来的，比如我们所说的这三个人。

· 固定的根性

德国诗人荷尔德林是哲学家海格德尔非常推崇的诗人，陶渊明与他在许多方面是一致的。他们的一致性既表现在对自然的融入、强大的感悟力和依存性，同时又表现为在苍茫自然中对于神秘莫测的命运的那种遥思、觉悟和冥想。就后者来讲，荷尔德林更强，这可能缘于不同的民族性格，也有关个人的生命特质与精神背景。

荷尔德林是游牧民族的后代，有时具有一种更远阔的悠思，能够把悟想推及更邈远的星空。"人充满劳绩，但还诗意地安居于这块大地之上。我真想证明，就连璀璨的星空也不比人纯洁，人被称作神明的形象。大地之上可有尺规？ 绝无。"(《人，诗意的栖居》)有时候，我们感觉荷尔德林在黑夜里游走的灵魂更低沉，跟苍茫的宇宙衔接得更紧密。"人们眼前的日子开阔明朗，伴着景象，当绿草展现在平原的远方，黄昏的光线尚未趋入朦胧，白日的闪光已化作温柔的微光。世界的深处常常遮蔽，不可接近，人的知觉，充满怀疑，劳思伤神，灿烂的大自然虽照亮了他的日子，远处伫立着疑虑中黑暗的问题。"(《眺望》)

陶渊明是一种农耕民族的性格，他的悠思悟想有着强大和固定的根性，这种根性由于特别深邃而较少发生漂移。陶渊明是一个定位性很强的遥望者，而不是一个在茫茫黑夜里不停游走的人。"中宵伫遥念，一盼周九天。"(《戊申岁六月中遇火》)"山河满目中，平原独茫茫。"(《拟古九首·其四》)诗人是定立在某一处的。

诗人的地理空间比较局促，但视野却相当开阔。

陶渊明与荷尔德林不可以简单地比较高下，而是引发我们从其差异性上更多地寻找相同之处：荷尔德林客观上表达的那种诗意的栖居，是对于自然万物和浩瀚宇宙的辽远联想；陶渊明在这方面稍逊，不仅稍逊于荷尔德林，而且还稍逊于屈原。屈原那种遥远的叩问、感受，也是强于陶渊明的。

对于一个农耕民族来说，就土地的情感与认识力而论是强大和深入的，但与游牧民族比较起来，或少了一份远方的见识，还有长途跋涉周游四方的野性与豪迈。耕作者与田地的关系就是长期相守，结果也就十分依赖和爱护，会产生出一种母子般的情感。一个农民如果不是由于特别的原因而迁徙，那么一生都不会离开自己的土地。这片土地上的人也就像树木一样，要在漫长的时间里扎下情感的根须。于是他们更加不愿移动，视离开故土为"背井离乡"，属于人生最大的痛苦之一。

人如同树木伫立在一个地方，所需的一切营养都来自脚下，要吸吮要挖掘，还要依附和守望。他们是真正的守望者，一生都要看守和张望。这张望不过是目力所及，是在有闲的时候抬起头来。如果说他们的见识不如一个远行者广博，那么对脚下这片泥土的知识倒是足够多了。方圆十几里或几十里的事物，他们大都能如数家珍。田园的秉性，其中一切的生长和变化，都能烂熟于心。

也就在这长久的守望中，一个人的"田园心"也就生成了。这是一颗收束在一定边界里的心，没有更多的心猿意马，所见所闻尽是田间声色，身体也就愈加安顿下来。由于心思和希望都在脚下，于是所有的力气也就一齐往下，人生的根一定会扎得越来越深。

而游牧者更多地把希望定在远方，把目标锁在前边。他们使用过一片土地上的一切，然后又寻找另一片土地。他们对索取过的土地有记忆而无情感，或者说情感比较淡漠。他们拒绝扎根，稍有根须扎下来也要迅速割断，因为害怕羁绊，明白自己一生的命运就是远行，一生的目标就在远方。这个民族一生下来就是游走的宿命，那就要具备辽远的视野和放纵的心情。

游牧者与土地的关系是寄存的和游荡的。正由于游走的需要，他们必要长时间望向天空，要依赖日月星辰确定方位。这种仰望的习惯使他们对神秘的宇宙充满了猜想。还因为需要奔驰在大地上，身侧景物总是一一掠过，新鲜事物总是应接不暇，等待自己的永远是下一个瞬间。这种渺茫星空下的游移成为习以为常的生活，也使他们失去了守望的机会，淡泊了土地的情感。他们不可能像一棵树那样扎下自己的根。

比较起来，陶渊明的诗是有根者的吟唱，是守望者之歌。

· 孤独和闲暇

陶渊明在大多数时候都给人独自为乐的印象，很多时候只是一个人。这是所有杰出人物难有例外的一种特质。陶渊明不是从一个群体投入另一个群体，不是从归属于一个集体转换到另一个集体。他到了任何群体里都会是一个卓尔不群者，都是一个落落寡合的人，因为天性如此，毫无办法。天生的孤独感就像一根刺扎在身上，既折磨他也框定了他，最后则极有可能是成全了他。

人与好的社会环境打成一片尚且不见得全是一件幸事,更不用说芜杂混乱的时世了。一个人的独立尤其不能是他采取的生活姿态,而应该是源于他生命的品质。从本质上来说,陶渊明回去种田也仍然不是一个农民,在官场里当差也不是一个真正的仕人。从社会世俗层面上看他是多面不靠,从自然环境上看,他倒是手足胼胝肌肤相亲地贴紧了泥土。在《祭程氏妹文》和《祭从弟敬远文》里,他深情地追溯了对母性、血缘的情感:"慈妣早世,时尚孺婴。""父则同生,母则从母。"实际上这种对于母性、血缘深不可测的情感依赖,也同样可以从诗人对土地和自然的情感中感受到。

大地是繁衍万物的母体。陶渊明在这个广义的"母亲"面前得到了最大的安慰。他是一个柔顺的儿子,只有在母亲的怀抱里才会暂时祛除孤独和寂寞。不过即便是此刻,当他举目四望的时候,仍然会感到极其孤单。"春服既成,景物斯和,偶景独游,欣慨交心。"(《时运》)"山涧清且浅,遇以濯吾足。"(《归园田居五首·其五》)也只有在大自然的怀抱里,忍受孤独才不至于那样难熬。这个时候的孤独也是一种力量,这个时候的寂寞能够强化创造。说到"农事"和"健康"的关系,我们不得不寻找泥土与孤寂之间的关系。这种孤单的生存,毕竟没有丧失根本性的生命背景,让人产生一种深长的依靠和慰藉感,它可以是具体的流水鸟鸣,是蚂蚱的蹦跳和小鸟的啾啾,是一些四蹄动物的蹿跳。

我们仍然遗憾地看到,陶渊明的诗里没有更多地写到猫和狗,这也许是当时它们还没有大量进入人类生活的缘故。我们总是想象陶渊明的篱笆旁、柴门后,闪动着一双异样聪慧的目光,这就是猫和狗的眸子。它们淡蓝色的纯真的眼睛,望过来的是别样神色,那是来自浩渺深处的神秘盯视。它们真该像小儿绕膝一样偎在主人身侧。或者该有一只猫蜷伏在那个"寒夜无被眠"的床上,使陶渊明获得许多安慰。也许有人会说,猫狗之类的宠物很难登上大雅之堂,不能入诗。但是我们不要忘记,陶渊明两手两脚尽沾土末,是一个土里刨食的人,他不是一个士大夫。猫狗其实携带了最浓的诗意。

亚里士多德曾经讲过:劳动的目的是为了获得闲暇。因为只有劳动才能够解决口腹之需,生存之需。如果解决不了这些最切近的需求,人是不得闲暇的。劳动才可以收获,有了收获物放在那儿,人就有了闲暇的条件。

现代人一旦闲下来,可能会更多地纠缠于焦灼和思虑,也就是说闲出毛病来;相反,劳动可以将人从这种焦思中解脱出来。这个时候人的大脑获得了闲暇。一个现代人要从这种纵横交织的数字化的烦琐当中解脱出来,除了依赖体力劳动之外,几乎很少有其他的办法。

当年的陶渊明之所以被后人看成是闲适的榜样,就因为现代人中的一部分认为体力劳动是一种奢侈,特别是具体到了知识人那里,简直就是一种闲暇的体现。现代人往往忽略了当年的陶渊明赖以生存的方式就是经营田园。尽管他的经营未必成功,也未必真的有多少身体的闲暇,但这种劳动在现代人眼里仍然是"闲暇"的象征。那些现代田园人士,几乎无一不是衣食无忧者。对他们来说田间劳动真的是奢侈的行为,是生活的点缀和色彩。

正因为陶渊明过的是一种不劳动则不得食的生活,他的田园才放射出迷人的光芒。如果他的田园只是士大夫的玩场,是魏晋士族的悠然遁世之所，那么一定会变得像纸一样轻薄，经不起后人的戳点。陶渊明的田园有痛苦有欢乐，有丰收有歉收；他不得不面对这里所有的幸与不幸、烦琐与具体。"饥者欢初饱，束带候鸡鸣。"（《丙辰岁八月中于下潠田舍获》）"含欢谷汲，行歌负薪，翳翳柴门，事我宵晨。"（《自祭文》）这是孤独，也是闲暇，这种生活真是迷人。

· 所谓和谐

林语堂认为陶渊明是中国整个文学传统上最和谐、最完美的人物，而且他相信这种观点"一定没有一个中国人会反对"。可是在我们看来，这却有些不能成立。林语堂受个人审美趣味的左右，以个人认知的概念化，框束和替代了真实的陶渊明。

统观陶渊明，他恰恰是一个终生追求"和谐"而不得者，是充满痛苦和矛盾的人，越是到后来，越是一个时刻被死亡和饥饿所威胁的郁郁寡欢者。他的欢乐是有的，但他的沉郁在文字中更多，占有相当多的篇幅。他以酒浇愁，虚幻度日，苍白和虚无的观念时常把整个人笼罩起来。"开岁倏五日，吾生行归休。"（《游斜川》）"今我不为乐，知有来岁不？"（《酬刘柴桑》）"欲言无予和，挥杯劝孤影。"（《杂诗十二首·其二》）如此看来，怎么能说陶渊明是一个最和谐、最闲适、最完美的人物？

在客观上，陶渊明或许满足和填补了后代人的那种期望，因为现实中越是缺少的，我们便越是渴望，即便没有也要制造出一个来。我们心里强烈需要的某种符号，一定是时代和生活中所稀缺的元素，所以才会让我们在心中强化和幻想出那样一个例子。如果我们在自己的生活中已经具备了这样一些内容，也就不会借助于心中的幻象来补充了。林语堂把虚构的理想寄存在陶渊明身上，并把他安放移植到了个人的精神天地里。

许多知识分子心中渴念那片欣乐闲适的田园，于是更加不愿意还原当年的真实。比如陶渊明曾经有个幸运的初期，接踵而至的便是后来的沮丧。我们如果自己置身那样的环境又会怎样？这是需要正视的。大多数人会怀疑：当代知识分子一旦真的变成陶渊明，是否还能一直坚持下去，还会在连年操劳与百般折磨的困惑中仍旧初衷不改？世事大半如此，做一个旁观者赏鉴他人的时候是轻松的，但有无勇气投入其中又是另一个问题了。因此后来人对于陶渊明的全部想象和期待，都无端地变成了"历史事实"，严重地左右了我们的理解。人们常常要沿着个人的文化企图和心理期待，去追溯和总结古人，以至于荒诞地塑造和改造了史实本身。

这里将中国古代多少有些类似的诗人相互比较一下，会更加清楚地看出陶渊明的不同。唐代的王维是一个贴近自然、寄情山水的大诗人，他与陶渊明在性格特征和人生道路上都大相径庭，当然也是各有价值。这里面有时代的诸多原因，有各种各样的主客观环境造成的差异。

王维是一个佛教徒，他的诗更超然。而陶渊明既受佛教的影响，也受道家的影响，但又不完全是一个佛道信徒。他上过庐山，在跟从慧远实践佛教时，却难以做到了无挂碍的清静，最终也没有走入那种虚空和高蹈。他终究不能脱离泥土。从侍弄稼禾的需要出发，陶渊明觉得一切还要落到实处，落到地上。他既然没有亲身经历过也没有看到灵魂的不灭和生命的轮回，也就没法尝试和践行。那种学问对陶渊明显得太遥远，甚至有点过于奢侈和浪漫了。而王维却是一个诚实的佛教徒。

王维不喜欢陶渊明，曾在一封给友人的信中讥讽："近有陶潜，不肯把板屈腰见督邮，解印绶弃官去……'一惭之不忍，而终身惭乎？'此亦人我攻中，忘大守小，不知其后之累也。"王维的暂且一忍之方，在陶渊明这里是大不适用的。其实官场之忍哪里是什么"一惭之不忍"？这种没有自尊的生活是没有尽头的。另外，陶渊明的生活在王维看来是"终身惭"，而换成了陶渊明本人来观王维，倒极有可能是反过来，即王维"终身惭"了。可见身份与立场不同，论断差异就会很大。

庄子式的逍遥，在陶渊明这里也是不太有的，他只审美，不超然。他的处境难以让其有"逍遥"的感觉和心情。陶渊明没有逃避现实生活，能够面对也不得不面对具体日常的琐屑。庄子的生活一般人行不通，那往往更有文学意义，而没有多少人生的现实意义。庄子的智慧里有一部分类似或接近犬儒主义，是一种"怎样都行"的文字与智力的游戏，与老子还有不同，与陶渊明的生存更显得格格不入。庄子的思想用来实践生活是困难的，它往往给知识分子找到很多退路和遁词。

庄子是魏晋时期部分士大夫阶层的思想之源，是他们用以实践的精神蓝图。而陶渊明需要实际去做，所以他不会去寻找这些虚幻的遁词来装饰，既做不到那么漂亮，也不试图去做。这一点陶渊明与苏格兰诗人彭斯有相似之处。彭斯一辈子基本上做农民，极其贫穷，活了三十七岁，比陶渊明在世的时间少多了。但彭斯这个人既不那么沮丧，也不那么虚幻，他最有名的一句诗就是："我的心啊在高原，这里没有我的心。"具有一颗高原之心的贫士，怎么会深陷不可自拔的沮丧之中？怎么能迷惑于心智游戏？这一点彭斯和陶渊明大概是相似的。

彭斯也有过在上流社会生活的机会，但是他嫌周边的人太愚蠢，这一点和陶渊明又是何其相似乃尔。陶渊明也曾生活在官场里，但他讨厌与"乡里小儿"为伍。"乡里小儿"在这个地方是庸俗简陋的代名词，是指没有见过大世面的混世小人，不是指那些面朝黄土背朝天的农耕人。农耕人在陶渊明眼里倒有可能是丰富有趣的、很可以亲近的。

古罗马的维吉尔也写了大量的"农事诗"，充满野趣。他写植物的种植、采蜜等，代表作《牧歌》颇像陶诗中刚刚归去的那部分，洋溢着阳光和健康的气息。

陶渊明的诗大量还是阴郁低沉的，具有阴性特征。当然总的来看，大部分好诗人都有阴性特征。"阳性"更多的是指权力和物质社会，而诗人最后还是要退居到个人幽深的心灵世界里去。强光暴晒之下，不会有诗人浪漫与繁茂的生长。但不可否认，陶渊明归隐初期的田园诗是阳光灿烂、和风徐徐的。即便是最后，在贫穷潦倒的时刻，在北风呼号的寒室里，陶渊明也写出了一些温暖的诗篇。"有客赏我趣，每每顾林园。谈谐无俗调，所说圣人篇。"（《答庞参军》）"风雪送余运，无妨时已和。梅柳夹门植，一条有佳花。"（《腊日》）但令人惋惜的是，随着处境日益艰难，这种好心情是越来越少了。

• 遥远的时空

英国哲学家罗素说，他宁可到中国做一个农夫，也不愿意生活在欧美的文明社会里。这初听起来有些怪异，但并不令人觉得矫情。这是一个身陷西方发达资本主义国家的知识人发出的痛彻之声。的确，许多事物从外部看上去是蛮好的，人们对现实的不满和沮丧，也往往要通过对另一片不甚了解的世界的想象来弥补，以获取慰藉。这对于东方和西方人、古人和今人都是一样的。

罗素向往中国的农耕生活，原因可能有两方面：一是他到过中国，且当年的中国不是今天的商业主义社会，而是相当原始的农耕时期。交通阻隔，各自为业，民风相对淳朴。当时的中国还多少维持着一种传统的生活，大有所谓"鸡犬之声相闻，老死不相往来"的意味。相对于罗素置身的高度发达的、已经完成了早期工业化进程的西方来说，这片土地上绝少他所厌烦的另一些问题，没有发生工业化衍生的诸多弊端，生活似乎要朴素得多也健康得多。其实最主要的原因是，罗素作为一个过客并没有真正地深入进来，他大致还只是一个闲适的旁观者。这就像我们现代人远看魏晋的陶渊明一样，凡事只往好的方面想，诗人具体的忧烦与困苦，包括最后的饿死，都是他自己的事，我们并不留意也不愿意记忆。

现代生活扭曲了人的精神，工业文明所带来的现代疾患，当年的罗素肯定是体味深刻。而对于同时期的东方，罗素感到痛苦的那一切还完全是陌生之物。这种陌生之地对他有新奇感和新鲜感，也会换来各种各样的羡慕与想象。反过来看道理也是一样，所以在当时的中国有一股潮流，即向往西方的技术。古老的东方农耕者急于移植工业文明，虽然有"体"与"用"之辩。更早的时候，从清代末期就羡慕西方的船坚炮利，这没有什么不好理解。作为一个民族的发展，特别是从自立于世界之林的生存需求方面来讲，现代化和工业化也许就是一个"硬道理"。这是物质的道理，也是温饱的道理，是生命最原始最基本的刚性需求。在这个时候"精神问题"似乎也就可以退避和忽略了，而在罗素那里则不然，他那里主要是"精神问题"。

精神的痛苦、扭曲以至于死亡，也会带来大量肉体的摧残和死亡，但它是隐性的，滞后的，是遮蔽在后面的。所有人谈论问题的紧迫性，都会讲现实，讲当下，因为首先要维持肉体的存在，这也是精神活动的基础。从这个意义上讲无论是东方人还是西方人，一般人总是以物质为中心。而罗素不是一般人，他是著名的哲学家，他常常不会以物质为中心。

对于中国农耕社会，特别是陶渊明式的田园概念，罗素肯定多有领略。他是否仔细读过陶渊明我们不知道，但是在他写的关于中国的书里面，确有陶渊明的田园之乐、"桃花源"式的幻想，这种东方乌托邦图景曾经对其产生过深深的吸引。他肯定东方的生活逻辑，并且对这种生存之道寄托了不切实际的期待。其实类似的期待也同样发生在现代人身上，尤其会对一个现代知识分子构成强大的吸引力。置身于畸形的现代文明中，其实更不容易理解田园之美，我们在被吸引的同时，也往往不自觉地做出了歪曲的猎奇，并同时表达出奇怪的现代主义的傲慢。在这种情形之下，我们要还原陶渊明的农耕生活就更加困难了。

我们希望用陶渊明来安慰自己，补偿自己。但我们隔着遥远的时空，很难看清陶渊明当年在田园里睁大的双眼里，时时闪动着疏离和茫然，甚至是相当哀伤的神情。他和一般的农人是不一样的，他目光里的成分是相当复杂的。

· 桃源之梦

在今天的美国，还可以找到一些安逸的小城，那里静谧的田园似乎并不缺少，但另一端又有拉斯维加斯那梦幻般的、极尽奢华的沙漠之城，还有曼哈顿和大西洋赌城那些地方，有竞争激烈的华尔街商业帝国。美国土地广大，色彩斑斓，在不同的生活向度上都做到了极处，这是美国式的张力。在这片斑驳陆离的土地上或许可以找到各种各样的理想，各种各样的实践。我们会看到极其保守的人，也会看到放荡无耻的纵欲者。这里当然不乏最忠实的上帝子民，严格的基督徒，也能看到得过且过、在魔鬼撒旦的牵引下恣意行乐的人，尽管这一类人为数不多，绝非社会的主流。这时候我们想起陶渊明，会幻想他在今天这片美洲的土地上，在高度发达和现代化的土地上，或许也会找到自己的一个小小的角落。

但是反过来，在一些落后的发展中国家，要开拓一块生僻之地反而更难了。这也是一个悖论。是东方的阶段性模仿使其丧失了最后一片田园，还是西方的商业主义无远弗届，以至于彻底扫荡了东方？这需要我们深长思之。难道我们遥望西方和感受西方的时候，正像大作家索尔·贝娄所说：美国最有感染力和传导力的，不是它广大的乡村和小城，而是它的拉斯维加斯，乃至于纽约曼哈顿这些地方。很可能如此，拙劣的模仿者总有自己偏执的选择，但这只能怪他们的无知和浅薄。

我们通过现代传媒所感知的发达的西方，很可能是单向的和畸形的，远非它的全部。事实上真正的原地原土倒有可能是复杂至极的。在感知中好像一切都与我们的陶渊明背道而驰，那里是个"花花世界"，到处都没有这个诗人的容身之地。实际上那里固然"花花"，可是闭塞之地也许远比落后的发展中国家更多，那里更可能是多元间置、错落并陈的。我们一厢情愿的极端化的想象和理解，误解多多，伤害的只能是我们自身。关于他乡的极端化的偏执想象，对于发展中的欠发达社会具有极大的刺激性，甚至构成了一定的侵犯性和自虐性，即卑劣下流的模仿和大面积的颓唐沦落。

现代社会对"田园"的保留，是现代商业、工业、科技社会的多重交接和构筑之后的安逸与平静。它有层层推进的"前线"，这个"前线"矗立着商业、科技、现代等等诸多旗帜。但是它的"后方"，还有理性所追求和实现的人类生存法则，这才是最重要最有价值的。人类所需要的安详、安逸、绿色、泥土、晴空、银河，"后方"一定、也应该囊括它们。也许我们期待那里的"后方"是更加开阔的，拥有清澈的河流，有蓝缎子一样的海面，有任意飞翔的鸟雀，有不惧怕人类的各种动物。

在一些发达地区的城市街头行走，手持一点面包和食物就能引来小松鼠，它们依依偎人。那是怎样的一种愉悦？这些乐趣在欠发达地区能够享受到吗？恐怕只能是梦中的奢望了。于是我们不难判断，究竟哪里才更适合陶渊明。我们应对这种奢望的时候，必然会想到那个在魏晋时期创造了"桃花源"的人，想到他留给我们的最大一笔财富。这笔财富也可称之为遗产，供我们幻想，让我们在梦幻里咀嚼和追逐。做桃源之梦是许多人都有过的事情。我们相信，面对这个梦境，那些在激烈的商业和物质中辗转追逐的人士，也一定神往不已。就是这个元素，使陶渊明的价值成了人类共有的价值。

・大地的厚礼

　　陶渊明从原野中获取得的力量让人钦羡。作为时而因脑力烦劳而感到疲惫的知识人，我们有时会想起二十世纪五六十年代发生的一些事情。那同样是知识分子的遭遇和困境。比如说在那些劳改农场或干校里，在边远的蛮荒之地，都有被驱赶的知识分子的身影。他们与陶渊明的区别在于离开和进入的初衷不同，目的和结果也不同。陶渊明在迫不得已的回归中仍有一份欣喜和自觉，而另一些人却是被强制遣送的。这就使他们与土地、与体力劳动之间的关系一开始就是扭曲的。尽管后来也有一小部分知识人由此而产生某些改变，带来身体和精神的变化，甚至离开之后还写出了许多诗篇，但艺术和精神上的收获仍然是畸形的。这些人在劳动的过程中感受更多的还是痛苦。虽然他们也因此而有机会置身于阔大的天地之间，头顶一片繁星，长期精神生活的疲劳也得到了某种程度的缓解，在局部也赢得了一点什么，但总的结局仍旧是十分不幸的，是一种悲剧。

无论是被迫还是自觉地回到土地，都是一种亲临现场，必然要迎来一场深刻的培育和改造。就这一点而言他们又与陶渊明相同。客观上田野生活可以缓解知识分子长期脑力劳动的辛苦，让他们从具体的农事中汲取各种启迪和力量，获得松弛的快乐。看到绿色，看到各种小动物，看到在个人的侍弄下一点点长高的庄稼，人不会没有喜悦。人和自然的关系就是如此。可惜的是，此刻的土地已经成为身体和精神的囚地，诗人和作家学者们心中充满了被捉弄的愤怒，也就常常忽略了大自然所给予的温暖和感激。当然，土地在那个时段里也就显得更为珍贵，在最艰难的煎熬中，他们只能更加惜珍和依赖大地母亲。

无论是什么原因，只要贴近了大地，贴近了原野，贴近了这种为生存不得不付出的辛劳，就一定会有收获。太阳的映照，野风的吹拂，露水的洗涤，溪流的冲刷，将会对人的身心起到作用，留下痕迹。这往往成为人抵抗黑暗的力量和勇气。我们经常感叹那些在困苦生活当中远途跋涉浪迹天涯的人，这些人到了晚年反而健康矍铄，而且头脑十分灵活。这不能不让人想到，山川大地带给他们磨损的同时，也给了他们一份安慰和馈赠。实际上这是送给他们生命的一份厚礼。他们越是到了晚年，就越是感念和珍惜这份厚礼。

但令人悲叹的是，对于某一部分人来说，一切都是不情愿的。作为一个流放者，失去了思想的自由，其处境也就与陶渊明不可同日而语。不仅如此，他们在政治身份和道德判定两个方面，还要比当地土著低劣十倍。在这种极为压抑和悲愤的状态下，人是难以享受农事与健康的。他们只能感受到劳动的惩罚和命运的无奈。在这样的时刻，大自然也就成为最后也是最可靠的抚慰了。

· 自然天成

在当代，回归田园是需要物质及其他诸多条件的，这变得越来越不容易。一个出生并成长在现代都市里的普通市民也会有田园的念想；有些发达国家的人也不必回归田园，因为他们很多人原本就生活在大自然中；还有荒凉如非洲一些地方，他们本来就拥有世界上最原始的大自然，甚至与野生动物生活在一起。

上个世纪六十年代的"上山下乡"运动，让城市青年投入到所谓的"广阔天地"。这个浩大的时代潮流也收获了各种果实，有的十分艰涩，有的苦甘间杂。但其中总有一部分令人留恋和回望的东西，它和美好的青春难分难解。这里就有农事生活带来的那份健康，它是双重的，即身与心两个方面。

这种驱向田野的潮流裹挟了大多数城市青年，容不得个人选择。它会扭曲许多人的意愿。尽管有很多人在当时慷慨激昂地表示了认同，表现出一种改造山河、重塑身心的志向和豪情，但这仍然是一种潮流里的声音。他们很少能够体验作为个体生命的那种自由飞舞的畅快。从这个方面稍作对比，我们对于陶渊明的选择就会多出几分羡慕，并有一些更深层的理解。陶渊明既不以回到田园为荣,也不以回到田园为苦,而是出于生活和身心的需要,尽管也有一些不得已。先有实际需要,后有痛苦和欢乐。他的田园生活既没有梭罗式的实验性质,也不带有中国六十年代上山下乡运动那样的意识形态色彩。他的田园生活更真实,更踏实也更可靠。

世上原来可以有各种各样的田园生活:被强迫被驱赶的,被崇高的道德理想所激励的,还有口是心非的转移,时代潮流的裹挟,以及现代人带着三分矫情和欣喜的尝试,不堪数字时代的纠缠和烦琐的转向投入,有表演者,有标榜者,有饱食终日之后的补偿。

在各种各样的田园生活中,如果把目光转到陶渊明那里,首先给予我们的是一种豁然开朗的真实感和阳光感。陶渊明的全部人生透出的这种自然与健康,就如同田园本身一样蓬勃,而较少扭曲和人工的痕迹。陶渊明的田园像一条奔腾不息的河流,自然天成,一直流淌下去,发出与四野唱和的哗哗水声。围绕这条河流,大片土地得到滋养,滋润出另一片绿色,供我们享用和观赏。对比之下,其他那些人为的虚幻田园就越发显出了脆弱,它迟早会干旱和枯死,最后各种鸟兽都离开了,就像一首歌里唱的一样:"我不愿意走近你。你没有草也没有水,鸟儿也不飞。"虚假的田园最终会变成一片沙漠,使人不堪回首。

· 巨大的引力

普希金说:"谁能不迟不早地成熟,逐渐对生活的冷酷不幸学会忍受,谁就是幸福。"罗素说:"快乐的生活必定在很大程度上属于静谧的生活,因为唯有在静谧的气氛中,真正的快乐才能存在。"这两点在陶渊明身上都得到了最好的印证。

如果说陶渊明在适当的年龄,适时地感知了不安、烦恼、挫折和欢乐,那么就是他的童年生活、家族记忆和官场体验,是这些综合的经历,使他能够不早不晚地在壮年时节,有力气有勇气侍弄一片土地,重新设计自己的生活。这就是普希金所说的那种幸运。

陶渊明活了六十三岁,也有人说他活得更久,但查无实据。六十三岁是一个被研究者广泛接受的卒年。就古人而言,陶渊明有三分之一的时间过着自己选择的生活,这已经是非常之好了。况且还不止三分之一的时间,因为在他基本成熟的年纪,也就是十八九岁到四十一岁之间,他还有过几次田园生活的经历。尽管那个时候的生活是很不安定的,缺少一个长久的计划,但毕竟属于后来那种生活的尝试。所以我们可以说,陶渊明的一生没有虚度,坎坷多感受多,享受多尝试多,物质的收获是贫瘠的,精神的收获却是饱满的和丰实的。他亲手种出了粟米,造出了新酒,还按时记录了田园里的种种细微感受,以及错综复杂的思绪、逐渐演变的个人心情。这都是极其宝贵的收获。

罗素讲的那种"静谧",可以说是幸福最重要最基本的条件。陶渊明似乎一生曲折,在家族里面,他在建功立业方面是有愧于前辈的;在积累财富和世俗荣耀方面,也是有愧于后人的。这在他的诗文里面都有表现:"嗟余寡陋,瞻望弗及。顾惭华鬓,负影只立。"(《命子》)"人生若寄,憔悴有时。静言孔念,中心怅而。"

(《荣木》)但他却从来没有表达过自己因为失去一生的静谧而后悔莫及。他选择和向往的、他最终认可的，仍然是静谧，这一点才是最重要的。

陶渊明毕竟不同于辗转于战火之中的人，更不同于争夺于权力场中的人，那些人的生活更加充满了灾难和风险。他也不像"竹林七贤"中的某些人，时刻都有死于刀斧下的性命之忧。孔融、嵇康和张华他们，才华不可谓不大，洞悉力也不可谓不强，但却遭到了那样悲惨的命运。阮籍、刘伶那样的愤世嫉俗，佯狂颓废，常醉不醒，耸人听闻，在陶渊明身上很少见以至于没有。比较起来陶渊明还是一个能够安静自己的人，也懂得安静之道，非常强烈地向往安静。

自然，孔融、嵇康和刘伶他们的真性情也非常可爱，与陶渊明相比，不过是生命表达方式不同而已。个人选择总跟出身背景有关，陶渊明非士族阶层，而"竹林七贤"基本来自士族，他们作为那个社会的既得利益者能够如此反抗黑暗，是相当了不起的。另外，这些本应世袭官位的贵族子弟天生就少一份拘谨，他们与出身寒门的陶渊明有着不同的做派，大概更难以走向"静谧"。

陶渊明把自己当成"羲皇上人"，"好读书，不求甚解，每有会意，便欣然忘食"(《五柳先生传》)，是这样的一个"五柳先生"。我们感受诗人，实在能够欣赏那种平静和安逸的生活。也就是这种生活，多少弥补了生存中诸多的坎坷和困苦、劳顿和忧患。这种经验与心理所得，还延续推广到与他相距几百年上千年的后人身上，这便是陶渊明的魅力和感染力。

陶渊明的孤独安静，是在风尘当中辗转的名利客们苦苦寻觅而不得的。他不仅与之形成了强烈的参照,而且还构成了无穷大的吸引力。陶渊明就像一块深色的、默默挺立的磁石,把许多心怀渴望以及无所适从的过客,像铁屑一样汇集起来,吸引过去,让他们在这种巨大的磁性引力之下,度过了微微激颤的一生。

第五讲

切近之终点

· 切近之终点

陶渊明一再地想到人生的终点，这似乎与其他人并没有什么不同。在他之前之后都有许多人写到死亡，就此发出探寻和关切的，可以说古今中外不在少数。但陶渊明较为特殊的方面，在于他谈论这些问题的频率与比重：更多地想到和写到，更多地徘徊在人生"终点"的前后，是这样的非常状态。这种状态到底预示和说明了什么，又对他的人生尤其是创作产生了怎样的影响，值得我们好好探讨。

死亡作为人生最重要的一个哲学问题，什么时候去想都不会为时过早。中国文化里一般来说有对死亡的禁忌，所以人们往往忌讳谈论死亡。特别是对孩子，他们正青春年少，动辄对他们谈到死亡会被视为不祥和荒谬。一个成年人也不愿过多地谈论死亡，以免不快和沮丧。如果面对一个趋近晚年的人，则更需要远离这个话题。

少年和老年正处于人生的起点和终点，却一定要回避生命中的至大问题，其实正是出于一种心理上的逃避之需。这种逃避的想法虽然是人之常情，实际上却有意无意地将整个人生的认识置于一种虚拟状态，即常说的"逃避真实"。或许这也是生存策略的一部分，是一种必要的生活伦理，但就思想探索的意义而言，却会直接影响到我们对于终极问题的执着追问。

这种追问的习惯，其实应该从较早的时候开始培育并形成，让其贯穿人的一生，直至老年。老人又被称为"老小孩"，因为从生命的距离上看似乎更接近了起点。少年和老年看起来一个是起点，一个是即将走向终点，但对于生死问题，他们的内在联系更为紧密。对于生命本身来说，死亡是一种很特异的存在或结束的方式，因为死亡可以使任何一个人生阶段都成为"终点"，可以使一切生命在瞬间抵达自己的"终点"。

如果一直逃避这些至大的命题，将使人在现实生活层面形成很多虚幻的奢望，还会产生出一些机会主义的赘物，导致现实生存中某些思想行为的荒诞感。当然对另一些人来说，想到"终点"也有可能导致一些负面的东西，比如产生"人生苦短""及时行乐"之类的颓废。

当代物质生活五光十色，人类沉醉于享乐主义得过且过，实际上也来自对死亡这个终点的惧怕。既然人生只有一次，那么一个人似乎就更有理由充分享受这"一次性"。由此可见探讨陶渊明处理死亡与生存的关系，也就愈发显出了积极的意义。陶渊明既承认生命的一次性，又能较为积极地面对这一次性，使他成为贡献给后世的一个重要的参考指标。他的劳动和进取心，行动的勇气，都很能启发我们激励我们。

陶渊明在生活越来越困窘、身体日渐衰颓的时候，尤其会想到死亡,愿意在文字里讨论甚至设计自己的"最后",感受末日情状。对照眼前,在客观上也产生了一种安慰:既然人生如此之苦,为什么还要留恋?为什么还要害怕死亡?好在活着的时间不多了,一切即将结束。将死亡当成苦难人生的一种解脱,这与其他人的心态是一样的。

越是生活窘迫疾病缠身,陶渊明越是盼望那种解脱能够早一点儿到来。他用死亡抵消生之悲苦。这就使他既强化了对物质欲望的节制,将生存的期望值压得更低,同时也变得进一步不再惧怕死亡。这种切近生命终点的思想状态,对陶渊明起到了双重的作用。

生命的旅程如此艰辛,早一些到达终点也没有什么不好,是这样的一种思想逻辑。陶渊明不自觉地、下意识地采用了一个心理策略:活得这样苦,死又有何惧?如此一来也就压制了颓丧感,更压制了对艰辛生活的抱怨。那种因为颓唐绝望而产生的极不负责任的态度,在他这里几乎是没有的。这是他高出一般人的方面。

陶渊明既有直面死亡的勇气,又有面对死亡的焦虑。诗人和常人一样惧怕死亡,悲观和不安。鲁迅先生在《魏晋风度及文章与药及酒之关系》里说:"陶潜总不能超于尘世,而且,于朝政还是留心,也不能忘掉'死',这是他诗文中时时提起的。"的确,陶渊明谈了太多的临终问题,他等于是用这些谈死亡的诗,来做自己的思想工作。

按照写作时间来阅读陶渊明,会感觉到他在生活富足、心情高兴的时候,谈论死亡是比较少的。比如刚刚回归田园时他就很少谈论死亡。那个时候陶诗的色调是明亮的,温度上是偏暖的。越是到后来他越是想到终点,越是需要安慰和说服自己。

人处于现世生活的两极时往往是最容易想到死亡的：最痛苦的时候想用死亡解脱，最欢乐的时候害怕被死亡突然终止。世人皆知生命是不可以挽留的，死亡必然来临，也就是在这种确切的认知面前，或悲叹或释然，或安慰或不断地提醒自己。陶渊明也就在这个过程中渐渐缓释了沮丧的情绪，变得更能够直面人生。

·人生掩体

在古代诗人中，像陶渊明这样不断地在诗中谈论生之大限的，几乎没有第二个。这让我们在深入解读文本、用心体味时，发现其中蕴含的一些极复杂的元素。一个人的语境总是与现实处境紧密相连，大概这与陶渊明生活失意、经济窘迫、人事交往变得越来越疏淡，以及身边亲人的相继离世，特别是先后失去了两个妻子等，都有很大关系。

陶诗中不断地出现死亡的意象，甚至还有对死亡的迷恋式想象。从诗文的表达上来看，除了这方面的文字数量较多，思考的独特深度倒是次要的。好像他的虚无感、他对人生终极问题的认识，比起《红楼梦》里的"好了歌"也并没有高出多少。陶渊明的死亡观与中国普通老百姓的看法，如"人死如灯灭""一了百了"之类感叹，常常如出一辙。既然如此，我们为什么还要就此探讨？这种探讨会有多少特殊的意义？

因为这是我们不得不面对的一个生命哲学问题，尤其涉及诗学问题，对于理解诗人陶渊明和社会与思想意义上的陶渊明，显然都是不可忽略的。

　　作为一个追求生存"真意"的人，即便是这种看起来简单而朴素的死亡观照，陶渊明也一定比汲汲于功名利禄者要清晰许多、高出许多。因为这毕竟是直面结局的惨烈和人生的真相，既需要勇气，也需要在自我辨析中不断做出回答。这种直面死亡能够使人穷究生存的意义，进而不断强化人生的现实感，破除眼前的虚幻，以及由此而带来的种种机会主义。

　　陶渊明在少年时代就失去了父亲，三十岁的时候又失去了相濡以沫的妻子："弱冠逢世阻，始室丧其偏。"（《怨诗楚调示庞主簿邓治中》）庶母和母亲先后去世，还有两个亲如手足的同辈人，即同父异母的程氏妹和堂弟敬远先他而去。还有一种说法，就是陶渊明的第二个妻子也在很年轻的时候去世了。从少年到壮年，陶渊明身边的亲人不断地离他而去，这种刺激，与一般意义上对死亡的观察和体验还有区别，它更切近也更深刻，是不可以替代的人生经历。

　　以前是极不顺利的仕途，后来是越来越艰辛的农耕，这些都无法令诗人振作和昂扬起来。特别是作为一个远在乡间的知识人的孤独，更迫使陶渊明频频思考生死的意义，总是经常想到那个"终点"，追问人生必要经受的这一切到底意味着什么。他想得越来越多，越来越远，进而质询人生的终点之后又是什么？"既来孰不去？人理固有终。"（《五月旦作和戴主簿》）"万化相寻绎，人生岂不劳？从古皆有没，念之中心焦。"（《己酉岁九月九日》）"家为逆旅舍，我如当去客。"（《杂诗十二首·其七》）死亡之念如此顽固地纠缠他，环绕他，让他不得忘却。

　　不断地失去至亲至爱的人，不断地面对死亡，使陶渊明时常处于消沉、不振和沮丧之中，同时也加强了他对苦难人生的深切体察。总体来说，关于死亡的思考，对于陶渊明的作用基本上是积极的。因为即便是最消沉的时候，他在行动上也没有过多地表现出颓废，大致上还能维持日常的健康劳作，而且还有许多生活的向往。所以就此来看，陶渊明对于死亡的反复咏叹，已经成为医治个人不幸的一味良药。对于一个几近绝望、十分痛苦的诗人来说，切近的死亡之思甚至可以看成是他挖掘的一道人生"掩体"，用以抵抗生活的黑暗。

它之所以能够成为"掩体"，是因为如果不涉及灵魂或永生的话，人的死亡一般都被看成是最难以忍受、最后和最大的事件。如果一个人连死亡都能面对了，现世和眼前的具体苦难也就比较能够忍受了。一想到自己会死，即等于做出一次提醒：眼前的一切不幸与苦痛都成了暂时的，于是也就有可能承受下来。这种思维方式对于一个人来说似乎是自然而然的、本能的。

陶渊明显然需要这样的一道掩体，因为他与自己的人生危运常常进入超乎一般的对抗阶段，他想喘息，想生存，甚至想到了最后的胜利。

· 形影神

谈到陶渊明的死亡观，当然最不能忽略的就是《形影神》这组诗。因为在这组诗中，诗人在肉体与心灵的关系上，对人的生前与身后诸问题做了最执着最集中的探讨。特别让我们注意的是，他在这其中也思考过灵魂不灭的问题，但基本上给予了否定。在这方面，陶渊明与佛教和老子庄子，特别是庄子大不一样。佛教认为生命可以轮回，灵魂不灭，这一点与基督教的灵魂不灭说似有相似之处，但是与庄子对于生死的那种无所谓，那种"齐万物、等生死"的达观却大有区别。当然佛教讲业力，不同派别对灵魂的看法也不尽相同，有的否认肉体与灵魂的划分，有的相信因果报应和轮回，认为亡灵需要超度。而基督教则认为只有信基督才得以永生，通过复活，使肉体与灵魂全部得救。

陶渊明的这组诗，更多地来自朴素的个人经验和现世观察，并无太多形而上的玄思。诗人经过了深入的记录和辨析，表现出既不完全等同于民间对死后灵魂的那种认识，又与当时已经传到中国的佛教或正在盛行的道家的一些认识不尽相同。然而我们从中还是能够看出，对于当时流行的诸多观点，陶渊明在不同程度上也接受过一部分，这组诗即是他接受之后的个人分析，有归结有质疑，是最后落在纸面上的冷静思考。思考的结果是他认为这当中的许多问题，有的几乎可以断言，有的又过于复杂，所以也就决定暂时放下不议。尽管如此，却并不意味着他彻底放弃了对灵魂的牵挂。

诗人在《祭程氏妹文》《祭从弟敬远文》中，写到了人死后的一些情形，并透露出自己的想象和期待。由此可见，如果诗人真的不相信肉体死亡之后还有"神"和"影"，也就不会写出这一系列的文字了。可见他对于人的死亡、死亡之后到底如何，仍然还存有复杂的心念，处于犹疑不决的状态。

这几首诗可以看成是陶渊明对人生至大问题进行的哲学探讨，这在他全部的诗章中是并不多见的。面对原本非常深奥的形而上的问题，诗人采取了一种比较活泼有趣的表达方式，让形、影、神三者进行对话。先是"形赠影"，表达出答案之一：人生短暂，远远不及自然之永恒，那些访仙以求长生不老的人不过是妄想，还不如在酒中得过且过，获得暂时解脱为好；接下来是"影答形"，给出答案之二：人不应该采取借酒浇愁这种消极的方式，虽然形影相随，影会随死亡的来临一起消失，但人仍可以通过立德的方式让精神不朽，使声名在人间获得永恒；最后是神出来对形影说话了，这是答案之三，也是诗人最终要表达的结论：对"形"和"影"的上述意见都进行了批评，认为既不必像"形"指出的那样因求仙长生不成而沉湎酒中、感慨人生短暂，也不必像"影"建议的那样通过积极进取来获留名声。诗人认为"形"和"神"都是互相依赖的，谁也离不开谁，二者都不能独立存在，于是提倡"纵浪大化中，不喜亦不惧"，用完全融入自然、顺应自然、与天地共存的方式来解决必将来临的死亡问题。

这场精心设计的"形影神"三者对话，实际上是陶渊明自己对人生至大问题进行思考时，划分的三个层次或三个阶段。诗人最终得出了一个仿佛是、似乎是、基本是接近于朴素唯物主义的观点。这些观点说不上有多么特异和高深，但是对于那个时代的中国人来说，至少是极其认真和清晰的思考。

· 攒眉而去

陶渊明在写给后代的《与子俨等疏》里说道："天地赋命，生必有死,自古圣贤,谁能独免?"这种认识、对于后代的教育方式,比较接近现代的积极思想。

我们还注意到,诗人在年过半百时写给儿子的这封家信,没有更多以上对下的口吻,而主要是以平等的、诉说衷肠的口气来写的。这封信从终极关怀起笔,一上来就把死亡问题论述了一番,这就把接下来将要谈论的自己的半生志趣和经历,放置在一个大背景下展开,从头说来。如此也就使儿子们能够扩大视野,放开眼量去看,从而理解父亲归耕不仕,以及由此连累到后代生存境遇的种种行为,这其中的道理和全部缘由。

陶渊明能够较早地撩开生活的真实面纱,避免了鲁迅所说的那个"瞒"和"骗"。直面死亡的作用对于陶渊明来说主要是正面的,这使陶渊明不同于其他一些知识分子:在那片血腥和杀戮的魏晋丛林里,生命更加朝不保夕,许多人也就容易得过且过,比如纵欲无度沉湎酒色,或追求长生食散吃药,在死亡威胁之下呈现出种种畸形的生命态样。死亡意识使陶渊明更少一些畏惧,更少一些庸俗和苟且,成为一个能够脚踏实地、尽力而为的人。

陶渊明基本上不信佛,也不相信道家所强调的那种"仙人"。他的亲属和朋友中多有长于道者,像与他过从甚密的堂弟敬远就喜欢求仙访道,那是当时的风气。以慧远为首的那拨知识分子更是谈佛修持的实践者,这些人在生活上比较富裕,大致属于有一定社会地位的"名士"。慧远后来成为净土宗始祖,本人就是一个拥有"名士"身份的佛教徒,有资本有声望,在身边会聚起了一大帮类似的人物。陶渊明还是动心了,曾经追随慧远去了庐山修道,但时间不长,最终还是不能坚持下去,脱离了这一拨人。分析原因,这其中既有经济地位的差异，还有更重要的世界观的区别。

陶渊明在劳作的现实中，在这种维持生存的最基本的方式中，目睹和亲历了许多，从来没有看到灵魂不灭的例证，没有观察到一个独立于肉体的灵魂。"天道幽且远，鬼神茫昧然。"（《怨诗楚调示庞主簿邓治中》）他的现实感是极强的，一个人拥有了这样朴拙而执着的认识，大概也就难以成为遁于山中的佛教徒了。

东晋知识界谈玄谈佛谈道蔚然成风。有一部分不愿叛晋的士大夫不屑与当权者为伍，于是便转向了谈佛与修道，以至于在当时形成了一股潮流和时尚，并且将释玄诸学推到了一个新的高度。陶渊明在当年不能不被感召，于是一度投入了这个潮流。这个潮流或许同时具有了政治、学问、养生、信仰等等多重的意义，算是中国历史上的一道斑斓的风景。尽管如此，诗人也还是没有在这潮流里久留，没有立足，在思想上也很快摆脱了"灵魂不灭"之类的强烈诱惑。《莲社高贤传》中记录了陶渊明跟从慧远去庐山的过程，说他在这些人当中算是一个特例，竟然被允许喝酒，并且也在山上待了一段，但最终还是不能苟同。说到诗人的离去，文中用了这样四个字："攒眉而去。"

诗人就这样下山了，从此一辈子待在了"南山"之下。

陶渊明基本上不相信灵魂能够再生，却仍然能够积极生活，以较为乐观的态度把握当下，在短促有限的生命空间里健康朴素地安顿了自己。如果灵魂不灭，他的这种积极当然很有意义；可是在否定来生的认识中仍然能够积极，也就更加可贵了。事实上绝大多数人对于死亡问题或者从来不肯细想，或者想过了没有想得明白，想得似是而非，找不到答案也就不找了，将问题扔下不管，继续以各种名目各种方式"积极"地活下去。陶渊明的不同凡响，最卓越之处，即在于对这个问题十分执着，对答案反复穷究；他最后找到的尽管还是一个较为朴素的答案，但态度与方法却是个人化的：把自己融入自然之中，让自然去解决死亡这一类复杂的问题。

就这样，诗人来过了，看到了，慨叹了，经历了全部的坎坷、欣悦与痛苦的人生，最后仍然带着难以释然的困惑，"攒眉而去"。

· 感叹和抚摸

对于灵魂的有无，陶渊明在许多时候犹豫过，那是因为自己当时还不能够确定。有时我们会感到陶渊明隐隐觉得人死后灵魂即灭，有时则会感到他对灵魂的生与灭、离与合，对于"形影神"三者之间的关系，仍处于矛盾犹疑和难以决断的状态中。

陶渊明不是一个完全地、坚定不移地否定"灵魂说"的人，还没有走入这样的哲学认同。他只靠朴素的个人经验，大致上否定了灵魂不灭的观念。但他在《拟挽歌辞三首》中这样写道："欲语口无音，欲视眼无光。昔在高堂寝，今宿荒草乡。"这几句诗似乎又透露出这样的信息：灵魂可以离开肉体，灵魂是一个独立的存在。他在这里采用了民间的说法：人死了灵魂会离去，变成鬼魂，在半夜时分再回到人间。

陶渊明的诗文里时而流露出这种"民间"思维，说明诗人是一个质朴和实在的人，更是一个真正属于"民间"的人，许多时候要听从个人的感知和经验，而不完全专注于、陷入知识人的那种幽深的探讨。在这方面他与屈原不同，屈原对于灵魂和肉体的关系探究之深广，与之形成了鲜明的对比。他们两人尽管所处的时代不同，但都是来自楚地的大诗人，却有这么大的差异，值得我们深思。

纵观陶渊明对于死亡的所有探求，大致上囿于个人的主观经验，似乎缺少一种客观性，究根问底的时候不多。诗人尽管在询问、猜疑、寻觅，给人的印象是对死亡的答案并不太重视，其重心还是落在了眼前的生活上。

陶渊明写下的一些有关死亡的诗文，情景凄凉，潜在的功用也是很现实的，即能够对诗人眼前的生活产生一些安慰的作用。在生与死这二者的对比中，使他更能够忍受眼前，也就更有助于度过困境。在这些诗文中，陶渊明不想试图回答多数人，而只想回答自己。他对生死发出的个人感叹很多，一遍遍设想和体味，但却不具有多少形而上的意义。

我们就此把他和屈原作以比较，就能发现两位诗人的区别。屈原的诗特别是《天问》和《离骚》，好像既为自己也为人类寻找一个共同的答案："天何所沓？十二焉分？日月安属？列星安陈？""路漫漫其修远兮，吾将上下而求索。"屈原寻求的答案是一代代人都想知道的，宏阔而邈遥；而陶渊明在这方面的企图心就淡弱了许多，其灵魂之有无与苍穹基本无涉，好像完全是为了解决个人的心灵之需。

陶渊明甚至认为死亡不需要答案，死亡就是死亡，关于它展开的思考，最重要的作用还是解决当下的精神痛苦，寻找解脱的可能。

屈原顽强地追逐一个答案，写了《招魂》，写了《天问》，这些文字更具有苍茫无际的感觉。在这方面屈原远超陶渊明，也超过了李白杜甫苏东坡等一大批杰出的诗人。屈原的超越性，表现在这种对于死亡的执拗探寻和不停的质询之中。他一定要在苍茫无际、渺不可测的宇宙间找到漂泊的灵魂，而且要询问这种漂流的后果及跨越的长度和深度。屈原心中有灵魂的远游，有茫茫宇宙和这个漂流灵魂之间的关系。这种形而上的探求更多地属于全人类，而较少用来印证、对衬和回答自己眼前的困苦生活。

如果个体生命常常具有不可比性，那么不同的艺术给人的总体感受却要引发诸多的比较和权衡。我们会觉得屈原形而上的意义更大，他个人对于人类共有的哲学命题的拷问来得更为强烈和执着，其精神世界也更加深不可测。他诚然不具有陶渊明的这种日常性和亲和性，不具有这种切近感和人性的温度，却有着更加不可企及的精神高度。

我们在陶渊明这种极朴实、极切近的感叹和抚摸中，感受了诗人的另一种思想质地，特别是诗人的存在之美。诗人真的离我们很近，我们甚至可以听到他的声声叹息。

・得益于"民间"

陶渊明在诗中写到了"裸葬"，甚至谈到死后不垒坟丘，不植树木，依从魏晋新兴的葬俗。就这一点来看，陶渊明在身后事上比托尔斯泰走得更远。

托尔斯泰是伯爵贵族，拥有广阔的田园和优裕的生活，也比较关心死亡。后人谨依其嘱将托翁葬在家族的林子里，只留下了一个不带墓碑的土堆，周围是无边的树木，笼罩在一片绿色之中。陶渊明却连这样的土包都不想要，连树木也不要植。"死去何所道，托体同山阿。"（《拟挽歌辞三首》）任何存在的形式都不要，只与泥土融为一体。这一点似乎与西方人"来于尘土归于尘土"的思想是一致的，但究其根本还是不同。西方人尤其是基督教徒，更多的时候认为一个人归于尘土之时，通过信仰可以使得灵魂脱离旧的肉体，寄托于未来的永生。

陶渊明是一个非常彻底的人，好像对死后事不存任何奢望，对肉体归于尘土之后到底怎样不想不问，不存任何虚幻之念。"人生似幻化，终当归空无。"（《归田园居·其四》）他说身后什么都没有，一片虚空。

我们一再地讲陶渊明关于灵魂归宿问题的忧虑和矛盾，同时又看到他常常就此表现出的彻底性。他接受了一般人的"人生如梦"说，认为人生在世就是一场虚空。越是到后来，诗人越是表现出一种很现实的彻底性，这也是残酷的生活给予他的一种真实和勇气。他认为灵魂是不存在的，不需要想得太多。这样的思维会有完全不同的人生，所以他在处理生死的问题上也就变得更为实际。他甚至发问："三皇大圣人，今复在何处？"（《形影神·神释》）直接言说："虽留身后名，一生亦枯槁。死去何所知？称心固为好。"（《饮酒二十首·其十一》）可见他确是回到了通常的民间认识，发出了与普通民众差不多的感慨，只专注于眼前生活，认为这才是最有意义的。

由于否定了灵魂的来世，陶渊明变得更加现世，也增加了一些虚无颓废感。李白写过"人生得意须尽欢，莫使金樽空对月"，陶渊明则写"寄言酣中客，日没烛当秉。"(《饮酒二十首·其十三》)他们对于生活的绝望感、生命的寂寥感，是有充分体味的，在一定的语境下直言不讳：尽可能痛快地打发这个不再重复的生命。就像李白一样，这种颓废和虚无并没有毁灭陶渊明，而是让其在个人行为上保持一种积极，在精神上大致呈现出一种健朗，这也有赖于大自然的挽救之力。"孟夏草木长，绕屋树扶疏。众鸟欣有托，吾亦爱吾庐。"(《读〈山海经〉十三首·其一》)每当颓废感涌来的时候，大自然就会拉他一把，因为大自然本身总是四时运行，花开花落，从不颓废。

大自然偶尔也会施暴失常，但很快又会恢复常态。这种强大的自我修复能力，这种永不颓唐、运转如常的永恒天道，对人实在有最大的教导力和培育力。我们一方面可以相信，如果陶渊明禁锢在那群"谈玄"和"修道"的知识分子中间，或者在行为乖戾孤僻的一类异人中间厮混，或许会沿着另一条道路滑行，颓废的趋势可能愈发加重，而不会有这样饱满旺盛的生命，不会有如此强大而深沉的韧性，更不会拥有这样卓越健旺的品质；另一方面，似乎还可以就此想象出其他的结果，比如另一种精神向度的陶渊明。

我们所知道的魏晋玄学在各阶段的内容也不尽相同，但涉及人与宇宙、人与自我等本源问题以及形而上的思辨。这恰恰又是陶渊明所缺乏的。毋庸讳言，仅就此论，当时那些谈玄的知识分子在精神上是走得高远的。由此也可以说，陶渊明舍弃和远离玄学也算是有得有失。

不过诗人自然是、终究是另有收获，他的那种谅解和达观化成一种力量，也只能来自一个在大自然中沉浸日深的、与大自然融为一体的、依赖和借助底层经验的人，这是他所获得的最大恩惠。诗人的确是走入"民间"并得益于"民间"的人。

· 身后名

我们读陶诗的时候，一方面读出了诗人的自吟自叮，另一方面似乎也能感到他要将这些诗赋存下来，留与后人。当年有这样的条件和可能。比如和他同时代的颜延之，比如离他生存年代不久的昭明太子萧统，他们对陶渊明的诗都起到了保存和传播的作用。

虽然颜延之更多地把陶渊明看成一个"隐士"、一位品格特异高贵的"名士"去谈论和记载，但显而易见，如果陶诗不是达到了一定的思想与艺术的高度和境界，他是不会如此赞许的，他所说的"名士"之佐证就是诗文，是其中所表露的人生格调、艺术特质、为人为官为农的超然。诗人有那样的曾祖父、外公，这也多少构成了"名士"的世俗条件，只不过在讲究门阀世袭之风的魏晋，陶氏既然不是士族之后，先祖的地位也只能是很次要的"指标"了。

如果说陶渊明活着的时候就已经是一位"名士"了，那大概是稍稍牵强的，诗人既无大名，自然也不敢认同和看重这个身份。他回避"名士"们的聚会，偶有参加也浅尝辄止。颜延之则不同，他当年名气很大，谈陶渊明时不自觉地要以个人为参照，而且很难脱离魏晋时期流行的艺术时尚。他对陶渊明的作品评价既不够高也不够准，远远说不上一语中的。但陶渊明在当世有一定诗名，在文士圈内得到了瞩目和留意，颜延之功不可没。

如果说陶渊明是一个毫不在意身后名的人，也不尽然。人纯粹到那种地步就不成其为真实的人了。陶渊明在许多方面都表现出复杂犹疑的状态，是一个找到了自己的立场、却常常在立足之地摇晃不已的人。他的可贵之处、耐人寻味之处，就是这种摇晃并没有使其脱离基本的立场。犹如一棵树，在大风中总也难免摇摆，最后却避免了訇然倒地的悲惨结局。如果再将他比作孤立的岛屿，那么在汹涌冲刷的魏晋潮流里面，这座岛屿最终并没有溃散，没有变成一摊污泥和碎屑。

陶渊明留存的这些文字，是不是全部或大部不得而知，但实在是不够多，仅仅是这一百多篇，却得到了越来越广泛的赞誉。作品的留存和声誉，他个人生活方式的被推崇，相信诗人生前也是有所期待的，只不过可能远远超过了他的期待。这种期待好像也多少支撑了一个艰辛的生命。他当年对自己的价值是多有肯定的，也想过未来："不赖固穷节，百世当谁传？"（《饮酒二十首·其二》）他对个人生活道路的选择尽管时有矛盾，但在心底还是比较自信的，并且愿意坚守。他记载坚守过程的全部诗文，也是希望得到传播的。从这方面多少反映出陶渊明的一些想法：通过立德立言的传统方式来追求生命的不朽。这其实是许多中国知识分子内心或清晰或模糊的念想。虽然在《形影神》里陶渊明对这种所谓积极的方式进行了批评，但心底也还是存有此念。

他曾写下很有名的一句诗："千秋万岁后，谁知荣与辱。"（《拟挽歌辞三首·其一》）更说明他想过身后的"荣与辱"问题，对身后名并非是冷淡不屑的。他至少知道有个"身后名"的问题，并且能够判定"名"的意义和性质。这也给了诗人生存的希望，这与相信灵魂不灭是两码事。因为他明白，自己之后还有许多"他者"，稍微重视一下"他者"的看法，与灵魂有无是两个问题。自己的灵魂散灭了，他人的灵魂还在，他们对曾经存在的某一个灵魂的认定与判断，还是有意义的。这种想法可以成为他不断战胜颓废，健康生活下去的力量源泉之一。

"身后名"是独立于肉体和灵魂之外的客观存在，诗人明白，单就这一点来讲有可能是不朽的，这与儒家传统中的建功立业、流芳百世，意义是一致的。儒家的建功立身，绝不是期待灵魂不灭，而在于用世和入世的意义。一个足以效仿的榜样，一种正面的道德力量，对于后世将有很大的作用。这是作用于未来的生的世界，而不是游荡不息的灵魂的世界。就这一点来讲，陶渊明的名节观仍然是儒家的。

陶渊明对于死亡的思索，是构成现实生活状态的一个重要源头。一个曾经存在的灵魂如何，其所有行为和持守对于后世的影响如何，他还是非常在意的。他愿意让自己具备一定的标本意义、榜样意义。

· 大化中

陶渊明的诗里常常提到一个"化"字："纵浪大化中，不喜亦不惧。"（《形影神·神释》）"穷通靡攸虑，憔悴由化迁。"（《岁暮和张常侍》）"翳然乘化去，终天不复形。"（《悲从弟仲德》）"聊且凭化迁，终返班生庐。"(《始作镇军参军经曲阿作》)"形迹凭化往，灵府长独闲。"(《戊申岁六月中遇火》)"目送回舟远，情随万化遗。"(《于王抚军座送客》)他的这个"化"，实际上是任由整个生命的自然变化，以至于最后无形无迹的融入。这里不仅指灵魂，还有肉体的散去、归去，是生命个体与广漠世界的那种关系。这有点类似于一滴水和大海的关系，或者河流与海洋的关系。

让生命的全部，即灵魂和肉体一起投入到不灭的大千世界里循环，陶渊明是肯定的也是自觉的。然而他不能肯定的是作为个体灵魂的独立保存和行动的能力，甚至深深地怀疑。他不强调死后灵魂的作为，比如说对轮回转世、以另一种生命形态走向生机勃勃的人间的可能，他大致是否定的。他也没有产生像西方人那样的天堂概念，没有那样的期待。如果说陶渊明对于生死的探寻还有宗教和哲学意蕴，有一点形而上的思考，那么仅在这方面有所体现：循环与融入。他的思维，也在这个向度上走入了日常性和朴素性。

他在形而上的思考方面似乎并不擅长。他的确是依赖经验的，更加接近现实生活的。仅就这一点来讲，与之同时代的那些谈玄的知识分子，其中的优秀者其实走向了更为幽深与高渺之境。也恰恰如此，后世中国人对玄思是隔膜的，却更容易接受陶渊明：因为朴直，因为通俗。但这并不能一概视为陶渊明的思想与艺术成就，相反，也可以看成他的缺憾与不足。

陶渊明一方面把生命看得像一粒微尘那样渺小，另一方面又肯定了其永恒性。永恒性在于最终的汇入，也正因为这汇入才变得长存不灭。这种汇入和长存，对于一个现世的生命来说既是微不足道的,又是必须正视的一种归宿。诗人在历经了痛苦的思索之后,发现自己是一个小小的、将要汇入和融化的颗粒。它有多少存在的意义? 有多少世俗和个体的意义? 这是一种终极意义的思考。陶渊明用一个"化"字做结,道出了现实人生的短促、宝贵和不复再生。这就使他更进一步地珍惜当下,珍惜手中那杯生活的甜酒。

他要好好酿造好好品咂,不能因为早晚要"化",而放弃了这次的酿造和长饮,更不能在历尽千辛万苦的酿造之后,把手中的酒轻易地泼洒。所以我们看到,他这里只有把死亡、把生命的终点像拎一件东西一样时常拎在身边,才能让自己的生活变得更加真实,也才能把有限的生命之酒品咂得更为细致。这也与陶渊明多思敏感的生命特质有关:看上去随遇而安,其实是让时光与生活的水流从心中丝丝滤过,很少会有什么被遗漏和忽略。

· 比邻而居

陶渊明将死亡意识携在身边,这是跟许多人的不同。一般人偶尔也会想到生命的终点,想到死亡,但不会把这种令人沮丧和恐惧的东西一路相携。这不仅是诗人个人的生活处境造成的,而且细究起来还有其他诸多缘由。

对于永恒的命题,比如生命从哪里来到哪里去,每个人都多多少少地有一些思考。人仅仅知道死亡的存在还不够,还要更深地去理解它。陶渊明时刻提醒自己不要遗忘那个大限,把死亡问题很早地提到了议事日程上来,这一点与大多数人是有区别的。这会自然而然地连接到终极叩问,回到个体生命的自觉。庄子混淆生死,其实也是一种诡辩,甚至是因恐惧而导致的另一种消极。

陶渊明对待生命和死亡的思考,与《古诗十九首》有许多共同之处。"人生寄一世,奄忽若飙尘。""人生天地间,忽如远行客。""人生非金石,岂能长寿考。""人生忽如寄,寿无金石固。"类似的句子不胜枚举。再看陶诗:"人生无根蒂,飘如陌上尘。""徘徊丘垄间,依依昔人居。""颓基无遗主,游魂在何方。"可见其诗风和所表现的死亡观,都与前者相去不远。有时陶渊明这些诗还能让我们想起曹操的名句:"对酒当歌,人生几何?譬如朝露,去日苦多。"但陶渊明和他们仍有一些区别,比如更强烈更集中地谈论死亡、面对死亡,随时随地、设身处地。

哲学上的最大问题仍然是死亡的问题。不能就此做出个人的回答,就等于取消了哲学思辨。莎士比亚的《哈姆雷特》中,主人公有一句经典的台词:"是生存还是毁灭,这是一个问题。"但哈姆雷特的问题与陶渊明仍有不同,他是谈选择的困惑,可以理解为"存在""如此存在""怎样存在",这是一个问题。从这个方面讲,陶渊明对死亡的一再触及,对这个话题的了无顾忌,一再地切近这个话题,等于是叩问生存。

死亡对于每个生命既是最终的也是偶然的。因为每一个生命都无法预测死亡降临的时刻,只知道它是一个终点。作为一个偶然事件,它有时似乎是遥远的,但仅仅是"似乎"而已。死与生总是比邻而居,没有人愿意把死亡作为自己的邻居,但实际上却一直是比邻而居的。

西方常常有一些建得很好的墓园，与同样建得很好的生活小区连接在一起，这让中国人看了颇为惊讶。东西方的观念很有些不同，中国人总是将居地和墓地尽可能离得远些，尽量不让生人的视野里有墓地，只有个别地方才有阳宅阴宅靠近的现象。这当然是为了让生者远离死者，最好忘掉那个阴暗世界的存在。与死者比邻而居，这是一种禁忌。《论语》对于"死"这个话题是这样说的："未知生，焉知死？"儒家哲学认为入世大于一切，是生之意义重于一切的一种表达，同时也隐隐透露出对于死亡的忌讳，不愿过多地谈论，因为那是一个神秘、遥远、未知的领域，同时还是一个令人恐惧的领域。

陶渊明就没有对死亡的恐惧吗？他的"向死而生"，不停地谈论，恰好也透露出自己难以抛开的忧惧。他的特别关注，也等于是总结生存和审视生存。我们看到他在这个过程当中变得更加肯定当下的生活，肯定自己眼前的选择。

陶渊明并不在乎灵魂到底去了何处，那个客观的结果对于他来说尤其不构成一个学术问题，这与西方的苏格拉底是多么不同。苏格拉底在《斐多篇》里一再地推论灵魂是否死亡，肉体和灵魂是否可以分离。苏格拉底欣然赴死，一方面维护了生的尊严，另一方面也想奔赴另一个世界的生活。他甚至认为另一个世界要好于当下这个世界。那么他不仅是关注了现实生存的意义，判断了生存的价值，而且做出了一个结论：活着的尊严至为重要，无论如何都不可以毁灭尊严。就这一点而论苏格拉底和陶渊明是一致的，不同的是苏格拉底认定并且欣欣前往的是另一个不灭的世界。因为苏格拉底经过严密的逻辑论证，认为灵魂世界是有的，身后世界是有的，所以他对身前身后都有兼顾，在这个重大的哲学问题上获得了答案。苏格拉底对怎样安顿自己的肉体和灵魂，已经找到了办法和出路。

对于人死后存在着另一个世界，陶渊明在认识上与苏格拉底完全不同。苏格拉底不是用练习死亡的办法安慰眼下的生存，而是用死后那个世界的自由来印证眼下生存的苦难和局限。陶渊明不停地否认死亡之后的世界，指出其空无和虚假，从而肯定了眼下生活尚有一些欢乐，值得万分珍惜。将他们两个作以对比是很有意义的。

苏格拉底把死亡问题毫无惧怕地拎在了身边，这一点和陶渊明似乎是一样的，但是对于这个问题的论证与推敲，得出的结果却是正好相反的。如果说陶渊明通过对另一个世界的否定强化了眼前的意义与乐趣，而苏格拉底则削弱甚至推翻了眼前活着的必要性，进一步肯定了另一个世界。

苏格拉底面对死亡有他的主动性，据记载他当时还有被判流放或交纳赎金保命的机会，可以活下去，但是他自愿赴死。苏格拉底抱着一种实验的态度，认为自己死与活其实并不重要，因为灵魂是活着的，所以他觉得赴死是关于灵魂和肉体的一个实验。他有实验的兴趣，因而不惧怕死亡。他欣然面对的就是灵魂的再生。而陶渊明在诗中表露的却是相反的意思，不相信灵魂可以独立存在：形散灵魂则灭，"形影神"三者的关系是这样的。但是他看起来也不太惧怕死亡。

这其中极其复杂和矛盾，各种不同的元素纠扯一体。

· 升到高处的灵魂

陶渊明对死亡过多的关注,也恰好反映了他对生活的深度留恋,即在客观效果上产生了对当下生活的一种激励。陶渊明甚至写到了死后亲人怎么痛哭,人们怎么埋他,写到事不关己的人歌唱而去。"娇儿索父啼,良友抚我哭。"(《拟挽歌辞三首·其一》)"肴案盈我前,亲旧哭我傍。"(《拟挽歌辞三首·其二》)"亲戚或余悲,他人亦已歌。"(《拟挽歌辞三首·其三》)

关于自己死后的想象和描述,似乎令人想到一个升到高处的不灭的灵魂,它在俯视自己死后的场景。作为一个活着的人,他的思绪显然已经抚摸过界。他写了《自祭文》之类文字,而且数量颇多。虽然这是魏晋时期其他文人也做过的事情,但像陶渊明写得这样频密和真切,恐怕还不多见。就是这样一种关于"死"的反复想象,使他更强烈地意识到此刻是一种"活"。越是强调"死"这个对立面,"生"也就变得越是重要,生命对于人的一次性,即赋予了它无比显赫和重要的意义。死亡成为生活的一面镜子,人的唯一的一生既显得无比隆重又颇费猜度,所以才需要一再地探究它和打量它。

陶渊明谈论死亡的诗文有一种虚无感和阴郁感,是一种深沉的黑色,但正是这种色调反衬出眼前田园生活的灿烂、明媚和温暖。陶渊明于是更加爱惜眼前这不幸、拮据、勉为其难的物质生活,所以才有"饮酒不得足"的感叹。在陶渊明这里,如果永远只有生而没有死,生便失去了许多意义。永远活下去,也许这对人既是一种最大的奖励，也是一种可怕的惩罚。如果一个人永远不死意味着什么？这些问题可能都是陶渊明思考过的。

中国古代知识人谈到死亡，谈到虚无，谈到未来灵魂世界的那种不确定性，大致归结和止于老庄思想。后来加上传入的佛教，又有了二者的合流，产生了更深的影响。他们在这个哲思的边界里游荡，很少溢出和僭越。从古到今，人类的生活环境发生了巨大的变化，现代科技探索改变了我们对一些终极问题的认识，有时我们会将人类的科技逻辑与自身力量在误解中加以放大。伴随着已知领域的不断扩大，未知领域也在扩大，人类应该越发地认识到自己的局限才好。但与此相反的是，人类却变得越来越目光短浅，反而降低了对于未知世界的遥感力和悟想力，更少了一些沉浸的深度。我们满足于现代科技的发现和探求，甚至运用高科技、数字技术来处理灵魂问题，试图从物理学生物学方面去捕捉它和把握它。这就有了运用放射技术对灵魂离体时的拍摄之类，还有对神秘的自然界，比如对植物感觉力进行光谱科学实验等等。这些实验是人类科技发展的必然产物，是人类对人间万物的奥秘怀有巨大好奇心的表现。然而这诸多科技触角的延长，最好不要压缩精神上的探求力。人类对于大千世界的感悟力应该越来越加强、越来越延伸，而不能是走向反面。

古人面临的世界更自然化，所以他们的思绪可以变得更为无边无际、浪漫和自由，他们没有现代文明对人类想象力的那种规束和局限，常常表现出更大的随意性和源于心灵深处的探求欲。

陶渊明不确定身后灵魂之有无，却时常让自己的现世灵魂升到高处。他需要这个高度，因为只有在那里他才能看得更多更远。

· "高旻"和"大块"

一个写作者如果在相对宽松的环境下,选择的机会可能会多一些,因为没有那么多强烈的团体和派别的左右,甚至没有某种显在而刻板的理念去规范他和吸引他,想象力或许会好得多。他会自觉不自觉地考虑一些自由散漫的问题,让思维游离出窍,这样就更有机会与"永恒"遭逢。陶渊明的诗为什么让人感觉那么深邃、旷远,放射出跨越时世的光泽?就因为他面对更多的是"高旻"和"大块",即天空和大地。

抬头就是星空,俯身就是大地,远望就是辽阔的地平线,一个人想不面对一些大问题都很难。"茫茫大块,悠悠高旻,是生万物,余得为人。"(《自祭文》)陶渊明就在这样的场景里,做着这样的觉悟。他觉得自己这个"人"之来路如此深远莫测,且与万物平等。这样的思维,与当代诗人,也与大多数古代传统诗人格调有异。

陶渊明离开了令他费心劳神的官场,离开了那些人事纠纷,离开了许多需要"折腰"的物事,考虑的也不尽是得失利害和功名利禄了。显然,歌颂和关注在风中摇摆的一片庄稼,比关注一件官服的颜色更具有永恒性,也更具有诗意。"秉耒欢时务,解颜劝农人。"(《癸卯岁始春怀古田舍二首·其二》)"郁郁荒山里,猿声闲且哀。悲风爱静夜,林鸟喜晨开。"(《丙辰岁八月中于下潠田舍获》)从猿声里感受"闲"和"哀",这是怎样的情怀与心绪。这肯定不是李白"两岸猿声啼不住"的那种呼号，不是那样的声声急促，而是时断时续的、高高低低的。这样的猿声与诗人的独居野外多么契和一致。陶渊明此刻仿佛就是那样的一只孤猿，他在静夜里倾听自己。

类似的谛听我们还可以找出很多。诗人在听原野，听自己命运的回音。陶渊明走向了一个更开阔的天地，于是才有可能思考更大的问题，其幽思才会同永恒衔接得更紧。他个人关于世俗、社会，关于人生的一些忧患，当然不能悉数剔除，也正是因为这种不能剔除，才使他变得更真实了。但这些不能剔除的元素需要和一些永恒的东西连接起来才有意义。这既是一对矛盾，又是一个不可分割的整体。陶渊明就在这种表达的整体中，凸显了自己人生的价值、诗文的价值。

陶渊明的诗中经常出现这种情况，即在《自祭文》《拟挽歌》等作品中常常虚拟个人"不在场"的某种情状。他不承认人死后有灵魂，却又写到灵魂高高升起，俯视自己的全部生活和身后之事。那种遥感和回望，在陶渊明全部诗文里给人的感受十分强烈，印象深刻。"荒草何茫茫，白杨亦萧萧。严霜九月中，送我出远郊。"（《拟挽歌辞三首·其三》）"羞以嘉蔬，荐以清酌，候颜已冥，聆音愈漠。"（《自祭文》）诗人在想自己这一生最后的一次"归去"，即化入"大块"之中，如滴水入海。

陶渊明在冥思打量自己的时候，可以同时兼有"过去时"和"未来时"，但关键还是"未来时"。"未来时"就是想到自己不在之后，那些关于自身的图景，这是很重要的。一个人有那么开阔的关怀，又那么敏感多思，心弦错杂。陶渊明偶尔表露出对身后名的疑虑和淡漠:"去去百年外,身名同翳如。"(《和刘柴桑》)"虽留身后名,一生亦枯槁。"(《饮酒二十首·其十一》)但如果换一个角度去看,他如果真的不关心这些,已经毫无挂碍,也就不会想这么多了。既然想到了,则说明他思考过,还有诸多牵挂。

也正是这些前后左右上上下下的观测,陶渊明把自己的视点提得很高:没有一定高度的视点,就不可能取得广大的视野。一个让灵魂降得很低的人,一个把尊严和觉醒放得很低的人,视界肯定是狭窄的。对于陶渊明来说,一定有一个遥远的"我"在高处、在远方,这个"我"常常观望和审视自己的全部,包括来路与去路。就是这样一个形象,在诗章里显得非常清晰。如此一来,诗人就跟那些深陷在庸碌生活中的人、与那些基本上是将头蒙起来生活的人,有了区别。

· 练习死亡

陶渊明写到死亡和身后事时,看起来常常显得达观和洒脱。但由于他在这方面往往表现出一种过度的放松和随意,又让人想象成一种对死亡的练习。为什么要这样做? 答案首先是因为害怕,是恐惧的一种表征。陶渊明不断地模拟死亡,客观上就有了克服恐惧的作用。不停地模拟,以便让自己习惯于死亡必将到来的这个"现实":当真的大限来临之时,他就可以不必害怕,因为自己对这件事早就习以为常了。

由于时常专注于死亡的思虑,于是也就更加留恋现实人生,在这个方面陶渊明是超出常人许多的。"死"本身其实是与人无关的，因为既然对"死"恐惧，即说明人还"活着"。人只是在想象死亡的这一刻，"死"与"活"才浑为一体。"有生必有死，早终非命促。"（《拟挽歌辞三首·其一》）陶渊明反复想象死亡，以便更多地感受"生"与"死"浑为一体的意蕴，由此模糊二者的界限。如果没有了这个界限，那就是"活"的另一种境界了。

实际上人在出生前也等于死亡，因为人既不知生前的事，也不知身后的事。生命只是处于生与死两端的一个中间样态，而两端之外都是黑暗和苍茫。这方面诗人显然都思索过了。

在对待死亡的问题上，陶渊明的态度有效地安慰和激励了自己，给了自己生的力量，这比"瞒"和"骗"要有意义得多。在这里，陶渊明仍然没有抵达某些宗教答案，没有达到那个状态。佛教和基督教的那种清晰和确定，陶渊明是没有的。他最终还是不能相信灵魂的独立性。

陶渊明的死亡观和普通中国人是大体一致的，即非佛非道非儒。"人死如灯灭"，普通人就是这样认识的。只有一部分人接受了佛教灵魂不灭说，才有灵魂轮回的意识；大多数人则是徘徊在二者之间，他们将信将疑。普通人对于生死认识上的犹豫和矛盾的状态，在两端中间徘徊的状态，与陶渊明是一样的。值得我们注意和探讨的，只是陶渊明超越一般人的那些表达，是出于个体自觉的诸多关注。这便有了独特的意义和特别的价值，比如《形影神》等诗篇。

几乎与陶渊明同时代，在西方有个奥古斯丁，是个宗教哲学家。他相信灵魂是有的，只是存在的结果不同。灵魂或者永生或者永死，或者还不如死去的状态，即天主教里面的"炼狱"。西方的奥古斯丁和中国的陶渊明处于同一个历史时段，将他们加以比较是有意义的，可以让我们观察不同的宗教观念对人的影响。

奥古斯丁是从原罪的角度来论述死亡的，看重灵魂死亡超过了肉体消失，认为有灵魂的肉体才不会死亡，有了上帝，灵魂才会永生。相比之下，陶渊明至多有过"形影神"的对答，既没有肯定灵魂的存在，也没有探讨永生的途径与可能。

柏拉图曾经说：学习就是一个唤醒记忆的过程。袁枚《随园诗话》（卷四）引毛藻语云："书到今生读已迟。"这里特别要注意"今生"二字，它是指此世此时，指当下的生命，指它所能够掌握、感知和领受的全部生活，只是不灭的灵魂中的一部分。至于这个灵魂还要往返多少次，寄存于多少个躯壳，对于古人来说都是未知的。这一点与佛教的轮回说实际上是一致的。人们往往曲解了袁枚所引的这句话，以为这是在感叹人生短促，读书太迟太少。实际上袁枚是指那个不灭的灵魂里，对于各种书本知识的积累是一个长期的、不曾间断的过程，具有永恒的意义。

这与柏拉图的观点是一样的，他们都颠覆了灵魂幻灭说，颠覆了一般意义上的"空"和"虚"。在这一点上，袁枚之说和陶渊明的认识同样有很大的不同。所以我们相信佛教和道教对于陶渊明的影响是有限的，而且支撑诗人生活下去的力量，主要不是来自对灵魂不灭说的认知。

陶渊明偶尔流露出虚无感和颓丧感，很重要的原因是不接受佛道的观念。这种不接受既增加了他的焦虑和痛苦，又强化了他的现实感。当下生活对于陶渊明苦也好乐也好，都变成了唯一的、不可能重复的。所以对于未来灵魂的那种寄托，也变得越发稀淡了。

• 物质大于精神

陶渊明在《拟挽歌辞三首》中有这样四句诗："在昔无酒饮，今但湛空觞。春醪生浮蚁，何时更能尝？"这很能透露陶渊明的生活观。陶渊明观照的重心不是在死后，而是在今生。他说自己看到死后，家人给他的祭品里有这么好的美酒，可惜已经没有办法品尝享用了。人在活着的时候没有足够的酒来饮用，死后却是美酒盈樽，实在是悲哀。这杯酒既是实指，又是虚指。实指就是他已经有了酒瘾，借酒浇愁，以酒享乐，酒成为生活里的一个核心；虚指是说这杯酒其实已经代表了世俗生活中全部的物质享受。

陶渊明更多地谈论物质，而不是谈论精神。灵魂和精神密不可分，这个时候他更关心的不是精神。我们在讨论陶渊明的时候，习惯上却总是过分地强化他的精神，从这个向度上去引申和升华。生死问题似乎是一个纯粹的精神问题，但陶渊明对于生死的拷问却要时常回到物质的层面，在这个层面上谈论它的意义。虽然他不是一个欲望主义者，但他是具备足够欲望感受力的人。这个欲望主要是物质的和现实的。问题在于陶渊明是怎么样处理这些欲望的，这才是需要好好研究的。

陶渊明大量写到的是直接畅饮这杯实在的酒，比如说他酿造新酒，有酒同饮，饮酒之乐，一些唱和，对酒的依赖。"我有旨酒，与汝乐之。"（《答庞参军》）"欢然酌春酒，摘我园中蔬。"（《读〈山海经〉十二首·其一》）"觞弦肆朝日，樽中酒不燥。缓带尽欢娱，起晚眠常早。"（《杂诗十二首·其四》）同时我们也看到他在饮酒之余做了些什么：欢歌自然，享受自然，拂开荒径的草，双腿沾满露珠，欣然耕作。"翩翩飞鸟，息我庭柯。敛翮闲止，好声相和。"（《停云》）"时复墟曲中，披草共来往。相见无杂言，但道桑麻长。"（《归园田居五首·其二》）

他归来后经历的最大一次人生困顿，可能就是"园田居"的烧毁。就此诗人失去了最好的一处居所，不得已全家住到了船上，之后又迁居南村。与"园田居"相比，南村显然是一处要差许多小许多的居所，是一处偏远的田产。

陶渊明的这些辗转，物质的这种窘困，引起的痛苦常常大于纯粹的精神探求。我们通常说陶渊明的精神价值如何，是出于"他者"的感受和兴趣，而诗人本身生活在物质现实里，他对死亡的感叹大多都是眼下物质生活的匮乏所带来的。在这种情势之下，他要不断地战胜自己的困境，维护个人的尊严。

也正是由于这些物质贫困，给他提供了非常个人化的、深刻的生命体验。他表现出来的"物质大于精神"，是由于物质贫困已到极限，危及了生命的存亡。同时，这也给诗人提供了一种极致的生理感受，也对人的信仰和尊严给予了重大的挑战和考验，至此，严重的物质问题又进而转化成严重的精神问题。

陶渊明是一个在物质上只求起码满足的人，小康即好，安贫乐道。但现实的残酷是，他却常常连最低的物质标准都达不到。这类绝境体验对于诗人而言实在是太严苛了。

· 为当下负责

陶渊明的出仕入仕，数次往返，有人也看成是在儒道两种生存哲学里面往返。这种看法尽管简单化和概念化了一些，但事实上诗人也的确在诸种学说特别是儒道之间，有过择取和偏重。

东汉时期佛教传入中土，到了魏晋出现合流的趋势，成为当时知识分子思想的主流。儒释道杂糅的思想至今依然影响广泛。儒家不谈论怪力乱神，不谈论死亡的"后事"，而道家却不是这样，它超然而幽深，甚至混淆生死之界。陶渊明思维的基石是儒家的，许多痛苦和欢乐也来自儒家的价值标准。他的主要痛苦是因为入世而无所作为，获得的欢乐也来自一种现世感。正是这种为当下负责的精神，才使他能够强化和正视眼下的物质存在，能够肯定自己当下的行动意义。对于陶渊明来说，他的生活轨迹可以看成逐渐由单纯入世为官、为朝廷所用这种"达则兼济天下"的正统思想，退回到"修正主义"的儒家思想，就是退而求其次，努力做好一片田园。他的田园既是入世又是逃避，这就等于把儒释道调和起来，就看我们从哪个角度去认定它了。

从儒家济世的道德高度论，陶渊明的归去是避与退；但是从佛教的灵魂未来说和道教的清静无为说来看，他又是大异其趣的，宁可生存在看得见摸得着的农事忙碌中。他要操劳，更有收获的期待，无论这种期待与周边的农民有多少不同，也仍然是刨土播种，侍弄这些不会移动的生命。"茅茨已就治，新畴复应畚。"(《和刘柴桑》)"耕种有时息,行者无问津。"(《癸卯岁始春怀古田舍二首·其二》)田间生活烦琐而具体,是不得超然懈怠的。

他在这个时候思考死亡的问题,儒家的影响还是最重要的。陶渊明很少有灵魂离开肉体的那种快乐和飞舞感,他的频繁谈论死亡,虽说打破了儒家"子不语"的戒律,然而却并不沉溺于鬼神世界的想象,这又多少回归了儒家。谈论是不可避免的,结论却不尽相同。谈论死亡,但是并不认同灵魂的长生。

实际上儒家经典也没有否认灵魂的存在。孔子到了晚年也说良木将塌,泰山要崩,哲人要去。《礼记·檀弓上》记载:"孔子蚤作,负手曳杖,消摇于门,歌曰:'泰山其颓乎!梁木其坏乎!哲人其萎乎!'"这里就隐约透露出孔子对于死亡问题有过关怀。《礼记》中孔子"歌曰"的记载,是孔子在去世前七天对于自己死亡的感知。这里他不得不面对死亡,已经不能逃避了。这种感知显然只能是跨入灵魂之界的事,属于他以前不愿谈论或不能谈论的范畴。就此看,陶渊明对于死亡的感受和探究,也并没有偏离儒家太远。

孔子在死前还能唱歌,而这里的唱,《史记》中也有记载,长歌当哭,很是凄凉。他大病中感到末日将近,先是埋怨学生子贡来探望得太晚了,接着又唱了歌,哭了。孔子最后谈到梦见自己的灵柩停放在殿堂两楹之间,摆了祭奠的酒食。

从中可以看出儒家对于死亡的态度,陶渊明的确是与其相似的。这里的孔子像陶渊明一样,灵魂也升到了高处,也在俯视,也看到了自己的身后事。孔子似乎没有正面提出人死之后还有灵魂，但是他这样谈到梦境，显然并没有否认灵魂的存在。

陶渊明对于社会现实的用力和用心，当然属于儒家。他的这种出仕规避也不能完全看成道家，因为儒学传统思想里有这样的话："邦有道则仕，邦无道则可卷而怀之。""道不行，乘桴浮于海。"这是说世道不昌的状态下，一个人无法作为，可以转移自己的行动，可以另有选择，也就是"独善"。正因为有儒家传统的深入影响，在魏晋那样的乱世，才有一部分高洁之士，无论怎样呼唤都不出来做官。

如果置身于我们所熟悉的那种现代的无序和道德混乱、可耻的官场追逐，要看到类似于当年高士清流的身影将是十分困难的。我们今天看到的是对名利的汲汲以求，是千方百计地争做"毛遂"，其中有些极端的例子，在魏晋时期都是不可想象的。陶渊明的榜样意义不仅是"独善"，还有认真维持与尽其所能的个人劳作。"民生在勤，勤则不匮……顾尔俦列，能不怀愧？"（《劝农》）这是诗人的体力劳作观。

陶渊明的田园生活与精神生长的关系是十分清楚的。这里既没有丧失尊严，又没有苟且偷生，一切都由脍炙人口、千古不朽的诗章佐证。他活着的时候肯定了个人的选择，与之达成了最后的谅解。随着诗人远逝，作为一个获得了显赫成就的生命，其意义愈发显出了独立不倚和不可取代。

"神"随"形"活动于田园，"形"一旦从此消失，"神"之有无简直不需要过多地讨论。诗人曾认为"影"与"神"一样，都要随"形"而亡，没有想到自己离开了世界这么久，其艺术与思想的影响力还是这么巨大。

· 个人的悲苦

面对激烈的人生抉择,面对巨大的黑暗,尤其面对着那种生死胁迫之危,陶渊明的路向与大多数人一致,先要保存生命,逃避生死之虞,这没有什么不可理解。人们甚至可以将其看成是一种本能的习惯动作。可是陶渊明逃离之后却没有把死亡问题远远地扔到脑后,而是把可能随时而至的、强加给自己的那个叫作"死亡"的东西牢牢地抓在手里,并且经常拎出来审视一番。

陶渊明反复写到死亡时,也许会想到许多知识人的悲惨命运,会想到孔融、杨修、嵇康、张华、陆机等,想到这些惨死在暴力之下的生命是何等可怕和惨烈。他或许也会想象,由于个人的选择而姗姗来迟的死亡究竟意味着什么?两种死亡方式,它们二者之间的关系又是什么?如果舍生取义是有价值的,那么价值在哪里?如果小心与规避无可指责,那么又该怎样确立和实现它的意义?

在种种权衡和比较之下,对于个人目前生存的诸多质疑也就不可避免。他大概不会忘记往昔的全部生活细节,不会忽略那种苟且和敷衍带来的诸多哀伤。他或许会有庆幸感,也会滋生出怜惜和愧疚。

陶渊明敏感高傲而且刚烈倔强,内心深处时时泛起的那股"猛志",或让他彻夜难眠。这样一个退守到边野里的悲凉与绝望、同时又怀抱了一颗火热的灵魂,伴他度过了多少个长夜,我们只可以想象。我们似乎能够咀嚼"门虽设而常关"的那种孤独，或者品咂另一种欣悦中隐藏的辛酸、不得已而为之的尴尬。

速死光荣，壮烈痛快，但实在是太可惜也太可怕了。让鲜血流在躯体之外，还是完整地保存其中，让灵魂慢慢地枯槁而去，对陶渊明来讲曾经是一个问题。这是关于存在的命题，一个哈姆雷特式的追问。肉体的存在，生命的存在，正由于它的不可重复性，才让陶渊明万分犹豫。所以诗人对此不得不万分慎重，如履薄冰。

如此一来，归去之后的全部问题，便放到了死亡这个天平上。这种度量对陶渊明来讲是多么沉重。这就是我们平常所说的"向死而生"，让生的每一天都变得更有分量，更有意义，更加不可遗忘。的确如此，陶渊明的每一天似乎都变得那么宝贵。

陶渊明带着一颗知识人的心走入田园，走入阡陌小巷，走进农民当中。他披着粗布衣服，扛着锄头戴着斗笠，顶着星月，但这颗心里所包含的全部复杂和沉重，又很难给外人说得清。这说得清和说不清的一切最后都搅拌在泥土当中了，随着庄稼钻出地表，掩去了诗人的身影。阅读一个遥远的陶渊明，我们很容易将他片面化和单薄化，因为我们离开全部的烦琐和真实太远了。

陶渊明何尝不愿意简单地生活，可惜他不能够。他的记忆里既背负着先祖的功名和光荣，又有着屈辱的入仕经历，眼前晃动着频频举起的屠刀，视野里满是军阀混战的乱象；有刘裕对晋恭帝那种惨不忍睹的杀戮，有"城头变幻大王旗"的种种莫测和荒诞，同时还有数不尽的先哲和榜样。"安贫守贱者，自古有黔娄。好爵吾不荣，厚馈吾不酬。"（《咏贫士七首·其四》）我们相信，陶渊明的脑海里最难淡忘的还是先哲孔子的形象："汲汲鲁中叟，弥缝使其淳。凤鸟虽不至，礼乐暂得新。"(《饮酒二十首·其二十》)他会思索孔子一生的颠簸到底意味着什么。

在这种惆怅和感叹当中，他或许也会觉得眼前的生活是一个等而下之的选择。就为了否定这个偶尔涌来的结论，诗人几乎用尽了全力。当他精疲力竭的时候，就端起了世俗生活的这杯浊酒。那时这杯酒没有了新酒泛起的泡沫，散发不出春天的清新气息。他用这杯浊酒不停地浇胸中块垒，聊度时光，以至于遗忘了季节。

田园的荒芜与陶渊明的这种心境有关，田园的最后凋败，或许也与诗人这种特殊的身份有关。他是一个熟稔农耕的好农人吗？可能一开始不是。也许后来在耕作、侍弄庄稼、迎对四季的技术层面他渐渐地合格了，但是那种生与死的纠缠、内心不安所带来的心理重负，却日渐一日地沉重起来，以至于令他不堪忍受。

我们不妨想象，陶渊明进入田垄的时间越来越久，个人的悲苦也就越来越重。不可思议的是，随着他务农技能的不断熟练和提高，乡居社交范围的不断扩大，田园景象竟然走向了反面。他的诗文里有多少关于天灾人祸的记载？只很少的几句："炎火屡焚如，螟蜮恣中田。风雨纵横至，收敛不盈廛。"(《怨诗楚调示庞主簿邓治中》)"荒涂无归人，时时见废墟。"(《和刘柴桑》)我们所看到的记录，只有田园凋敝一日甚于一日："凄厉岁云暮，拥褐曝前轩。南圃无遗秀，枯条盈北园。"(《咏贫士七首·其二》)只有饥饿一日多似一日："行行向不惑，淹留遂无成。竟抱固穷节，饥寒饱所更。"(《饮酒二十首·其十六》)陶渊明对物质困境的呻吟和哀告，也是一日甚似一日："弱质与运颓，玄鬓早已白。素标插人头，前途渐就窄。"(《杂诗十二首·其七》)这背后的奥秘在哪里？陶渊明对于生死的拷问和想象更是一日多于一日，这奥秘到底又在哪里？我们只能假设：一切还是来自他的心灵，来自那个极度敏感、装载过多的心灵之车。这种过分的心灵重负，完全不是一个孱弱生命所能承受的。知识分子的责任、痛苦和质疑，把陶渊明的生命力耗尽了，磨损一空了。

最后我们还是听到了微弱的、无可奈何的声音。从这些声音里，我们隐隐感到诗人最后的倔强，最后的鉴别和确认。我们对这种确认既是认同的，有时候又愿意忽略。因为陶渊明初回田园的莫大欢乐，他对于明媚田园场景和风光的各种记录，还有他创造出的那片千古不朽的"桃花源"，一切都太迷人了，给我们的印象太深刻了。我们因此更愿意忘掉在死亡的阴影下徘徊的陶渊明。

但是，如果遗忘了后者，陶渊明的那种深刻性，他的人生意义，也就丧失了很多。

· 亘古不变的元素

人面对客观世界，面对浩浩群体和天地自然，常常会感到个人的卑微无力。人因此想获取一种世俗的力量，以此展现和强调自己的存在，并拥有一直渴望的"尊严"。这成为不可回避的欲望。但是这种欲望如果过分强烈以至于不断外化，却一定要以压抑和损失个人的自由为代价。比如说他要逼迫自己去做那些不愿意做的事情，长期忍耐和奋斗，遗忘了选择的自由，把它暂且放到一边。

人们往往认为在自然科学方面，无论人类理解与否，都有一种客观存在的定律和法则。其实人文领域里也同样如此，也必然有一些定律和法则存在，可以称之为人类生活的普遍法则。比起自然科学，后者可能更晦涩也更复杂一些，因而往往莫衷一是，处于不断被证明又不断被推翻、循环往复的态势。正因为这样，我们渐渐也就怀疑起那个"法则"的存在，于是认为这个领域中的一切都是相对的。从此人文领域的客观性也就大打折扣，有人认为它更多的是人类在社会实践中的自我培育物和自我确立物，绝对的客观存在的那个"法则"是没有的，这个领域里找不到任何超验的东西。

实际上这正是造成人类生活的苦难根源，是人类自身的最大误解。否定了人类生活中客观存在的"法则"，也就没有了真理与永恒的追求，生活必然一步步走向败坏。一些客观存在的道德标准、伦理标准，它一定是蕴含于宇宙之中、生命之中的，当是一些亘古不变的元素。

也就是这些元素，在陶渊明那里发挥了最大和最终的作用。如果说人类一直被改造社会和自然的那种炽热欲望、强烈社会事功心诱惑的话，那么陶渊明的一生，就是自觉不自觉地运用那些元素，跟种种诱惑进行斗争的一生。他在斗争中不断质疑，以至于一次次对个人的一生给予总结。他的诗里不停地肯定自己后期的生活，同时也表达了种种不安和怀疑。这么多质问和肯定就是斗争。无论是《与子俨等疏》，还是《自祭文》，还是《拟挽歌辞》里，都有这些。他不停地自省、自叮和判断："行止千万端，谁知非与是？是非苟相形，雷同共誉毁。"（《饮酒二十首·其六》）"得失不复知，是非安能觉。"（《拟挽歌辞三首·其一》）"日月遂往，机巧好疏，缅求在昔，眇然如何。"(《与子俨等疏》)可见陶渊明在服从个人的天性、寻找那个尊严的根性时，仍然要受另一种东西的制约，这就是人类天生的面对群体和客观世界的那种茫然无力、那种深深的怀疑。但是好在他对这一切一直处于追问之中。

有时候陶渊明对于生命中存在的这种晦涩的莫名的要求，也表示了惶惑与不解："徘徊无定止，夜夜声转悲。厉响思清远，远去何所依？"(《饮酒二十首·其四》)"胡为乎遑遑欲何之？"(《归去来兮辞》)这种深层的东西，在陶渊明不自觉的感性里面得到了强烈的呼应："聊乘化以归尽，乐夫天命复奚疑。"(《归去来兮辞》)

"天命"中即包含了那些"亘古不变的元素"，这是生命的意义和依据。

· 积极的生命

陶渊明最后饥饿困窘、贫病交加而死。他对于死亡一再地练习和模拟，希望自己不再那么惧怕死亡。自杀者好像是最不惧怕死亡，最能够勇敢面对死亡的人，可是从另一个方面讲，又是一种急于解脱的状态。鲁迅先生曾说，如果说自杀容易的话，那就试试看。自杀当然是一个最沉重最艰难的尝试。陶渊明惧怕死亡，但是他惧怕的程度，却不一定就大于一个迅速了断自己的人。

这里面有生存境遇的问题，还有性格的问题。陶渊明至少还没有面临那种把生命全部压垮的巨大危难，还有活下去的意志和能力。迅速了断自己的人，有一部分相信来生，有一部分却也未必。基督教对自杀是否定的，认为自杀者不可以上天堂。灵魂的托放是一个极复杂的问题，自杀者已经无暇考虑这些哲学或宗教问题了。

有人说，人的一生往往都要眷恋功名得失，直到最后才知道世界仅仅是自己的，与他人没有多少关系。这里是指求功名就要活给别人看，就得在乎别人的看法，而直到最后才知道要活自己的，过自己的日子，所以只可以听从自己的内心。这种思想和陶渊明似乎是相通的：直到生命的最后一刻，才能够正视一切皆无，不可再生，也没有未来，这是需要正视的事实。

陶渊明仍然牵挂行为的全部后果。越是到后来，他对现实生活的判断越是冷静；越是临近生命的终点，他越是觉得生活在这个世界上，仅仅需要服从自己的内心。

如果完全否定来生，那么当生命逼近大限，即将抵达终点的时候，就会认为自己即将与这个世界毫无关系。但无论是佛家道家的学说，还是基督教学说，都会否认这个认知。这种认知实际上是真正消极的。

这种否定来生的认知，其消极的一面是让人类变得更加自私，更加无所顾忌；积极的一面是可以活得更自我、更自由，尽可能地不看别人的脸色，不被一些所谓的条律所限制，服从生命的自愿。就这一点来讲，又跟陶渊明是一致的。

在诗人抵达生命终点之前，我们所感觉到的那种截然分明的了断感，以及它所带来的思维的彻底性，人生的觉悟和坚定性，都是非常清晰的。他走开了，但他的全部人生，他的经验与精神却贡献给了未来，这又让我们明白：无论一个人愿意与否，他的全部世界绝不仅仅属于个人。

陶渊明生前尽可能地把生活审美化，一方面用以抵御现实境遇的困苦，一方面又是他的天性所决定的。陶渊明的审美不是为了作诗，更不是为了他人的学术，而是先天的一种能力。"微雨洗高林，清飙矫云翮。"（《乙巳岁三月为建威参军使都经钱溪》）"衡门之下，有琴有书；载弹载咏，爰得我娱。"（《答庞参军》）多么迷人的自然之声与人的安居。

陶渊明是一个现实主义者，还是一个常常耽于幻想的人。陶渊明很想超越世俗生活得失，做一个精神方面的探求者，并且一辈子也没有离开这种尝试。但是现实生活的切近和利害，一再地磨损这种高蹈的思想。"泛览《周王传》，流观《山海图》。俯仰终宇宙，不乐复何如？"（《读〈山海经〉十三首·其一》）诗人多想放纵美好的想象，可惜眼前的困顿总要把他从宇宙遨游中拉回地面。

陶渊明像普通农民那样贴近土地，但他的全部行为，又让人感到是一个浪漫主义者，一个精神的高蹈者。他的诗文里，抒情咏怀所放射出的那种思悟光辉，实在是太强烈太迷人了。诗人是一个完整的、葆有丰富生命特质的人，是一个更接近于完全的人。

陶渊明没有便捷地走向某种"单向度"，不是一个非此即彼、执拗而盲目的"勇者"，而是一个自然真切的个体。陶渊明不是某一个哲学体系和宗教体系所能归纳和概括的人物，在他自成一格的世界里，可以沿着无数个方向寻找海量的人性元素，以至于大大地考验后人的想象力和探求力。

在诗人不算短促的人生里，尝试和实践太多了，痛苦和欢乐太多了，就像他对于死亡的那种不厌其烦的练习和模拟太多一样。我们可以把他想象成一个惧怕死亡的人，又可以把他看成一个能够直面死亡的人。他到底是怎样的？一个常人？一个在死亡面前徘徊不已、随着越来越接近终点而絮叨不停的老人？要理出这些头绪，既要切近地回到文本，又需要退得更远一些。

遥感一个特异的生命很重要，但这遥感的基础却是熟读文本。

·万能的启示

儒家的"朝闻道，夕死可矣"的"道"，还有基督教的"道"，老子"道法自然"的"道"，不同的"道"在概念上各有差异，但是内涵时而相近。比如说基督教和老子的"道"，许多时候内涵是一致的。基督教的"神"是一个规定万物、繁衍万物、创造万物的最初源头，既然如此，遵从和服从这个源头，就是走入一种神秘而不可把握、只可以爱和信而不可以质疑的铁定规律。老子所说的"道"是无形的，无处不在的，是神妙和万能的，这跟基督教里所说的那个"神"是何等一致。这种一致性只能让人感悟，如果需要证明，也不是某一个生命、某一代人所能够完成的。再者"道"与"神"高于现世，高于人类，既不需证明也无力证明，人类只能服从它和认识它。

某种力量存在于宇宙万事万物之中，所以说我们会感觉到陶渊明的田园生活挨近的是这个"道"。他不自觉地接近了一种万能的启示，因此就会思考生命的存在意味着什么、能维持多久以及维持的意义。

陶渊明尽管没有找出一个明晰的答案，因为"道"是难以言说的，但是他思考的全部意义仍然包含在里面。他在"道"的探索方面是一个认真朴实的人。他带着诸多留恋、热爱和疑惑，靠近这个"道"、靠近这个规定了万物的神秘力量。这种靠近使他不自觉地获得了一种安慰，在困苦不堪的现实境遇里能够抵抗和坚持下去，能够挺立。更为可贵的是，他从中获得了一种自我鉴定的勇气。越是到了晚年，他的这种鉴定就越是强烈。

有时候人们过分地重视陶渊明外在的一些行为，如弃官归去之类。其实离开了官场并不等于离开了当代社会生活，回到了田园也不等于放弃了当下的世俗享受。田园更是一种饱满丰腴的个人生活，我们无视这一点，其实仍然是畸形的价值观在隐隐地左右自己。我们往往把一个知识分子的那些官场生活，所谓的"达"，无形中看成了更高的甚至全部的生存意义。人生绝不如此，因为人类的社会生活与精神生活还要开阔得多，丰富得多，也复杂得多。

有人会认为陶渊明既然靠近的是"道"，那为什么没有加入当时的任何宗教流派，反而会弃绝和偏离？这样一问就将"道"与某种宗教体制等同起来。

西方一些杰出的人物，像托尔斯泰、雨果等，他们也不太接受教会这种体制，这或许因为他们是更为自由的灵魂。他们的神思要抵达各个角落，包括信仰。他们更渴望在信仰本身上认真，而不受人类体制左右。

一方面他们深受基督教传统的影响，相信灵魂不灭，因为这种信仰已经化为每个国民根深蒂固的意识；另一方面，像托尔斯泰，既是一个虔诚的东正教徒，但又因为不能苟同其体制而被东正教会革除了教籍。这说明他更自由，他所坚信的关于灵魂的问题更本质。他们反对世俗社会对于宗教信仰的某种浅薄的破坏性的践踏，更不能容忍那些有形的宗教体制对信仰的戕害。他们认为一切人为的桎梏，都不利于灵魂靠近绝对真理。

这一点与陶渊明又多少有点相似。陶渊明对某些宗教流派的怀疑，或者说寻找和靠近，接受影响，有限度地采纳和最终的否定，都体现出与西方杰出人物一样的勇气，一样的自然求真和质朴的态度。虽然他们得到的答案以及对自己的期望不尽相同，但这种怀疑精神，这种顽强地打破一切成见和宗教体制的勇气，又是极为一致的。由此可见，我们不能判定陶渊明的死亡观是浅薄的，对于死亡等哲学命题，他绝不是一个浮浅的思考者。我们应该从个体生命更高、更自由、更自为、更强悍的这种意义上，去认识和理解诗人。

如果从这个角度看，陶渊明虽然比不上一些宗教哲学人物，但在许多方面也可以是相通的。陶渊明同样是一个自为的杰出的灵魂，不受局限，更不能苟且于某种带有粗暴规定力的思想束缚。他是一个顽固和强旺的生命，坚持了个人的寻找和认识。

这样的一个生命，更有可能诞生在魏晋那片蓬勃的田野里。

陶渊明似乎没有宗教信仰，单单在精神的探索如形而上的认识上，或许不如同时代某些最优秀者；但他是一个纯粹的诗人，其作品有着超越的非凡的艺术含量，并且朝向哲学与宗教作出了顽强的个人探索。

· 生命的标本

陶渊明能够成为一个文学的标本，首先因为他是一个生命的标本。文学仅仅是生命的现象之一。陶渊明能够甩脱各种世俗的羁绊，听从内心的召唤，一条路走到黑，这种人是十分罕见的。在当下这个所谓的数字时代，人已经被数字的锁链层层缠裹，捆住了所有狂放不羁者，连最生猛的特立独行者也不得幸免。现代的标新立异除了尖叫和表演，往往就没有了其他招数，而这些做法恰恰又落进了媚俗的窠臼，是最平庸不过的。但在魏晋时期，没有这条数字的锁链却有其他的捆绑，那同样是十分坚韧和纠缠的，要挣脱又谈何容易。

后来人很容易像诗人那样寻找一块土地，经营一片所谓的园林，或者到偏僻之地隐遁起来。找一片没有受到现代污染、尽可能保持原始风貌的地方，去经营一方个人的天地，或许是很切近很自然的道路。这种种外在的努力诚然可贵，也比较不难做到，但怎么看就是不像。原来最难的，还是要看这些外在的选择下面、这种背离和疏离的行为下面，跳动着一颗怎样的心灵。最容易做到的往往只是"貌似"。如果我们在魏晋时期寻找一个类似陶渊明的"隐士"，相信肯定不在少数，到后来这种类型更是多到数不胜数。但陶渊明却实在只有一个，没法复制没法重复。

为什么当年那么多的"隐士"，后人偏偏把目光更多地投注在陶渊明身上？为什么诗人能够吸引一代又一代人？究竟是什么，使他从众多的所谓"隐士"当中、诗人当中脱颖而出？这其中肯定大有奥秘在。这个奥秘尽管被一代又一代人寻求，被不同的诠释覆盖，并且在这个过程中被不断地歪曲，甚至使我们大家离它越来越远，但它显然还是顽强地存在着。因为那个隐隐的坚实的内核存在，也就不会消逝。

我们拨开一层层覆盖物，往前探究，希望有所发现。

原来他不是一个简单的反抗者，也没有单纯地固穷守节。他并非拥有社会和道德的优势，而且不仅仅是一个才华盖世的诗人。但他是一个拥有全部生命丰富性的人，一个活泼饱满的自在人士。这样一个自主、自为者，将自己当成一棵草或一棵柳树移栽到土壤上，经受大自然的风霜四季，实在不是那些"隐士"所能比拟的。这个人勤奋而又懒惰，严谨而又散淡，不精于耕也不精于读，既极为专注又时常恍惚。这个人嗜酒，寂寞，爱菊，活得不太带劲儿又兴致勃勃。这是一个不太怪的怪人。

我们后来人怎么学习他？很难。而今的背向闹市者，那些暂时摆脱了数字网络控制的人，也许原本就该明白：背离一种潮流不难，拥有一种流畅和饱满的自然天性就难了。

我们所习惯的那些反抗之音，总是尖叫和呼号，因为不如此就不足以被注目。但陶渊明更多的是自语，是沉默，是在自我满足的状态下度过一天又一天。现代人一定是作为潮流里的一分子，却不太注意这个潮流涌向何方。如果当代的规避和田园成为潮流，那么可以一口气涌现出多少田园；如果"底层"成为潮流，会有无数的人标榜自己属于"底层"；如果反体制成为潮流，便会有无数的人强调自己早就置身于体制之外。这个时刻只是没有多少人会问：我在哪里？个人在哪里？

　　自我完成的、相对独立的个人世界，很大程度上是完整的、自足的，而不过分依赖于其他的存在而存在。如果所谓的反抗者离开了冲撞和抵抗的对立面，自己也就自然地消失和瓦解。陶渊明不是，他的整个人，他的作品以及品格要义，离开了魏晋还仍然存在，离开了那种所谓的强权、篡晋的士族势力，离开了那个黑暗的时世，也仍然存在并且同样饱满，常温常新。因为他具有强大的个体意义和个体内容。如果他单纯是一个桓玄或刘裕的反抗者，那么桓玄刘裕们早就不在了，他也该消失或褪色了。可是恰恰相反，陶渊明至今仍然有着无比强旺的生命力。

　　显然，他不依赖反抗的对象而存在，他的意义是恒久的、普遍的，具有普遍法则的意义。

· 最大的后事

　　从青年到中年，再到近晚年和晚年，陶渊明渐渐不再是一个患得患失的人，正像他越来越能摆脱"入世还是出世"的矛盾纠缠一样，从一种天道命运里获得了神启和解脱。虽然这种解脱是不彻底的，直到最后仍存在着人性所固有的那些犹豫和痛苦。人情冷暖、世态炎凉，会阶段性地对他产生具体的触动。诗人的痛苦，在于这种功名利禄的诱惑没有从心底完全消失。陶渊明清晰地认识到这一点，努力让自己回到"人生的根本意义到底是什么"这个最大、最基本的命题上来。

与这种思考相对应的,是越来越贴近的现实生存,是田园万物:小草、露珠、飞鸟、动物,永恒的山川大地,苍穹星辰,遥远山影,天空游云,日月之周而复始,这一切与他对生命本来意义的感知趋向了浑然一体。这就使他将生命里的万千俗念放下来,渐渐变得赤裸简单,就像其物质生活渐渐归于赤贫一样。最大的那座宅第烧掉了,剩下的一处也家徒四壁,干干净净。诗人开始讨要。

陶渊明落入了最贫穷最底层的一类,而不仅仅是"民间"人士,就物质水平而言还够不上这当中的平均值。奇怪的是,这个时期的诗人不但不给人沮丧感,而且还有一种空前的力量。大约也就在这个时候,他愤然回拒了那个前来救济的官人檀道济。

我们当代人慢慢地认同了陶渊明的这种真实和彻底。陶渊明用他全部的自语,向后代知识人,向所有人,交代了一件最大的身后事:烦琐而虚伪的功利世界带来的只有欲念和羁绊,使人痛苦;而真正的意义和归宿是生命与自然,是不断靠近那个"真意"。我们每个人将要面对的都是最后的真实,我们每个人所追求的这种真实,就在这俯仰之间,在生生不息的万物之间。化入它,依靠它,信赖它,与它结为一体。

在宇宙这种永恒的运化和演变里,我们只是一粒微尘。我们投入了这种演变,感知了我们的常运;我们必得放下世俗功利中的一切繁文缛节,因为它们最终还是虚妄的幻象。

我们被交代的身后事,就是尽快起而挣脱,去寻找和靠近"欲辨已忘言"的那个"真意"。

第六讲　**双重简朴**

·双重简朴

陶渊明的诗吸收了很多《诗经》和汉乐府的营养，但仍然有诸多不同。《诗经》和汉乐府的华彩部分有许多直接来自民间，而陶渊明虽然身在民间，却同时又是一个文人的写作。他既可以获取自己时代丰富的民间营养，又能够从以往的民间文本里汲取一些艺术精华。这种民间艺术的互补和印证，可能强力地推助了他的创作。

"民间"即便作为一个好词，在今天也仍然需要辨析。"民间"不可以是口号，更不可以仅仅是姿态和立场。"民间"是一个不太需要引申的概念。陶渊明身处的时代可以说大有"民间"存在，而今天真正的"民间"则不多了。在二十世纪八十年代初期或许还有"民间"，因为那个时候信息交通、媒体网络的发达程度还不像今日。那个时候还存有一些相对独立的空间，可以保留一些"民间"的元素。在今天，要找这样的地方虽然不能说绝对没有，但已经非常困难了。

东晋时期还是比较纯粹的农业社会，所以陶渊明置身的"民间"也与后来不同，他的诗歌艺术就得益于这种生存状态。"桑妇宵兴，农夫野宿。"(《劝农》)"俎豆犹古法，衣裳无新制。"(《桃花源记》)诗句中无不洋溢出一种浓烈的原始乡土气息。

今天的工业信息时代，实际上毁掉了"民间"也毁掉了故乡，这不仅是地理意义上的，而且还是精神意义上的。而陶渊明当年从这两个意义上都可以"归去来兮"。大一统的文化把精神的原乡与故乡都冲毁了。在科技时代的这个城乡模板里，现代人已经找不到"民间"，找不到自己的精神故乡了。我们每天听闻的无非就是相差无几的那套说辞，千人一面万人一腔，信息源相同，并由功能强大的光纤输送过来。这其中呈现的"多元"与"芜杂"也是相似的，如果比成酿酒，它们不是在分隔的独立空间里自己生成的"原浆"，而是在统一的工业流水线上由酒精"勾兑"出来的，再经物流公司大量批发。精神的劣酒让网络时代的人头晕目眩，已经造成难以挽回的生理与心理的摧残。

陶渊明当时的那个"民间"，恰恰能够对应东晋时期的庙堂和街市，而今天的"民间"往往成为一个伪命题。每每令人诧异的是，一个人没有真正感受失去"民间"的痛苦，反而更多地呼告和标榜"民间"，这实际上是可怜而卑微的，艺术上是必衰无疑的。为"民间"的消失产生了锥心之痛，才有可能复活一些"民间"的生长力。从这个角度看，陶渊明实在是个幸运者，他当时还有一个"民间"可去，还有一片土地可以接纳。现代社会的高科技极易与暴力主义联合，与商业主义联合，这样的时空里也许早就没有了"民间"的寸土。所以如果我们现在不停地引述和强化"民间"这个概念，用作自己的符号，不仅可疑，而且近乎愚蠢。

　　陶渊明那种"民间"的简朴，特别是强盛的生长力，才具有永恒的价值，也因此让今天的人深深地向往。无论是陶渊明的实际生活，还是他记录那种生活的文字，都没有一点姿态和口号的意味。诗人的简朴，已经化为从生活到艺术的双重简朴。如果陶渊明当年自觉于体制之外，自觉于"民间"之中，做一个轰轰烈烈的"民间主义"者，他还能让人感到朴实可信吗？他的朴实已经到了无言无为的地步，正所谓"不知有汉，无论魏晋"，怎么还能感知自己身在"民间"？问题就是这样清晰和简明：不自觉的"民间"，才有可能是真正的"民间"。

　　东晋时期文人的生活道路包括艺术风气，对陶渊明产生的影响或是正面或是负面，或是因为这种影响而产生了个体的抵抗力，或是其他，所有这些都是可以料想的。但是陶渊明的这种简朴则是流动在血液里，是来自先天的一种生命气质。他后天所选择的这种生活，只不过是加强、诱发和延伸了自己原有的天性而已。将陶渊明过分地看成是一个时代风气的反抗者和反拨者，那不仅是远远不够的，而且很可能还是言过其实的。

　　我们从陶渊明的诗文里看到的是如此自由流畅的风格，而不是那种处处对应时风与社会的反抗的拗气。陶渊明在这种"自叮自嘱"式的记录里、这些大致平和的文字中，实际上已经充分地体现出与时代的疏离感。这种疏离客观上会有一种反抗的意味，但主观上却并非为了反抗而创作。这种信笔由性、自然而然形成的疏离才具有更大的意义，因为它不可能为一时一世一地一潮流一主义所能够涵盖。陶渊明疏离的是一种更常态化的东西，是人类历史上所共有的某种主题、思想和时尚等等这一切东西。

· 不　遇

　　一个诗人的文运往往是一言难尽的。杰出者遭遇的坎坷，常常是因为当代人对他的认知出了偏差。在这方面，陶渊明就是一个典型的案例，所以他的"不遇"一再地被人援引。他的《感士不遇赋》主要是写社会层面，围绕一些古代仁人志士的入世"不遇"，再结合自己大半辈子的人生体验，发出的深切慨叹。"士不遇"原本指的就是政治上的抱负无法实现，而不是艺术抱负。实际上陶渊明在诗歌艺术成就方面同样或遭受了更大的误解，这也是一种"不遇"。因为比较起来，审美是更为复杂难言的，后来的诗评家和读者只是在离他相当遥远的距离之后，才开始对其艺术的品质看得清晰了一些。

　　陶渊明的境况甚至还比不上荷兰的大画家梵高。虽然梵高活着的时候比陶渊明还要寂寞，生前只有一位同情者买过他的一幅画，但后来却成为现代艺术史上一个极具代表性的画家，成为十九世纪绘画艺术的标志性人物。尽管陶渊明活着的时候并不像梵高那样寂寞无名，在东晋还勉强被认为是一位"名士"，被他的好友颜延之推崇。颜延之在当时的诗坛上可算一个引领风骚的人物，这个人既合时尚又有社会地位，难得他助一臂之力。陶渊明死后不久，还得到梁朝昭明太子萧统的极高评价。但无论是颜延之还是昭明太子，他们评价的重心仍然没有落在陶渊明的诗歌艺术上。

而刘勰的《文心雕龙》，这部开中国文学批评先河的巨著，却对陶渊明的诗歌创作只字未提；钟嵘的《诗品》也只把陶渊明的诗列为"中品"，让他屈居于阮籍、陆机、谢灵运等人之下。这一切足以说明陶渊明的艺术在死后近百年的时间里，也仍然是"不遇"的。

陶渊明渐渐演变成一个符号化的人物，其实从很早就开始了。这个进程尽管越是后来越是加快了步伐，但可以说从他活着的时候就已经启动，其中最大的标志性事件就是好友颜延之关于他的专门记述。此文强调和突出的是诗人的社会境遇，是由此而显现出的不凡品格。这种论断将诗人推向了道德的高地，而将人和艺术稍稍分离出来，或干脆拿来做了生活方式的简单注释，置于了比较次要的地位。

颜延之的申吁之言试图改变诗人的"不遇"，而且动机纯粹心态真诚，可惜他树立的这个身影渐渐拖得太长太重，以至于将其最重要的创造和生命呈现遮罩了。颜延之与陶渊明有相似的经历，也有过躬耕田园的体验，给予对方的推崇是真实的钦敬。他意气可嘉，见识不足，没有能力深入地发现和进一步发掘，结果形成了他自己始料不及的后果，诗人仍旧"不遇"。

陶渊明所写关于"不遇"的诗赋，感受的深意仍然落在"士"的层面。他这里并没有包含自己的艺术，也就是说对自己的诗章受到怎样的评价、是否被误解之类，并没有什么担忧和多虑。诗人也顾不了那么多。这是可以理解的，因为诗章不过是"士"之心声，一般来说文以人传，只要"士"能得"遇"，诗章的传播又算什么问题？这是自古至今的社会通识，却实在算不上是艺术和审美的规律。

位高权重者易得文名，尖声辣气的表演者更受瞩目，但这文名却不见得能够持久，往往在身后不长时间就会衰败下去。一切都取决于其思想与艺术的内在品质，要看它能否经受时间长河的浸泡。但是每个人都要活在自己的时代，无论是当事人陶渊明还是他的好友颜延之，最挂念的还是当世的社会境遇。他们或许没有想到人与诗之"不遇"有时候是统一的，而有时候竟是分开的。

· 平易简单

对人的评价要受各种条件的制约，无论如何，一个人社会地位的显赫与否，在一定的时段内会直接影响立德立言的有效性。陶渊明的诗文创作是他人生最主要的价值标志，也是他个人最重要的心灵表达，它的审美价值如果不被认识就丧失了大多意义。而在当年，卑微的社会地位及其他种种原因，使陶渊明远离政治、文化和艺术的中心。尽管那个时期"隐"也是通往"显"的曲折途径，发展到后来便成为"终南捷径"，但在陶渊明这里，疏离不是作为"术"来使用的，只不过为了使生活变得更加平易简单，更加称心如意，就像他的诗歌艺术一样。

只有经过了相应的时间沉淀之后，人们才会发现这些"平易简单"的艺术原来最不易得。这种艺术背后埋藏的是难以抵达的基础条件，这其中包括了巨量的劳动，更有对自己的苛刻要求，特别是生命所具有的本色的决定力。艺术家的人生从根本上改变了，其艺术才能有相似的风貌表现出来。陶渊明的身心已经被一方乡土养育和熏染深重，被田野之风吹得透彻，有了上层人物和一般知识人十分陌生的"乡土气"。这种"气"实际上是被土地长久培育的结果，有了这种"气"，也就更有根底，远比单纯接触书本教育的人更丰富，更有力量，走得更远。

一个人所接受的教育，从学位上讲可以是学士、硕士、博士，可以出洋留学，但是这一切后天经历中有形且有步骤、按部就班的知识吸纳方式，都不能取代大自然的培植。后者更是一种有氧活动、有机生活。

现代西方社会提出了"简朴生活"的理念。这是对发达而烦琐的工业文明的反思，源自理性思维。陶渊明的简朴不仅有实践的理性，更主要是来自天性，所谓的纯粹理性。天生具有的和实际生活中产生的理性在他身上水乳交融，衔接起来又延伸开去，让他成为最终的那个自己。

颜延之在关于陶渊明的评述中，大力赞扬其气节和简朴的生活方式。气节包含了入世还是出世的老话题，这种评价实际上把陶渊明的生活和人生道路过分地社会化和道德化了，无形中将其诗歌艺术与人割裂开来。其实人的气节，日常生活情状，恰恰会决定诗文的品质。颜延之没有脱离当时的思维窠臼：陶渊明的人品是清高的，算是一个真正意义上的"名士"和"隐士"；而作为艺术，他的诗文却有些简单平直，甚至可以说简陋或枯槁。这是当年比较能够得到广泛认可的一种意识，与东晋的文风时尚有关。颜延之在当时能够做到这些已属不易了。他的眼障既来自时代的局限，也由于个人的天资匮乏。审美力的缺失是难以弥补的。

另一方面我们也应该看到，由于中国自古以来就把人品和文品并重,颜延之对陶渊明绝不伪饰的人格魅力的揭示,对于后人理解他的诗也起到了巨大的作用。

陶渊明的诗不是一般意义上的文人手笔,不是他们手中的自然之美,而直接就是自然声气。表面上看他的文人气并不充沛,甚至连曹操这样的武夫都不如。像曹操和曹丕这些权势人物,文人气还是很重的。陶渊明与他们相比,书卷气和文人气似乎要少得多。庙堂气加文人气,在曹家父子那里都比较浓重。"庙堂气"我们可以理解,但是他们的文人气超过了陶渊明,反而让人有些吃惊。这就使人愈加感到陶渊明的简单和淳朴。

陶渊明的生活选择当然有其不得已的一面,但这"不得已"却与自身的性格高度吻合。他的本性是这样求简就便,这样喜爱天然,这样内向安然。官场的烦琐不要说,即便是一般意义上的市相喧声也让其回避。从诗文中看,他是喜欢躲于一隅的那种人,坐在柳下听知了观游云,常常有些怠倦和慵懒。那张古琴的弦断掉了他都懒得换,竟然能够坐下来抚弄,称之为"无弦琴"。

他的诗章就有"无弦琴"的音质,不过这样的"雅乐"由谁来听?这其实是一种无声之声,除非长了一只特异的耳朵,一般人是听不到的。好在历史漫长,异人无数,终于出现了能够听懂陶渊明的人,不过这还要等待许久。

• 对潮流的偏离

在我们今天看来,陶渊明的诗歌是极具浪漫色彩的。然而陶渊明与大多数浪漫主义都不同，他的诗歌不夸张不变形，基本上是很收敛很内在的，甚至还有些干瘦和平实，这一切都与他的个人性格相似。"农务各自归，闲暇辄相思；相思则披衣，言笑无厌时。"（《移居二首·其二》）类似的口语化句子太多了，以至于成为全诗的主体风格，明畅无碍，老幼咸宜。这样的浪漫主义在今天看来也许有些稍稍陌生，因为它不合我们心里的概念，而那些概念又是从西方传过来的，并且由一些标志性人物和作品渐渐确定下来。那些人的豪情不可遏止，一泻千里，忘乎所以，渲染个淋漓尽致。

比如说陶渊明诗歌艺术的特点，与同样是浪漫主义诗人的李白正好相反。陶渊明与李白一样，做人作诗的风格可谓高度统一，这也是他们最可贵的方面。李白之奇谲神思、夸张陡峭令人过目难忘，总是给人留下深刻的印象，其日常行为也有别于常人，算是一个典型的"异人"。唐朝的另一位大诗人杜甫，虽然在平日生活和为人处事上不像李白那样外露和张扬，可以认为是比较简朴的，但诗作却不尽平实，许多作品用词之华丽想象之奇特，都达到了一个极数。像那首有名的《同诸公登慈恩寺塔》，是与三四位诗人同游大雁塔时的即兴之作。当时几位诗人各有一首，只有他的最为夸张，当然也最生动最富有感染力："高标跨苍穹，烈风无时休"，如果实地看一下那个塔，就会觉得杜甫遣词造意的大胆夸张，实在是有些过分了。

比起另一些杰出的浪漫诗人，像王维、苏东坡等，陶渊明的这种浪漫和才华显然具有别一种特质。王维、苏东坡等人都是才华灼人，而陶渊明既少了几分这类天才人物的外在感染力，也好像没有那样的内在机警与敏锐。有时候陶渊明还给人某种"单调感",似乎很难给予读者特别丰富的感受,甚至觉得他的诗简直人人可为,是极其平凡的口语连缀,是眼前事物的直接拾取。这些诗句差不多俯拾皆是。如果说诗人在生活中散淡慵懒到了一个极数,他的诗也同样如此,可能就有了麻烦。大文人不能纵横转文,不能恢宏壮丽,那么他的深邃与卓异也就让人生疑了。尤其在喜欢堆砌的魏晋,陶渊明这样的风格气息会显得有点"业余"。

人们大致认为陶渊明所有诗的表达,几乎都属于现实中可感可见之物,从情绪到其他,无一不是就近就便之材,一般人都可以把握和感受,鲜有超出这个范畴者。他的想象力极少有出人意料的奇谲,也难以抵达特异的高度和偏僻,总是十分平实和口语化。然而一切真的如此吗?再仔细观悟下去,必会有另一些发现。我们将会一点点否定最初的感知,进而振作和诧异起来。

原来我们刚开始获取的只是一种极外部和极粗疏的表象,陶诗那种内在的准确和精微,那种诡谲特异之美隐藏得竟是如此之深。这正是一种更为深切和老练、旷达与自信,是一种从高处俯视万物的卓越,是心手高度一致的诗人才有的火候。诗人用极微的动作调拨的,是最精细的奥妙。

有人说陶渊明这样做是故意反时代风气而行,逆时代潮流而动,其实也不尽然。因为在诗人这里也许并没有那样的刻意,他只是自然动作而已。当时魏晋的风气或者是怪异,剑走偏锋,或者是走入过分的绮丽,讲究辞藻和用典。比如说与陶渊明同时期的谢灵运等,还有对他极尽推崇的好友颜延之,从记载上看,都是当时东晋诗坛的灵魂人物。元嘉时期,颜延之、谢灵运是齐名的文坛巨子,以"文章之美"并称"颜谢",他们的诗歌艺术追求典丽和繁富，二人都有"雕琢""巧思""骈俪"的艺术倾向，喜欢大量运用华美的词句和典故，非常重视艺术的形式美。这些文字与情怀，与陶渊明的区别都很明确，艺术趣味上分野清晰。

一个人偏离了时代的潮流，就等于远离了所谓的文运，甚至要脱离文坛。文坛总与庙堂有些关系，却与文学艺术之核有些疏远。背时的艺术一定会走入坎坷费解，以至于身处偏僻之地而被冷落起来。今天看来，陶诗的处境在当时也是一种必然结果。幸运的话，即便当年逐渐得到了一些认可，慢慢被纳入正统诗人的视野，获取了一定程度的赞誉，那么这些肯定与判断也仍然要远离诗人的创作实际，远低于其应该得到的评价。与之同时代的人不受势利的左右，能够放空自己，安静公允地对待艺术本身，往往是难而又难的。势利无所不在无时不在，于无意间浸漫了人生世道，这才是可怕的，也是常见的。

就陶渊明的写作来说，其实仍然还是被裹挟并顺应于一种潮流的。他写的文体较多，有四言诗、五言诗和辞赋，但五言诗是创作的主体。当时五言诗早已成熟并且为建安以来的诗家所重视，陶渊明在审美趣味、风格、内容和手法上，都是一种继承和发展。所以总体看可以说他既在潮流之中，又能够有所偏离。

东晋和南北朝时期的诗人与评家们，极少数注意陶诗的人，都不同程度地绕开了他的诗歌艺术，转向了他的社会与道德意义。这种推崇和肯定，对他的艺术会造成进一步的误解。忽略陶诗者比比皆是，能够将其纳入视野的又做得如何？尽管这在当时已经是十分难得了，但在今天看来还是显得不够，有些遗憾。陶渊明的人与生活的风貌及品格，与其诗歌艺术是高度统一的，二者可以说是同质同步。

潮流所指时尚之归,其实也是一种最大的势利。推崇陶渊明者本想改变其"不遇",却无形中也受到了这最大势利的影响,这大概也是他们没有想到的。

· 伸手可及的邻居

在生活境况方面,陶渊明和杜甫一度是差不多的:窘困,尴尬,艰辛,以至于挣扎,食不果腹。他们一生里的许多经历都很相似:入仕不得志,生活很艰难。比起陶渊明,杜甫辗转大地四处漂泊,这当中许多时段的处境似乎还要更困难一些。陶渊明虽然在仕途上四进四出,但无论如何还在田园里前后相加度过了几十年。杜甫只在四川草堂时期有过一段安居田园的短暂时光,总的看算是一个颠沛流离的诗人。不同之处是杜甫的诗句比陶渊明华丽得多也雕饰得多,传统诗学上一直认为杜甫是一个"现实主义"的代表,但比起陶渊明来却显得张扬夸饰,有更显在的"浪漫主义"特征。

在人类维持物质生产与需求的各种营生中,大概没有比农耕生活更古老更属于基础性质的了。务农是很自然的生产活动,人人可为,虽然做一个好的农人也不容易。总之在五行八作当中,作为一个营生,再也没有比务农更貌不惊人的事业了。陶渊明归于田垄,闲来赋诗,他的艺术与他的生活一样,在别人看来也是最简单不过的。无论是人生境况还是艺术姿态,大多数人看陶渊明,都可以采取平视甚至是俯视的角度,这就消除了欣赏者和观察者那种仰视的不便与不安。人性就是如此,当低头俯视一个对象时,心中或许要产生出莫名的同情和怜悯,因为暗自的或潜在的对比总会有的。陶渊明长期以来总是被人怜惜的,从人生到艺术,都让人置于被俯视的角度。他不是故意示弱,而实在是显得柔弱可怜。这可能也是他的另一种幸运或者优势。

作为他者,无论是当时的人还是未来的人,无论是中国人还是外国人,与陶渊明交流的时候,目光交接之中,自己比起观察对象来总处于平等甚至是较高的位置上。这是我们所看到的诗人或艺术家中极为特殊的个案。比较起来,我们可以对杜甫等人的艰辛生活产生同情和怜悯,但是面对其诗歌艺术,又会在其惊人的炫技面前感到微微的惊讶和震撼,以至于有一种突如其来的自愧不如。然而面对陶渊明就是另外一种情形了。对这样一个平日靠农耕过活,最后贫困至极衣衫褴褛的诗人,我们必然会有痛惜之情泛起;而再转向其诗文艺术,却要又一次在朴直无华甚或"简陋""苍白"的形式面前凝目,感到微微惊讶的同时,也会因这些诗章的某种"贫瘠"而感到遗憾。这时候我们心中也会产生一种放松感和怜惜感。作为鉴赏者,就是以这样的心情慢慢进入陶渊明的诗歌艺术,心身无碍地体味和感知诗人。我们与他的关系属于真正的平等和日常,对方在一切方面真可以说是其貌不扬。

也就在这种似乎人人都会施以同情和效仿的艺术面前,欣赏者心中渐渐滋生出非常复杂的感受,最后这所有的情愫却汇成最大的一种感受:敬重。

陶渊明的人格和人性魅力,在这种步步贴近和逐渐进入的过程中凸显出来,令人发出越来越多的赞赏。任何他者的感受都不可能排除普遍存在的人性元素，这些元素要影响和参与整个的审美，比如说同情、傲慢、排斥、惧怕等等，这一切一定会深刻地影响人的审美心理。

这当然不是陶渊明的人生策略，更不是他的艺术策略。所有后果都不是他预设出来的，是他没有想过的。

后来人将把陶渊明当成一位伸手可及的邻居，而不是一个高高在上的偶像。这位邻居生前过得不尽如意，甚至还不如我们大多数人。面对这样一个和蔼平易、贫穷落魄的邻人，应该怎样和他相处呢？我们在情感上是否愿意给予他更多？我们在接受上是否更能够心悦诚服？就是这样的一种"接受美学"，在不察之中左右了每一个人。他人君临陶渊明的诗歌艺术，面对的不会是复杂与丰富，而只能是简单和真切。这种极度的"简"与"近"，将会带来更多理解的可能性。我们有可能在模仿中，在不加任何提防和戒备的吟哦中，在一遍又一遍地领略其艺术的过程中，更加深入地感知这位诗人的特异本质。

· 一枝野菊

唐朝诗人王维和孟浩然也写了大量质朴闲适的田园诗，题材与陶诗相近，但其内在品质却有差异。陶渊明与王维、孟浩然之间的区别主要来自两个方面：一是实际生活境况的巨大差别，二是个人生命质地的不同。

从人生境遇看，王维、孟浩然都没有生活之忧，他们可以过悠闲的生活。他们不必在泥土上忙碌以获取基本的生存需要,看待田野风光的目光自有一种超然性,与大自然之间更可以保持一种间离和闲逸的心态。王维一生为官且大致顺遂,是个佛教徒。他的《渭川田家》中写出了这样的句子:"斜光照墟落,穷巷牛羊归。野老念牧童,倚杖候荆扉。"孟浩然的《过故人庄》读来竟酷似陶渊明:"开轩面场圃,把酒话桑麻。待到重阳日,还来就菊花。"作为一个后来者,孟浩然的这些诗句优美而上扬,别有韵致,皆洒脱飘逸,是最能接近陶渊明的。

孟浩然的优游生活曾让李白羡慕,他在题赠对方的诗中写道:"吾爱孟夫子,风流天下闻。"(《赠孟浩然》)也许只有这样无愁无忧的风流倜傥之士才能写出妇孺皆知的《春晓》:"春眠不觉晓,处处闻啼鸟。夜来风雨声,花落知多少。"这首小诗轻盈别致,确是令人喜爱,它是那样潇洒多趣,清闲十足。还有北宋初年著名的隐逸诗人林和靖,所谓的"以鹤为子,以梅为妻",写出了"疏影横斜水清浅,暗香浮动月黄昏"的句子,被誉为咏梅绝唱,脍炙人口。这些人在实际生活中都有资本供其消耗,早已摆脱生存之虞,既可以阔绰地闲居,也能够四处游走,专心欣赏自然美景。那是一种令人钦羡的人生。

孟浩然向往"把酒话桑麻",这样的生活理想跟陶渊明多么相似。但他让人感到深深的向往和陶醉之外,还多出了一份优裕的闲适。他是一个拥有广阔田产的地主,不知是否会像陶渊明那样,感受春苗在风中的翼动之美,也不知能否亲手酿造新酒,享受"春醪"的喜悦。对孟浩然来说酒是不缺的,田园也不缺,不同的是随时都可以走开。陶渊明则要胶着在一个地方,这里有鸡要喂,有田垄要打理，所以同样是"话桑麻"，同样是写饮酒，陶渊明却丝毫"不隔"。

这个"隔"字，王国维作过很好的诠释，他说"隔"与"不隔"，是杰出作品和平庸作品里一个非常重要的分水岭。"隔"字隐藏了艺术的无穷意味。陶渊明的这种"不隔"，已经做到了极处。

陶渊明本人可能没有想过开创一代清新朴拙的诗风，却与前前后后写田园诗的文人有了许多区别。严格讲陶渊明是一个会写诗的农民，也是一个会种地的诗人；孟浩然则是一个田产广富的读书人，一个曾经考取进士被除名的人。他一生未能入仕，这与陶渊明是不同的；他写出了脍炙人口的田园诗，这与陶渊明又是相同的。他的游走与风流，或许是断了入仕念想之后的一种放任。陶渊明作为一个贫士，也许同样是"风流"的，只是自己浑然不知罢了。陶渊明就好像庐山脚下的一枝野菊，迎着季节热情地开放过，然后就凋谢了。

王维、孟浩然、林和靖等都是独占格调的杰出诗人，不宜与陶渊明简单作比。但显而易见的是，他们用不着为具体的生存而劳碌，与自然土地不会发生那种紧密而频繁的摩擦，所以笔下的自然万物也不像陶渊明那么朴拙与亲和。因为用于艺术思维的物质材料，它的结实度和密致度是不同的。陶渊明诗作的所谓"闲适"，是来自劳碌之余的一种快慰和放松，透露出劳动求得生存的安定与自信。而另一些人的那种"闲适"是一开始就有的，或是一种无所不在的优越感和超然性，并不需要辛苦之后获得，所以也就很难拥有那种彻底充实的质朴与舒畅。比起陶渊明，其他人或多或少是外在的、超越的、旁观与欣赏的，是他者对于自然的一种打量。陶渊明更像是化到了自然当中，融入其间，这就产生了审美上的区别。

孟浩然做了一生的隐士，他写田居生活，几近于陶渊明。同样是写野菊，孟浩然是多么好的赏菊者，而陶渊明爱菊赏菊，自己也是一枝野菊。

· 不可复制

同为山水田园诗人，陶渊明与另一些人相比，一颗心要重得多。这当然首先是因为他的生活要艰难得多，要养家糊口。诗人有时也羡慕那种游走的日子，渴望到远处去。他回顾年轻时候远游的梦想，向往云彩那种自由飘移的状态："云无心以出岫，鸟倦飞而知还。"（《归去来兮辞》）内心深处，诗人会偶尔触动这些遥不可及的优游与闲情。

陶渊明心中实在承载着太多负荷，如仕途不顺的那种忧愤，曾祖父的辉煌功业，以及外祖父的名士风范，这一切都不易忘却，仍会在心中交替郁积。这种矛盾的心情常常使他充满痛楚，让一颗心总是往下沉，大概很难飘浮在空中。这样的一个诗人，其诗句也就字字生根，一直深扎到具体生活的土壤之中。

这样的诗是不可模仿的，除了其生活境遇不可复制这一重要原因，还有天性的强大规定力，这更是一种根本的原因。谢灵运的飘逸，王维的佛心，孟浩然的清闲，他们之间各个不同。但是每个人生活境况之优越，都是远超以前的陶渊明的。无论是精神生活还是个人的实际境遇，陶渊明离他们都过于遥远了。所以那些人的诗无论在外形上多么接近陶诗，其内在气息还是相差很远的。

陶渊明是一个极其现实的思想者，非常依赖个人经验。但他既是一个现实主义者和经验主义者，又是一个在全部艺术和精神生活上高度浪漫的人。这二者统一起来是颇难的，在诗歌史上可能鲜有同例。有时候我们会觉得，缺乏陶渊明的生存感受，离开陶渊明的具体生活，就不可能接近那种高度朴实和自然内敛的诗风。任何一个诗人，哪怕先天独具异秉，一旦偏离了某种现实生活的共同实践，便不可能产生出稍稍相似的艺术。

从古至今的艺术创造中，复制与模仿是再经常不过的事情了。同一个时空中，从东到西的异域之间，移植已经成为普遍的行为。艺术在全球化时代则有全球化的时尚，某种趣味几乎可以在几年之内扫荡最偏僻的角落，连最不发达的地区也难以幸免。奇怪的是简单的模仿极容易招来喝彩，模仿者本人也时时引以为荣。这种情形越来越不可避免，并且在网络时代愈演愈烈。而今比起陶渊明的那个农耕时代，不仅生物学意义上的物种数量急遽减少，就连精神的生长也变得极为单调。比如进入某个时期之后，竟然能在全球范围内呈现出同一种艺术风气和习尚，这是多么不可思议的事情。时代的主题，时代的趣味，这一切几乎可以让几亿人同时拥有和采纳，这就成了荒唐的现象。可悲的是现代人并不以之为怪，反而视为理所当然，常常在一个地区一个族群中涌现出群体追逐的态势，并感到莫大的"荣耀"。

时代一旦让人失去了真正意义上的个人生活空间，自卑心理就会蔓延开来。陶渊明可以窘困到死，可是他的尊严还要设法保存下来，于是也才有不可复制的独特艺术。陶渊明的音调并不昂扬逼人，却是独一份的，能够在四野安寂的时刻向我们飘荡过来，久久不绝。

追逐和复制其实是源于一种无尊严的生活。

· 屈陶之别

陶渊明受屈原影响很大，这从他的作品里可以看得出，像《闲情赋》和其他一些诗章，都能看到屈原的余韵。如形式上的浪漫、强烈的抒情与华丽："夫何瑰逸之令姿，独旷世以秀群。表倾城之艳色，期有德于传闻。佩鸣玉以比洁，齐幽兰以争芬。淡柔情于俗内，负雅志于高云。"可见陶渊明早期的诗不尽简朴。他的个别诗里也有晦涩，用典较多，相对费解。当然这晦涩和华丽都是偶尔一见，不是陶诗的主要风貌。

华丽铺排，或诞生于他年轻时的那种幻想、蓬勃的生命力和强烈的向往，所以才写下了那类篇章。个别的晦涩是跟某些文人的酬答中出现的，多少背离了明白如话、自吟自唱的风格。屈原那种牢骚、沉郁、激愤，在陶诗《述酒》《咏荆轲》《感士不遇赋》《咏三良》《读〈山海经〉十三首》中，都较为明显。

屈原的命运是"丛林"所决定的，必然是一场悲剧。屈原作为知识分子、诗人，对陶渊明来讲并不是太过遥远的例子，产生的影响也是很大的。

魏晋时期"养生论""逍遥论"甚至是"纵欲论"，都是强盛一时的思想潮流。当时知识分子的选择余地似乎很大，就做人的模式来讲，已经大大地复杂化了，真正称得上五花八门。春秋战国时期尽管有许多个人的空间，但读书人或是朝廷的谋士，或是王公的食客，或是远走他乡的说客，或是激烈慷慨的义勇，无非这些屈指可数的类型。魏晋整个的时代氛围对陶渊明影响深重，再加上生命个体的差异，这也使他避免了屈原那样的道路。

就具体的个人条件来说，陶渊明与屈原相比也差得很远。屈原是世袭贵族，参与帝王生活，是权力集团内部的人，与集团的利益瓜葛纠扯得更紧，记载中他还参与国策，参与外交事务。屈原和帝王之间有着很深的个人情谊，有情感因素。陶渊明只不过是一介寒士，本来就来自田园。他小时候有种地的经历，有民间的经历，所以回到土地、回到乡间也是一种非常自然的选择。

有人讲过"归去来兮辞"这五个字的题解，说站在田园的角度看，陶渊明是"归来"了，而站在官场的角度看，则是"归去"了，所以才有"去"和"来"同题并置。更多的人认为"来"和"兮"都是语气助词，是感叹，强化的还是"归去"。实际上陶渊明的视角，直到那时候也还是置身在"丛林"里面的，是往外望，所以强调的仍旧是"归去"。连用两个语气助词"来兮"，就更加强化了那种一去不返的痛快、爽利和欢愉。

对于屈原来说，就不是一个"归去"那么简单，因为他无处可去，最后等待他的竟然是那条汨罗江。屈原没有那种"归去来兮"的大愉悦，而是带着无限的牢骚、悲伤、怨恨和绝望离开。陶渊明之所以没有走向最后的绝望，就是他实在更拥有一片山清水秀的自然，有菊花和酒，还有那么多和蔼可亲的乡邻，有一些能够时而过往应酬的友人同道。特别是他到了南村之后，那里聚集了一些知识分子，于是才有机会写下"奇文共欣赏，疑义相与析"（《移居二首·其一》）这样的名句。

陶渊明诗里面屈原式的极度夸张和浪漫较少，平淡自然的吟唱却很多，几乎是不假思索，张口就来，不留斧凿痕迹。这种自如和流畅有点像李白，但是陶渊明又不像李白那样才华外露，让人时常感到有一种炫目灼人的强光直射过来。他让人感到一切都是这样地平淡、自然、可接近，是在一种相对柔和，甚至是幽暗的光线下展读的。这就让人舒服得多。但是当我们冷静下来，又会觉得这样的一篇篇诗章，正在从内部泛出一种不可比拟的绚丽。"重云蔽白日，闲雨纷微微。流目视西园，烨烨荣紫葵。"（《和胡西曹示顾贼曹》）"凉风起将夕，夜景湛虚明。昭昭天宇阔，皛皛川上平。"（《辛丑岁七月赴假还江陵夜行涂口》）这样清纯明朗且又悠远深邃的诗句比比皆是。

这就是古人讲的"达"，抵达了一种至境，再往前走就是多余的了。苏东坡说陶渊明的诗"质而实绮，癯而实腴"，评价得再准确不过了。质朴而不干瘪，简练而不单调，亲切而不平庸，它达到的境界可以让人感知、领略和接受，这就是"达"。"达"是最了不起的，"达"之外的东西，如果不是有极特殊的理由，对于所有的大艺术而言可能都是赘物了。

屈原也做到了"达"，但却是另一种风味和途径。他在"达"之外似乎又多出一点什么，这种情况是极度的浪漫主义才有的。"达"之外冗赘很多，最典型的是汉赋。华丽的辞藻，过分的夸饰，华而不实，远不止于"达"。杰出的艺术往往只"达"而已，这是一种了不起的分寸感。

在魏晋时期，陶渊明的诗风尽管不是绝无仅有，但在质朴简约这个方面讲，在我们所能看到的文字里面还是最为出类拔萃的。陶渊明继承了《诗经》的传统，极度贴近个人生活情状，从"质"和"癯"中透出了内在的丰腴，这也与《诗经》的传统一脉相承。陶诗与《楚辞》的忧愤、牢骚、痛苦、沉郁、低回是一致的，但却与它的辞藻绚丽、比喻繁多、色彩华美相去甚远。因为这期间毕竟经历了汉乐府和以曹操父子所代表的"建安风骨"的洗礼。特别是汉乐府，对陶诗影响尤甚。一方面汉乐府从内容上记录了尖锐的社会矛盾，另一方面它也来自民间的自由流畅，其歌谣的特质与后来的陶诗深深合拍。汉乐府总体基调明快、上扬，陶诗时而显得沉郁，偏向于内吟，而非用于传唱。

屈原和陶渊明有一个相同点，即都爱菊花，写菊花，可能都喜欢菊花傲霜的高洁。

屈原和陶渊明的不同，除却个人性格因素，还因为他们生活的时代不同。后者处在一个更为严酷的时期。无论从性格、气质还是从社会角色的表达上看，屈原都更高蹈，更有社会责任感，更执着也更热情，更有崇高之美。而陶渊明显得平实，独善其身、自我和冷眼旁观，闲适素朴，具素雅之美。他们是中国文化中两个不同的符号。

· 赞　赏

古往今来很多对陶渊明的赞赏，其实正是想找一个真实的历史人物，以寄托自己虚幻的愿望。由于是寄托，也就有了很多想象出来的完美。苏东坡为之发出的极度叹赏，原因大致就在于此。苏东坡在官场受尽了捉弄，经历了坎坷的宦海人生，直到晚年才被重召回朝，却病死途中。苏东坡远放边地为官，还没等坐热那把椅子，新的任命就到了，比如从胶东半岛再到南方，到更遥远的荒芜之地海南，那是怎样的路途遥遥。像这样的一个人，读了陶渊明的诗章会想些什么？陶渊明"不能为五斗米折腰，拳拳事乡里小人"，苏东坡可能得到的不只是"五斗米"，但也多不出太多。

就是这一点点俸禄，苏东坡也只得双手接过，他还没有勇气像陶渊明那样拂袖而去。这对苏东坡来说始终是一个问题。这个问号或许横亘在苏东坡的一生当中，等于是陶渊明一直矗立在他的背后，在那儿凝视他。他与陶渊明之间的那种隔时空对话一定是发生过的，他的自我质询一定是极其尖锐的，或许会令自己在午夜时分醒来。当然他们两人的出身与经历是极为不同的，所走的道路也不会完全一样。比如东晋时期还没有实行科举制，士人的出路是极其狭窄的。

但我们仍可以想象，苏东坡会陶醉在那片田园风光里，为陶渊明的一生行迹所深深打动。苏东坡可能将对方看作一个更彻底的人、一个完全的人。陶渊明做到的，他终归没有做到。

与此同时我们也会多少忘记和忽略了，一个做得更彻底的人所要付出的全部代价，他真实的思想状态，他的那些永远不曾终止的幻想和期待、犹疑和彷徨。陶渊明直到最后也没有离开土地，大火烧不掉他的田园情结，困苦也阻止不了他的坎坷前路，这都是事实。我们需要深入的只是他的内心，是全部事实的背后到底还有一些什么。

苏轼对陶渊明的评价有时很具体，比如乞食，他觉得诗人做得落落大方自自然然，不像另一些人那样半遮半掩。但我们发现陶诗却并不是这样表露的，诗人说他在叩门讨要的那一刻都忘记了该说什么："行行至斯里，叩门拙言辞。"（《乞食》）那种拘谨、尴尬和羞愧溢于言表。正常人对于乞求，对于卑微的处境，实际上总是很敏感的，痛苦和羞赧无异于他人，这里并没有什么例外。可见苏东坡多少还是用想象美化和拔高了心中的榜样。好在陶渊明能够大处着眼，在极艰难的人生辗转中，把一些大问题想得比较清楚，守住了自己的底线。

陶渊明的难能可贵，是终究没有在最后模糊或推倒根本的持守。有时他需要极度的忍受：不讨要就得饿死，不伸手就没有食物。在这极其酷烈的现实面前，陶渊明还是一步一步走下去，直至再也走不动，直至倒下。

苏东坡也仍然是个旁观者，他口中的诗人似乎是活得过于轻松了："陶渊明欲仕则仕，不以求之为嫌；欲隐则隐，不以去之为高。饥则叩门而乞食；饱则鸡黍以延客。古今贤之，贵其真也。"好像无论怎样，陶渊明都可以平静地、放松自如地去对待。可惜这只是一个神话，实际当中是并不存在的。陶渊明在饥饿面前，在许多坎坷和困苦面前，其心理状态表述得很真实，他有话直讲，没有端着，更不愿打扮和掩饰。《归去来兮辞》里写道："彭泽去家百里，公田之利，足以为酒，故便求之。及少日，眷然有归欤之情。何则？质性自然，非矫厉所得。饥冻虽切，违己交病。""质性自然"，这种本性的率真是无法改变的。他说饥饿寒冷给人的感觉非常痛切，但比较违背自己的意愿来说似乎还好忍受一点。

人的一生,许多有违心愿的应酬是一种苟且的惯性,并非一定要关乎个人利益。但陶渊明清楚地知道自己去官场厮混是为了吃饱肚子,吃饭这个"硬道理"把自己捆住,平生志趣也只好暂时舍弃。这就成了他的一块心病,所以内心里总是响起一个越来越急促的呼唤:"田园将芜胡不归。"既然内心里如此渴望,为什么还要孤独悲伤?既然自知为何痛苦,为什么还不尽快改变?于是有了"悟已往之不谏,觉今是而昨非"。

《归去来兮辞》开头写得多么明媚,诗人看到自己老屋的时候,心里一高兴,脚步都加快了:"乃瞻衡宇,载欣载奔,童仆欢迎,稚子候门。三径就荒,松菊犹存。携幼入室,有酒盈樽。"他进门第一件事就是喝酒,可见酒瘾已经很深了。就这一点看,他与李白、杜甫等是一样的,早已离不开酒。

他当年出去做官的一个重要理由,也是为了有足够的酒喝。看来酒对他而言真的不是可有可无之物。他诗文中的酒气很重。一方面我们觉得这是一个痛苦的灵魂,需要酒来安慰甚至麻醉;另一方面又感到酒不仅是对他,而且对许多古代文人都极其重要。那时候的酒大多不是蒸馏酒,是过滤酒。所以古代的酒度数低,但后劲颇大,常常让饮者长醉不起。

陶渊明与酒的关系,那种亲昵和谐温暖的关系,的确与一般酒徒有别。同在魏晋,他与阮籍、刘伶等人的豪饮有很大区别。相同的是他们都有酒瘾,都算纵酒之人,不同的是陶渊明更多地享受了这杯酒,没有沮丧到不可挽回的地步,没有醉生梦死。看其诗中写酒之多,就知道诗人对酒的迷恋程度了。我们不得不说,只有酒才能浇灌心中的块垒，这已经是不可或缺之物。酒能给予诗人欢乐和安慰，也是他痛苦的长久伴侣。

说到对陶渊明的赞赏，苏东坡仅仅是一个代表。直到今天，我们也仍旧赞赏陶渊明，这跟苏东坡自然有共同之处。因为无论古代还是现代，中国人的自我选择和实现方式虽然已经大大拓展了，但在几千年的传统文化笼罩之下的那种生存境遇，其内核依然有相似的方面，其本质并没有发生巨大的改变。就此而言，我们才与诗人产生了同感与共鸣。

再往宽处想一下，我们当代人对陶渊明的赞赏与苏东坡相比，或许当更为遥远更为深切才是，而且还要多出一层艳羡和自卑：我们在工业文明时代无论身居何处，都没有了那样的田园和民间。当我们吟咏着"胡不归"时，却全都知道已经无处可归。当下的人没有故乡，找不到回乡之路，因为我们都站在了现代科技时代的流水线上，有一个不可移动的位置。

· 对等的生命

对陶渊明而言，田园当然可以算作一个归隐逃避之所，因为这种田园生活的对立面，就是那个动乱不已的社会，是那片弱肉强食的魏晋"丛林"。但是这种对立在人们眼里，却总有被夸大的嫌疑。我们倒宁可认为，这片田园是诗人天性里就有的，即使他这个人不回到田园，心里面的那片葱茏也一定是丰茂和富饶的。陶渊明的生命底色就是绿色和湿润的，正像有的生命本身就是拥挤、枯燥和干瘪的一样。如果我们忽略了他的本性，也就很难理解他的田园生活，进而还会歪曲这个田园诗人。

陶渊明不仅是一个耕作者，而且还是一个自然主义的哲人。他以个人貌似通俗的生活实践，书写了一部极其饱满的生命诗章。虽然他的诗文只留下了一百多篇，囊括和反映的却是自己特有的人生感受，饱满充实。这些文字背后有更为丰富的贮藏，一切难以言尽，更难以从头剖析和一一罗列。这就是陶渊明的以少胜多，以简胜繁，正如苏东坡所赞扬的那样。苏东坡曾以寥寥数言给予了概括，一举抓住了陶诗的内质，是最为透彻精准之论。

我们一再地惊叹，并深切地感到，要欣赏一个特别丰富的生命，就需要另一个对等的生命才行。苏东坡就是这样的一个生命，他同样地丰富和敏锐，具有强大的洞彻力和感悟力，而且具备繁复坎坷的人生经历。他们有着差不多的生命饱满度，他常常能够触摸到陶渊明的灵魂。所以他与陶渊明才有对话的能力。

苏东坡赞赏陶渊明的话太多了，他在《与苏辙书》中说："吾于诗人无所甚好，独好渊明之诗……自曹、刘、鲍、谢、李、杜诸人，皆莫及也。"又书与其侄云："大凡为文，当使气象峥嵘，五色绚烂，渐老渐熟，乃造平淡。"从"绚烂"中出"平淡"，而不是一味"枯淡"，这是苏轼晚年艺术旨趣之所在。他一共作了一百多首"和陶诗"，几乎和遍了所有的陶诗。宋以后的文人对陶诗推崇备至，当与苏轼有很大关系。

苏东坡对陶渊明的认同，使后来人的意识提升到一个前所未有的高度。

苏东坡的强大认识力，除了一个天才的洞悉和领悟超群，还有其他的原因，即苏东坡最能理解身处"丛林"的痛苦。再也没有像苏东坡这样一个身处逆境的知识分子，更能理解徘徊状态下的那种矛盾和痛苦了。苏东坡在浪迹天涯、亲近自然并获得抚慰之后，更能理解陶渊明在山水田园中所获得的无上愉悦。

苏东坡也是一个才华外露的诗人，他尽管有自然天成、随手抛掷皆成妙文的那种才能，但和陶渊明式的收敛朴淡仍然不同。同为才华盖世的大诗人，苏东坡的诗文令人惊讶，叹为观止，别人在他的面前只有感叹和倾倒；而陶渊明在让人接受品咂之后，会产生出更为绵长的领会和亲近感。陶苏二人的艺术和人生有区别，形成的后果也不同，但可以肯定的是，陶渊明的许多诗句几乎都能拨动苏东坡的心弦。

苏东坡和唱陶诗有一百多首，不仅如此，他在给子由的信中还说过："然吾于渊明，岂独好其诗也哉？如其为人，实有感焉。"他们都是出入"丛林"之人，都是身处绝境之人，都是痛不欲生之人，都是矛盾重重之人，都是爱酒、爱诗、爱书、爱友人、爱自然之人。苏东坡对陶渊明的惺惺相惜，在今天看是非常自然的。

佛教和老庄对他们两人的影响都很大，但他们最终都没有成为一个好的佛教徒，因为二人有更现实主义的一面，有儒家的入世情怀，是这些约束了他们。不过就与佛教的关系而言，苏东坡可能要远远甚于陶渊明，他本人甚至分析过陶渊明诗中的佛理。两位诗人跨隔时空的对话实在是太有趣了。

如果我们要稍稍地进行这种有趣的对话，就需要超凡脱俗。这也是陶渊明巨大感召力的一个秘密。他的非同一般的"脱俗功能"，令所有人都心向往之，却几乎令所有人都知难而退，因为无法去实践和抵达。庸俗对一个人而言,许多时候是一种迫不得已,是无所察觉,是被残酷的现实扭曲和异化的结果。庸俗似乎是现代必备,人人幻想脱俗,但苦于更加不能。也就是这个时候,陶渊明站在高处和远处,或田园深处,在那里向我们注视,这目光就是一种呼唤。在他的呼唤面前,有人走得很近,有人只能站在远处打量,难得移动脚步。

苏东坡却是一个走进了田园深处的人,他与主人同席对坐,共饮一杯新酒。

陶渊明将邂逅一位才华逼人的诗人,一位后来者,这个人同样是在丛林边缘徘徊的人,曾经九死一生。这个人睿智过人,先为朝廷重臣,后沦为阶下囚,大半生在大地上流离辗转,为了"五斗米"不得不到边远蛮荒之地为官。我们想象两个人不着一言,低头默饮。苏东坡也许在想:自己如果生在魏晋,会和这位兄长一起,捐锄戴月而归?

· 日常蔬粮

陶渊明诗名晚成。他的好朋友颜延之强调他的做人格调,《昭明文选》则把陶渊明的人格和艺术做统一观:"其文章不群,辞采精拔,跌宕昭彰,独超众类,抑扬爽朗,莫之与京。横素波而傍流,干青云而直上。语时事则指而可想,论怀抱则旷而且真。加以贞志不休,安道苦节,不以躬耕为耻,不以无财为病。自非大贤笃志,与道污隆,孰能如此乎?"

真正把陶诗推到应有的位置,最早是鲍照的赏识,后来李白、杜甫、白居易、孟浩然、李商隐都非常喜欢,以至于效仿其诗和生活方式。后又有苏东坡和黄庭坚,特别是苏东坡。

宋朝一些大诗人,如欧阳修、王安石、苏东坡和辛弃疾,对陶渊明都极为推崇。欧阳修盛赞《归去来兮辞》说:"晋无文章,唯陶渊明《归去来兮辞》。"还说:"吾爱陶渊明,爱酒又爱闲。"王安石曾说陶渊明的"结庐在人境"一诗,"有诗人以来无此句者。然则渊明趋向不群,词彩精拔,晋宋之间,一个而矣。"辛弃疾在《念奴娇》中,称"须信采菊东篱,高情千载,只有陶彭泽",给予了陶渊明"千古一人"的最高评价。

清末民初的王国维对陶渊明极度赞赏,曾把陶渊明与屈原、杜甫、苏轼并列,可见对其评价之高。王国维也是一个不得不远离"丛林"的人,一个身处改朝换代时期,在极其混乱的精神和社会格局中的痛苦者,这与陶渊明又极度一致。同时王国维也是一个深谙自然之妙、懂得大意境的人,既想逃避,而后咀嚼个人痛苦,对处于同样境遇中的陶渊明是非常能够理解的。他在《文学小言》中这样说道:

"三代以下之诗人,无过于屈子、渊明、子美、子瞻者。此四子者,苟无文学之天才,其人格亦自足千古。故无高尚伟大之人格而有高尚伟大之文学者,殆未之有也。天才者,或数十年而一出,或数百年而一出,而又须济之以学问,帅之以德性,始能产真正之大文学。此屈子、渊明、子美、子瞻等所以旷世而不一遇也。"

这么多第一流的文学人物都把陶渊明引为知己,奉为表率,当然大有原理所在。

一方面他们具有过人的艺术领悟力，能够感受到艺术的本质蕴含，而这些第一流的人物所具备的能力，仅凭一般学究式的努力是不可能抵达的。另一方面，也恰恰是他们个人所感受和捕捉到的某种无法重现、高不可及的艺术之巅耸立在面前，便调动全部的人生阅历和艺术感受力去洞悉和走进。

欧阳修、苏东坡、辛弃疾、王国维等人生境遇各有差异，但他们和陶渊明之间有一个共同的区别，就是在物质生活层面都远远好于后者。欧阳修和辛弃疾都曾经叱咤风云，在社会事功层面尽情地表达过自己，历史给过他们这种机会。苏东坡晚年虽然极为艰辛坎坷，辗转流离，最后死在赴任的途中，但他也有过显达的时期。苏东坡二十二岁参加科举考试，这一年录取进士三百八十多人，他名列第二。苏的"高考"限时作文《刑赏忠厚之至论》名动京师，一举成名天下知。苏东坡求仕顺利，一度位近人极，接触过朝廷的核心人物，甚至被太后所爱惜。像这样的一个人在社会层面和文化层面都是见过大世面的，他与陶渊明的差别应该是很大的。

至于王国维，曾经被溥仪封为"南书房行走"，受过末代清室的青睐，同时又是一个在大学堂得到推崇的知识达人，他的人生客观上仍然要比陶渊明显赫许多，因为后者从未有过这种机会。

种种经历限制和决定了他们的艺术表达和艺术认知，但他们都感受到了陶渊明那种不可企及的质朴美，那种幽深特异的艺术美，只是自叹无法做到：哪怕稍微地靠近一点，都是不可能的。他们太懂得人生与艺术的关系了，太知道某一种艺术所要达到的那种特异品质，需要多少先天后天之综合、这其中又有多少神秘难言的因素。这些因素就一个艺术个体来说是最不可奢望求得的。绝望感和钦佩感掺在一起，才滋生出内心里的那种痛感快感，以至于让极度推崇之辞脱口而出。

他们一再地感慨与赞赏的声音背后，会让人隐隐地听到一种自我惋叹，泛出很复杂的一些滋味。他们这些人对陶渊明的感受来自强旺而超越的审美能力，也还有人性深处的共鸣。陶渊明身上所散发出来的那种强烈的道德感染力和艺术感染力，原是合而为一的。只有那些极为纤细多思、情怀博大的人，才可以细微地触摸和接受。

陶渊明没有极为外露的才华，这是一个重要的条件或者说特质。而上述这些第一流的、对陶渊明发出极度叹赏的人物，在艺术表达上却没有一个能够幸免其外露之虞。他们绚丽的辞章，偶尔闪现的令人嫉羡或炫目之锋芒之璀璨，全部的智慧与能力所交织的艺术笼罩力，几乎全都不缺。这一切既是才华的组成部分，又是在某种程度上令人目眩的一圈强烈光晕。我们知道，任何艺术表达的语调、声气，既是才情与才华的一部分，又无不透露着神秘的生命密码。一个生命的全部复杂元素，都在这微微叹息或稍稍喧哗中透露出来。可是这些隐在其中的"非物质"，却不像一般的辞藻、结构和思想等等，被文本学家和诗学家所重视，它们往往因为处于更遮蔽的部分而被忽略。实际上，语调和声气，会使一件艺术品的意味变得更为深长和久远。

陶渊明的艺术有一种日常和淡远的性质，这种不折不扣的精神上的健康饮食可以让人放心地、长久地享用。他的艺术和他的日常生活一样，没有膏粱厚味，不伤味蕾，只是日常蔬粮，不惊艳不吓人，更不刺目。这一切所构成的那种恒久之美，内在之美，恰恰是第一流的艺术人物梦寐以求的。

天才人物不是不明白艺术创造和接受的一些道理，而是不一定做得来。

· **海拔高度**

像陶渊明这样真实地描述和记录自己的日常生活，尤其是极度艰辛的生活，在历史上也不乏其人。比如说杜甫困守长安时写下的《奉赠韦左丞丈二十二韵》："残杯与冷炙，到处潜悲辛。"安史之乱后，他全家逃难到甘肃同谷，写下了《乾元中寓居同谷县作歌》，甚至描述了他在山里白头乱发争抢橡栗的狼狈相。还有《复阴》这首诗里写道："君不见，夔子之国杜陵翁，牙齿半落左耳聋。"

陶渊明和杜甫一样，他们的许多诗就像日记一样，用以记录个人的度日方式和发生的某些事件。生活怎样，就怎样入诗，这是显见的。从文本上看，陶渊明是呈现多，表现少。他直感直述之外，现实经验很难把握的那部分，诗里就较少出现。实事实写，让经验紧紧地跟随，而不是过多地引申和想象。诗人更多地写了普通人的普通经验，让人在阅读中可以充分而直接地参与其中，这就与其他诗人的表达有所不同。比起谢灵运、王维、孟浩然等诗人所表达的那种经验、况味，陶诗更容易与一般人的心得体会同步。我们同样对一种艺术发出惊叹，发出赞美，原因却是很不一样的。

陶渊明的诗更让人产生一种亲和感，就好像他在我们身边、左右、中间。如果说李白好像在台上表演,而陶渊明则和我们一样,是坐在观众席上的。谢灵运、杜甫、李商隐、苏东坡等,都离我们稍稍地遥远,他们都站在高处,而陶渊明就立在我们身侧,和我们一起笑谈耳语:"清晨闻叩门,倒裳往自开。问子为谁欤? 田父有好怀。"(《饮酒二十首·其九》)

陶渊明时刻都把自己置于普通人的地平面,这不仅是因为其生活地位造成的,也不仅是日常的艰辛所致。像古代的其他许多诗人生活都很艰苦,但他们并不会因为现实境况的苦与累而放低自己诗中的身段。他们仍然把自己定位在一个高处,许多时候形同精神贵族。李白对"谪仙人"之号多有认同,甚至都不是人间之子,高为天人了。李白是踏云而行的天人,杜甫是行走大地的旅人,陶渊明则是匍匐泥土的农人。苏东坡是公认的大才子,一度官居京城,属于一个从庙堂到民间的人,是一个从上面下来的人,这一点让人始终难忘。事实上现实中的人不会忘记诗人身份的特异,后来的读者也始终会得到这种提醒。这种身份记忆即便不在诗人的作品中直接留存,也会从文字间洇渗出来。不同的经历会洋溢出不同的气息,这是很难遮掩的。

比较看,陶渊明的农家生活是更为自然的和日常的,他的诗歌也是如此。与平时的生活一样,陶渊明的诗歌从风韵到辞章都不那么耀眼和显著。一般来说诗的标签总是贴在诗人身上的,而陶渊明的标签却大多是后人加上去的。这也算一个特例。

陶渊明的朴实无华到了这样的地步:无论是在现实生活中还是在艺术表达上,他给人的外部观感都没有多么"高",其"海拔高度"似乎都与大众一样。但这并不影响其内在质地与大众的区别。

从经济地位而论，陶渊明后来甚至还低于一般人，而其生命质地的优异，却始终远远高出一般人。

这里的"海拔高度"更多的是指做人姿态、心理态势，是给人的日常观感。

陶渊明精神生活的内质与诗的高度是一致的，可以说是一个典型的"伪常人"。他务农，但许多时候并不是农民的心理。李白很少干过正常人的事情，苏东坡严格讲也没有干过多少，杜甫由于生活窘迫不得不从事体力劳动，但是他的"心理海拔"却始终很高。只有陶渊明在实际生活和"心理海拔"上，都让人觉得是常人的高度，甚至还低于常人。从这个角度去透视他的人生和艺术的奥秘，似乎能察觉到一点什么，令人怦然心动。

· 合榫配套

就这样日复一日，陶渊明扛着锄头，露水打湿了衣衫，酿造新酒，耕种收获。可以想象他的手上布满老茧，甚至时有"提笔忘字"的可能。这样的一双手一支笔能写出怎样的诗章，也就大致可知了。

对于陶渊明的精神和艺术，大自然每时每刻所提供的外部参照，是那样具体和实际。这种日常的现实的参照和提醒，对他个人艺术风格的形成既是一种不自觉的浸染，又具备了很大的改造力和培育力。他的口语也要来自乡俗，因为他必须大量采纳同一片土地上的用语；他的生活行为，与古今多数文人有着基本的不同。大多数读书人的平日生活要翻书持笔，而陶渊明却是摸锄开荒，拔草灭虫，酿酒喂鸡。他交往的周边，除了个别时候有路过的文人墨客与"名士"，大多数都是目不识丁的农民，所以他的诗歌必然要采用和"田父"们差不多的语汇、差不多的造句方式。这样天长日久，也就铸造了个人的诗风，浇铸了另一种艺术质地，使得他与一般诗人的差异越来越大。

"未言心相醉，不再接杯酒。"（《拟古九首·其一》）"步步寻往迹，有处特依依。"（《还旧居》）"风来入房户，夜中枕席冷。"（《杂诗十二首·其二》）陶渊明诗歌中这些细微痕迹，这些日常生活的动作，其实都是必要而自然的记录，它们又逐渐地转化为诗的标识：简约、直接、朴素、贴近、靠实。正因为平常生活的动作就需要这样的基本和简单：一个体力劳动者也只有把日常动作化为最有效的方式、缩为最短促的距离，才会提高工作效率，大大节省体能，更好地获取生活之需。从日常的生存动作延伸到艺术创造，也必然是趋向统一。这种习惯性的生活动作转化为诗句，其意义格外重大。

陶渊明的生存背景和生活内容，与诗章里的语气、词汇、气息，全都合榫配套。

反观现代网络时代的烦琐与廉价堆砌、庸俗虚假，也与这个时代的生活内容与生活方式达成了一致。这个虚拟时代里所有的词和字都拔脱了根性，作为指代符号，已经完全没有了物质肌理和气息的联想，与原生地没有了联系，彻底剔除了其中的有机成分。它们可以随意粘贴组合，在键盘上随意飞舞，这期间甚至不需要情感介入，不需要心理波动，只在机械操作中寻找一点快感和趣味。

这些文字的接受者同样是网络光纤时代的产儿，一些非有机的感受体。夸张一点说,这是怪异的生物,是地球上的新物种,世界正在以悄然不察的方式衍生和繁殖,以此来改造全部的生存方式和生存经验。诗与文学的整体作为人类最敏感的表情,率先发生了呆滞的变化,或者正好相反,发生了千奇百怪的电子模拟组合:既让人眼花缭乱目不暇接,又狂热愚蠢单调浅薄。

在这样的时期,现代人怎样感受和寻觅陶渊明这样的诗人和艺术?

我们已经难以与那些暖暖的文字相处,因为它们所固有的生命温度无法让光纤电子的触角感知。它们好像是陌生的、无色无味的。它们甚至没有质感和重量。现代人像看待一个个电子模块一样打量陶诗中的字与词,不知所云。由于无知无感,也就掂不出分量,把这些有着人性温度和人生痛感的文字视为浮尘,暴扫挥舞任其飞扬或轻轻抹去。

鉴定现代精神世界正在发生的灾变,也许可以将陶渊明的田园诗章作为一片试纸,取来放进心中,然后仔细观察它的颜色如何变化。

· 微妙不言中

陶渊明的《饮酒二十首·其五》写道:"山气日夕佳,飞鸟相与还。此中有真意,欲辨已忘言。"这里的"真意"包含的东西实在是太微妙了。这种"真意",陶渊明自己都不可能用言辞来明确和清晰地表述,到了后人那里,哪怕是第一流的天才人物,如果要感受"真意"复述"真意",都会是困难的。一切皆在微妙不言中。这须是一个极其敏锐的艺术家,且必须深深地沉浸在自然里面,为基本的生存需要而劳碌,在长期独守独处的生活当中,才能够沉淀出的某种细微难测、又是近在眼前的况味、意境和真趣。"真意"既是微妙艺术的一部分,又是绝对真理的一部分。

我们相信在陶渊明那里,他似乎在这一刻的"真意"二字上,紧紧地靠近了那个不可以把握、不可诉说,但又分明感受到的天地间巨大的和无所不在的、神秘的规定力。这感知属于灵感,像电光一样倏然闪过,而后消逝,无影无踪。但诗人记住并且吟味不息,生怕遗忘。

"真意"渗透和包含在万事万物当中,但又隐于暗处;它存在于万物,表达于万物,又隐遁于万物。陶渊明这个"真"字似乎与老子的"道"字、与西方的"上帝"是接通了的。这种无形无迹的规定性的神秘力量,很多人似乎在某一瞬间都会于心中显现,倏然闪过。但问题是我们在文字和口头表述的时候,很难回到陶渊明那种既朴素又切近的把握上。我们一不小心就会淡忘和淹没它,这才是不可补救的大遗憾。

陶渊明无论是作诗还是做人都力求真切,不雕琢不修饰,不欺人不自欺。正如金末元初诗人元好问的两句诗:"一语天然万古新,豪华落尽见真淳。"对于陶渊明的诗歌艺术,后世那些重要的诗人、文学家,尽管使用了不同的言辞来评论,但基本上都可以归入苏东坡对陶渊明诗风的概括,进入"质"与"绮"、"癯"与"腴"之辨。一代代杰出者的感悟汇到一起,相互丰富、补充,渐渐地使陶诗的意义凸显出来。然而这只是在具有审美力的上层人物那里,在普通读者和民众眼中，陶渊明仍然是一个简单化的标签和概念，即一个隐逸田园的闲适诗人。

一般人不可能去理解那些难以表述的丰富和繁杂的元素。我们相信无论是苏东坡、元好问，还是离我们近一些的王国维，他们所感知的那一切也是无法用语言来道尽的。无以表述，就只能够用一些最小单位的汉语词汇去传达，用感染的方法、用觉悟和启示的方法，使他人走入那些极度个人化的精微理解之中。这些，都微妙到了神秘的境地。所以我们觉得生命的审美，艺术的审美，它是双重的又是统一的。在这两个方面，对于后代阅读者来说，哪怕稍稍地接近一点真实的陶渊明都是很有难度的。尤其是对那些早就习惯了标签化、概念化，习惯了室内造书的"学问家"来说，更要警惕"失之毫厘，谬以千里"之弊。

陶渊明只留下了一百多首诗与文，作为一个类似声望的大诗人而言，实在是太少了。艺术的量与质、体与品的关系永远难以尽言，往往莫衷一是。但显然不可讳言的是，生命之河的表述与呈现是需要基本体量的。这"基本"二字到底怎样厘定，却又是一个问题。就陶渊明来说，区区一百篇够不够？这真的不好回答。

长期以来人们已经习惯了从社会与道德的视角去诠释古典人物，更包括他们的艺术。陶渊明在他生活的年代就没有逃脱这种厄运，以至于他的诗只成为社会人和道德人的一种补充、一种注脚。诗固然不能从社会人生中独立出来，但却不可以被社会人生的大网全部罩住，以至于被取代一空。

近代对陶渊明更有了众多的哲学解读、思想解读，可以说是雾里看花，越来越不清晰也越来越找不到边际了，最后这单独的"一朵"竟演变成了花海，而且有了无法穷尽的纵深和开阔度。这就有点言过其实了。陶渊明的思想境界既然留在了文本里，那么就文本而论，却实在无法令人苟同许多"成说"。比如，他远没有一些人说的那么高耸；他在生死观哲学观，在形而上的探究上，甚至在反抗潮流的勇气方面，都被某些研究者论说者一再地夸大了。

他是淳朴求实的生存者，是能够忍韧劳动的知识分子。他最可贵也是最了不起的，是以《桃花源记》及《归去来分辞》为代表的诗赋文章。这种表达和呈现是真正不朽的。

问题是后来的一些杰出人物在发掘常人无从发现的幽微的同时，又服从自己的心情，借陶渊明之酒大浇自身块垒，将陶渊明的人与诗说得过于伟岸无匹。"无匹"诚然可以，因为真正的艺术是不可重复的；"伟岸"则要节制，因为艺术在不可简单比较的同时，也还有感觉上的"海拔"刻度存在。

陶渊明毕竟只留下了一百多篇诗赋。

但这一百多篇中有极其迷人的诗与思，它们实在太明媚太独特、太不可思议了。这些文字中的"真意"，只在微妙不言中，足够一代代品味和咀嚼，成为一个民族永久的领悟。

· 一味药

与"竹林七贤"、谢灵运等人相比，陶渊明的实际生活以及艺术中可能更少一些烦琐和讲究，这既是他的"性本"决定的，也与他的人微不显有关。同样是登山，同样是亲近自然和土地，同时期的谢灵运登山都登出了有名的"谢公屐",可见无形之中这亲近自然的架势和影响也是不同的。从古至今,生活中确有一些追求自然生活之举,只能算是一种高级和昂贵的"简朴"。

陶渊明个人大约并没有思考太多简朴的意义,正像他没有思考过"民间"的意义一样,其行为完全是出自生存的需要,当然还要加上天性喜欢。陶渊明可以算是一个"个人主义"者,而不是一个集体主义者。这在中国的过去和现在都是值得珍视的,因为中国的文化中,个体常常是不显要也不重要的,其作为往往要淹没在集体的潮流里。

如果遥感魏晋时期那些清谈派、养生派和逍遥派,比如说"竹林七贤"等人,仍然会觉得他们似乎很"个人主义"的特立独行中,还有一种小集体、小团体的气味存在。我们会觉得"竹林七贤"是隐约存在的一个"小公社",他们的食散、纵酒和狂放,似乎具有相同的韵致和色彩。像放浪不羁到耸人听闻地步的阮籍与刘伶,即在很大程度上代表了这个"小公社"的特征。他们大体都属于士族门阀子弟,是自成系统和格局的一群,这样的圈子不可能与平民混处,也较难被溶解和稀释。比较起来陶渊明虽然族上也出过高官显要,但毕竟是不能世袭的一类,终究还要归于寒门。陶渊明既无爵位又无丰厚的资产,但他的自然和沉默与低层大多数人仍然不同,因为他毕竟还是一个知识人,他的行为在这个群体中间显得非常自我。这就很不容易。

我们通过陶渊明可以思索"孤立""个人"到底意味着什么。这种自主自为不求雷同、精神和现实行为上皆不入伙的方式,其实是很难做到的。陶渊明不像魏晋某些人那样,脸上没有涂抹什么油彩，一点都不怪诞，只平平常常过日子，将清贫的生活坚持下来，至多用日常生活的审美化来稀释寂寞和痛苦。这样的一个诗人，实在可以用来疗救现代的焦虑。陶渊明是针对畸形之现代的最好一味药。时至今日，采取这样的一种生活方式和艺术表达，其实是很需要底气和勇气的。喧哗的现代足以搅乱每一个角落的安宁，孤寂越来越多地被人视为难忍的苦难。个人变得空前没有力量，因为众声合奏才有逼人的声浪，才能震撼和覆盖。加入潮流和追赶潮流，已经成为现代生活之必须。现代人大多失去了个人的自信，所以能够待在自己的空间里有所持守，将是难而又难的一件事。然而从古至今，只要没有这样的持守，也就谈不上拥有真正的人的力量。

当年的陶渊明恰恰是以孤单取胜的。也正是个人的简朴构成了生命的基础，才使陶渊明和他的艺术变得卓异。他在当年如果勉强算个"名士"的话，那么他个人好像是轻视这个名头的，并不怎么与"名士"为伍。我们知道，如果一个人总与各种"名士"们厮混一起，也是一种入伙的方式。

陶渊明虽然向往和企盼做外祖父那样的"名士"，但对于现实当中的"名士派头"又表现出犹疑。他不太参加"名士"聚会，不扎堆。我们从他极少量产生于"名士"聚会中的唱和、酬答里，感受到诗人的用力应付、勉为其难和稍稍的生涩。而他那些自嘱自慰的个人对话和吟唱，则是从心底发出来的吟哦，是那样生动和绚丽，那样优美和自然。"结庐在人境，而无车马喧。问君何能尔？心远地自偏。"（《饮酒二十首·其五》）可见一旦回到了个人，诗人的心与手就一起流畅起来，华采也就焕发出来了。

· 用减法生活

法国印象派诗人瓦雷里对陶渊明的诗歌曾经有过回应，当然是通过阅读译本。一种语言艺术化为另一种语言艺术，虽然会损失很大，但有时候也会产生出某种异质异态，令人滋生出别样的欣喜。欣赏来自异域的艺术，往往更具有一种遥感的性质，超然而冷静。瓦雷里可能就在这样的情势之下接受了陶渊明。他将其比为中国的"拉·封丹"和"维吉尔"，说这些诗有"农事诗"那样的味道。这并不出人预料。我们想象中的瓦雷里不一定细致地探求过一个东方诗人，对其艺术和生活细节未必有深入的了解，但也可以从诗歌的韵致和外部色彩上加以归类，产生出那样的感受。陶渊明的作品从大致的艺术类型和书写内容上，的确与拉·封丹和维吉尔接近，实际上也具有那样隽永和丰富的质地，是真正意义上的大地诗章。

陶渊明度过了物质贫瘠的一生，但从其他方面看却也意味着一种"富有"。因为他拥有了更多个人支配的时间。时间才是最宝贵的东西，人的一生究竟能有多少时间属于自己，这既是衡量自由的最大标准，也是衡量"财富"的最大标准。他回归后毕竟多了一些个人的时间，没有在欲望和体制的奴役下极尽奔波。生活上不被欲望所奴役，艺术上不被堆砌辞藻的时代风气所奴役，这都是回来种地以后获得的好处。他在自己的地盘上比较随意，穿着简单，早晨如果不想起，不妨赖赖床。这样的情形在官衙里是断不可行的。这样的效果就是他回到乡间的最大追求之一，是智者在一个角落里偷偷享受自由的绝好案例，是大可效仿的方法和榜样。现代人动辄呼唤"要用减法生活"，其实谁都知道，最后这是很难实行的，往往只成为一个苍白无力的口号。

"减法"的根本还是一个自由的问题，而不是什么生活技术和生活门径。自由即是放下，是横下一条心"傻"下来、"迂"下来，让自己走入时运的反面。这里既有性情的问题，也有勇气的问题，这些不能解决，非要去试一下不可，也不过是多出一些新方法的累赘而已。

苏格拉底曾经光着脚、穿着破袍子上街，而且到了街上以后就发出感慨，说这个世界上怎么有这么多我不需要的东西。从这个意义上讲，真正的简朴实际上与物质上的多寡无关。我们宁可相信陶渊明即便是一个富家子弟，享有优越的物质生活条件，也一定是很简便很随意的。

陶渊明真是一个运用"减法"生活的典型。他先是把心债减下来，把欲望的两手放下来，于是一切都减下来了；特别是，这种减法表现在了艺术方面，造就了他极平实简单又极微妙的诗章。老子曾经说："少则得，多则惑。"

陶渊明弹的是一把无弦琴，他爱琴，却懒得上弦。"但识琴中趣，何劳弦上声。"（《晋书》）他的诗章是富有的，他的思想也是一种鲜见的富有，但形式上却像那把无弦琴一样，看上去光秃秃的，甚至被误解为空荡无物。然而就是在这种"无"和"空"之中，包藏了无限丰富的蕴含。

陶渊明的诗歌常常只是呈现，是将无数的言外之意和象外之旨纳入简直的陈述中。他运用最多的是白描和写意，是随口而出，比如"误落尘网中，一去三十年。"（《归园田居五首·其一》）"翩翩新来燕，双双入我庐。"（《拟古九首·其三》）类似的句子比比皆是，读来多么朴素平易，可以算是一种"极简"。但也就是这种"极简"，放射和传递出了无数的韵致与意味。陶渊明的精神特质就是如此，从艺术创造到物质生活，这一切其实都与贫穷无大关涉。有一些穷人也可以活得很烦琐，很花哨很拖沓。比如说有的诗人，即使在极贫的时候，辞藻也堆砌得无所不用其极，这样的例子并不罕见。比如杜甫那首《月夜》，是在投奔唐肃宗途中被安禄山俘虏，陷于长安时所作，诗中还有"香雾云鬟湿，清辉玉臂寒"这样的句子。他望月忆妻，写得很是香艳华美，当然也是一格。陶渊明为人为诗，都没有什么繁文缛节，也绝少浮华美艳的辞藻。

在现实生活中，我们常常会遇到一些"穷礼道"，可见烦琐与否实在是与贫富无关。陆游曾说"衣冠简朴古风存"，指的就是一种很高的生活格调。

陶渊明说"好读书，不求甚解"，实际上也是一种自由的表现，道出了一个读书人的随意和率性。这看起来既平平实实又带有一丝自嘲的话，却将自己与传统的读书人划出了界线，因为刻苦的读书人是要与"韦编三绝""头悬梁锥刺股"之类形象看齐的。这尤其不能简单地看成是一句自谦，而是他对书的真实态度。"好读"却不"甚解"，这一般来说是不可能的。打开一本书然而并不死磕，这更可以让他排解阅读方面的精神压力。怎样才算"甚解"？汉朝以来那种复杂的注经和考据，实际上已经走得太远，弄不好也会成为一种阅读上的繁复与戕害，不但对人没什么益处，反而会走向荒诞。他对此是拒绝和排斥的。陶渊明既如此读书，也同样如此读人生、读岁月，让一切都回到自由的境界。他说的那个"真意"，实际上是多重的、无所不在的，也只有在这样的境界里才能领悟和触摸。

陶渊明诗歌的表现手法正与他的生活举止一样率真和明朗。他的诗歌艺术离《诗经》更近，离《古诗十九首》更近。从形式上看他离屈原和李白等都比较远。这种极简的品质，也来自一种特异的属性与特别的健康。

陶渊明所选择的生活，使其有更多的时间和机会投入自己的趣味，可以最大程度地减少心理压力，减少若干无意义的闹市追逐。他安贫乐道的这个"道"，与一般的"道"也不尽相同，在他来说更多的是一种自然就便之"道"。

陶渊明的生活质量从根本上来讲是很高的。浊酒三五杯，乡邻七八个，北窗听雨，树下纳凉。除了最后的特别拮据期，在当时的境遇下他尽可能地找到了一种无忧无虑的快乐生活。对其他人来说，相同的境况可能会丧失很多这样的机会、这样的时光。陶渊明不喜欢交往，不喜欢迎送，落得一个干净利索和清闲，这其实也是人生的聪明和理性的选择。

如果有条件，相信陶渊明还将继续"减"下去。

· 知者纷来

能够舒放开展、独立自为的知识人也许很多，但能做到陶渊明这种地步的人却很少，虽然这是主客观诸条件综合作用于诗人的结果。一个能够直面生命的人，生命必要干净和简单，因为只有这样的一种生活态度，才能够按到生活的脉搏和生命的脉搏，感到此刻的生是活泼新鲜的。尽力去除赘物和虚荣的拖累，拨去覆盖的芜杂和堆积，每天的新苗就会生长出来。

一个人的生命朝向自由，肯定再也没有心情去应付那些繁多的礼节。礼节只在他人的眼色里，是"人生如戏"的"戏"。"做戏"总是累的和苦的，尽管有人乐此不疲。其实一旦疲倦袭来，余下的时间也就不会太多了。而大处着眼的人生必有旷达的情怀和自由的人格。辛弃疾说陶渊明"更无一字不清真"，这个"清真"就指清爽和真实。朱光潜说陶渊明"因静穆而伟大"，鲁迅则说陶渊明并非浑身"静穆"。但无论如何，陶渊明比较起来实在还是"静穆"的。"静穆"就必然要简单，而简单才能大处着眼；奢靡就一定会短视，会小气和逼仄。谢灵运比较起来不够"静穆"，名气很大，在当时比陶渊明的名气不知要大出多少。谢灵运的诗也很好，但是不可以和陶渊明比，他外在的名声如此宏大，说明当时整个时代的艺术与精神品位仍然不是很高的。

在精神品位低下的时代，必要造成很多艺术上的误解。一个时代推崇什么艺术，是对时代精神最好的鉴定和说明。

一个人的生命质地，才最终决定了气象和器局的大小。一种艺术无论是丰腴或枯槁，内藏或外露，都源于作者的本质。仅仅将简朴作为一种风格去追求，那倒有可能造成真正的贫瘠和简陋，而且难以为继。

关键还是要看生命本身，看人。所谓的追求、模仿与学习，都是有限度的。

陶渊明的艺术被说了太多的恬淡与闲趣，只不过统一起来静心观之，这"淡"与"闲"之中却又呈现出浑然的大气象，有时甚至还会有一种磅礴感。除此之外，还有苏东坡所说的"绮"和"腴"，这在陶渊明同时代的人听来一定会连连摇头，大不以为然，因为他们都认为陶诗苍白无文。直到齐梁年间，诗界主流也并不认为陶渊明的作品有多高明。因为那个时代的趣味不高，艺术觉悟不高。所以只有经过时间的沉淀之后，到了隋唐，人们才慢慢品到其中的"真味"，认识到陶渊明诗歌的艺术价值。隋唐之前，推崇陶渊明的人不多。

可见即便是在整个时代的普遍误解之下，往往也会有最杰出最敏感的某个人道出真实，这个人独具慧眼，走入了审美和认知的深处，但这是极为宝贵也是极为稀有的。况且，由于总是极个别的声音，它的效果又常常是有限的。在经过了必要的时间之后，第一流的人物姗姗来迟，最终却汇聚一起，然后达成共识。南朝的鲍照极为推崇陶渊明，后来的李白又非常喜欢鲍照。但是当年的鲍照却孤掌难鸣。不过最重要的是，那时候对陶渊明的普遍误读，在诗人自身那里并没有造成致命的后果，我们不仅看不到诗人的自我申辩，也看不到其他峻急的表达。诗人可能忙于实务，根本就顾不了这些，也天生是一个任由本性做下去的人。

如此下去，知者纷来，历久愈多。

所以有鲍照，有李白，有苏东坡，有辛弃疾，有王国维，有许多许多。出于对以往成见的反拨心情，还有矫枉过正的常态，不仅好评如云，而且溢美成风。原来在"知者纷来"的情势下，不知者也掺在其中，谬托知己的恳切表情往往也是最生动最有趣的。

在数字时代和物质主义的压迫之下，人们于现代喘息的汗气中不难找到陶渊明，认他为人生的榜样。于是"知者"将要越来越多的同时，误识也会随之而来。

愿我们再简单些，再朴实些，因为诗人本身就是这样的，我们就应该这样对待他。

·大　节

陶渊明的诗文很少留下刻意经营的痕迹，除了早期的《闲情赋》、几首唱和酬答诗有一点华丽和铺排外，绝大多数作品只为了满足自己，精神所需，随意而为，很是率性。这与他的行事风格是统一的，全然不去追时攀势，自己高兴了就好。这样做的后果只能是在诗坛上愈加受到冷落，愈加边缘，再加上诸事不顺，孤寂心情更重："荏苒岁月颓，此心稍已去。值欢无复娱，每每多忧虑。"（《杂诗十二首·其五》）

诗人不得不从各方面告诫和警示自己，尽可能在困窘和矛盾的状态下松弛下来，给自己减少压力，不至于把平日心绪弄得更沮丧和更恶劣。他常援引别人的话自我开导，想寻找一个榜样，让自己想得开。在物质方面陶渊明没有远虑，最后竟到了无衣无食的境地：讨要、饥饿、贫病交加。

陶渊明的心里固有一个自然和天道的永恒，这对他构成一定的感召和安慰。这个"永恒"就是那个"欲辨已忘言"的"真意"，他试图在心里把握这个"真意"。内在的精神追求越是高远,外在的物质追求越是不会过分用心,也一定会有太多的疏失。他的田园经营得不好,每况愈下,在极不如意的状态下,或许也有及时享乐和得过且过的倾向。

陶渊明在世俗生活的某些方面特别求简和节省,而在另一些方面却特别舍得精力和时间,乐此不疲。比如说他对饮酒,对乡间自然的玩味等,是非常有耐心、非常投入的。这样的状态又使他显得优裕和从容。在这一点上杜甫与之相比显然就有不同,比如同样是到了生命的最后时段,到了贫困潦倒的末日,杜甫还在仰望长安:"夔府孤城落日斜,每依北斗望京华。听猿实下三声泪,奉使虚随八月槎。"(《秋兴八首·其二》)一个诗人被皇权异化至此,真是令人感慨。以最后的这种情态和处境来比较陶渊明,杜甫的"望京华"就多少显出了不值。而陶渊明在那个时刻依旧是忘情于自然,感受"大块"和"高旻",从这里寻找寄托,是另一种气象。

可能有人会讲,杜甫更具有家国情怀,他的忧国忧民,强烈的社会性和道德感也让人极为钦敬。陶渊明式的忘情于自然天籁,或许会有另一个方面的遗憾和缺失。我们经常引用杜牧的一句诗:"商女不知亡国恨",嘲讽和谴责那些没有家国情怀的人。这只是一种思维方式,实际上也可以换一个角度去理解:亡国与商女又有何干?既是商女,又何必在乎亡国之恨?有那么多底层人的现实生存之虞,亡国又算得了什么?在国之巨碾下,多少商女已经被榨掉了最后的一滴生命汁水。谁之国?谁之恨?"商女"管得了那么多?她之不知,她的欢唱,恰恰是最现实也是最紧迫的。

但是话要两说。从另一个方面看,外族入侵,强虏欺凌,国运连着家运。一个人有怎样的视野和胸襟，处于怎样的位置，看到和想到的必然不同。这让我们去综合思考人生意义，考虑国家社稷的意义，考虑体制、个人、精神、艺术等等至大问题。它们之间确有更微妙、更复杂的关系。

每个人都有所谓"大节"的把握和表述，"商女"有自己的"大节"，文天祥有自己的"大节"，他们心怀的"大节"是不同的，他们所面临的生活境遇也是不同的。在不同的历史关节与时代，人们所殉的那个"节"也是大可推敲的。就一个局部和具体来讲，"大节"无疑是不可企及的高度，回到哲学的向度上，还会有更多的思考；回到更大的历史观照上，我们也会有更多的思考。

位卑未敢忘忧国，是士人之节。一个压在生活最底层的奴隶，念念不忘世界大事倒显得不可思议。大地上过往之"国"可谓多矣，它们相差悬殊却一概言称"伟大"，以至于悲惨的劳民对强加于自身的黑暗全然不察。作为一个人来说，这哪里还会有什么"大节"。

这使我们想起鲁迅先生笔下的那个奴才，这个人生活在伸手不见五指的黑暗中，不断地诉苦，说自己住在一间破小屋里，快要闷死；当有人要为其挖一扇透气的窗子时，那人立刻大呼："来人呀！强盗在毁咱们的屋子了！快来呀！迟一点可要打出窟窿来了！"

这样的奴才一定会把自己的呼喊说成"大节"。

陶渊明到了晚年，相信越来越记起了生命的"大节"到底是什么。一个人至死都不察"大节"，就是彻底的悲剧。虽然察也未必逃脱悲剧，但不察就更加可怜。他渐渐把自己归于土地上的劳民，就像草和庄稼差不多，从冬到春，岁岁枯荣。他不是名士，不是东晋遗民，不是守土有责的彭泽令，不是世袭的门阀后裔。他回

来了,站在泥土上,拄着镢头吟咪,终于吐出这样一句:

"觉今是而昨非!"

"昨"是怎样的?他必定从头好好追究过。"昨"就是他狼狈于官场,惶惶于晋室,就是他自作多情的那颗社稷之心。原来这"国"不是自己的,从来都不是。

他总算明白过来,自己仅仅属于这片田园。那么一切也就简单了,还是先安心把这片地种好。对他来说,好好种这片地,就是自己的一生的"大节"。

· 自然之花

从诗文中看,随着陶渊明在田间生活日久,越是接近最后,他的目光便越多地转移到了"家国"之外,也转移到了家族荣耀之外。在他,这不是对于当时社会道德的一种偏离,而实在是一种更大的生命觉悟,显示了更深刻的生命关怀。这才是他更加走向简朴、彻底、赤裸的生命追求和归宿的一种表现。比如说一个人来自哪里?钟情哪里?簇拥哪里?随着时间的推移,一个人或许会有最终的醒悟。

陶渊明在仕途四次往返之后初回田园,那段时间之前倒是颇为忧虑晋室的,但是如果一直这么忧虑下去,无时无刻地忧虑,只会变得更可怜更渺小。东晋没有了,后来变成了宋,再变成了梁陈,它还要不停地改变。诚如汤显祖所说:"万里江山万里尘,一朝天子一朝臣",政权总要不停地更易和变换,而生命之源却是永恒的，作为个体的生命也只有一次。所以从这个意义上讲，陶渊明不太关心晋室了，正是人生觉悟提高的表现。与晋的衰亡更替相比，陶渊明的一朵菊花或许更其重要，因为菊花是自然之花，比东晋的政权更恒久，它包含的一些元素也更遥远和更博大。

对于一些社会性的冲动，对于暴力，陶渊明没作太多清晰具体的表述，但是从他的人生选择和诗文的取向与变化上，则分明让我们感到了这其中的立场和判断。古今来文化人在这方面是有很大差异的。比如说鲁迅和胡适，比较起来更关心人性，国民性。对于那一场连一场的暴力革命，以及一些社会化的冲动、流血与牺牲，有时候他们的评价是非常谨慎的。鲁迅更多同情单纯的青年，顾惜青春。对他们而言，只有永恒的人性这片土壤，才是更根本更原生的，关心它的滋生才是最有意义的。

陶渊明后来的忧虑实际上不是变小，而是变得更大了。如果说他对东晋王朝的忧虑还有的话，那也只是全部忧思中的一缕而已。因为个体的生命自由，实在比一个封建王朝的更迭更为重要。从这个意义上讲，陶渊明关心菊花更为重要。因为自由之花开遍原野，这才是最简单最朴直的理解，也是人生世事的真正意义，它通向了宇宙之源。事到如今我们可以看得更加清楚了：不仅是东晋，还有宋齐梁陈，它们俱已不在，但是野菊却绵绵不绝，南山还在，菊花还在。

我们每个人都是一朵自然之花，可是我们谁又意识到？谁又察觉到？谁真正爱惜过这朵自然之花？风雨摧残之下，我们竟然无动于衷，毫不怜惜。

一片野菊在地上开了一代又一代，难道这不是永恒？爱这朵野菊,难道不是爱永恒? 生命是短促的,也是无尽的。我们如果不是永恒,除非我们不是自然之花,可我们是。所以诗人在东篱下的那种珍惜与痛楚心情,就是在短促与永恒之间产生的。

曾经一度让诗人徘徊不已的那个隆隆晋室又是什么? 翻开历史就可以发现纵横涂抹的血痕。其实哪一座王朝不是累累尸骨垒成的,晋室不过是一副践踏菊花的铁蹄。诗人躲开它还来不及呢。

诗人恨着一切的铁蹄,而不仅仅是后来的桓玄和刘裕之流。也就是出于这恨,在生命朝不保夕的最后时刻,尽管饥饿难忍,陶渊明还是拒绝了官家送来的粱肉。

单纯如一枝野菊的人,也就有了永恒,有了不绝的力量。这也正是诗人不绝魅力的奥秘之所在。他是一朵自然之花,只要这世界还存在着,他就存在。

第七讲　最近和最远

· 最近和最远

钟嵘在《诗品》中称陶渊明为"古今隐逸诗人之宗",从此给陶渊明贴上了"隐逸诗人"始祖的标签。钟嵘认为这是对陶渊明的一个很高的评价,却无意间将诗人推向了符号化概念化。人们一想到陶渊明,就会想到他隐居在一个风景绝美的地方,过着安逸逍遥无忧无虑的日子,喝喝酒吟吟诗,高兴了就到田里动动锄头。受这种印象的影响,从过去到现在都有人把他画成一个由童仆搀扶的、摇摇晃晃的、舒袍广袖的中老年人,就像一个富贵的乡间员外。

我们很能接受这样的形象,也极愿意看到他这样出场,无论是作为一个诗人还是有闲的知识人。这是许多人心中理想的生活构图,给人安慰和想象,满足人们的期待。谁不期待一份安适的、有闲情有格调的生活? 如果说人人都有被日常凡俗和琐屑打扰的烦心,那么这种逃避显然是最好不过了。

如果这个诗人是一个枯槁的形象,时而忧心忡忡,还有呻吟有病痛，要忍受饥饿等等，那就有些麻烦。一般人都要躲开他，所谓的"不稀待见"。在心理距离上，人们或许不愿和当年的诗人挨得太近，也就是不愿和真实挨得太近。用各种方法对自己对他人实行鲁迅所说的"瞒"和"骗"，已经是人生的一种习惯性动作。这样省心省力，还免除了许多不快和不适。

陶渊明何止是"隐逸"？"隐逸"这条路，在陶渊明身前身后都踩得很实、很宽了。从商周的首阳山，到后来历朝历代的"终南捷径"，那些"隐士"和陶渊明又有什么不同？仅仅是"隐逸"，仅仅是逃离，这好像并不少见也并不难为。生活中每个人都会遇到各种各样的问题，或者迎着问题而上，战胜它、解决它，或者是向其妥协，苟且求生。种种选择触手可及，对每个人来讲都是一个离得最近的选项，往往不需要太多的注释，是并不晦涩的行为。

但是陶渊明的离开，包括整个的人生内容，却实在包含了更多的、需要仔细辨析的元素。陶渊明不是一个"隐逸"就能够概括的。一再强调这个概念，就会把一种特征和一种色彩披挂在这位丰富饱满、复杂的诗人身上，用普遍的误解将其笼罩起来。

一个人在某个群体、机构、体制里生活，有可能不尽如人意，这时也许面临着剥离的机会，正像民间常说的"此处不养爷，自有养爷处"，走开从来都不失为一种很好的选择。问题是当他一旦初尝群体或体制的甜味，也就很难忘记，不忍放弃，再也不易离开。即便离开，其行为所包含的内容、所投向的某种生活主题，与其他离开者也还会有一些本质的不同。离开是困难的，但仅仅离开也还是不够的，重要的还要看离开了之后在做些什么，实现了怎样的人生，抵达了怎样的境界与高度。

我们仅仅从陶渊明的外部行为、生活路径上，将其命名为"隐逸"，或看成不得已的逃离者、一个知趣的失败者，再进一步，看成一个在困厄中寻求个人生活并获得了一份特异收获的人。这些看法实际上还是比较浅表的，未能把诗人还原到真实当中。这种理解稍有偏差，与我们的对象就会相差很远。我们的确要经常在心里问一句：我们离陶渊明到底还有多远？这个追问很重要，它将促使我们更多地思考和寻觅，从而更加接近诗人本身。

表面看起来陶渊明离我们很近，无论是他的艺术还是他的行为，简直人人都可以尝试一番，可谓起手不难。但是追问和辨析下去又会发现，一切远不是那么回事，他绝不像看上去那么切近，我们离他实在是太遥远了。陶渊明同我们概念中的那种"隐逸"，更有那明朗温煦的诗风所描绘的景致，常常是背道而驰的。

事实上陶渊明并不是归入了一片田园就此安居下来，而是不再停步、越走越远，渐渐进入一个令人惊讶的、有些陌生的个人世界里去了。这个世界也许远不如幻想中的那个"桃花源"好，不全是温暖明亮景色宜人，而是凄凉与温情并存、风雨交织阴晴互替的世界。那个明媚的"桃花源"是陶渊明从心底深处创造出来的，却让他用尽一生去寻找，以趔趄的脚步极力接近它。诗人一度认为离那个神奇的世界很近了，但最后却发现它还在远处，还是止于想象和幻觉。

我们一般人先是认同了那个世界的真实存在，然后又去那个世界里寻找诗人，当然是不能如愿的。那个世界只在诗人的梦想里，它远之又远，高在云端，甚至在更加无测的苍茫之后。有时候我们常常以为陶渊明分明就卧在篱下菊旁，是一位近在咫尺的邻居。当我们试图与这个人亲近和交谈时，发觉他早就起而离去，正在满目荒凉的道路上跋涉，手拄拐杖，往一个常人难以抵达的、充满畏惧的远途走去。他离我们越来越远了，终于成为一个淡淡的身影，消逝在地平线上。

· "大隐"和"小隐"

宋代的朱熹说："晋宋人物，虽曰尚清高，然个个要官职。这边一面清谈，那边一面招权纳货。陶渊明真个能不要，此所以高于晋宋人物。"

朱熹这段话实际上在说民间和庙堂里常常讲的那句"小隐隐陵薮，大隐隐朝市"，指出这句话的虚伪。许多人从生存哲学上给予了这句话很多褒奖，可是这样的一种人生哲学实在可以含纳很多伪君子，为藏污纳垢制造出美好的说辞。有人要为一种利益集团服务，并为这种苟且和追随寻找理论根据，何等堂皇。他们就此可以为自己在庙堂里的种种不端、为利益纷争而做出的种种平衡动作找到新的托辞。庙堂和闹市，这两个地方究竟能否隐逸？怎样隐逸？这实在需要我们好好打量和评估。

即便离开庙堂逃到荒野，最终所逃往的地方与取向也仍然要加以甄别才行。同样是逃离而"小隐"，既可以过大地上自由而充实的生活，也可以在一个角落里混生混迹，等待一个时机。这二者之间不能不做一个清晰的、理性的判断。

即便是真实的逃离，也很可能转化为犬儒主义的低俗和卑微。

逃离可以是积极热情的，也可以是消极冷漠的；或是对庙堂的藐视与抗议，或是对人性一概不予信任的绝义。说到"小隐"，就是在某种决意之下投向人迹罕至之地的那一部分人。也有的纯粹是一种个人表演和曲折的求仕策略，如常说的"终南捷径"。有的"小隐"也可以说是"暂隐"和"假隐"。

陶渊明显然不是一句"小隐"可以概括的，因为他离开了庙堂，也并没有刻意去隐，而是做了一个普普通通的种地人，是很正常的事情。从一个读书为了做官的知识分子的视角看，可以认为无论这间庙堂多么仄小肮脏，但毕竟还是庙堂，只要离开就是反抗和决意，就是"隐"。他们的眼中永远是非此即彼，一个读书人或者去做官或者当隐士，没有其他的可能，比如说做一个平常的人。朱熹对陶渊明的满腔盛赞中其实也有很大的误解，在一定程度上将陶渊明拔得很高，只是为了满足和说明自己心中的一条理念。真实的陶渊明在当时的处境既不能"要官职"，也无条件谈"清高"，而是在很低微的地位上，在很痛苦的心绪中。陶渊明的离开是必须的，因为这种生活太让人心烦了，太无趣、太累也毫无前途。

陶渊明不是像朱夫子所大赞的那样"真个能不要"，而是想要也不可能。因为诗人的出身既不是士族门阀，他本人也不是投机阿谀之徒。可见朱熹的理解，离真实的陶渊明仍然还有不小的距离。

从古至今，以各种形式藏匿的伪君子太多，当庙堂内的人受到外面的揭露和攻讦的时候，他们就以"大隐"者自居。当他们失意逃离的时候，就以"底层"和"民间"的实践者自居，称为"小隐"。实际上其本质都是一样的，即功利主义和机会主义的合而为一。他们距离现实中维持生存的那种淳朴的个人劳作，以及精神上的痛苦寻觅，都是风马牛不相及的。

陶渊明的最为可贵之处就是他的淳朴与真实。他既不"大隐"也不"小隐"。无论是出于好意还是其他，只要送上"隐"的帽子，都不适合诗人去戴。

·偏僻难觅

同是大诗人，将李白、杜甫与陶渊明的心绪做一下比较，也许会发现不少的异同。在李白、杜甫留下的作品中，我们可以发现他们的痛苦大多来自为仕不得、干谒无效和不为世用。陶渊明更多的是在表达放弃仕途生活之必要之欢乐。从价值取向上看，陶渊明也有知识分子不为世用的愤愤不平，但比李白、杜甫要少一些。陶渊明很少在这方面发出刺耳的尖音，因为他在官场上尝试的结果更多是厌烦和不能忍受。李白说"安能摧眉折腰事权贵，使我不得开心颜"，与陶渊明"不为五斗米折腰"的话简直如出一辙。但类似的话与情绪，在陶渊明这里并不太多。李白也厌烦了，但那是失落和反思之下发出的一种激愤，并没有因此终止"干谒"。

只要是真正专注于内心修葺的，可能就会觉得没有必要使用更多的尖音来表达。因为这个时候他主要不是面对社会和世人，而更多是面对了自己的心灵。一个人发出尖音的目的，往往是为了回响和号召，是很渴望来自外部的回应的。陶渊明完全不需要有那么强烈的姿态，他只需要回答自己。对于陶渊明来说，许多时候喃喃自语就完全可以了。

直到现代，那些真正有尊严的人往往也是沉默的。当然沉默并不是一切，他们也可以选择其他表达方式。大多数时候他们在认真做事，很少大喊大叫。尖叫和呼号也需要勇气，这是不得不如此的痛与喊。另一些企盼得到与攫取的人为了博个口彩也会发出尖叫和呼号，二者当有区别。沉默的尊严，沉默的拒绝，与表演的喧哗是完全不同的。孔子曾说"文质彬彬，然后君子"，陶渊明实在算得上是一个"文质彬彬"的君子。

"岂无他好？乐是幽居。朝为灌园，夕偃蓬庐。"（《答庞参军》）"不驶亦不迟，飘飘吹我衣。"（《和胡西曹示顾贼曹》）"贫居乏人工，灌木荒余宅。班班有翔鸟，寂寂无行迹。"（《饮酒二十首·其十五》）在诗人这儿，大多是这样自然的劳动与安居。

优秀人物往往是时代的例外。比如同样是表达对那些强势人物的深恶和背离，其方式也是不一样的。比如当代波兰诗人米沃什说到自己的出走，就说他在当年并不是跟随了潮流，而只是一种个人行为。他说自己不想简单地作为潮流里的一分子，不想从属于那个反抗的群体，而只是服从了个人心底的要求。当年他从波兰驻法国大使馆文化参赞的位置上离开，只为了能够自由写作，并没有宣扬立场的偏向，没有隶属于东西方冷战的哪一方。这是值得深思的。陶渊明与那些篡晋的强势人物不合作，也不是跟随了某种集体行为，只是要沿着个人的兴趣去生活，这种兴趣需要他离开和归去。从外部看这种行为是表达了对晋室的忠诚，许多人也大力赞扬过这一点，但是在诗人留下的文字中，却很少出现那么明显的政治化。

面对篡夺东晋政权的那些军阀，他的诗文中很少有激烈的言辞，这方面给人"反抗"的印象是很淡的。既然如此，我们也就没有理由过分强调和放大诗人在这个方面的意义，不能将其过分地道德化和社会化，如果那样，就把陶渊明看低了而不是看高了。因为把一个人的选择推向一种潮流、归入一个集体类型之中，这并不是抬高一个人，而是贬低一个人。让一个人回到真切朴实的个人兴趣上去，这才是最高意义的生命礼赞。正是从这个层面上看，陶渊明更能凸显出他的本色，作为一个敏感而具有尊严的人，其表达是真实贴切的、令人信服的。

一个人在一定的时段内，因为服从一种概念或集体感召，或者是某种知识和学问体系的指引，走向了一种现实道路的选择，这是很常见也很容易被理解的。这种行为既可能与个人经验密切相关，也可能不太需要内在的反省和生命体验，只是遵循某个规划的路径走去即可。这种集体选择因为其通俗性和清晰性，获得赞赏是最常见也最无争议的。相反，当一个人真正地面对了自己的心灵，开展和贯彻了生命中的理性，并将其发挥到十分强大和活泼的地步，这个时候所形成的一些判断、一些生活轨迹，或许在别人眼里就变得偏僻难觅起来。

生命的自由与本色，它的力量和表达，与稍稍盲目的依从和跟定，这中间怎么区别怎么权衡，或者说各占多少比例，倒也实在无法量化。这只能求助于心灵的敏慧，只能从漫长而不是短暂、全局而不是局部去加以审视和猜度了。

也正是从这样的角度和这样的意义上，我们才更看重关于陶渊明的史实与文字，力求使自己的判断少一些偏差。

· 失败之美

一般会认为,陶渊明的回归农耕,和历史上的一些杰出人物相似,大致与仕途失意和失败有很大的关系,也就是不得"兼济天下"的"穷"者。这里不仅是指物质方面的"穷",而是指各个方面的窘迫和不得作为,不得伸展。就这个意义上讲,陶渊明等人的确是一些失败者。但是怎样对待这个所谓的"失败",这里就变得稍稍有些复杂了。

在社会层面上,对于胜利者的荣耀,我们愿意不吝言辞地把诸多赞美送给他们,却很难公正和公允地来对待一个所谓的"失败者"。我们害怕失败,也不可能注意到"失败"的另一面,它甚至、它居然还有美的存在,这里暂且称之为"失败之美"。

"失败者"往往是任人宰割的。无论是"胜利者"的一方还是与双方都无关的其他人,捉弄和污辱"失败者"都是很自然很随意的事情。不丑化和践踏"失败者"就不成其为人类的历史,不将"失败者"牢牢地钉在耻辱柱上,就不算胜利。人性之恶与阴暗,很大的一部分表现在对待"失败者"的方式上。如果说"胜利者"为了巩固"胜利"而要进一步从道义上欺凌"失败者",那么事不关己的看客又为什么要纵情施暴? 说白了,就因为这种行为除了能够博得"胜利者"的好感之外,还有弱者欺凌更弱者的卑下的快意。

"失败者"将没有任何机会,再也享受不到一缕阳光。

失败造成的那种艰难、挣扎、阴暗的生活图景,给失败者本人及他周边的人，也包括我们这些不得不正视的旁观者，可能都会带来屈辱感和许多难言的感受，总而言之是一种沮丧的、怜惜的、很低落的情绪。可是"失败"也可以有自己独特的美，这却是我们许多人始料不及的。因为只有"失败"才能让一部分人暂停下来，然后走入真正意义上的人生平静期和冷寂期。"失败"具有一种凄美，具有特殊的安顿的力量。它常常还具有一种牵引力，能把人引向不存一丝奢望的真实地面，让人结束悬浮状态，在一种相对踏实的境地中，回观他人和自己。人在这种独特的环境下，思索从来没有思索过的若干问题。"失败"还会给人生的这道方程式注以新解，让其在"失败"的独特世界里，再次找到平衡之后的安逸感和安全感。所以能够稍稍享受"失败之美"的人，最终还会变得强大。

"失败"对于一般人来讲，足够称得上一场灾难。能够化灾难为平易和持久的人，拥有这种人生大力，大概是最难的。有时"失败"也可以看成是命运的一次赏赐，陶渊明接受了它，说明他很能够处理世俗意义上的"失败"和"失意"，并能够从这当中转化和酝酿出崭新的东西，这也是常人所远远不及的。

陶渊明在庙堂里失败了，可是这并不意味着一生都要失败，也不意味着处处失败。而"胜利者"会时时胜利处处胜利，一直胜利下去吗？这可不好回答。作为"失败者"的陶渊明种好了一片庄稼，看到在风中起舞的新苗即乐不可支，这一刻他胜利了。他睡了一个好觉，在北风习习的窗下做了一个好梦，他胜利了。胜利的机缘还有许多，比如说他造了一坛好酒，有过一场酣饮，写出一个妙句，都是胜利。

"失败者"等待不期而遇的一个个"胜利"，并有可能取得节节胜利，这是多么美好。

而那些"胜利者"在喜庆的筵席上大喜过望，所望甚多，又会滋生出许多懊恼。长期处于无敌无碍的坦途与乐途，还会有一种肌肉萎缩的危机，于是就要在内部试练起来，营垒内的杀戮也就发生了。反抗与背叛，阴谋和堕落，种种事端和变故搅得"胜利者"不得安怡，充满了胜利的痛苦。

陶渊明享用过"失败"之美，是因为他既承认也能够直面这"失败"。而许多人并不能正视这一点，甚至还把诗人定义为官场上一个倔强的强者，把他的离开完全界定为强烈的个性，这与事实是不符的。人们在习惯上不愿意欣赏失败者，更谈不上崇拜。一个人如果失败了，往往也就一无可取了。平常说的"同情弱者"，那是未分胜负或已经远离了决斗场才有的情形，而且这时候一定要远离"胜利者"的视线，绝不要因自己的同情而招致厄运才行。

当然，这里的"失败"和"胜利"是从相对意义上来讲的，究其根本，正如诗人里尔克所说，"哪有胜利可言"。

人们激赏中的陶渊明是一个"胜利者"，因为他过上了最安逸、最幸福的生活。其实陶渊明的一生大半并不是这样的"胜利者"。他胜过，但主要不是在现实生活的层面。

· 人生的伟业

综合陶渊明一生的全部元素来看，他的确给人一种开创者和最后完成者的印象。陶渊明几经折腾，最后总算摆脱了一般意义上的社会价值的羁绊，回到了个人的躬耕劳作当中，而且以诗和赋的方式，对自己的人生做出了深刻的反省和生动的记录。

陶渊明不是作为一次性的思考完成了之后，才凝结、安定于人生的某个"点"上，而是一直向着那个"点"进发，并在这个过程中进行着一系列的思考和判断。陶渊明最后的坚持以及完成，不是毫无波折，不是那些轻松的欣赏者从外部看上去的顺风顺水。在他的个人生活中既有现实层面的大火、饥饿、乞讨和难以为继，又有精神和心理方面的挣扎自怨，尤其是灵魂深处的那种孤独和悲凉无告。这所有的元素，我们必须深入文本才能认证，给予足够的正视。

如果外部的旱涝、虫灾、食不果腹、挨家乞讨诸事，让我们真实地感受了诗人的艰辛，那么他的《感士不遇赋》《与子俨等疏》《拟挽歌辞三首》等诗文里，则刻记了心灵上的压力与哀伤。"虽好学与行义，何死生之苦辛！"（《感士不遇赋》）"荒草无人眠，极视正茫茫。一朝出门去，归来夜未央。"（《拟挽歌辞三首》）这些压力，成为他实践人生理想的巨大阻力，在这些沉重的、无法搬移的重重阻挡面前，好在诗人总算没有止步回头，而是继续往前，策杖而行，尽管踉踉跄跄。

如果说陶渊明四十一岁初回时，那个"扶老"只是形式上的附加物，多少还算是人生的一个赘物，那么他后来"攀登"所需要的这柄"拐杖"，就是精神方面的强大支持了。这支"拐杖"是什么？支撑他的人生没有訇然倒塌的是什么？可能最主要、最终还是来自田野大地的力量，来自他一再提到的那个"大块"和"高旻"，是它们所给予的感召力和启示力。

作为一个生命，在任何时候，来自天地之间的这种培育和感召都不可低估。永恒之存在，会在人生最后的绝望期显示出巨大无穷的力量，这等同于信仰的力量。陶渊明最后不仅是形式上返回了田园自然，而主要是在精神上与其融为了一体。人的肉体与自然大地融为一体，那是生命抵达终点才能达成的状态。可是人的精神却能够提前许多时间做成这件大事，这正是人生的伟业，是最重大的举动。

他在精神上确实是接近于完成了。无论有多少痛楚、质疑和犹豫，纵观诗人的整个人生历程，不得不在这一点上给予承认和赞美。在深受儒道思想的影响下，诗人未必没有"立言"的追求，没有顺应天道的观念，也未必没有普通老百姓的形而下的支撑。但他以全部的行为，以及思想的表述和艺术的呈现，最后完成了自己。

如果说到陶渊明的"胜利"，这件人们在心理上十分期待的事情，那也是指他的心灵即精神，而不是其他。

诗人没有或很少有过我们想象中的优裕和超然，更没有生活在那片明媚的"桃花源"中。在现实与物质层面，他仍然算是一个"失败者"。接下来的问题就是，我们还愿意在现代生存境遇中，在这个物质主义时代去追赶他、学习他，去实践他的人生道路吗？

这取决于我们是否还能够认同他的那份人生伟业。

·合流当中

儒释道等诸多思想体系，都从不同的向度和层面上探求了人生的意义，试图证明"人之为人"的规律与真理。陶渊明生活在一个思想剧烈动荡的时代，这个时期的知识分子经历了惊人的精神颠簸，有过各种各样的探求和实践，他们玄思逍遥纵酒冒险，修道炼丹清谈放诞，可以说呈现出人类历史上前所未有的、最大胆最泼辣的空前复杂的人生态样。这期间果真有人能够穿行于诸体系之间，并稍稍突破这些关于真理的假设吗？陶渊明就在这汹涌激荡的潮流之中旋动，是波涛里的一滴一溅，而不是毫不相干的另一条河流。

陶渊明非释非道非儒，非唯心也非唯物，但似乎又沾染和囊括了这许多元素，可见是一个自然而然中形成的综合者。他常常表现出一些不自觉的理性。在释与道当中，他感受了那种超脱无为的形式和意义；在儒家用世思想上，他常常抱愧并感叹自己的无为无力，并始终具有社会政治伦理方面的恪守。这些恪守表现在他对晋室的态度上，特别是与背叛东晋政权的那些强势人物的关系上。这些持守或多或少地左右了他的选择，让他合作或不合作，离开或留下。最后还是兴趣和心性起到了最关键的作用，还是现实的生活处境让他做出了决定。

身处诸种思潮之中，特别是魏晋时期的那些逍遥、隐逸、谈玄、养生，甚至是纵欲学说，陶渊明绝非是一个毫不沾染、界限分明的超越者，而是穿梭其中，身上难免沾有各种印迹。他从理性上讲也想择其善者而从之，但现实需要和心性爱好这二者，却又不一定服从自己的理性。比如说儒家学说强烈地影响了他、约束了他，常常构成他痛苦和自责的根源，但逍遥与养生、佛与道也实在对他产生了不小的吸引力。他怀疑长生说，基本上不信仙人的存在,但朝向这个方面的道路却不见得要一概拒斥。他尝试过,追随过,积极过也懒散过。

选择躺卧北窗下,读读书,喝喝酒,有力气就起来料理一下田园,这种生活是最能被他接受的。他大半辈子以来已经受够了那种当差的拘谨和憋屈,那种不自由,觉得时间和空间都不够用。他需要更广阔的视野,需要活动在更开敞的土地上,不被人支使也不支使别人,当然有个童仆跟在身边也十分惬意。最初回到田园的日子里是有这样一个童仆的,所以那也是他最高兴的日子。

没有酒是痛苦的,喝酒是一件快事和大事。酒足之后的那种恍惚感,思想和动作的轻快感,还有蒙眬目光下的山水事物,一切都符合他的心性。而这种心性在官场衙门是很难得到满足的。即便为了喝酒这一件事,离开官场也是值得的。置身官场的目的之一是有钱买来足够的酒,但却不能想饮就饮,这也很麻烦。

魏晋文人的纵酒有很多记载,可见这是较普遍的现象。一方面那个时候有些知识人格外痛苦,不得不借酒浇愁,另一方面也是相互感染的风气。主要是狂放的思想需要一种液体的推助,或许说这种液体与狂放的哲学思想是高度一致的。总之陶渊明并不是独自畅饮,不是一个单独的酒徒。即便他午夜躲在自己的田园里喝酒,这个午夜也一定有无数的人在远处、在不同的场景里喝着。

阅读陶渊明,会感受魏晋时期的思想与风气在他身上痕迹浓重。关键是陶渊明能将这所有的一切给予整合,在各种精神和思想潮流的洄游当中感受它们的温度,让它们润湿肌肤。他没有让某一股潮流淹没过顶,没有淹死在里面。

任何一个思想体系，都可以看成一次趋向绝对真理的"假设"，最智慧者和最终完成者，一定是一个在各种"假设"面前给予充分敞开、包容、吸纳和谅解的人。由此可见陶渊明能够在内心里形成一次次有效的整合，自觉或不自觉地取舍它们。这种态度是至关重要的，无论怎样，陶渊明都庶几做到了这一点。

• 第三主题

有人认为自古以来，概而言之，所有中国人都被生生劈成了两半：一半是道家，一半是儒家，或者说这两种倾向往往是、大致是一身并存的。由远至近打量一番，这种说法可能稍稍符合某些实际。因为人生不如意者十之八九，人们就自己的主观体验而言，总是时常感到缺憾和不完美，感到困窘，甚至屡屡走到绝望之境。既然如此，人也就必须有坚持有放弃，有信心十足也有深长的沮丧，这都是可以理解的。

然而对于一个人来说，仅有一般的积极和消极这二者还是不够的。仅止于此，仅仅在这两端游走和停留就会丧失许多，比如对更高的绝对真理的专注和仰望。丧失了对真理的执着追求，就会不知不觉地变成一个投机主义者和实用主义者，就会把儒和道当成一种人生策略。而我们在真理探寻之路上最需要的还是虔诚，需要一种矢志不渝的顽韧力量。这种力量有时候会受到阻挠，稍稍地变形，但是它不可以折断。如果因为某种人生策略而放弃了对真理的求索，我们的人生便会平庸下来，黯淡无光。由机会主义者和实用主义者组成的人类社会,必将是一个颓败腐朽的社会,整个社会不得前行,一代又一代人不得更新。

陶渊明幸好没有在儒和道这两者之间游荡,处于较为现实和自然的空间中,因此活动的余地也就大得多。

我们发现在世界历史上,特别是在那些富有创造力的族群里,当一种思潮来临的时候,尤其是这个潮流发展到不可阻挡的盛大之期,呈现出绝对覆盖和统辖的态势,一定会产生出另一种相反的思潮与之对抗。就在这种对抗和撞击当中,新的综合产生出来,出现了"第三主题"。这个新的主题,一定是在互相冲撞之中生成的更高一级思维。这就在否定再否定之中,萌发了向上的精神与思想的元素,使整个人文世界提升了层级。

有点可惜的是,在我们目力所及的漫长的中国思想史和文化史里面,尽管也有这种类似的冲撞的倾向,但更多的还是徘徊在儒和道两股思想的轨道里,总是由二者呈现出互补,而不是形成对抗。具体到一个人或者一群人身上,这种互补就会变成一个开关的两端,需要的时候,这个开关就拨向了"儒",不需要的时候就会拨向"道"。我们就在这种精神和思想的非对抗的平面上,形成了较低层次的循环。所以这种恒定而低层的循环,一定是缺乏了冲撞和对抗,当然也不会形成"第三主题"。这就使我们的人文精神不能够逐时上升,不断地向上攀援和提高,而将始终处在一个低谷中互换和周旋。这不能不说是传统文化方面的一个痼疾。

陶渊明在自觉不自觉中,稍稍地触碰了这个痼疾,也就稍稍地脱离了这种低谷的平面、低海拔的恒定循环状态,而走向了一个非道非儒的思想冲撞期。这种思想乃至心灵上的不同主题的冲撞,是在开阔的内心世界里面完成的。在陶渊明身上，我们会看到两种甚至更多种思潮，经过一次又一次的冲撞对抗之后，最终产生出不同于其他思潮的"第三主题"。这就是陶渊明在不停的质疑和矛盾中，所能抵达的自我之路。

陶渊明呈现在我们面前的，不是单调的精神选择和人生选择，而是在这种多重复杂与交织的一次次对撞中，不断地质疑和寻觅，运用了朴直的人生经验。直到最后，他的这种朴素的努力仍然没有停止。这就是陶渊明在思想与精神探究方面，在实际生活方面，留给我们的启迪。

陶渊明这种人也只有在思想多元、思潮激荡的时期才可能出现。这是那个时代给我们的馈赠。那个时期既有社会政治的混乱，又有人生实践的芜杂，更有哲学思想的冲撞。在现实与精神两个层面都具备一些彼此阻隔和独立的单元，比如说陶渊明置身的那个田园。就此来说他是幸运的，他遇到了一个黑暗凶险的时代，他也遭逢了一帮胆大妄为的人。他看到了，他经历了，他躲避了，他也选择了。

• 理性之弦

梁漱溟认为中国人的精神生活，如"本土所有（之宗教），只是出于低等动机的所谓祸福长生之念而已，殊无西洋宗教那种伟大尚爱的精神"。"只有孔子的那种精神生活，似宗教非宗教，非艺术亦艺术，与西洋晚近生命派的哲学有些相似没有能够流行到一般社会上。"他说得非常之好。这不是一种自我贬损,也不是一种卑微的思想,而的确体现了睁大眼睛看世界、看自己的一种勇气。

从古希腊、古罗马到中世纪,再到后来的文艺复兴,以这三个历史阶段来看,西方经历了多么了不起的一次又一次的否定、再否定,吸纳、综合、再综合。它不是一个简单的推倒重来的循环,而一定是向上跃动的。一个思潮过去之后,如果没有产生这种实际性的跃升,没有一次有效的综合,那么这次所谓的新思潮的涌起一定只是涤荡和破坏的作用。

纵观这三个历史阶段,当古希腊、古罗马发展到鼎盛的时候,即遇到后来中世纪那种强大的宗教性反拨;当中世纪的这种宗教性发展到一个昌盛时期,又出现了另一种纠正的力量,即产生了西方的文艺复兴。然而更难能可贵的是,无论是古希腊、古罗马,还是东方人眼里"黑暗的中世纪",都产生了极其了不起的建树和创造,以至于当后来的新思潮降临的时候,仍能够在以前那些伟大建树面前保持一种足够的理性。文艺复兴时期绝对没有一味地否定从前,它追溯和复兴古希腊、古罗马的一些至为宝贵的东西,继承了中世纪的那些伟大创造,这才显示出文艺复兴的理性意义。不然的话,它就会走入又一次的低层平面循环。

再看看我们的近代史,是怎样对待改良与革命,怎样对待清朝与辛亥、五四,以至于后来的一次又一次思潮。这些思潮有冲刷和涤荡的作用,却少了一些综合的理性。重新认识历史上被一再批判的所谓改良主义,重新认识从康梁到胡适和鲁迅等历史人物,也许是必须的。从这些人物身上我们会看到,否定到底意味着什么？我们需要思索和判断他们身上的综合力量，看到理性主义留下的痕迹。也许不同的人物在表述时不尽相同，但是他们心中常常被弹拨的，恰恰是未能断裂的强大的理性之弦。

当一种理性，特别是纯粹理性回到大众的时候，或许会使人迷茫。因为它需要一种更为沉静开阔的思维力，需要既能够足踏大地，又能够仰望星空的民族，才能够稍稍理解这全部复杂当中蕴含着的真谛。从这里出发，我们就会理解陶渊明到底意味着什么了。他在诸种思潮，甚至是摧枯拉朽的暴力当中，不做一个简单的呼号者和跟随者，而是在不自觉的远离和判断中，在诸多的冲撞中，显现出一种执拗而淳朴的素质。

他起码是冷静的，不盲从也没被吓住。当时政治和思想的双重潮流都没有把他裹卷而去，他貌似柔弱实则顽韧地坚持了下来，沿着自己的方面先是小步挪动，最后大跨一步向前，走开了，进到自己的田园里去了。从此官场里再也没有看到他的身影。他在自己的这片不大却也开敞的土地上好好干了一些体力活，写了一些诗与文，受过贫穷的煎熬也有过酒足饭饱的好日月。最后他和别人一样，死了。

魏晋既是一个不停地发生政权更迭的时期，更是一个各种思潮交替激扬的时期，是各种潮流汇聚、覆盖、争锋的一个时期。在这个时期生活的知识人，心灵里要滤过多少潮头的水流，在这过滤的过程中既要保证自己不被冲毁，同时还要滤出对自己极为宝贵的思想和精神的颗粒。这其中需要足够的审慎与清晰才行。

陶渊明没有像那些大著作者一样，留下条理井然的学术表述，但他用双足在大地上踏出的诗行，以及留在纸上的杰出文字，完成了一部关于人生、理想、社会、哲学诸问题的丰富著作。我们今天谈论的陶渊明，既是一个具体的生活之人，又是一部斑斓的时代之书。

诸种学说如果深奥博大，必然各成体系，有其学术和思想的路径，学习就是一次次蜿蜒远行。但任何一种体系最后都会被抽象化，偏离它所导向的深度和广度，并得到相当简易的归纳，慢慢演变为某种符号性的东西，得到所谓的"普及"。所以最后它不完全是良性的作用，因为它内在的那种深邃、真正抵达的思维的高处，是没有几个人能够跟定的。对一般人来说，理解尚且困难，追逐又谈何容易。

在诸种体系的实践中，大多数人都是知难而退的。因为这种退却和折中，以至于理智上的混淆，往往使这些了不起的思想体系跌为现实中最平庸的说辞。这是人类思想接受史上一再上演的悲剧。这其中，只有极具优良品质的个体，极具卓越思悟力的个人，也就是少数天才人物，才能够在实践中最大可能地趋向其顶端，这就是自己的一端。

陶渊明还不能说属于这种"少数天才人物"。他大概不长于学术，在学术层面上不见得逐字逐句地推敲和梳理，只能凭借个人天性的敏锐和颖悟，去破解内在的密码，走自己的道路。这是一个认真求实的、执着而不盲从的人。

诗人对于佛与道，特别是对儒的深层领悟，在实践中拒绝了多少接受了多少，都可以让人隐约感到其分寸感。正是这些能力，使陶渊明终究走在了自己的道路上。他思想与现实的行进路线尽管是曲折的，但却留下了比较清晰的个人脚印。

我们有些人习惯于从热闹的大路上、从纷乱的足迹间寻到一个熟人，比如陶渊明。这是不可能的。他离开纷乱走向了自己的小路，这条小路上只有他一个人。

· 徐徐打开

陶渊明既安于一种看似平凡的日月，又创造了一种新式的生活。"穷巷隔深辙，颇回故人车。"（《读〈山海经〉十三首》）所谓的"隐居"，将诸多新意给悉数隐起。陶渊明个人不会认为自己正在创造什么，他只是荷锄种豆，日出而作，日落而息，酿酒养鸡，抚养子女。"倾身营一饱，少许便有余。"（《饮酒二十首·其十》）似乎没有什么奢望。陶渊明真是一个平易可亲之人，是最可以接近的一位老乡。

从不得已而为之，到日复一日不得走开，进而产生依赖与欣悦，为温饱而忙碌，直至终了，这就是诗人的一生。他的开创性包含在徐徐打开的人生折页里，要看全部，而不是其中的某一幅某一折。他在不断解决所遇到的无数具体问题当中，积累和完成了一种创造。

有人说陶渊明最终和自己的生活现状达成了妥协与和解。这样说既对又错。说对，是因为他最终没有离去，并大致在此安顿了自己。说错，是因为直到最后，他心里的火气非但没有退尽，还时而有所增加。他的诗章由刚回田园的欣乐闲适，又回到了中晚年的愤愤不平和激烈，甚至回到了强烈的冲撞："雄发指危冠，猛

气冲长缨。饮饯易水上,四座列群英。"(《咏荆轲》)

可见在陶渊明这里,并不尽是一个逐渐和谐、达成谅解的过程,而是一直充满了波动,有曲折有回环。只是再往前走,到了真正意义上的晚年,他才稍微回归了一点平静。但这个时期的平静,已经丧失了初回田园时的那种光明与温煦,更多的是一种即将最后离去的苍凉的平静。

由此看,我们不能说陶渊明是一个和谐者和一个谅解者。如果是这样的一个人,那是多么符合一些画家画出的形象,多么适合一个闲适田园诗人的形象。实际上他比后人简单化概念化的归纳要复杂出许多。也只有这样看才比较能够切近真实。凡试图用单色调描绘一个人物,都显得远远不够。概括性的语言与词汇何等痛快,干净利落言之凿凿,只是经不起冷静的推敲。

当代著名法语诗人亨利·米修十分推崇陶渊明,他认为"中国古代诗人品格这样清高,是别国诗人中很少见的"。如此承认一个遥远的东方诗人,很让人感动。但由于时空的关系,亨利·米修对陶渊明的生活细节了解多少,我们尚不得而知。

亨利·米修从东方人对陶渊明的诠释中获得了一些信息,我们会担心这些信息很可能是被大大简化的,是过滤后的陶渊明。这样的形象既格外清晰,又不是一个圆型人物,也就越发像一张剪纸了。西方浩瀚的诗歌星空我们不熟悉,无法排列和对比,"西方诗人很少能做到"的结论,我们也就无从判断。但陶渊明对于西方现代诗人的那种感召力,显然是存在的。

不仅仅是对于深陷高度发达的现代文明的各种纠缠当中、极其尴尬和困惑的西方人,就是对于我们,陶渊明何尝没有巨大的魔幻般的吸引力？我们在自己的文化语境里，在东方的生存状态下，很愿意把陶渊明想象为一个纯而又纯的"采菊人"，一个世外高士。我们经常看到一些图与文，他们笔下的诗人变成了一个衣食无忧、相当丰腴的风流名士，这当中，那个辛苦愁蹙和饥肠辘辘的陶渊明是没有的。

我们翻遍了纸面上的文字介绍，找遍了诗人的图谱指南，长久端详着这份有关名人古迹的旅游手册，结果总是不得其门而入。

·苦　乐

梁实秋说叔本华的哲学："苦痛乃积极的、实在的东西，幸福快乐乃消极的根本不存在的东西"。叔本华从绝对和根本的意义上来界定苦与乐，自有其深刻的意义，但这只是从一个角度出发，如果换一个角度，又会有别样理解。

有人说陶渊明的一生苦多乐少，祸多福少，也有人看法正好相反。从外部看其物质生活，少有宽裕的时候。他入仕也为了补助生活。"此行谁使然？似为饥所驱。"（《饮酒二十首·其十》）可见到了陶渊明这一代，家境已经处于常常断炊的状态，出来做官不过为了混碗饭吃。

从物质层面看，陶渊明确是跌入了底层。他回归田园以后的如意，也被最初的欣悦给放大了。热爱原野、靠近土地的新鲜感，诗人式的幻想冲动，使陶渊明暂时忘却了生计的坎坷。田园处于荒芜当中，他要付出辛苦重新打理，等待他的将是漫长的劳作，将是无数个披星戴月的日子。尽管欣欣吟唱还会延续一段时间,但这歌声会被屡屡打断,代之以痛苦与饥饿的呻吟。陶渊明实在是苦,但他一开始或许轻看了这些,没有足够的思想准备。

他诗文中透露出来的应酬答唱,与官场人物及其他志同道合的人物在一起的时间,实在是寥寥可数。心气高远,才华横溢,却生活在寂寞乡间,偏僻角落,仅与无言的泥土草木、动物相伴,不能不说另有苦闷。这种苦闷可以让大自然去慰藉,但抵消的仅仅是一部分。他作为一个人的全部需求里,还有诸多欠缺和无可弥补之处。陶渊明的苦是多重的,比如饥饿,比如劳身,比如寂寞,比如忧世。他终归还是一个苦难的人生。

有一些阶段性的不可复制的欢乐,让陶渊明这样敏悟多情、宽容平静的胸怀所取获。"息交游闲业,卧起弄书琴。园蔬有余滋,旧谷犹储今。"(《和郭主簿二首·其一》)"常著文章自娱,颇示己志。忘怀得失,以此自终。"(《五柳先生传》)陶渊明没有和那些喜乐擦肩而过,他有个人的农家生活,有美好纯真、炽热奔放的爱情渴望,有为人父的欢乐。他可以倾听深巷的狗吠和桑树巅的鸡鸣,可以有愉快,可以有抚慰。这些日常情愫,品咂人生的诸多滋味,在诗人那里是一一记存的。陶渊明跟田园的这种相遇,可以说是一生最大的幸福。

痛苦比欢乐更有力地驱动了诗人的行动,而且有一种经常、被迫和不动声色的性质。就此来说,可能也包含了叔本华所谓的"积极"和"实在"的意义吧。无论是在官场的烦闷和不安、厌恶,还是耕作期间经历的种种磨难,都让陶渊明采取了应对的措施,现实动作的幅度在加大。有一些不得不克服的困扰需要诗人去处理,这个过程往往要付出很多，有时甚至有一定的冒险性。他在仕途上的几次折返，火灾后的迁移，更有不得已的乞讨，都是这一类行动。他终究要在这种不得已的改变中延续自己的生活，很少有喘息和停下来的时间。这就是人生的本意。

欢乐是暂时的，是长期的付出与行动的间隙，而且还要借助于遗忘和错觉。比如酿酒，比如耕种，这都是一种有期待的劳动，但辛苦是肯定的，这之后的一小段时间才能赢得欢乐。饮酒的愉快并不持久，其愉快的状态有时还带有很大的虚拟色彩。

这种苦乐之间的比重，它们性质之不同，敏慧聪颖如陶渊明者当然是十分清楚的。

但做出虚幻假设的只是我们这些相隔遥远的旁观者，当事人自己却要一步步走完自己的里程，没有什么轻松可言。我们把诗人的生活诗化了。

"子非鱼，安知鱼之乐？"我们这里谈论诗人的苦乐，只是根据诗文和有关记载，做一般意义上的观察、猜度和臆测而已。

• 诗人的恒心

孟子说"无恒产而有恒心者，惟士为能"，这是一个近乎不变的至理。孟子对"士"给予了本质的理解，远远不是简单以读了多少书为凭。他认为人类文明的力量才可以推助和凝固信念，当思想脱离了物质方面的诱惑时，才能够被称为"信念"。不能够接受人类文明，对文明有拒斥力的野蛮动物性，也就是物欲性。后者只有在广泛的阅读和吸纳当中,在一种文化气氛的笼罩下,才会得到一点压抑和改善。在一个物欲茂长的时代,也一定是一个动物性茂长的时代,而绝不会是一个人性纯美昌明的时期。

"士"并不拒绝"恒产",但失去"恒产"却不会丧失"恒心"。反过来,有"恒产"也同样可以兼有"恒心"。陶渊明算是一个有"恒产"的人,这主要指他有不薄的祖产。尽管当时不比现在,人口稀薄土地易得,但拥有几处宅第并有童仆,也是很殷实的人家了。诗人总算是名人之后,自己也有为官的经历,所以还不能说是一般的富裕农民,其传统与积累总会存在的。这样的物质基础可以说巩固了诗人的"恒心",让他能更加放手辞去公职,做一件认定并喜欢的田间事业。

这只是开始的日子。很快这"恒产"就流失了,渐渐变成赤贫,这时候的诗人依旧保持了"恒心"。他的文字里较少痛悔,仍然没有否定"今是",可见是孟子所称颂的一个真正的"士"了。陶渊明身处魏晋,思想也算斑驳,但总的来说还是这样的一介儒生,一个士人,这是不须置疑的。也就是这种"士"的品格令历代知识人赞颂不已。问题是他身上还有非"士"的成分,如道与佛,如玄学与养生,等等出世的思想。"士"是他的筋骨,使他拥有更容易被传统文化所认可的力量感,而其他则构成了肤肉,使他更丰腴更健康。一个人仅仅有突出的筋骨是干瘪可怕的,也绝不可爱;一个人没有筋骨,则会瘫软委地,不成样子。

陶渊明在最困窘的时刻所能坚持下来的"恒心",固然有"士"的坚毅,但也需要更丰富的精神滋润。比如他的达观,他的"纵浪大化中",就强化了他的抵抗力和韧性。这一切只为了固守,而不是使之放弃。

无论是一群人或一个人,身上都有相当比重的物欲性,这些既不能够剔除,也不可任其茂长。因为这些物欲性在所有的动物身上都有,人独立出来成其为"人",从此就比一般动物多出了其他一些极为珍贵的部分。这些部分即包括了孟子所说的"贫贱不能移":在物质极其匮乏、难以为继的境遇之下,还能够坚守自己的志向、保留个人的追求。在这方面,陶渊明无疑是最好的范例。

总的来看,陶渊明不是一个纵欲主义者,也不是一个及时享乐者,尤其不是一个颓废主义者。他及时享乐和颓废的倾向虽然不能悉数避免,但已经克制到了最大限度。当苍凉人生向他逐步敞开的时候,艰难踌躇难以为继,也还是保持了个人的操守。陶渊明时时刻刻提醒自己,不能忘记从哪里来到哪里去,想给自己的后代做出人格的榜样。"赞曰:黔娄之妻有言:'不戚戚于贫贱,不汲汲于富贵。'其言兹若人之俦乎?"(《五柳先生传》)这正是他的"恒心",他的物质观。

· 放大的闲适

欧阳修和苏东坡越是到了晚年,越是把陶渊明这个人的意义提炼为"闲适"。陶渊明有闲适的时候,但纵观一生却基本上是劳碌和困顿的。他的闲适,只是在这种占绝对量的劳碌中获得的一点喘息,而这点喘息又被陶渊明自己用诗文给放大了,后来更是被无数的知识分子和读书人给放大了。这种放大的原因是不难理解的。在陶渊明自己来说，当时远离钩心斗角、初尝自由的欣悦，对于他实在称得上是一种大安慰和大解脱，也是一种生活上的助益；对别人来说，则是寻到了内心里的大榜样，更是将诗人看成了一种补偿性和指标性的人物。

无论是欧阳修还是苏东坡，他们在官场上都有得意和失意，到了晚年，他们也需要对烦琐劳累与困顿的人生做一个总结。不仅是他们，所有人迟早都要面临这样的总结。当这一天到来的时候，面对复杂难言悔痛交加的往昔岁月，还有什么比陶渊明所获得的那份"闲适"更令人羡慕和向往？这也是人之常情，不足为怪。然而我们后来人却不能简单地被这种思维和这类向往所牵引，一厢情愿地把陶渊明定义为"闲适"和"隐逸"之人，而要更加挨近了看，看出一个原来和实际。

陶渊明一生劳碌，大多数时间都在忙着养活一家人，他的欢乐来自劳碌并贯穿在劳碌中。其实一个劳动者，在任何时候都不可能将真正的快乐独立分剥出来。陶渊明的"闲适"，尤其不是士大夫们酒足饭饱之后的心情，更不是一次远足游览的洒脱和恣意，不是那些有权有势者可以模仿的。

苏东坡和欧阳修要走入达官贵人的那种"闲适"也是没有多少条件的。官场基本如意的欧阳修很受了一些折磨，而苏东坡更是一生充满波折。苏东坡是一个从未脱离官场的人物，他在求取功名的仕途上最初顺利，后来却祸患不断，麻烦整整缠住了下半生，一直疲于奔命。但苏东坡还能于微小的喘息间隙中寻找一点个人乐趣，煮煮"东坡肉"或研磨一点药石，所以他更加羡慕陶渊明的"闲适"。陶渊明的处境与大多数官场和知识人物都迥乎不同。他人可以在远处的打量和猜度中，尽可能地找到与之接近的部分，不断实践、归纳和总结这个部分，找到特别的启示和安慰。

闲适和安静对于任何人的任何阶段都是极为重要的。一个人不光是失意的时候需要闲静，得意的时候就更加需要。志得意满会让人生出难以置信的轻浮和浅薄，这时候最好的办法就是先让自己冷静下来。人在精神上发起烧来是可怕复可笑的，连最基本的判断力都会丧失。实际上人还是一种自然动物，所有人造的繁华生活都会带来深刻的烦腻，最终会让人产生逃避的愿望，所以正常的人追求的也仍然是闲静。可见闲静可以是人生的一大幸福，而且很本质，基本上可以持久。永远的繁华和永远的窘迫都让人不可忍受，唯有闲静可以在很长的时段里被人接受，并收获一份真正的健康。

当然，天长日久的清静也会带来一些寂寞和苦恼，它还需要有一些调节，但它基本上是各种人生样态中最容易接受的一种。

越是到了现代，越是到了快节奏的数字时代，闲静对于人的吸引力也就越强。这时候我们越发要塑造和向往一个理想的陶渊明，至于其他的、多侧面多棱角的陶渊明，都可以省略。自己酿酒，闲来吟诗，篱下采菊，再有个童子搀扶，这真是太诱人了。古代读书人不要太贫穷，也不要太富贵，最好身边有个担书磨砚、扎了双髻的童子，这童子还要纯稚，还要活泼，诸如此类。这都是舞台和画本中造出的概念形象，却令人印象深刻，成为不少人的梦想。

如果从闲适的本源来讲，那么它大致是与人的社会性相对立而存在的，是个性的觉醒。闲适者一定更注重个人心性而非社会功利。从这个角度说陶渊明的闲适，似乎与物质多寡无关；但实际上，贫苦的生活却一定要破坏人的闲适。

在通常的期待中，陶渊明如果不是闲适无为的代表，我们是于心不甘的。他一定要闲适，他必须闲适，如果他不闲适，我们就不理他了。我们相信，陶渊明在将来会一再地沿着这个方面被放大，站在那儿，笑容可掬，实际上却离我们越来越远，最后成为一个幻影。

· 精神单间

任何时世，人性里所固有的对于物质和精神的需求一定不会丧失殆尽。光怪陆离的现代生活对人的吸引、对人的剥蚀非常严重。现代人面对媒体，面对数字化的传播，面对激烈的名利追逐，或主动或被动地接受了大量的强刺激，也就使他们更加不再安于闲静的生活。这样的时刻，在一定的范围和条件下，一些人会纷纷逃离个人空间，走向外部的喧哗。在这个过程中他们一方面获得了欲望的满足，另一方面也丧失了根本的幸福，特别是丧失了思想的力量。个体具有难以想象的创造力，无论是古代的陶渊明还是今天的人，都不太可能在人流拥挤、嘈杂喧嚣的地方滋生出强大的创造力。

陶渊明的意义和价值是他用质朴辛劳的一生创造出来的，不是机灵四顾的投机和发明。他全部的人生归结为独处和劳动，包括伴随其间的自我吟味。他的一生是尽可能不受侵犯的个人性的保护与保存。他在当时尽管也有各种交往和应酬，但基本上还是一个寂寞的人。特别是他与那些知识背景迥异的农民相处的时候，他的个人性实际上是比较容易保存的。他在穿着打扮上可以混同于一般的村民，但在思想层面和精神境界上却是与这个群体相去甚远的。况且在当时，每一片田园都是相对独立的，这里远不是现代规模化的农场方式，更不是公社方式。陶渊明的田园有篱笆，有"衡门"，客观上的生存空间还是比较疏朗和独立的。也就是这种相对孤单的日常生活，使陶渊明保持了旺盛的创造力，使他更有机会细细品酒和想象，维持一种深刻细致的内心体验。这种能力和状态，实在需要相应的外部环境去帮助和保护，一旦失去了这种环境，就会造成致命的损害。

　　人们曾经过多地谈到了陶渊明与乡邻的亲近与交融，他的诗中也生动地写到了与他们同饮同处的快活。如果被现代"深入生活"人士作为一个例子，当然是最好不过的。这种交往的最大益处，从实务来说使诗人能够学习田间技艺，还可以部分地免除孤独感。从另一方面看又可以转移他长久的注意力，转移传统的"士"的心情即难以丢弃的"庙堂心"。这时，作为一个知识人业已习惯了的一切，阅读、酬答、文墨交谊，更有头脑中文字绵延的惯性和拖累，被一块儿阻隔和缓解了。知识人需要回到自然的生疏，需要空下来，需要完全不同的语调和思维来冲击自己。这些，陶渊明都找到了。

　　陶渊明在打扮甚至举手投足方面，渐渐与周围乡邻相似起来，但内里的不同大概难以缩小得太快。这种不同像一种屏障一样围在了诗人的四周，无法拆除。诗人的异质部分被这样包围起来也隐藏起来，他仿佛待在了一个大隔间里，有了自己的空间。如果一个人真的和周边的人融为一体了，精神上结成一块了，那也是相当麻烦的。

由此可见，陶渊明也是因地因时而生的幸运儿。他在社会和物质层面遭受了极大的困顿和挫折，却也促成了精神和艺术上的一种显赫存在。这就是事物的两面性，是"鱼和熊掌不可得兼"的道理。他直到看上去和当地农民完全打成了一片的时候，实际上也一直居住在一个精神的单间里，条件很好。

· 物质的腐蚀力

陶渊明的一生物质所需甚少，这不仅与我们当代人，也与魏晋的士大夫、庙堂人物无限攫取物质的欲望形成了鲜明的对比。诚然，陶渊明当时没有条件享受丰富的物质，但我们似乎能够想到，即便有条件，他也不会成为那种贪婪的人。

陶渊明极为崇拜的曾祖父陶侃，是朝廷栋梁，功高盖世，位高权重，生活也极端奢华。但陶渊明在诗文里丝毫没有提到这些，更没有渲染曾祖父物质上的奢侈和富贵，强调的只是他的操守，他的道德，他对晋朝的贡献，他于国有功而不倨傲的品质。陶渊明仅仅以此为荣，引为家族的榜样。

诗人对曾祖父奢华生活的回避，却透露出另一个方面的信息，即他对这种生活的不能认同。曾祖父当年的豪华气象如今不存一丝痕迹，让他连想都不敢想。重要的是已经深刻感受了世态炎凉的诗人，会自觉不自觉地将那样一个曾祖父视为另一个阶层，而这样的阶层通常都是自己所疏离的。血脉的关系，祖上的荣耀，这些不可能让陶渊明完全忽视，但他所能做的只是记取曾祖父的单面：功勋和操守。

那样奢华的一个政治人物，会有多少"操守"？这些在诗人那里只能算是一笔糊涂账了。

陶渊明简单的生活方式与曾祖父正好是相反的，这在客观上也引发人们联想：天道循环，极尽巧合，竟然在子孙几代间做出了这样的平衡。陶渊明最后竟然饥饿而死。

诗人的生活实践与现代西方生态主义者的表述有一致之处，就是一个人活着到底需要索取多少物质，这种索取是否应该有一个限度？这种限度，这种节制，对于人之为人，对于人类的成长意味着什么？

物质的腐蚀力显然是存在的，它会让人变形，让人在追逐物欲的过程中变得卑微、没有自尊。相反，为了维持自尊，一个人可以背向物质，走向很多人视为畏途的那片寂寥。在强烈的商业主义、物质主义的当代，在所谓全球化的今天，这些深刻而锐利的质询，伴随着陶渊明的诗章，一次又一次地逼到了我们眼前。它将在我们内心深处激起越来越大的波澜，汇聚成一个呼唤改变当代生活路径的低沉悠远的声音。这个声音在当今最具有穿透力，它可以沿着地球的弧度抵达世界的另一面。被物质主义、欲望主义、商业主义所围困的当代生活的全部不幸，都将在这种质询下裸露无遗。

我们痛苦的原因，有时候并不在于物质的匮乏，而实在是应了《论语》中的那句话："不患寡而患不均，不患贫而患不安。"这种物质分配均衡的必要性，常常不是由法律去固定的，而是作为一种理想引起无穷无尽的向往。这不是粗陋的平均主义,而是一种生存哲学,应该与简朴、创造、个人空间等联系在一起去考察,如此才能发现它的道德深度和伦理深度。

陶渊明的一生不仅与物质贫困做斗争,还与精神困境做斗争,自尊心是让他最为不安的一个东西。人人都有自尊心,但是为了维护个人的尊严,像陶渊明这样不惜一条路走到黑的人,还是不太多的。

· 如芒在背

《圣经》里说,使徒保罗身上有一根刺,总是折磨他。任何人芒刺在背都会痛苦,都想除去,保罗当然想求上帝快些把这根刺取走,但是上帝没有答应他。这样不是为了惩罚他,而是爱他。结果保罗在这根刺的时时提醒下再也不敢骄傲,因为这让他知道自己的局限:一直有东西在扎他,他必须克服这种苦境并一直带着这根刺,还需要努力做得更好。最后,他反而不再希望去掉这根刺了,认为这根刺能让他变得更积极也更谨慎。

实际上人人身上都有一根看不见的"刺",这就是不可克服的人生障碍和弱点。从这个意义上讲陶渊明身上也会有一根"刺",那么他的"刺"又是什么?是天生的不得世袭的平民地位?是门阀制度下的挣扎和自卑?从大量诗文中看,他起码有一个弱点是很难克服的,这就是与生俱来的内向与孤独。他很难和世人相处,在诗里也一再地说到这一点:很难与别人沟通。"总发抱孤介,奄出四十年。"(《戊申岁六月中遇火》)"深感父老言,禀气寡所谐。"(《饮酒二十首·其九》)这种与人不能畅达沟通,多少带点自闭的倾向,好像是他这个人的痼疾,一生都很难祛除。

陶渊明走进官场,走到任何地方,都要一直带着这根"刺"。他为了拔掉这根"刺",一次次尝试都没有成功,在诗文里也幻想能拥有这种机缘。他一方面认定自己性格里的"刚"与"拙",另一方面也清楚地知道这对于一个入世者会造成多大的麻烦。他在入仕实践中频繁地进出,也有克服孤独、加强交流和融入社会的努力,这不过是想拔掉身上的这根"刺"而已。但是有一种莫名的力量,比如说性格即命运,是始终没法改变的。陶渊明多半生都为了拔掉这根"刺"而努力,最后却一直带着它。

这种无法交流的性格局限了陶渊明,让他感到烦恼,同时也提醒他要不断地做出牺牲。这种痛楚可能一生都跟定了他,但也正是这些让他区别于其他人。无法交流是一种天性,一种缺陷,一般来说更加不适于世俗意义上的生存,终究导致了陶渊明独特的命运。他当然担心自己,但直到最后也无法改变。

陶渊明就像那个保罗一样,最终将固有的缺陷变成了自己的优势,甚至变成了一种成就。到最后,他大概既不能也不想拔掉这根"刺"了。孤独与内向,还有耿介,这就是陶渊明。"敛襟独闲谣,缅焉起深情。"(《九日闲居》)就在这孤独中,他才有了创造的茂长,有了另一种盛开,以至于成为今天我们所理解和知道的诗人,一个"旷世而不一遇"者。

其实现实生活中的每一个人,身上都有一根"刺"在时时地扎痛。就因为芒刺在背,难受至极,所以每个人都想早日拔掉它,都想变得更加自如、完美和有力，只是鲜有如愿者。每个人终有不可克服的缺陷，需要自己去领会和认识它的存在。几乎没有一个人有永远值得骄傲的资本，有无所顾忌的自信，这大概就是生命最终的规定性。像陶渊明和保罗一样，我们都不得不将这根刺忍受下来，并且渐渐习惯它，一生背着它，让它提醒我们，知道自己的限度在哪里，谦卑谨慎地完成自己的人生。然而能如此者毕竟只是一部分人，进一步变得哀怨暴怒者往往大有人在。

陶渊明行走的背影，他所抵达的那个目标，实际上离我们是很遥远的。正因为这种遥远，他才在我们的视野里变得更加模糊。我们常常因为看不清，对他有很多的误解，对他的界定也有很多的偏差。比如我们会忽略他身上的那根刺，根本无从想起它对他的时时折磨，以及因此而获得的正面收益。

陶渊明到了晚年，从一些诗文中所流露的意念，会让人感到他变得顺从了，似乎接受了命运送给他的这份礼物。"识运知命，畴能罔眷，余今斯化，可以无恨。"（《自祭文》）他接受了关于人不是万能的、人是不值得骄傲的诸如此类的提醒。"丰狐隐穴，以文自残。君子失时，白首抱关。"（《读史述九章·韩非》）陶渊明既有自信，又不过分自信，因为总有一种声音在提醒他。这根"刺"，最终成为诗人重要的力量之源。

他终究与自己身上的那根"刺"和解了，记住了这根"刺"的意义，记住了它的存在。

霍金是英国著名天体物理学家，他身上也有一根很大的"刺"。霍金有一种非常奇怪的疾病，就是肌肉萎缩性侧索硬化症，全身瘫痪，甚至不能发音。霍金一生都无法拔除这根"刺"，也就只好认命，与它妥协和共处，在这样的一种境遇下成就自己。

陶渊明写了田园之诗，霍金则写了《时间简史》。他们的人生到了如此艰难的地步，竟然没有放弃，带着这根"刺"走得那么遥远。对比这两个人，一般人的辛苦也就可以不必再说。对陶渊明和霍金来讲，这种难以自拔的、不可更改的人生困境，几乎不可以简单地看成是一场悲剧。它不同于一般的苦难，它仅属于个人，别人已经不能用苦难和悲剧来界定它。对于个体，对于世人，这根"刺"毕竟太粗了一些。但它给了我们一种神秘的启示：某一方面的"无能"，将促使一个生命焕发出超越一般的"大能"。

· 墙内的生命

古罗马时期的宗教哲学家奥古斯丁，与陶渊明大致处于同一个历史时段，我们不妨把他们二人对应一下。在他们生活的时期，无论是神学、宗教哲学，还是人文精神的发展，西方正处于一个如火如荼的阶段，这有点像魏晋时期各种思想流派的兴起，诸种流派学说激烈地冲撞、角逐和发展。

这种状况不由得让我们联想到天体的运行和宇宙的奥秘。为什么在同一个时空里，东西两个半球的思想脉搏会如此相似和同步？西方产生了奥古斯丁等人，东方也产生了许多大思想者。说陶渊明是一个思想者，还不如说是一个实践者，知行并重，知行并举。尽管陶渊明在个人著作里，在思想的理性表述方面远不如奥古斯丁，但是作为一个时代的标志性人物，仍有很大的意义。他们二人的异同值得我们好好体味一番。今天看，古罗马离魏晋并不遥远，陶渊明和奥古斯丁可以说是比邻而居。比较一下，陶渊明是相当世俗化的，而奥古斯丁进入了形而上的神思。

还有一个人物可以跟陶渊明稍做比较，就是离我们更近一点的蒙田，这是法国著名的随笔作家与思想者。蒙田生来就是一个富贵之人，父亲给他留下了一笔很大的遗产，家里有大量的童仆和领地。可以想象这是怎样一种繁华和富足的生活。但是蒙田感受了太多的奢华与物质之累，这种生活同样是难以选择的。后来他想出了一种办法：为了与世隔绝，思考人生的意义，竟然住进了一座圆形塔楼，即"碉堡"，干脆把自己关在里面。这样整整过去了十年时间，十年里他谁也不见，连送饭的仆人都不见。这种固执而不曾间断的思索，他都做了记录，这就是后来出版的那本举世闻名的《蒙田随笔》。自此开始便出现了"随笔"这种新文体。《蒙田随笔》出版后影响很大，人们觉得他对人生和社会有许多智慧和办法，以至于蒙田在那不久外出了一趟，回来后竟发现人们推选他当了市长。大家都期待这个智者来治理社会。

蒙田用一座碉堡隔绝世界，先孤独自己，后来又变成了一个强有力的入世者，当了市长。他这一点与陶渊明不同，但那种孤独的状态与陶渊明却有相似之处。尽管孤独的原因不一样，可是他们获取的那些人生思悟，其丰厚的成果却是相同的。孤独使蒙田增加了力量，而富贵使他空虚和迷茫，从精神和思想的意义上来讲，过多的物质真的可以造成致命之灾。所以蒙田把自己围困起来，用了一道有形的墙。

陶渊明的"墙"则是无形的，它是物质上的贫困，还有那种难以与世人交流、与社会达成谅解的性格痼疾。他也有一道隔离外部世界的牢固围墙。他在这道"墙"内曾经想过突围,想过折返,想过拆毁,直到晚年才适应或默认了这道无形的"墙"的存在,自愿地待在其中。也恰恰因为这道无形的"墙",因为他的逐渐适应,使其最终完成了个人的思悟,抵达了自己的思想与艺术之境。

其实人人都有围困自己的一道"墙",或者看成保罗身上的那根"刺",它们往往是无形的。鲁迅先生是我们再熟悉不过的杰出人物,他身上也有一根"刺"或一道不可拆毁的"墙",那就是不能与社会达成谅解的深刻的孤独,或者说是因为过于清醒和洞悉而造成的极度绝望。周围这片无知傻乐、苟且偷安的世界,他始终是无法进入的。鲁迅最后几乎没有多少就近的朋友了,没有多少可以交谈的人,直到死后才汇集起一大群送葬者,这是他一生中身边跟随者最多的一次。但是我们感受一下这些跟随者,其中还掺杂了大量面孔模糊的"消费者",他们要最后消费一个不能说话、就此别过这个世界的人。这里面蕴含了人性和人生的至大悲剧。

胡适是五四新文化运动的领袖之一,是当时声名最隆的精神导师,他身上难道也有"刺"和"墙"吗?很可能如此。胡适长期受西方文化教育,回到故国是否水土不服?是否因缺乏深度对话者而变得极为孤独和孤立?他曾经说过一句话,说总是不停地讽刺自己的那个鲁迅"是我们的人"。这句话多么值得人们深思。

胡适在长时间里一直作为鲁迅的对立面被人们去理解,但是此刻,两个"敌人",两个孤独者,一个听懂了另一个。胡适和鲁迅一生都没有拔掉自己身上这根"刺",无论是远去孤岛的胡适,还是一直生活在大陆的早逝的鲁迅。他们直到最后一刻都是很孤独的。而那些总能及时地拔掉这根"刺"的人，有可能直接变成了无足轻重的人，那是一些不被命运所爱惜和器重的人。

陶渊明在自己无形的"墙"里备受煎熬，却也因此而做成了极有价值的事业。这就是后代人不再顾忌、甘冒天下之大不韪、千方百计逾"墙"而入，去寻找这片田园主人的真正原因。

• 一个人的大多数

客观上一个人孤独至极，走入一种孤独的处境，无论是被迫还是自愿，我们理解起来似乎都不会觉得太难，好像他就在近前。从这个意义上讲，陶渊明离我们的理解可能也并不遥远。一说到陶渊明，一般的反应就是：啊，这个人我们太熟悉了，而且我们太喜欢他了！接着就是默默念出"桃花源"，就是指认一个孤独避世的老人。

然而一旦我们真的走入陶渊明的世界，走入他生命的深处，就会发现诗人许多时候又绝不仅仅是孤独的。"孤独"这两个字太表面化了，好像很难用来概括诗人。因为他一个人待在角落，却有越来越多的人走向了他，一代代人走向了他。是的，当年他关在一道"墙"内，对话者寥寥，但好像这种状况并不持久。也就是说，诗人的园子里很快就热闹起来了。至于现在，这里简直成为人世间最热闹的景点之一。

人们都想到他那里去看看，恨不得去抚摸一下诗人当年的用品，在了无痕迹的时光之河里打捞出什么遗物来。这种情况并不多见，人们是如此固执地寻找一个人，打扰他探寻他，不让他一个人好好待着。无数的人将其引为知己,和他站在一起。这时候的诗人大概要说一句老话了:吾道不孤。

陶渊明身上其实囊括了"一个人的大多数"。也就是说,即便从量化的意义上去理解陶渊明,他也不是"少数",而是"多数",因为他一个人身上会集了许多人,包含了更多的意愿和希望,象征和具备了最大的追求,足以做更大群体的代表。这种情况太特异了,因为当年他孤孤单单出城回乡,种地务农,告别了成群的文人雅士,顶多和一些不通文墨的人混在一起,酿酿酒养养鸡,而今那里却从"门可罗雀"变为"络绎不绝"了。

就探求和领悟的深度来讲,他一个人竟大于一个群体,因为他走向了生命的更幽深处,更加具备一种囊括力和包容力。

陶渊明的孤立其实是大于一般意义上的"多"和"少"的,他的坚持、思悟与志趣,已经包括了不可言喻的方向和可能。这种概括性和生命能量的聚集,也许只有独处者才能取得。他要让灵魂待在一个足够清寂的地方,以便让它走向深处和高处。它要飘升起来,访问一些人生的梦境。

相反的例子是,有的人在当时热闹得没法再热闹了,门前车马堵塞,被弟子和各种时髦人士围拢得密不透风,他居于中间,发出的高论大言气势如虹。可是这种状况并不能持久,好像过了一个季节就门前冷落,到了身后更是寂寞,简直没人想得起来。这种人就是"多数人的少数",是苍白浮浅的集合与群聚,没有什么可信任的恒定的价值。他们人多,但是没有找到真理;他们喧嚣,但是从来不感悟"真意"。他们尽管是一群群一片片,但由于是盲目的和廉价的,基本上都是可以忽略的。

需要一个人，安静下来，不要害怕孤单。

这让我们想起奥地利诗人里尔克曾经说过的一句话："我在这世上太孤独了，但孤独得还不够。"为什么不够？就因为对"真意"的追寻所需要的安寂、所需要的坚忍，他独自思考所需要的苛刻条件，一切都必须更多才好。也只有如此，他才能走入孤寂的反面，走向"一个人的大多数"。他在说自己的生命努力接近永恒的真理，这个过程中所需要的条件。不同时代的人实际在说同一个意思。就是这个里尔克，在古堡里时断时续地住了十多年，写下了那首著名的《杜依诺哀歌》。

里尔克从小体质柔弱，母亲为了纪念早夭的女儿，把他当成女孩养到六岁，给他留了长卷发，穿女式服装。最后他总要长大，要像个男人一样生活，就被送去上军校，无非是要克服他身上那些与生俱来的缺憾，等于是要打破那道柔弱的"墙"、拔掉那根别扭的"刺"。可是最终他也没有强悍起来，没有像别的男子汉一样。

一般人可以被动或主动地孤独着，然而结局却很难预测。我们像法国的蒙田那样住进一座碉堡，也关上十年或者更久，结果可能在开头五六年的时候就变得半疯了。我们再学陶渊明，把公职辞掉，然后再大声言说"民间"，说种地的好处，说深入底层的伟大，有可能很快成了一个笑柄。形式的模仿总是不难，生命的品质却大有区别。

原来"孤独"不是一切，"挺住"才是一切。"孤独"不是目的，仅仅将"孤独"当成了目的，那么既不能享受"孤独"，又极有可能走向反面，一边做假一边变质，这"孤独"就成了吸引他人的油彩。古代有些"隐士"，其实就是这样的一类人。

"孤独"总是好的,也一定是好的,但是最终要能够接受这"孤独"才行。一个人要尽早地接受"孤独",而不是直到最后才被迫伸出双手接下。

• 天文台

在阅读陶渊明的历史上,人们常常陷入非此即彼的困境:或者认为是苍白平庸,或者认为藏了无尽的玄妙。这一百多篇诗文给我们的应该是享受,是丰富的精神与艺术的会餐,而不应该是猜测谜语或穿凿考古般的折磨。诗人多么平易亲近,他那农家一样朴拙的举止不会吓着我们。诗人其实是非常好客的,有了好酒就招呼近邻去喝,我们这时把自己想象成他的一位近邻就可以了。

我们饮用了诗人的酒,接受了他的招待,增加的只会是友谊和敬重。对诗人的爱与知,更有利于我们捕捉这些诗的语调和声气。诗人在酒后直接就吟哦起来,这时我们听起来就明白多了。奇怪的是所有的诗一旦落到纸上,被蓝色的布套弄成一函,马上就变得晦涩了。

在夜晚我们一起与诗人仰望天空,那是一片闪烁的星星。夜色可真深,星星可真大,天河也看到了。白天我们和诗人一起远望四周,这时庄稼刚刚收获,地上没有了青纱帐,一眼望不到边,地平线伸到很远很远。我们高兴了,随上诗人一起吟唱,分不清是他的诗还是我们的诗。

我们和诗人亲密无间的时候,一块儿饮酒和消磨时光的时候,对他的诗也就很容易理解了。原来他不过是这样一个人，不过是作了这样的一些诗。

以前总是想看别人是怎么谈论诗人的，如果这些谈论已经印在了纸上，装在了函套里，那么就无论如何也不敢怀疑它们。结果我们离真正的诗人越来越远，正有意无意地将诗人简单化和歪曲化；再就是，把他视为天人，一个高高在上的神圣。

我们能否在诗人的研究和理解上，进入本源意义的视角？这个本源意义就是关于人之为人、人与大地星空的关系。打量的视角当然可以是多元的，但对于陶渊明的研究，我们过去更多是研究人和人、人和社会之间的关系，而较少研究人与存在于万事万物之间的神秘力量、人与自我的关系。

他与当权者不合作，所以辞官，他用一个美好的乌托邦来代替专制体制，他是大自然的歌手，等等。一切结论都似乎不错，但一切结论又太过熟悉。好像谁都这样说，对所有的诗和诗人都这样说。我们用类似的词语说过了李杜、《诗经》，还有许多许多，过去，未来，一切的诗和将要出现的诗，都被这样诠释。这怎么可能？

如果我们更多地注目于陶渊明和那种无所不在的神秘力量之间的关系，和个人性格之间的关系，就会产生不同的话语。原来诗人是做了这样微妙的发声，既日常又奇特。这不像一个大书生所为，而就是那个喝酒种地懒懒散散的家伙，是他写出来的。

他比古往今来那些大诗人多了一点什么，又少了一点什么。

若论陶渊明和宇宙的关系，他在这方面的感受，比李白和屈原等诗人似乎要弱一些。我们感受陶渊明，会感觉在人与浩渺宇宙之间的关系方面，诗人虽然有所领悟，但似乎还很淡弱。他谈过"大块"和"高旻",可是远没有屈原和李白那样自觉和执着。

陶渊明没有大声地发出"天问",因为对于神秘宇宙的那种观照,更多的还是来自本能。这种直接经验使他变得更朴素,但也更局限。这里的部分原因可能是生存方式所决定的:他更多的时间是用来耕作,要视野向下,而较少有时间抬头仰望。他俯视大地的时间,比仰望天空的时间要多出许多倍。所谓"躬耕",一个耕作者就必须弯腰向下。

我们在理解和欣赏陶渊明时,愿意注目离我们最近的部分。在他目光的牵引下,我们也会更多地俯视大地,而较少仰望天空。我们是农耕民族,本来就缺少仰望的那种习惯和专注,很容易忽略另一个向度。

在中国这个农耕群体里面,屈原和李白实在是两个罕见的个案。屈原先是在宫廷里面生活,后又在楚国大地上流浪。李白则像游牧民族一样四处游走。他们共同的特征是超脱于"实感"和"就近"的那片土地。阅读屈原的作品,会感觉这个人是在天文台工作。而李白偶尔也会到天文台去转一圈。陶渊明好像压根就没听说过天文台这回事。杜甫则从来不关心天文台。

• 物理角度和地理方位

我们理解和看待陶渊明,还常常有一个习惯,即往往将人当成"工具",以这样的基调来阅读和接受。这一直是许多人的原则和通识,因而常常将人生价值扭曲,本末倒置。如果我们试着调转一下,从"人是目的"这个视角去看陶渊明,对其价值或许会有更深一层的认识,也会有再一次的贴近。

我们会觉得陶渊明在田园中的快乐、他的劳动与实践,最大的收获是他留下来的诗赋。是的,他因此而不朽。于是我们会为诗人遗憾:如果他当年有知,写得再多一些并设法留下来该多好。存世的只不过这一百多篇,太可惜了。

我们总希望陶渊明是个写诗的"工具"。于是我们就忘记了,他的诗赋再好,也比不上他的灵魂快乐更重要。他写诗作赋,是因为只有如此地吐诉才让自己更愉快和更舒畅,也就是说,他的灵魂里需要这吟唱这书写。如果不需要,那么一切尽可以没有,这并没有什么遗憾。

同样,陶渊明的饮酒与休憩,也并非为了养出强壮的身体,以便收获更多的粮食。如果这饮酒不快乐,如果这收获和劳动极不利于身体和心情,他也宁可不做。他的身与心才是"目的",而不是其他。一个生命是由两个方面构成的,即身与心,这二者绝不能当成"工具",而必须是"目的"。一切都要归结到身心上来。

如果从这个意义去分析陶渊明回归田园以后的物质损益状况,也许就多了一分理解。我们长期以来不解诗人的穷困,弄不明白他怎样将一个有着几处田产和童仆的家境,最后搞成了那么可怜的地步。可能诗人无论是自觉还是不自觉,都不想忍受外物的使役,只追求一种真正的自由,也就是说他更能够把自己当成"目的",而不是"工具"。让身心快乐和高兴,这才是最重要的。于是,物质也就荒疏了。

身心,特别是心,实在是连接着更广大的星空。生命在形成的瞬间已经被注入了神性，所以人一生的仰望将是必然的。陶渊明所有的诗中，仰望远远少于俯视或平视。他注目土地和原野的时间非常之多。这让我们感到何等亲切和温暖。他的视角和我们大多数人并无二致。

我们可以设想，换作一个西方人看陶渊明，他也许很容易发现陶渊明的诗中缺乏一种向上的仰角。比如说荷尔德林，他在诗中总是想到和提到遥远的注视，那是向上仰望的。陶渊明较少来自星空的慰藉，他的慰藉更多是来自脚下的土地，或顶多是来自周边的那片原野。自古以来"隐者"和"贤者"也大致如此。"秋菊有佳色，裛露掇其英。"（《饮酒二十首·其七》）"既耕亦已种，时还读我书。"（《读〈山海经〉十三首·其一》）这是很现实和很日常的安慰，当然也足够温馨和充实。

一个人怎样索取自己的精神力量，看其选取的物理角度和地理方位也许是重要的。屈原和李白的观照更多是从上方、高处，因为宇宙深处有能量，而且这能量极为巨大。从地理方位来说，陶渊明的能量是来自脚下和周边。我们还可以设想，如果东方人都像屈原和李白，就会催生出游牧民族那样的自然科学方面的飞跃，并深刻地影响到他们的文学品质，因为人文与科学是同一体的。

这是游牧民族与农耕民族的区别，是不同的生命特质。

· 菊花从不教条

泛道德化和社会化影响了陶渊明研究，审美上的单向度也造成了理解上的偏差和缺失。我们似乎只有儒和道这两件致命利器，只极为顺手地使用它们去破解历史人物，特别是一个诗人的奥秘，大概是非常不够的。我们后来察觉了这些，改用现代主义的说辞和方法，还因此而抄捷径，走向另一条熟路。通向陶渊明田园世界的，其实还有一些阡陌小路，更有一些相互通融的隐蔽网络，它们纵横交错如同迷宫。如果我们从高处俯视，就会发现通向目的地的道路是立体交叉的，而绝不仅仅是以前的儒道老路与现代主义的新路。尝试另一些路径与可能，将更有可能进入田园深处，踏向以前不曾抵达的边边角角。仅有儒道两条大路，就不能从更高处俯瞰，也发现不了原本就有的羊肠小径；使用现代主义的时髦说辞，本想追赶数字时代的速度，却想不到会将问题弄得更加复杂化，甚至离题万里。

对于陶渊明的意义和价值，我们总是一再地强调"田园"。"田园"终于成了陶渊明身上一个不可剥离的符号。实际上在万有的大自然中，一个人所感受的，可以超过所有的书本和哲人。大自然是有机的，对于一个人的精神营养而言，是超过所有人工补品的。大自然对人的培育，对人的滋养，是很难从根本上被取代的。陶渊明能够将生命的根须扎到有机物中，这才获取了全面而丰富的营养。

而有人却心存幻想，要把这一百多篇诗赋反复提炼，制成各种胶囊，以进入现代流通市场。

就陶渊明这样一个继续生长和活着的诗人来说，仅仅依靠提炼出来的某种思想与体系去取代，是远远不够的。陶渊明所投入的田园生活，是有机的生存和吸收，而这种营养的全面性和复杂性，许多时候是无法分析和概括的。这种有机性使得陶渊明的个体更加活泼，也更加生机勃发。

一个人的归去是多么容易，而要成为陶渊明又是多么困难。头脑中塞满道家思想，不能成为陶渊明；心怀"不得帮忙"的不平，也难以成为陶渊明；陶渊明的确去了"民间"，但我们如果硬要效仿他，一头扎到现代不复存在的"民间"，也只能上演一出闹剧。

陶渊明不是为了实现庄老之志而回归的。他的田园是一片包含了各种微量元素的土地，而不是人工扎制的旋转舞台。陶渊明是最难学的，因为我们一般人很容易在儒道之间、在入世和出世之间，选择一个总开关的左右键，只在需要的时候按下去。

陶渊明行动和实践的，有许多恰是这个"总开关"之外的东西。诗人生命力之强悍，就在于他对自然万物的强盛吸收。菊花等自然之物从不教条，而陶渊明手中的那束菊花，也令人担心在后世的竞相拍照之下，会变得没有生命汁水；采菊人陶渊明，也换成了一个固定的蜡像。

我们今天只想还原一朵饱满真实、摇曳多姿、露水四溅的菊花。有些人只会认识和赞美那束塑料花和纸制花，以及模板化了的陶渊明，离真正的诗人真的越来越远了。

听课附记

2014年9月，笔者有幸聆听了张炜先生关于陶渊明的讲座。

开讲那几日，正赶上秋风萧瑟，细雨缠绵。当时张炜先生坐在一丛粲然摇曳的绿菊旁，缓缓开讲。

此前读过张炜先生的《楚辞笔记》《也说李白与杜甫》，印象深刻，感觉与学院派风格迥异。这些文字能够直抵文本，遥感、品咂、咀嚼和触摸古代诗人，体悟和破解生命的密码，字里行间弥漫着鲜活多趣的情思和慧眼独具的洞察。

与坊间传说一样，张先生讲学时面前只清茶一杯，而无片纸。开讲伊始，声音低沉，语速缓慢，刚刚切入主题时思维并不迅捷。三四分钟之后，语速加快，音调上扬，情绪渐渐激活饱满起来。

讲学期间听者可以自由提问，没有任何约束。不管问者怎样信马由缰，张炜先生总能把漫无边际的话题收拢回来。他的思维任意驰骋，时而言涉孔子、老庄、屈原、王维、苏东坡、王国维、鲁迅、胡适、朱自清、苏格拉底、柏拉图、奥古斯丁、华兹华斯、彭斯、蒙田、梭罗、叔本华，乃至于物理学家霍金。

张炜先生神态安详，身体微倾，臂靠沙发，没有过多的肢体语言。不知不觉中，听者被带入一个陌生而神奇的世界。就像久居拥挤嘈杂、高楼林立的闹市，忽然置身于绿色葱茏的自然之中，滤掉了眼障和心霾，唤醒了内心深处沉睡已久的渴望。

至今还记得张炜先生讲到陶渊明诗文的那种"明亮感"，讲到陶渊明酿制新酒的快乐，讲到陶渊明"带月荷锄归""但道桑麻长"的那份神往和惬意。看得出，陶渊明的诗歌艺术和生活方式引发了他的深刻共鸣。

当张炜先生解读陶渊明诗歌的"阴柔之美"时，目光是邈远的，仿佛在遥望诗人那颗"高处的灵魂"；当谈及陶渊明孤高的性格时，语调是低缓的，充满了慨叹和敬惜。有趣的是，张炜先生非常希望陶渊明的田居生活能有猫和狗来陪伴，因为在他看来，"这两种生灵都是上帝委派给人的，一个是忠诚的象征，一个是温柔的代表"，"实在是不可或缺的安慰"。至于陶诗中的"狗吠深巷中"，他认为那不是写自家的狗。听者忍不住笑了。

听张炜先生讲课，精神经常处于愉悦和紧张之间。他回答问题非常感性、直观，语言简洁平实、深入浅出，即便是阐述复杂深奥的道理，使用的也是质朴的语言。比如说到"形而上""星空"，张炜先生这样分析陶渊明与古代其他诗人的区别："阅读屈原的作品，会感觉这个人是在天文台工作。而李白偶尔也会到天文台去转一圈。陶渊明好像压根就没听说过天文台这回事。杜甫则从来不关心天文台。"关于中国传统文化的儒道互补，张炜先生说："这种互补就像一个开关的两端，需要的时候就拨向了'儒'，不需要的时候就拨向了'道'，就在这种精神和思想的非对抗的平面上，形成了低层次的循环。"

听张炜先生讲课,感觉时间过得很快。偶尔他的思绪会游逸飘离,进入个人的幽思,这时思维慢慢飞翔起来,渐臻一种寥廓、窅然的境界。每到了这种时候,现场便安静得连一根针掉到地上都能听见。

如果把《楚辞笔记》比作一次千古遥契的精神探索,把《也说李白与杜甫》当成一本文学沉思录,那么《陶渊明的遗产》就是两个孤高灵魂的对话。这是一场穿越了一千六百多年的对话,剥落了自南北朝起就贴在陶渊明身上的"古今隐逸诗人之宗"的标签,展现和触动了最具魅力、最能撩拨现代人的痛点和敏感点,还原了一个真实完整的诗人。

在张炜先生看来,陶渊明是一个活在残酷的"魏晋丛林"边缘的书生,一个在顽强的挣扎中最终"挺住了"、保持了自己尊严的人。何为风度,何为尊严,诗人用生命做出了回答,也是留给后人的最大一笔遗产。

濂 旭

2015年3月17日

后记

这是一部录音整理稿。2014年秋天，万松浦书院的学员朋友们对陶渊明的诗歌艺术展开了集中的研讨。一个多星期的时间里，笔者参加了七次讨论，发言时间共计20余小时。这是一个学习的过程，也正好借此机会交流阅读陶诗的一些体会，表达长期以来对陶渊明生活与艺术的由衷喜爱。

濂旭先生对发言录音做了仔细订正，并核对了引用的全部诗文，为形成完整的电子稿付出了大量心血。洪浩、爱波及吴兵先生又分别审读全书，提出了宝贵的意见。没有他们的辛勤劳动，就没有这部书稿目前的面貌。

这不是关于陶渊明著作的考辨，不是具体的诠释研究，不是学术文字，而仅仅是一个读者的感言与赏读。这些文字由于是在讨论对答中产生的，所以成书时需要拟出题目，归类订改。但尽管如此，也仍然留下了诸多缺憾，在此诚望广大读者给予指正。

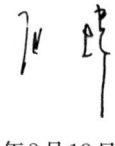

2015年8月19日